HEYNE <

HEATHER GRAHAM

AUF DEM SCHLACHTFELD DER LIEBE

Roman

Aus dem Amerikanischen
von Eva Malsch

WILHELM HEYNE VERLAG
MÜNCHEN

HEYNE ROMANE FÜR »SIE«
Nr. 04/324

Titel der Originalausgabe:
SURRENDER

Umwelthinweis:
Das Buch wurde auf
chlor- und säurefreiem Papier gedruckt.

4. Auflage

Deutsche Erstauflage 4/2000

Printed in Germany 2003
Umschlagillustration: John Ennis / Agentur Schlück
Umschlaggestaltung: Atelier Ingrid Schütz, München
Satz: Prechtl, Passau
Druck und Bindung: GGP Media, Pößneck

ISBN 3-453-15977-2

Für Karen David,
eine schöne Heldin mit schöner Seele

1

Biscayne Bay, Florida, Mai 1862

Die Nacht wirkte schwarz wie ein ewiger Abgrund und das Meer täuschend ruhig, beängstigend dunkel unter dem Wolkenhimmel. Hin und wieder sandte der Mond dünne Strahlen in die Finsternis. Außer dem Gluckern der Wellen, die gegen das kleine Boot schlugen und dem rhythmischen Geräusch der Ruder war nichts zu hören.

Plötzlich verstummte das Plätschern, und das Boot glitt langsamer zur Küste. »Warum rudern Sie nicht weiter?« fragte Risa Magee. Trotz ihrer Furcht hatte sie entschieden, daß dieser Krieg nicht mehr Menschenleben fordern durfte als unbedingt nötig.

»Für Sie würde ich alles tun, Risa«, seufzte Finn. »Aber das wäre reiner Wahnsinn.«

»Sie können mich doch nicht mitten in der Bucht absetzen!«

»Hier treiben sich Gauner, Diebe und Mörder herum – von feindlichen Rebellen ganz zu schweigen. Wenn St. Augustine auch von der Union besetzt ist, diese Halbinsel gehört den Konföderierten.«

»Machen Sie mir keine Schwierigkeiten, Finn. Sie müssen mich nur zur Insel bringen …«

»Dafür könnte es zu spät sein«, unterbrach er sie. »In diesen Gewässern war ich schon lange nicht mehr. Aber ich habe gehört, die Blockadebrecher würden oft vorbeikommen. Vernünftige Leute wagen sich nicht mehr hierher, aus Angst vor unfaßbaren Greueltaten.«

»Unsinn!« erwiderte Risa ungeduldig. »Die Rebellen haben kein Schlangenvolk gezüchtet, das sich aus dem Meer erhebt und für sie kämpft.« Es war ein Fehler gewesen, Finn um Hilfe zu bitte. Aber wer hätte sie sonst in dieses Gebiet gebracht? Seit dem Ausbruch des Krieges lebte der rotblonde, sommersprossige junge Yankee in Florida, ein Bergungstaucher aus Boston – ein Opportunist, der keine Partei ergriff, aber immerhin ein anständiger Opportunist. In seiner Freizeit half er im Hospital von St. Augustine aus und machte Risa den Hof. Sein Interesse schmeichelte ihr, doch sie nahm ihn nicht ernst. Schon gar nicht jetzt, in diesen komplizierten Zeiten …

Nachdem sie beschlossen hatte, Ian McKenzie in seinem Everglades-Domizil aufzusuchen, konnte ihr nur Finn helfen – ein Mann, der sich bestechen ließ und mit ihr die Küste hinabfuhr, ohne nach dem Grund ihrer gefährlichen Aktivitäten zu fragen. Und der General Magee, ihren Vater, nicht informieren würde.

»Wenn jemand wüßte, wohin ich Sie gebracht habe, Risa …«

»Habe ich Ihnen nicht gesagt, Major McKenzie würde sich in dieser Gegend aufhalten? Deshalb bin ich hier.«

»Aber wenn es Ihrem Vater zu Ohren kommt … Er stellt mich vors Kriegsgericht.«

»Das kann er nicht, weil Sie kein Soldat sind.«

»Oder er läßt mich erschießen!«

»Finn!« Sollte Papa jemals von dieser Eskapade hören, wäre der Teufel los, dachte sie schuldbewußt. Aber Finn müßte nichts befürchten, denn ihr Vater würde nicht herausfinden, daß sie den armen Kerl umgarnt hatte. Er würde lediglich seine Tochter einsperren und den Schlüssel ihres Gefängnisses wegwerfen. Zum Glück kämpfte der hochgeschätzte, erst vor kurzem beförderte General Magee gerade an General Grants Seite, in weiter Ferne. »Keine Bange, Finn, er wird nichts erfahren. Setzen Sie mich am Ufer der Insel ab, und ich kehre allein nach St. Augustine zurück.«

»Nein, das wäre sträflicher Leichtsinn. Sie müssen mich auf mein Schiff begleiten …«

»Wenn wir unseren ganzen Mut zusammennehmen«, versuchte sie an seinen Stolz zu appellieren, »werden wir feststellen, warum die Rebellen erfolgreicher sind als die Yankees.«

Verlegen wich er ihrem eindringlichen Blick aus. »Sie sind unfair, Risa, und Sie ahnen nicht einmal, was wir wagen.«

Das wußte sie nur zu gut. Vor einiger Zeit hatte sie den US-Major Ian McKenzie geliebt. Sie waren verlobt gewesen. Doch das Schicksal hatte die Hochzeit verhindert. Er war mit einer anderen verheiratet worden. Und jetzt blieb ihr, einer Yankee, nichts anderes übrig, als allen Gefahren zu trotzen und einen Rebellenspion zu retten, die Mokassinschlange. Und Ians Frau zu schützen. Selbst wenn Risa nie vergessen konnte, wie sehr sie Ian einmal geliebt hatte, durfte sie nicht zulassen, daß seiner Frau ein Leid geschah. In grausamen Zeiten waren sie Freundinnen geworden und hatten ihr Leben füreinander riskiert. Nun mußte sie Alaina finden.

Auf den Kopf der Mokassinschlange war ein Preis ausgesetzt. Tot oder lebendig, vorzugsweise tot.

Und Alaina war irgendwo in der Nähe. Um Risa vor dem Biß eines giftigen Reptils zu bewahren, hatte sie sich dem Ungeheuer selbst ausgeliefert und danach im Fieberwahn erzählt, was sie beabsichtigte. Risa hatte sie nicht davon abhalten können, St. Augustine zu verlassen und ihre Spionage-Mission zu erfüllen. Aber sie wußte wenigstens, wann Alaina zurückkommen und wo sie eintreffen würde. Hier, in dieser Nacht.

Jetzt mußte sie Alaina aufspüren – oder Ian. Wenn sie ihn fand, würde sie ihm erklären, seine Frau sei der Spion, den er suche, und er solle sie in Sicherheit bringen, bevor ihr ein anderer Unionssoldat auf die Schliche kam. Sonst würde sie hängen.

»Sobald sich die Wolken auflösen, kann ich Belamar Isle sehen«, versicherte Risa.

»Bitte, wir müssen zurück ...« Finn unterbrach sich. »Hören Sie das?«

Angespannt lauschte sie. Plätschernde Ruderschläge. Ganz in der Nähe.

»Kehren wir um, Risa, sofort!«

»Das – kann ich nicht.« Direkt vor ihr lag Belamar Isle.

»Schauen Sie, der Meeresarm da drüben! Rudern Sie hin! In dieser stockdunklen Nacht wird uns niemand entdekken.«

Blitzschnell und erstaunlich leise tauchte er die Ruder ins Wasser.

An diesem von Natur aus gefährlichen Küstenstrich konnte man eine Menge Bergegeld verdienen, seit die ersten Spanier in die Neue Welt gesegelt waren. Unter den Wellen verbargen sich tückische Riffe und zerrissen die Schiffe unvorsichtiger Kapitäne. An manchen Stellen erstreckten sich glatte Strände, an anderen bildeten Mangroven ein dichtes Wurzelgeflecht. Subtropische Wälder umgaben unbewohnte Buchten, mannigfaltige Schlangen, Vögel und Insekten bevölkerten brackige Flüsse, die sich landeinwärts zogen.

Plötzlich stieß das Ruderboot gegen eine Wurzel. In einem Mondstrahl sah Risa das bleiche, sommersprossige Gesicht des jungen Yankees. Warnend legte er einen Finger an die Lippen. Sie saß reglos da und schaute sich um, bevor die Wolken den Mond wieder verhüllten. Offensichtlich war Finn ein tüchtiger Führer, denn er hatte sie in eine schmale Bucht gebracht. Die Insekten zirpten fast ohrenbetäubend. Beinahe schrie sie auf, als irgend etwas ihr Gesicht streifte. Doch es war nur ein Mangrovenzweig. In der Finsternis konnte sie die Bäume kaum erkennen.

Wieder wirbelte der unbekannte Ruderer plätscherndes Wasser auf. Dann herrschte eine Zeitlang Stille. Das andere Boot mußte sich ganz in der Nähe befinden, und die Insassen schienen zu lauschen, ebenso wie Risa und Finn. Schließlich wurde das Schweigen gebrochen. »Ah, die scharfen Ohren des Captains hören sogar einen Fisch in der Nacht schwimmen«, meinte ein Mann mit irischem Akzent.

»Er kann sehr gut zwischen einem Fisch und einem Ruderboot unterscheiden«, entgegnete eine andere Stimme.

»Aber der Captain …«

»… hätte seine eigene Position niemals preisgegeben.«

»Hm ...«

In der nächsten Minute vernahm Risa nur den Insektenchor, bis ein neues Plätschern erklang. Hausten Krokodile in diesen Buchten?

»Wir müssen vorsichtig sein«, mahnte der zweite Mann. »Vor allem, weil die *Maid of Salem* in diesen Gewässern erwartet wird. Der Captain glaubt, ihre Fracht – für Key West bestimmt – würde ein paar tausend unserer Infanteristen mit Waffen versorgen. Außerdem müßte sie Morphium und Chinin an Bord haben. Seit New Orleans gefallen ist, können wir den Nachschub nur noch langsam durch den Staat transportieren, und der wird auf den Schlachtfeldern im Norden hochwillkommen sein.«

»Aye«, seufzte sein Gefährte mit dem irischen Akzent. »Allzugut sieht's nicht aus, was, Matt?«

»Kein Krieg ist angenehm.«

»Was immer die Rebs sich auch aneignen, die Yankees sind viel besser dran. Mehr Soldaten, mehr Waffen.«

»Aber wir haben mehr Männer vom Kaliber des Captains – den alten Stonewall Jackson, Stuart und Lee. Den konnten die verdammten Yankees nicht schnappen. Unsere Truppen haben schon viele Siege errungen.«

»Und viele Niederlagen erlitten.«

»Hör zu jammern auf, Michael, das hilft uns nicht weiter.«

»Jedenfalls werden wir hier nichts finden. Kehren wir um.«

Als sich das feindliche Boot entfernte, atmete Risa erleichtert auf. Sie warteten noch eine Weile.

Über dem Wasser wehte eine kühle Brise. Risa fröstelte und spürte kalten Schweiß am Rücken. Würde ihr Plan scheitern? Wie sollte sie in diesen endlosen Sümpfen einen Mann oder eine Frau finden?

»Jetzt fahre ich zum Schoner zurück«, verkündete Finn entschlossen.

»Bitte ...« Abrupt verstummte sie. Ein neues Geräusch, ganz in der Nähe – ein zweites feindliches Boot, in der schmalen Bucht? Wer immer darin saß, hatte in unheimlichem Schweigen ausgeharrt, sich sogar vor den eigenen Landsleuten verborgen, und abgewartet, bis sie sich verraten würden. »Rudern Sie los, Finn!«

»Allmächtiger!« schrie er, als ein harter Schlag die Bootswand traf und Risa auf den feuchten Boden fiel.

»Wer ist da?« rief eine rauhe Stimme. Ein Streichholz flammte auf, Laternenlicht blendete Risa. »Reden Sie, und nehmen Sie sich in acht! Wir verfüttern alle Yankees an die Haie.«

Entsetzt hielt Risa eine Hand über ihre schmerzenden Augen. Ihr Herz schlug wie rasend, und sie brachte kein Wort hervor. Unsicher und stockend gab Finn eine Erklärung ab. »Nein, ich bin kein Yankee – ein Bergungstaucher …«

»Und was hat ein Bergungstaucher hier zu suchen, mitten in einer dunklen Wolkennacht?« fragte eine andere, tiefere Stimme, die leicht belustigt klang. Ein gestiefelter Fuß stieg ins Boot, und Risa sah ein Entermesser schimmern. Unter der neuen Belastung schwankte der kleine Kahn heftig, aber der hochgewachsene Mann hielt mühelos sein Gleichgewicht.

Als einziges Kind eines Militärs hatte Risa eine Erziehung genossen, die ihr gewisse Vorteile verschaffte. In der Tasche ihres Rocks steckte ein Smith & Wesson-Repetierrevolver, und sie wußte ihn zu benutzen. Rasch zog sie ihn hervor, mit erstaunlich sicherer Hand. »Lassen Sie sich warnen, Sir – wir verfüttern alle Rebs an die Haie«, fauchte sie, von einer Kühnheit beflügelt, die sie selber verwirrte.

Doch das nützte ihr nichts. Ehe sie zielen konnte, wurde ihr die Pistole mit einem wuchtigen Säbelstreich aus der Hand geschlagen. Die Klinge ritzte ihr die Haut auf. In hohem Bogen flog die Waffe durch die Nacht, funkelte sekundenlang im Lampenlicht und fiel ins Wasser. Dann sah Risa wieder das feindliche Entermesser schimmern.

»Captain!« rief der zweite Mann. »Da kommt noch ein Boot, lauter Yankees …«

Schüsse krachten, und Risa beobachtete ein heftiges Gefecht zwischen dem Boot, das vorhin davongefahren war, und einem anderen.

»In der Tat, es ist soweit. Bringen Sie die Gefangenen in Sicherheit«, befahl der Captain, »dann greifen wir in den Kampf ein.«

»Soll ich sie nicht lieber den Haien zum Fraß vorwerfen?« fragte sein Gefährte.

So viele Yankees … Risas Gedanken überschlugen sich. War Ian McKenzie in ihrer Nähe? Würde er sie retten? Eine Hand über den Augen, versuchte sie am Lichtkreis der Laterne vorbeizuspähen, sah aber nur das bösartige Glitzern des Entermessers – und die schwarze Silhouette des feindlichen Captains.

Sicher ist es besser, wenn ich mich den Haien in einem Stück präsentiere, dachte sie. Im Boot, in der Gewalt der Rebellen, wäre sie verloren – im Wasser hatte sie vielleicht eine Chance. Als sie aufstand, schwankte der Kahn gefährlich.

»Was, in Gottes Namen …«, begann der Captain. Im nächsten Moment erriet er ihre Absicht. »Nein, verdammte Närrin, warten Sie …«

Entschlossen sprang sie über Bord. Er griff nach ihrem Arm, verfehlte ihn, bekam ihren Rock zu fassen und konnte ihn nicht festhalten. Doch er hatte sie in ihrer Bewegungsfreiheit behindert. Es gelang ihr zwar, im Wasser unterzutauchen, aber ihr Kopf schlug gegen das Boot, das Lampenlicht verblaßte, schwarzes Dunkel hüllte sie ein.

Risa erwachte und hörte ein Feuer knistern. Langsam öffnete sie die Augen. Sie erinnerte sich, daß irgend etwas gegen ihren Kopf geprallt war. Inzwischen hatte der Schmerz nachgelassen. Zunächst erschien ihr die Welt nebelhaft, dann erkannte sie ihre Umgebung etwas klarer. Sie lag auf einem Sofa, in eine warme Decke gewickelt, ein weiches Kissen unter dem Kopf. Obwohl der Flammenschein nur gedämpftes Licht spendete, sah sie blankpolierte Bodenbretter aus Pinienholz und mehrere Teppiche.

Vor dem Kamin standen ein paar Ohrensessel, Familienporträts säumten das Sims aus Korallengestein.

Eine Zeitlang fesselten die blaugoldenen Schatten der tanzenden Flammen ihren Blick. Und dann entdeckte sie ihn. Ihr Atem stockte, und sie wagte nicht, an ihr Glück zu glauben. Ian! O Gott, Ian! Sie war ins Meer gestürzt, und er hatte sie wunderbarerweise gefunden und vor dem sicheren Tod gerettet. Nun lehnte er am Kamin in seinem Salon, den Rücken ihr zugewandt, den dunklen Kopf gesenkt.

Offensichtlich war auch er vor kurzem im Wasser gewesen. Er trug nur seine feuchten Breeches, die sich an schmale Hüften und muskulöse Schenkel schmiegten. Auf den bronzebraunen breiten Schultern schimmerte der Widerschein des Feuers.

Zögernd richtete sie sich auf. Ihr Kleid war vermutlich zerrissen worden – zweifellos, als Ian sie aus dem Meer gezogen hatte. Nur die Unterhose, das Korsett und das zerfetzte Hemd bedeckten ihre Blößen. Doch ihre derangierte äußere Erscheinung störte sie nicht. Immerhin lebte sie noch. »Ian!« rief sie. Bevor er sich umdrehen konnte, sprang sie vom Sofa auf und umschlang ihn erleichtert mit beiden Armen, die Wange an seinem kraftvollen Rücken. In diesem Augenblick dachte sie nicht an seine Ehe. Von tiefer Dankbarkeit erfüllt, begrüßte sie einen alten Freund und Verbündeten. »Dem Himmel sei Dank, Ian! Beinahe hätten mich die elenden Rebellen in den Tod getrieben. Sie wollen ein Schiff kapern, das Nachschub nach Key West bringen soll. Darüber kann ich dir alles erzählen. Ich habe sie belauscht. Wahrscheinlich kämpfen sie gerade mit Spähtrupps in mehreren kleinen Booten. Aber deshalb bin ich nicht hier. Ian, du mußt unbedingt die Mokassinschlange fangen, so schnell wie möglich. O Gott, ich dachte schon, ich würde dich nicht rechtzeitig erreichen ...«

Zitternd hielt sie inne, um Atem zu holen. Da wandte er sich zu ihr. Aber sie sah sein Gesicht nicht, denn seine Hand strich über ihren Kopf und zog ihn an seine nackte

Brust. Bittersüßer Schmerz erfaßte sie. Bei ihm konnte sie Trost finden. Weil sie jetzt Freunde waren. Früher hatte er sie geliebt – und dann Alaina geheiratet. Kein einziges Mal hatte Risa in seinen Armen gelegen. Dafür war sie zu tugendhaft gewesen. Und so hatte sie nur davon geträumt.

Nun gestattete sie sich – wenigstens für eine kleine Weile –, seine Finger in ihrem Haar zu spüren, seinen Duft einzuatmen, sauberes Salzwasser, Meeresluft, ein Hauch von Brandy …

»Also planen die Rebellen, ein Yankee-Schiff anzugreifen?«

»Ja. Aber du mußt dich erst mal um Alaina kümmern. Tut mir leid, Ian – sie ist die Mokassinschlange. Während sie Fieber hatte, erzählte sie lauter wirres Zeug. Aber ich reimte mir die ganze Geschichte zusammen. Sie wollte Vorräte von den Inseln holen, irgendwo in dieser Gegend an Land gehen, und ich versuchte, ihr zu folgen. Nun fürchte ich, sie wird von jemandem gefangengenommen, der sogar eine Frau aufknüpfen würde. In diesem Krieg geschehen so gräßliche Dinge … Bitte, Ian, du mußt sie finden und ihr diesen Unsinn ausreden.«

Sie fühlte, wie sich sein Körper anspannte, und bedauerte ihn zutiefst. Wenn er seine Frau auch der Spionage verdächtigt hatte – er wäre niemals auf den Gedanken gekommen, sie könnte die mysteriöse Mokassinschlange sein. Der Spion, den man mit aller Macht fangen wollte, tot oder lebendig …

Krampfhaft schluckte sie. »Such Alaina, ich flehe dich an! Und deine Männer sollen die Union Navy vor einem skrupellosen Reb warnen, der die *Maid of Salem* kapern will, um Waffen und Medikamente zu stehlen. Wie schrecklich das alles ist!« Seine Finger schlangen sich in Risas Haar, und es beglückte sie, seine Nähe zu spüren. Könnte sie doch die grausamen Kämpfe vergessen – und seine Ehefrau, ihre beste Freundin … »O Ian!«

»Pst, schon gut. Ich kümmere mich um Alaina.«

»Beeil dich …« Seine Finger glitten über ihre Wange,

und sie genoß die Liebkosung, obwohl sie kein Recht dazu hatte. Sie mußte sich losreißen. Aber sie zitterte am ganzen Körper, und die zärtlichen Hände beruhigten sie. »Nicht, Ian ...«, protestierte sie halbherzig. Sie waren nur Freunde. Und er tröstete sie. Noch ein paar Minuten – das würde keine Rolle spielen. Seine Haut, vom Feuer erhitzt, wärmte sie, und seine Arme besaßen die Kraft, die ihr fehlte. Behutsam streichelte er ihre Schultern.

»Nicht«, wiederholte sie mit schwacher Stimme.

»Ein elender Rebell will die *Maid of Salem* kapern«, murmelte er. »Das hast du gehört?«

»Ja, zwei Männer sprachen darüber. Kurz bevor deine Leute kamen – und der Bastard in mein Boot stieg.«

»Hm ...«

Sie senkte die Lider. Nun mußte sie sich endlich von der Umarmung befreien. Aber sie war so müde, und der Krieg machte ihr das Leben so schwer. An ihrer Wange spürte sie Ians vibrierende Muskeln. Als sein Finger ihr Kinn hob, öffnete sie die Augen nicht, wollte nichts sehen, nur noch ein kleines bißchen von der Vergangenheit träumen. Ians Mund berührte ihren.

So lange war es her. Seine Lippen, sanft und fordernd zugleich, überwältigten sie, seine Zunge begann ihren Mund zu erforschen. Verführerisch wanderte sein Hand über ihre Hüften, ihre Brüste und entzündete ein Feuer, trotz des Hemds und des Korsetts. Schwindelerregend wie Wein, unwiderstehlich ...

Das durfte sie nicht tun. Weil er Alaina geheiratet hatte. Risa versuchte, den Kopf zu schütteln. Doch seine Finger, in ihr Haar geschlungen, verhinderten die Bewegung, und ihre Lippen waren dem leidenschaftlichen Kuß hilflos ausgeliefert. Dann glitt sein Mund an ihrem Hals hinab, zu ihren Brüsten.

»Nein, Ian«

»Was hast du sonst noch gehört?«

Wollte er weitere Informationen sammeln, während sie verzweifelt gegen verbotene Gefühle kämpfte? »Hör auf, Ian!« fauchte sie erbost, stemmte beide Hände gegen seine Brust und öffnete die Augen. »Das ist unmöglich ...«

Entsetzt verstummte sie, immer noch in starken Armen gefangen – in den Armen eines Fremden. Sie hatte seine leise, tiefe Stimme vernommen, fast nur ein Flüstern im düsteren Flammenschein, den bronzebraunen Rücken gesehen. Aber dieser Mann war nicht Ian. Er besaß Ians blaue Augen, den gleichen Körperbau. Doch sie erkannte gewisse Unterschiede ... Höhere, etwas breitete Wangenknochen. Und ein rötlicher Glanz im dichten, glatten dunklen Haar. Eine gerade Nase, eine hohe Stirn ... Volle, sinnliche Lippen, noch feucht von jenem betörenden Kuß, verzogen sich zu einem spöttischen Lächeln. In seinem Gesicht vermischten sich indianische und klassische europäische Züge.

»Oh, mein Gott!« Vergeblich versuchte sie, sich aus der Umklammerung zu befreien. »Lassen Sie mich los! Sie sind nicht Ian – Sie sehen ihm nur ähnlich ...«

»Beruhigen Sie sich«, bat er und hielt sie eisern fest.

»Ich will mich nicht beruhigen!« zeterte Risa. »Wer sind Sie? Oh, Sie müssen mit Ian verwandt sein – ein Rebell, sein Feind ...«

Mit aller Kraft trat sie gegen sein Schienbein. Er unterdrückte einen Schmerzensschrei, hob sie hoch und warf sie aufs Sofa. Einen Augenblick später kniete er rittlings über ihren Hüften und neigte sich herab. Sie wollte ihn schlagen, aber er packte ihre Handgelenke und preßte sie zu beiden Seiten ihres Kopfes ins Kissen. Atemlos starrte sie ihn an. Diese Ähnlichkeit ... Natürlich wußte sie, daß Ian einen Verwandten hatte, in dessen Adern Seminolenblut floß, einen rebellischen Verwandten.

»Lassen Sie mich endlich los! Ich dachte, Sie wären Ian!«

»Tut mir leid. Bedauerlicherweise bin ich der elende Rebell, der die *Maid of Salem* zu kapern gedenkt. Das müssen meine Männer jetzt ohne mich erledigen. Also haben Sie mich mit Ian verwechselt, Miss Magee? Kein Wunder, ich bin sein Vetter.«

Miss Magee. Wieso kannte er ihren Namen?

»Welcher Vetter?« stieß sie zwischen zusammengebissenen Zähnen hervor.

»Jerome McKenzie. Was würde wohl geschehen, wenn Sie seinem Bruder Julian begegnet wären? Die beiden gleichen sich wie ein Ei dem anderen. Vermutlich würden Sie mit ihm ins Bett sinken und Ihren Irrtum erst eine Stunde später bemerken.«

»Oh ...« Heller Zorn verlieh ihr ungeheure Kräfte. Blitzschnell befreite sie eine ihrer Hände und schlug in das bronzebraune Gesicht. Doch er griff sofort wieder nach ihrem Handgelenk und umklammerte es so fest, daß sie leise aufkeuchte.

»Wollten Sie Alaina tatsächlich retten – oder meinen Vetter nur auf die rebellischen Aktivitäten seiner Frau hinweisen?« In seinen dunkelblauen Augen funkelte unverhohlener kalter Spott, der ihr Angst einjagte. Aber warum sollte es sie interessieren, was er dachte – oder was er seinem Vetter erzählen würde? Nach Ians Hochzeit hatte sie nichts mehr mit ihm geteilt, außer der gemeinsamen Sorge um die Kriegsopfer.

»Bastard!« zischte sie. »Was Sie von mir halten, ist mir egal. Verstehen Sie nicht? Wenn Alaina in die Hände der Yankees fällt, wird man sie hängen. Ich bin hierhergekommen, um ihr Leben zu retten. Tun Sie doch was! Verständigen Sie Ihren Vetter! Oder lassen Sie mich gehen, damit ich ihr helfen kann!«

»Ich fürchte, in diesen Sümpfen werden Sie Ian nicht einmal aufstöbern, wenn ich Ihnen einen Spürhund und eine detaillierte Landkarte zur Verfügung stelle.«

»Immerhin habe ich meinen Weg bis hierhergefunden, Sie arroganter Kerl! Lassen Sie mich frei, und ich ...«

»O nein, Miss Magee. Ich werde mich um meinen Vetter und Alaina kümmern, und Sie gehen nirgendwohin.«

»Was? Sie können mich nicht festhalten.«

»Doch.«

Erschrocken schnappte sie nach Luft. »Heißt das – ich bin Ihre Gefangene?«

»Allerdings. Sie gefährden die nationale Sicherheit. Außerdem – wie wollen Sie in den Sümpfen am Leben bleiben?«

»Moment mal, Mr. McKenzie ...«

»Captain McKenzie, bitte. Von der Confederate States Navy.«

»Nun, mein Vater ist ein General – United States of America. Und er wird Sie jagen und vernichten«

»So?«

»O ja. Und ich bin beim Militär aufgewachsen. Ich kann überall am Leben bleiben, unter allen Bedingungen. Sobald ich Ihnen entronnen bin, werde ich die Union Navy über Sie informieren.«

»Das bezweifle ich.« Lächelnd beugte er sich noch tiefer herab, und ihr wurde schmerzlich bewußt, wie unzulänglich sie bekleidet war. O Gott, warum mußte dieser Rebell, dieser wilde Indianer seinem Vetter so ähnlich sehen?

»Sie werden mich gehen lassen«, flüsterte sie beklommen.

Als er den Kopf schüttelte, fiel eine dunkle Haarsträhne in seine Stirn, und Risa spürte den harten Druck seiner Schenkel auf ihren Hüften. »Verzeihen Sie, Miss Magee, aber wir befinden uns im Kriegszustand, und Sie gehören zu unseren Feinden.«

»*Sie* sind der Feind.«

»Mag sein. Je nachdem, wie man's betrachtet. Jedenfalls sind Sie jetzt eine Gefangene der Konföderierten.«

»Nein, verdammt noch mal, ich werde fliehen.«

Belustigt erwiderte er ihren wütenden Blick. »Das wird Ihnen nicht gelingen, Miss Magee.«

2

Noch nie in ihrem Leben hatte Risa sich so unbehaglich gefühlt – derangiert, halb nackt, die Gefangene eines Rebellen. Und was sie am schlimmsten fand, er schien zu glauben, sie hätte nichts gegen die Situation einzuwenden, wenn er Ian wäre. Natürlich hatte es keinen Sinn, diesem elenden Schurken zu erklären, sie würde Ian ebensowenig in die Arme sinken. Dem Mann, der sie gewaltsam hier festhielt, brauchte sie überhaupt nichts zu erklären. Unglücklicherweise erhitzte seine Nähe ihr Blut, und sie mußte ihm möglichst schnell entrinnen.

»Wirklich nicht?« antwortete sie verächtlich. »Wollen Sie mich die ganze Nacht auf dieses Sofa pressen?«

Lächelnd hob er die Brauen. »Stellen Sie sich vor, ich wäre Ian. Dann wird's Ihnen besser gefallen.«

»Oh, Sie unverschämter Kerl! Lassen Sie mich los! Wo bleibt Ihre Südstaatenehre, Sir?«

»Betrachten Sie's als Gastfreundschaft eines Südstaatlers ...«

»Lassen Sie mich ...« Überrascht verstummte sie, weil er plötzlich aufstand. Sie kam nicht einmal dazu, aus eigener Kraft aufzuspringen, denn er ergriff ihre Hand und zog sie vom Sofa hoch. »Gehen Sie ins Gästezimmer. Dort finden Sie Kleider im Schrank, und dieser Raum ist ein etwas komfortableres Gefängnis. Vor der Tür steht ein Wachtposten, ein zweiter auf der Veranda, falls Sie so dumm wären, aus dem Fenster zu klettern. Zu Ihrer eigenen Sicherheit muß ich Sie warnen – das ist eine gefährliche Gegend, besonders für Leute, die sich hier nicht auskennen. Wenn Sie den Krieg überleben wollen, sollten Sie unsere Gastfreundschaft annehmen.«

»Warten Sie ...«

»Tut mir leid, ich muß mich beeilen, um Ian oder Alaina zu helfen. Sie sind doch hergekommen, um Alaina zu retten. Also halten Sie mich nicht auf.«

»Nur noch eine Frage. Wo ist das Gästezimmer?«

Er öffnete eine Tür, ließ ihr den Vortritt in einen Flur, folgte ihr lautlos und blieb ihr so dicht auf den Fersen, daß sie seinen Atem im Nacken zu spüren glaubte, wie den Hauch eines feuerspeienden Drachen. »Zur Linken«, sagte er kurz angebunden.

Zögernd betrat sie das Zimmer. Eine Lampe brannte

auf einem Toilettentisch. Im Kamin mit dem hübschen Sims aus Korallengestein knisterte ein Feuer. Die Wände waren blau tapeziert. Auf dem Vierpfostenbett lag eine schöne Steppdecke. Ein Schrank, eine Truhe und ein Waschtisch hinter einem Paravent vervollständigten die Einrichtung. Als Risa sich in der Mitte des Raums umdrehte, sah sie Jerome auf der Schwelle stehen. Unsicher erwiderte sie seinen rätselhaften Blick.

»Wenn ich Ian und Alaina finde, würden Sie bedenken, daß die beiden verheiratet sind, Miss Magee?«

Mühsam bezwang sie ihren Zorn und schlang die Finger ineinander. »Hoffentlich denken *Sie* daran, wenn Sie Alaina begegnen, Sir.«

»Keine Bange, ich liebe sie wie eine Schwester.«

»Das freut mich«, bemerkte sie sarkastisch. Als er in den Flur trat und die Tür schließen wollte, erinnerte sie sich plötzlich schuldbewußt an ihren jungen Begleiter. »Einen Augenblick ... Was ist mit Finn geschehen?«

»Finn?«

»Mein Freund – der bei mir im Boot saß.«

»Ah, Finn ...« Betrübt schüttelte er den Kopf. »Wir müssen ihn hängen.«

»Machen Sie sich nicht lächerlich!« rief Risa bestürzt. »Was hat er denn verbrochen?«

»Wie ich bereits erwähnte, befinden wir uns im Kriegszustand. Und obwohl weder Sie noch mein unvernünftiger Vetter das zu berücksichtigen scheinen – dieses Gebiet gehört zu einem der Südstaaten. Ihr Freund Finn ist ein Yankee-Spion aus St. Augustine, nicht wahr?«

»Unsinn! Er ist nicht einmal Soldat – und sicher kein Spion.«

»Irgendwie fällt's mir schwer, das zu glauben.«

»Verdammt, es ist die reine Wahrheit. Ich riskiere mein Leben, um eine Südstaatenspionin zu retten, und nun bedrohen Sie einen unschuldigen jungen Mann ...«

Seufzend verschränkte er die Arme vor der Brust. »Eine schwierige Situation. Wie ich zugeben muß, *will* ich ihn nicht hängen. Genausowenig möchte ich Sie gefangenhalten. Leider habe ich keine Wahl. Da Sie meine Männer belauscht haben und brisante Informationen besitzen, kann ich Sie nicht gehen lassen. Andererseits muß ich Ian und Alaina suchen. Aber ich darf Ihnen nicht gestatten, ein Blutvergießen heraufzubeschwören. Und deshalb sollten wir verhandeln.«

»Was? Ich verstehe nicht ...«

»Überlegen Sie mal, Miss Magee. Man hat mir erzählt, Sie seien halbwegs intelligent, obwohl Ihre Aktivitäten in dieser Nacht gewisse Zweifel aufkommen lassen ...«

»Wie können Sie es wagen!«

»Erlauben Sie mir, weiterzusprechen?«

»Nur wenn Sie mir versichern, daß ich nicht um das Leben eines Unschuldigen bangen muß.«

»Ihre verspätete Sorge ist wirklich lobenswert.«

Am liebsten hätte sie ihn geohrfeigt. Aber ihre Schuldgefühle hinderten sie daran, nachdem sie Finn tatsächlich vergessen hatte, trotz der beklagenswerten Umstände. Während Jerome McKenzie sie mit seinen unergründlichen blauen Augen musterte, fragte sie sich, ob er ihre Gedanken zu lesen vermochte.

»Sie wollen Ihren Freund am Leben erhalten«, fuhr Jerome McKenzie fort. »Also treffen wir eine Vereinbarung. Sie bleiben widerstandslos hier und machen meinen Männern und meiner Familie keinen Ärger. Und wenn ich zurückkomme, werden Sie sich nicht in die Arme meines Vetters werfen und ihn anflehen, Ihnen bei irgendwelchen Attacken gegen mich zu helfen. Verstanden?«

Fassungslos starrte sie ihn an. »Sie würden einen Menschen ermorden, falls ich mich weigere, Ihre Bedingungen zu erfüllen!«

»Wie wollen Sie wissen, was ich tun würde und was nicht?« entgegnete Jerome ausdruckslos. »Auf dieser Insel ist der Krieg mit besonderen Problemen verbunden. Nicht nur das Leben Ihres Freundes steht auf dem Spiel. Wenn Sie sich bei Ian beklagen, bringen Sie uns alle in Gefahr. Er ist der einzige Feind, den ich im Kampf fürchte – und ich bin der einzige, dem er niemals auf dem Schlachtfeld begegnen möchte. Tun Sie, was ich sage – dann dürfen Sie hoffen, daß Ian und Alaina den Krieg überleben werden.«

Als er die Tür schließen wollte, rief Risa: »Moment mal … Lebt Finn noch?«

Jerome nickte.

»Schwören Sie's?«

»Ja.«

»Wie kann ich Ihnen trauen?«

»Soeben habe ich Ihnen mein Wort gegeben.«

»Was zählt das Wort eines Mannes, der sich für einen anderen ausgibt?«

»O nein, Miss Magee, *Sie* haben sich gewünscht, ich wäre ein anderer. Zweifeln Sie nie an meinem Wort. Wenn ich etwas schwöre, kann man sich darauf verlassen. Und Sie?«

»Was meinen Sie?«

»Schwören Sie mir, keine Schwierigkeiten zu machen?«

»Das kann ich nicht …«

»Sicher wäre Ihr Freund Finn tief betrübt, wenn er wüßte, daß Sie zögern, sein Leben zu retten.«

»Zum Teufel mit Ihnen … Also gut, ich schwöre es!«

»Hoffentlich ist Ihr Wort ebensoviel wert wie meines. Und jetzt muß ich endlich gehen und Ian suchen – oder Alaina.«

»Aber wie soll ich das ertragen, untätig dazusitzen und zu warten – eine Gefangene in diesem Zimmer …«

»Beten Sie darum, daß ich Ian und seine Frau bald finde. Denn Alaina treibt genauso gefährliche Spiele wie Sie.« Bevor sie ihn erneut zurückhalten konnte, schloß er die Tür.

Im Flur blieb er stehen, streckte seine Hände aus und sah sie zittern. Dieser verdammte Krieg – und die verdammte Rolle, die er darin übernommen hatte!

Zur Hölle mit Alaina, der kleinen Närrin, mit Ian, seinem ›Feind‹, und mit der albernen rothaarigen Schönheit, die er im Gästezimmer von Belamar gefangenhielt. Beinahe wäre sie gestorben. Er hatte befürchtet, nach ihrem unbedachten Sprung ins Meer wäre ihr Schädel beim Zusammenstoß mit dem Boot gebrochen. Und dann hatte sie, ehe er zu Wort gekommen war, seinen Plan erwähnt, die *Maid of Salem* zu kapern.

Jetzt kannte er Risa, die Frau, die Ian geheiratet hätte, wäre das Schicksal nicht dazwischengetreten. Bildschön und leidenschaftlich – und leichtsinnig. Anscheinend liebte sie seinen Vetter immer noch. Aber nun war sie Jeromes Gefangene und eine Gefahr für alle Beteiligten. Seine gutmütigen Eltern wollten demnächst ihr Heim im Norden verlassen und hierherkommen, um Alainas Anwesen zu hüten – eine Aufgabe, die sie übernehmen würden, während die restliche Familie auf verschiedenen Seiten kämpfte. Wenn Risa Magee seine Mutter oder seine Schwester um Gnade bat, würden ernsthafte Schwierigkeiten entstehen.

Wie auch immer, er mußte sich beeilen und Alaina retten. Doch er zögerte noch. Er hatte zu wenige Männer zur Verfügung, um seine unvernünftige Gefangene streng bewachen zu lassen. Seine Drohung war nur ein Bluff gewesen. Und er beabsichtigte auch nicht, den armen Finn zu hängen. Aber wenn er Risa Magee belügen mußte, um sie von weiteren Aktivitäten im Dienste der Union abzuhalten, würde das sein Gewissen nicht belasten.

Sie durfte auf keinen Fall fliehen. Vielleicht gab es schmerzlose Maßnahmen, die sie daran hindern würden. Er lief aus dem Haus und erteilte seinen Männern die erforderlichen Befehle.

Eine Stunde lang wanderte sie im Gästezimmer auf und ab – zu rastlos, um sich zu setzen, zu nervös, um einen Fluchtversuch zu wagen.

Während das Kaminfeuer ihre spärliche feuchte Kleidung trocknete, fühlte sie sich immer unbehaglicher. Aus einem Impuls heraus öffnete sie den Schrank. Alaina war klein und zierlich, Risa ziemlich groß. Aber sie mußte ihre zerrissene Unterwäsche bedecken.

Wie sie bald feststellte, gehörten die Sachen im Schrank

nicht ihrer Freundin. Sie fand eine Unterhose, ein Hemd und einige Kleider in ihrer Größe.

Auf dem Waschtisch stand ein Krug mit frischem Wasser. Rasch schlüpfte sie aus den schmutzigen Lumpen und wusch sich, dann trocknete sie ihren Körper ab und zog die Kleider an, die sie aus dem Schrank genommen hatte. Von wem stammten sie? Vielleicht hielt sich Ians Vetter eine Geliebte. Sehr gut. Hoffentlich würde die Frau in Wut geraten, wenn sie ihren geplünderten Schrank sah, und dem elenden Rebellen die Hölle heiß machen.

Oder war Jerome McKenzie verheiratet? Würde sich ein Ehemann so benehmen?

Das Blut stieg in Risas Wangen, als sie sich an den leidenschaftlichen Kuß erinnerte. Nein, daran wollte sie nicht denken. Sie mußte Pläne schmieden. Was genau hatte sie geschworen? Sie würde keine Schwierigkeiten machen. Nun, er war nicht mehr hier. Sie trat ans Fenster, öffnete die Vorhänge und schaute in die Nacht.

Inzwischen hatten sich die Wolken aufgelöst, ein heller Mond hing am indigoblauen Himmel. Sollte sie hinausklettern? Sie konnte unmöglich hierbleiben, und Jerome McKenzie würde wohl kaum ernsthaft erwarten, daß sie nicht fliehen würde. Aber während sie sich ihre Chancen ausrechnete, ging draußen jemand vorbei – ein Wachtposten, ein Gewehr an der Schulter. Diese Männer würden sie nicht erschießen – und Finn auch nicht hängen. Oder?

Auf Zehenspitzen schlich sie zur Tür, an die im selben Moment geklopft wurde. Risa zuckte zurück. »Ja?« rief sie unsicher.

»Darf ich reinkommen?« Eine leise weibliche Stimme. Alaina?

Hastig riß Risa die Tür auf. Eine hochgewachsene, schlanke Frau stand ihr gegenüber, eine exotische Schönheit mit rabenschwarzem Haar, goldbraunen Augen und ebenmäßigen Gesichtszügen. Als sie anmutig eintrat, wurde sie von zartem Parfumduft umweht. Auch in ihren Adern floß Indianerblut, was Risa sofort erkannte. Das mochte ihr diesen ungewöhnlichen Reiz verleihen.

Mißtrauisch wich Risa vor ihr zurück. In diesem Haus konnte jeder ihr Feind sein. »Guten Abend, Miss Magee. Ich bin Jennifer, Ians Kusine und Jeromes Halbschwester.«

Jennifer? Diesen Namen kannte Risa. Alainas gute Freundin, deren Mann zu Beginn des Krieges bei Manassas gefallen war. Dieser Verlust hatte sie schmerzlich getroffen.

»Natürlich – Jennifer«, murmelte Risa. »Freut mich ...«

»Jerome hat erklärt, Sie würden uns verlassen, sobald er zurückkommt. Eigentlich dachte ich, Sie würden schon schlafen. Bitte, verzeihen Sie die Störung – ich wollte sehen, ob Sie etwas Passendes zum Anziehen gefunden haben. Er sagte, Sie seien mit Ihrem Boot verunglückt. Tut mir leid. Es war so tapfer von Ihnen, Alaina zuliebe hierherzukommen. Welch eine treue Freundin Sie sind ... Kein Wunder, daß Ian soviel von Ihnen hält! Und Alaina mag Sie auch sehr gern. Anfangs war sie furchtbar eifersüchtig auf Sie. Doch dann schrieb sie uns, wie lieb und gut Sie sind ... O Gott, da stehe ich herum und schwatze. Aber der Krieg verwirrt uns alle ein bißchen. Ich habe ein Dinnertablett für Sie vorbereitet. Und da Sie noch wach sind, will ich's Ihnen bringen.«

»Danke«, erwiderte Risa. »Bleiben Sie bitte hier – und reden Sie mit mir.« Ein Bootsunfall! Also wirklich!

»Erst mal hole ich das Tablett ...«

»Bemühen Sie sich nicht. Ich kann in der Küche essen – oder im Speisezimmer.«

»Oh, das macht mir keine Mühe.« Jennifer eilte in den Flur, und Risa wollte ihr folgen. Aber da trat ihr einer von Jerome McKenzies jungen Seemännern in den Weg, ein hübscher rotblonder Bursche.

»Entschuldigen Sie, bitte.« Sie versuchte sich an ihm vorbeizuschieben. Doch das ließ er nicht zu.

»Tut mir leid, Ma'am.«

Enttäuscht kehrte sie ins Gästezimmer zurück. Wenig später trat Jennifer mit dem Tablett ein, das verlockende Düfte verströmte, und stellte es schwungvoll aufs Bett. »Frischer Schnappbarsch mit Zitronenscheiben, aufgebackenes Brot, Tomatensalat und eine Key-Limonenpastete, aus den Früchten der speziellen kleinen Limonenbäume von Belamar. Ach ja, und Jerome meinte, Weißwein würde am besten zum Fisch schmecken.«

»Möchten Sie nicht mit mir essen …« Risa hörte einen schrillen Schrei und unterbrach sich verwirrt.

»Das wird mein kleiner Sohn Anthony leider nicht gestatten«, entgegnete Jennifer lächelnd und ging zur Tür. »Guten Appetit«, fügte sie freundlich hinzu, als wäre Risa ein willkommener Gast.

Hinter ihr blieb die Tür offen, und Risa rannte in den Flur. Aber da stand nach wie vor der junge Seemann.

Wortlos schloß er die Tür, und sie lehnte sich erbost dagegen, von dem unvernünftigen Impuls erfaßt, das Dinnertablett quer durchs Zimmer zu schleudern. Doch dafür war sie viel zu hungrig. Sie setzte sich aufs Bett und begann zu essen. Der Fisch schmeckte köstlich. Durstig griff sie nach dem Weinglas.

Dann jedoch zögerte sie. Jeromes Gastfreundschaft … Lieber würde sie ihm den Wein ins Gesicht schütten! Sie nippte daran. Ein ausgezeichneter Tropfen. Offenbar war der Rebell ein Weinkenner. Nun, immerhin hieß er McKenzie, wenn er auch einem etwas *wilderen* Familienzweig entstammte. Sie aß weiter und redete sich ein, sie würde die Mahlzeit aus feindlicher Hand nur akzeptieren, um Kräfte für ihre Flucht zu sammeln.

Danach stellte sie das Tablett auf den Toilettentisch und begann wieder umherzutigern. Für Alaina hatte sie ihr Bestes getan. Nun mußte sie ihre Landsleute erreichen, um sie vor der geplante Attacke auf die *Maid of Salem* zu warnen.

Plötzlich wurde ihr schwindelig. Sie wankte zum Bett und sank auf die Steppdecke. Ihr wurde schwarz vor Augen. In diesem Zustand konnte sie nicht fliehen. Und genau das hatte man bezweckt.

Eine Droge – im Wein …

Wie aus weiter Ferne hörte sie das Türschloß rappeln und versuchte, die Augen zu öffnen.

»Ah – sie schläft«, sagte eine sanfte Frauenstimme.

»Offensichtlich«, bestätigte die Stimme eines Mannes. Tief, ein bißchen rauh. Jerome McKenzie war zurückgekommen.

Verzweifelt kämpfte Risa gegen eine neue Ohnmacht an. Sie mußte wissen, was geschehen war. Doch sie konnte ihre Lider nicht heben und brachte kein Wort hervor.

»Sobald sie aufwacht, nehme ich sie mit.«

»Armes Mädchen! Was glaubst du, wie sie sich auf einem Rebellenschiff fühlen wird?«

»Sie versteht die Situation.«

»Mußt du uns schon wieder verlassen?«

Die Tür wurde geschlossen, und Risa hörte nichts mehr. Vergeblich bemühte sie sich, wach zu bleiben. Nach wenigen Sekunden schwanden ihre Sinne.

Geräusche. Stimmen. Irgendwo im Flur. Diesmal gelang es ihr, die Augen zu öffnen. Mühsam hob sie den Kopf, der sich wie Blei anfühlte.

»Anscheinend geht's ihr gut.«

O nein, dachte sie. Doch dann merkte sie, daß man nicht über sie sprach.

Jennifer redete mit einer älteren Frau, die ihr eine Antwort gab, und Risa erkannte jene sanfte, leise Stimme wieder. Nun mischte sich ein Mann ein, und ihr Herz schlug schneller.

Ian! Endlich!

»Macht euch keine Sorgen«, sagte die ältere Frau. »Die Wunde ist sauber, der Puls schlägt normal. Schau doch, Ian, sie atmet tief und gleichmäßig. Zum Glück wurde sie nicht allzu schwer verletzt.«

Erleichtert seufzte Risa auf, als sie dem Gespräch entnahm, von wem die Rede war. Alaina.

Also hatte Jerome seinen Vetter und dessen Frau gefunden. Jetzt konnte er seine Gefangene nicht länger festhalten. Sie wollte aufstehen. Doch da begann sich der Raum zu drehen.

Wieder Stimmen. Draußen vor der Tür. Jerome McKenzie, der mit dem Wachtposten sprach.

»Schläft Miss Magee?«

»Wie ein Lämmchen, Captain.«

»Bringen Sie das Boot mit dem Nachschub zur *Lady Varina*. Im Morgengrauen gehe ich an Bord. Was ist mit der *Maid of Salem*?«

»Die steuert hierher, und ihr Begleitschiff ist in den Untiefen auf Grund gelaufen – so wie Sie's unseren Männer befohlen haben, Captain. Zum Glück war der Kapitän klug genug, um sofort zu kapitulieren, und er versicherte unseren Leuten, die Beute, die wir suchen, sei unterwegs, mit planmäßigem Kurs.«

»Verluste? Verletzungen?«

»Beim ersten Schußwechsel wurde ein Yankee getötet, und eine Kugel traf Jimmy Meyers ins Bein. Ein glatter Durchschuß. Wenn er morgen in nüchternem Zustand aufwacht, ist er wieder putzmunter.«

»Und die Yankees?«

»Gestrandet, Sir, mit genug Wasser- und Lebensmittelvorräten. O'Hara dachte, Sie würden die Landsleute der armen Schiffbrüchigen verständigen, damit sie abgeholt werden können – *nachdem* wir die *Maid of Salem* gekapert haben.«

Dann herrschte wieder Stille. Behutsam richtete Risa sich auf, blinzelte und schüttelte den Kopf. Jede winzige Bewegung fiel ihr unendlich schwer. Großer Gott, welche Droge hatte man ihr verabreicht? Aber sie mußte aufstehen und verschwinden – oder Ian finden.

Irgendwie schaffte sie es, aus dem Bett zu steigen. Sie wankte zur Tür und öffnete sie. Kein Wachtposten, dem Himmel sei Dank! Während sie sich mit einer Hand an der Wand entlangtastete, folgte sie dem Flur im Schneckentempo und bekämpfte ein heftiges Schwindelgefühl. Plötzlich erstarrte sie. In ihren Augen brannten unerklärliche Tränen, als sie Ians Stimme hörte. Sie blieb im Dunkel stehen und spähte in den Salon, wo die zwei Vettern vor dem Kamin standen.

Nun wußte sie, warum sie Jerome beim Anblick seines Rückens für Ian gehalten hatte. Beide waren gleich groß, breitschultrig und muskulös, abgehärtet vom Krieg, in dem sie seit zwei Jahren kämpften. Aber jetzt sah sie in Jerome McKenzies Gesicht mit den hohen Wangenknochen das indianische Erbe noch deutlicher. Ein faszinierendes Gesicht, im rötlichen Feuerschein ...

»Ich weiß nicht, wie ich dir danken soll«, seufzte Ian.

Jerome zuckte die Achseln und grinste etwas verlegen. »Manchmal ist Blut dicker als der Krieg.«

»In der Tat. Und ich wünschte, wir könnten den Kampf beenden.«

»Das geht nicht«, erwiderte Jerome leise.

»Nein, natürlich nicht. Tante Teela sagte, Risa würde noch schlafen, und ich möchte sie nicht stören. Richtest du ihr aus, ich wäre ihr von ganzem Herzen dankbar?«

»Das weiß sie ohnehin.«

»Segelt sie mit dir?«

»Das haben wir doch schon besprochen. Ich will sie möglichst bald auf neutralen Boden bringen.«

»Risa – auf einem feindlichen Schiff?«

»Sie versteht, in welcher Position ich mich befinde.«

»Gewiß, Risa versteht alles«, meinte Ian.

O nein, protestierte Risa stumm. Wie traurig seine Stimme klang ... Er liebte seine Frau. Aber er hat auch mich geliebt, dachte sie, und mit mir von der Zukunft geträumt. Vor so langer Zeit ...

Er schüttelte Jeromes Hand. »Nun will ich mich verabschieden. Ich muß meine Männer wissen lassen, daß ich am Leben und unverletzt bin. Kümmert euch inzwischen um Alaina.« Zögernd fügte er hinzu: »Und um Risa. Wahrscheinlich wird sie Höllenqualen ausstehen. Sie ist eine überzeugte Unionsanhängerin. Trotzdem wird sie dich auf dein Schiff begleiten und nicht zulassen, daß wir einander ihretwegen töten.«

Von glühendem Zorn erfaßt, beobachtete Risa die beiden Männer. Offenbar hatte sie nach Luft geschnappt, denn sie wandten sich zur Tür. Jerome sah sie im Schatten stehen und eilte zu ihr. Als sie schwankte, legte er einen Arm um ihre Taille. »Oh, Sie sind erwacht, Miss Magee.«

»Erstaunlich, nicht wahr?«

Seine Augen verengten sich, und sein kraftvoller Körper versperrte ihr die Sicht auf Ian. »Allerdings«, stimmte er zu, so leise, daß Ian nichts hörte. »Wagen Sie bloß nicht, meinen kriegsmüden Vetter um Hilfe zu bitten. Sie haben mir Ihr Wort gegeben, Miss Magee. Halten Sie sich dran, oder ich hänge Sie eigenhändig auf, mit den Füßen nach oben!«

»Drohen Sie mir?«

»Nicht nur das. Keine Sekunde lang würde ich zögern, meine Drohung wahr zu machen.«

»Sie haben mich mit einer Droge betäubt!«

»Leider war's nötig. Verzeihen Sie mir. Aber die Droge war offensichtlich zu schwach. Benehmen Sie sich vernünfig, ich warne Sie.«

Ehe sie antworten konnte, kam Ian zu ihnen. »Risa, wie gut, daß du erwacht bist!« Mitfühlend betrachtete sie seine eingefallenen Wangen, die glanzlosen Augen. Er war durch die Hölle gegangen.

»Vielen Dank, meine Liebe.« Er befreite sie von Jeromes Arm und zog sie an seine Brust, mit der tiefen Zuneigung eines guten Freundes.

»Alaina ist gerettet – nur das zählt.«

»Aber nun mußt du mit meinem Vetter segeln, diesem schurkischen Rebellen«, sagte er sanft. Sie spürte seine Lippen auf ihrer Stirn, dann wurde sie von ihm weggerissen, und Jerome umschlang wieder ihre Taille. »Wir müssen aufbrechen, Ian.«

Besorgt strich Ian über Risas Wange. »Bist du sicher, daß du ...«

Jetzt könnte sie ihn um Hilfe bitten. Natürlich würde er sich verpflichtet fühlen, sie in seine Obhut zu nehmen. Da sie Jeromes Pläne kannte, durfte er sie nicht freilassen. Und wenn sie ihn verriet, würde womöglich Blut fließen – in diesem Salon. »Alles in Ordnung, Ian.« Beinahe erstickte sie an diesen Worten. Er berührte ihre Schulter, und sie schloß die Augen. Verzweifelt zwang sie sich, nicht daran zu denken, was geschehen wäre, wenn ... Als sie die Lider hob, war er verschwunden. »Wo ...«, flüsterte sie.

»Wann immer wir uns trennen, weiß keiner von uns, wohin der andere geht«, entgegnete Jerome. »Danach fragen wir nicht. Belamar ist uns heilig, für alle McKenzies neutraler Grund und Boden. Jetzt müssen auch wir beide das Haus verlassen, Miss Magee.«

»Warten Sie, ich habe Alaina noch nicht gesehen – und ich bin so schwach ...«

»Immerhin waren Sie stark genug, um durch den Flur hierherzuschleichen. Wollten Sie meinen Vetter bitten, Sie aus der Gefangenschaft zu befreien und sich gegen mich zu stellen?«

»Nein, ich versuchte nur ...«

»Zu fliehen? Obwohl Sie mir Ihr Wort gegeben haben? Erinnern Sie sich? Sie haben geschworen, keinen Ärger zu machen, wenn ich Ihren Freund am Leben lasse.«

»Nein, ich wollte nicht fliehen – ich ging einfach nur den Flur entlang. Aber ich warne Sie – wenn Sie Finn was angetan haben ...«

»Lügen Sie nicht, Miss Magee. Natürlich haben Sie einen Fluchtversuch unternommen. Und danken Sie dem Himmel, daß ich Ihrem Schwur mißtraut und kein Menschenleben riskiert habe.«

»Wie können Sie es wagen, so mit mir zu reden ...«

»Oh, ich wage sehr oft, die Wahrheit auszusprechen.«

»Gewiß – was *Sie* für Wahrheit halten! Ich begleite Sie nicht. Mir ist schwindlig, und ich ...«

»Tut mir leid, Sie müssen mit mir kommen.«

»Dafür bin sich zu schwach ...«

»Hören Sie zu jammern auf!« unterbrach er sie ungeduldig. Kobaltblaue Augen starrten sie an. »Sobald wir die *Maid of Salem* gekapert haben, lasse ich Sie frei.«

Dann nahm er sie auf die Arme, obwohl sie vehement protestierte, und trug sie in die Morgendämmerung hinaus.

3

In einem kleinen Boot fuhren sie von Belamar zum tiefen Gewässer der Bucht, und Risa überlegte, ob sie ein zweites Mal hineinspringen sollte. Selbst wenn sie nicht entkam, würde sie dem Captain so viel Ärger machen, daß er sie vielleicht loswerden wollte. Bei diesem Gedanken drehte sie sich zu Jerome McKenzie um, der hinter ihr saß, ruderte und grimmig lächelte.

Entschlossen stellte er einen gestiefelten Fuß auf ihren Sitz und klemmte den Rock ihres Kleids ein. »Verzichten Sie lieber auf ein Bad. Die Zeit drängt.«

»Wo ist Finn?« fragte sie.

»Das werden Sie bald sehen.«

»Sie haben versprochen, er würde am Leben bleiben.«

Für eine Minute hörte er zu rudern auf und beugte sich vor. »Und ich pflege mein Wort zu halten, Miss Magee. *Sie* sind es, der man nicht trauen darf. Da sind wir. Die *Lady Varina*, früher die *Mercy*. Sie wurde umgetauft.«

Im schwachen Morgenlicht tauchte das Schiff aus rosigen Nebelschleiern auf, wie ein Geist. Der Name einer vornehmen Dame wie Varina, mit Präsident Davis von der Konföderation verheiratet, paßte zu dem schönen, eleganten Schoner, der anmutig auf den Wellen schaukelte. Während Jerome näher heranruderte, entdeckte Risa fünf Geschütze an der Steuerbordseite. Zweifellos würden sich fünf weitere an der Backbordseite befinden.

Sie versuchte sich einzureden, kampfstarke Schiffe von der Union Navy könnten diesen kleinen Rebellenschoner mühelos versenken. Aber da sie in militärischen Kreisen aufgewachsen war, kannte sie die Vorteile schneller, wendiger Schiiffe.

Sobald sie die Steuerbordseite erreichten, wurde eine Strickleiter herabgelassen. Risa erhob sich, und das kleine Boot schwankte gefährlich. Von kalter Panik erfaßt, wollte sie sich lieber dem Meer anvertrauen, statt mit dem Captain und seiner Besatzung davonzusegeln. Aber Jerome stand dicht hinter ihr, balancierte den Kahn aus und legte ihre Hände auf eine Sprosse der Strickleiter. So blieb ihr nichts anderes übrig, als hinaufzuklettern.

Der rotblonde Bursche, der sie auf Belamar bewacht hatte, begrüßte sie und half ihr an Deck. Rasch schaute sie sich um und zählte die Besatzungsmitglieder. Fünfzehn Mann. Wahrscheinlich waren noch mehr an Bord und bereiteten die Abfahrt vor. Die Leute trugen keine Uniformen, nur schäbige Hemden und Hosen, und die meisten waren ziemlich jung. Doch sie sah auch ein paar Graubärte. Barfuß standen sie auf den Planken, musterten Risa und erwarteten die Ankunft ihres Captains.

Geschmeidig schwang er sich über die Reling und trat neben seine Gefangene. »Gentlemen, für einige Zeit haben wir einen Gast in unserer Mitte. Wenn die Dame auch alles verabscheut, wofür wir kämpfen, werden wir ihr beweisen, daß die Gastfreundschaft der Südstaatler kein Mythos ist. Kurz gesagt, sie muß bei uns bleiben, trotz ihrer fatalen Neigung, im Meer zu baden. Segeln wir los, Hamlin.«

Ein großer, schlanker Mann mit silbernen Strähnen im dunklen Haar salutierte lächelnd. Respektvoll nickte er Risa zu, dann gab er der Besatzung seine Befehle.

»Kommen Sie, ich bringe Sie in Ihr Quartier.« Risa spürte Jeromes Hand auf ihrer Schulter. Trotz ihrer mißlichen Lage bewunderte sie das schöne Schiff. Er führte sie an den Männern vorbei, die geschäftig umhereilten, drei Stufen hinab und in die Kapitänskabine.

Im gedämpften Morgenlicht brannte eine hübsche kugelförmige Lampe auf einem Eichenschreibtisch. Zur Linken war eine Koje in die holzgetäfelte Wand eingebaut, von Regalen voller Bücher und Kristallkaraffen umgeben. Seltsamerweise befand sich eine kleine Tür neben der Koje. Davor stand ein wuchtiger lederner Ohrensessel. Auf der anderen Seite der Kabine sah Risa weitere Regale, einen Schrank und eine Bullaugenreihe mit geschlossenen kobaltblauen Vorhängen. Die exquisite, geschmackvolle Einrichtung paßte nicht zu einem Kriegsschiff und erinnerte eher an ein Handelsschiff.

»Nun?« fragte Jerome höflich, und sie wandte sich zu ihm. Seine Arroganz stand ihm gut. In einem weißen Hemd, am Kragen geöffnet, engen Breeches, einem dunkelgrauen Gehrock und blankpolierten Stiefeln war er ganz der Herr seines Schiffs – und seines Schicksals.

Doch sie hatte nicht vor, ihm Komplimente zu machen. »Gehört Ihre zerlumpte Besatzung wirklich der Confederate Navy an?«

Sein leises, rauhes Gelächter beschleunigte ärgerlicherweise ihren Puls. »In der Konföderation müssen wir uns mit dem begnügen, was wir haben, Miss Magee. Bedenken Sie – die Union begann diesen Krieg mit der achtzigjährigen Erfahrung eines geeinten Landes, während wir uns zunächst ohne Regierung, ohne finanzielle Mittel, ohne Army und Navy zurechtfinden mußten. Verzeihen Sie uns den Mangel an schneidigen Uniformen.«

Seine Gelassenheit verwirrte sie, denn sie hätte ihn gern in Wut gebracht. »Und das ist wohl mein Gefängnis? Wenn ja, sehe ich außer der Tür keinen Fluchtweg. Also können Sie mich beruhigt allein lassen und Ihr Schiff kommandieren.«

»Ganz recht, das ist Ihr Gefängnis.« Mehr sagte er nicht, aber nun las sie unverhohlenen Zorn in seinen blauen Augen. Abrupt ging er hinaus, schloß die Tür hinter sich, und sie erkannte verwirrt, daß sie nicht auf sein plötzliches Verschwinden vorbereitet gewesen war. Sie hatte gehofft, ihn zu provozieren, einen Streit herauszufordern. Warum, wußte sie nicht genau. Aber sie empfand eine vage Angst, die sie sich allerdings nicht eingestehen durfte. Sie war immerhin die Tochter eines Generals.

Eine Zeitlang stand sie nachdenklich da, bis sie von einem heftigen Ruck quer durch die Kabine geschleudert wurde und in der Koje landete. In den letzten Monaten war sie lange genug an Bord eines Schiffes gewesen, auf der Fahrt von Washington nach St. Augustine, dann zur Biscayne Bay. Hoffentlich wurde sie jetzt nicht seekrank – das wäre zu peinlich. Reglos blieb sie liegen und spürte, wie das Schiff immer schneller über die Wellen segelte. Sie schloß die Augen. Allmählich gewöhnte sie sich an die rhythmischen Schwankungen und schlief ein.

Als sie erwachte, fühlte sie erneut die sanfte, tröstliche Bewegung. Dann erinnerte sie sich wieder, daß sie gefangen war, an Bord eines feindlichen Schiffs. Hastig setzte sie sich auf – etwas zu schnell, und ihr wurde schwindlig. Doch das Unbehagen ließ bald nach, und sie stieg vorsichtig aus der Koje.

Wie spät machte es sein? Zwischen den Vorhängen drang helles Licht hindurch. Also mußte sie mehrere Stunden geschlafen haben. Sie rieb sich den Nacken.

Neugierig betrachtete sie den Schreibtisch und überlegte, welche Korrespondenz in den Schubladen verwahrt wurde. Jetzt war sie gefangen. Doch das würde sich ändern, und wenn sie entkam …

Sie setzte sich hinter den massiven Eichenschreibtisch, öffnete das oberste Schubfach und entdeckte einen Stapel Briefe. Sicher würden sie wichtige Informationen enthalten. Eifrig sah sie die Papiere durch. Zu ihrer Enttäuschung fand sie nur Privatbriefe. Der erste stammte von Ians Schwester Tia, die erklärte, sie würde sich gern nützlich machen und zusammen mit ihrem Bruder in seinem behelfsmäßigen Lazarett am St. Johns arbeiten. Den zweiten Brief hatte Jerome McKenzies Schwester Sydney geschrieben, wohnhaft in Charleston, den dritten sein Bruder Brent, den man wegen eines dringenden medizinischen Problems nach Richmond berufen hatte.

Während Risa die Briefe studierte, entsann sie sich, daß sie militärische Anhaltspunkte suchte, und es war zweifellos ungehörig, in der Privatpost des Captains herumzuschnüffeln. Aber Brents Brief interessierte sie sehr. Trotz ihrer Gewissensbisse las sie weiter.

»… und leider fordern die Krankheiten mehr Todesopfer als die Kugeln. Ich weiß, die Unionsärzte bemühen sich genauso wie wir, unsere Jungs von Dysenterie und Fieber zu heilen und auf die Schlachtfelder zurückzuschicken. Um alles noch zu verschlimmern, hat man mich mit einer neuen Aufgabe betraut. Wie der Generalstabsarzt feststellte, leiden viele Soldaten an peinlichen Krankheiten, die vom Kontakt mit dem schönen Geschlecht herrühren. Ja, in der Tat. Kannst Du Dir das vorstellen, Jerome? Diesen Krieg wird vermutlich jene Seite gewinnen, die zuerst ein Mittel gegen die grassierenden Geschlechtskrankheiten findet. Wieder einmal muß ich Dich erinnern – wir brauchen dringend Medikamente. Gewiß, wir haben die besten militärischen Köpfe, brillante Generäle kämpfen für unsere Sache, und in unserem Volk schlagen starke Herzen. Aber die Unionsführer sind nicht dumm, und sie wissen, daß sie uns langsam in die Knie zwingen, aushungern und unsere geschwächten Männer ohne Medizin und Anästhesie sterben lassen können. Falls Du mir schreiben willst – vorerst bin ich in Richmond stationiert. Gott mit Dir, mein Bruder.«

Risa legte den Brief beiseite. Zu ihrer eigenen Verblüffung zitterte sie.

Plötzlich wurde sie von einer seltsamen Beklemmung erfaßt und blickte verwirrt auf. Jerome war zurückgekehrt – lautlos. Oder sie hatte, in den Brief vertieft, nicht gehört, wie die Tür geöffnet worden war.

Er lehnte an der Wand und schien sie schon eine ganze Weile zu beobachten. Da er nur seine Breeches trug, mußte er in der Takelage gearbeitet haben. In seinem bronzebraunen Hals tickte ein Puls. Mit dem zerzausten dunklen Haar, das fast bis zu seinen Schultern reichte, glich er mehr denn je einem Indianer.

Brennend stieg ihr das Blut in die Wangen, und sie stand hastig vom Schreibtisch auf. Als Jerome auf sie zuging, wich sie erschrocken zurück. Allzuweit kam sie nicht. Er blieb dicht vor ihr stehen und musterte sie wütend, so verächtlich, daß sie fürchtete, er würde sich an ihr vergreifen. Doch er rührte sie nicht an. Statt dessen schloß er das Schubfach, lehnte sich an die Tischkante und verschränkte die Arme vor Brust. »Haben Sie irgendwas Interessantes entdeckt?«

»Nein, natürlich nicht. Sie wissen ja, was Ihre Schubladen enthalten.«

»Keine militärische Korrespondenz. Seien Sie froh darüber, Miss Magee. Sie wollen der Gefangenschaft entrinnen, und ich beherberge Sie nur notgedrungen auf diesem Schiff. Meiner Familie zuliebe habe ich Sie bisher sehr rücksichtsvoll behandelt. Wenn Sie sich weiterhin so impertinent verhalten, könnte ich mich bald anders besinnen.«

»Wenn Sie erwarten, Ihre Gefangenen würden Ihnen höflich begegnen, täuschen Sie sich.«

Unsanft packte er Risas Handgelenk und zog sie zu sich heran. Kalte Furcht erfaßte ihr Herz. »Und Sie dürfen keine Gnade von mir erwarten, Miss Magee.«

Als er sie losließ, trat sie rasch zurück. Gegen ihren Willen hörte sie sich stammeln: »Ich – ich werde keine Informationen mehr in Ihren Schubladen suchen. Das schwöre ich.«

»Trotzdem traue ich Ihnen nicht über den Weg. Sie werden meine Papiere nicht mehr lesen, weil ich sie demnächst entfernen lasse. Übrigens, ich bin zu Ihnen gekommen, um Sie vor einem bevorstehenden Feuergefecht zu warnen. Bleiben Sie in der Kabine – es sei denn, das Schiff sinkt«, fügte er hinzu und wandte sich zur Tür.

»Was sehr leicht geschehen kann!« rief sie ihm erbost nach.

Da kam er zurück, ergriff ihre Hände und umklammerte sie so fest, daß sie sich nicht befreien konnte. »O nein, dieses Schiff wird wohl kaum sinken. Ich habe es selbst gebaut, und es segelt schneller und behender als alles, was man derzeit auf dem Meer findet. Wenn es mir mißlingt, meine Gegner zu überrumpeln und die Beute zu erobern, entfliehe ich den schweren Geschützen mühelos. Eine ganz einfache Strategie. Am besten legen Sie sich in die Koje, da wir mit einem lebhaften Seegang rechnen müssen.«

Ohne eine Antwort abzuwarten, ließ er sie los und eilte zur Tür. Doch sie rannte ihm nach und trommelte mit beiden Fäusten auf seinen Rücken. Verblüfft drehte er sich um.

»Glauben Sie, ich verkrieche mich hier drin, während Sie meine Landsleute auf dem Wasser jagen?« zischte sie.

»Miss Magee, ich kämpfe mit allem Respekt vor dem menschlichen Leben, und ich will meine Feinde nicht töten. Mir geht es nur um die Vorräte, die ich konfiszieren möchte. Legen Sie sich in die verdammte Koje, oder ich muß Sie festbinden.«

Empört sprang sie zurück. »Drohen Sie mir nicht, Sie wilder Halbindianer! Unterstehen Sie sich ...«

Sie unterbrach sich entsetzt, als er sie blitzschnell hochhob. Ehe sie wußte, wie ihr geschah, lag sie in der Koje. Jerome kniete über ihr. Trotz ihres verbissenen Widerstands band er ihr rechtes Handgelenk an einem Haken über dem Kopfteil fest, mit einem Strick, den er aus dem Regal genommen hatte.

»Tun Sie das nicht«, wisperte sie. »Bitte ...«

Ausdruckslos erwiderte er ihren Blick und überprüfte den Knoten. »Tut mir leid. Das haben Sie sich selber zuzuschreiben.«

Ohne ein weiteres Wort verließ er die Kabine, und Risa unterdrückte den Hilferuf, der in ihrer Kehle aufstieg. Niemand würde zu ihr kommen. Offensichtlich war die Besatzung dem Captain treu ergeben.

Aber ein paar Sekunden später stieß sie einen gurgelnden Schrei aus, als der erste Schuß krachte, von der *Lady Varina* abgefeuert. Dann erzitterte das ganze Schiff unter den gewaltigen Rückstößen der Kanonen. In den Lärm der Seeschlacht mischten sich schrille Stimmen, und der Schoner schwankte heftig, während gegnerische Geschosse klatschend ins Wasser fielen. An die Koje gefesselt, schloß Risa angstvoll die Augen. Das Feuer schien kein Ende zu nehmen.

Wenn sie doch aufstehen könnte ... Sie fürchtete, eine Kugel würde die Kabinenwand durchschlagen, das zersplitterte Holz in Flammen aufgehen, und sie wäre hilflos gefangen.

Wieder erklang gellendes Geschrei. Verzweifelt zerrte und fingerte sie mit der freien Hand an ihrer Fessel.

Wann die Schüsse verstummt waren und das Schwanken nachgelassen hatte, wußte sie nicht genau. Sie versuchte immer noch, sich zu befreien, als die Tür aufschwang.

Mitten in der Bewegung erstarrte Risa und beobachtete argwöhnisch den jungen rotblonden Seemann, der in Breeches, mit bloßen Füßen zu ihr trat. Auf seiner Brust mischte sich Schweiß mit schwarzem Schießpulver. Beim Anblick des Messers in seiner Hand stockte ihr Atem.

Offenbar las er die Panik in ihren Augen, denn er versicherte hastig: »Alles in Ordnung. Aber da ich den Captain kenne, weiß ich, daß man seine Knoten nicht lösen kann.«

Rasch durchschnitt die Klinge den Strick. Risa setzte sich auf und rieb ihr wund gescheuertes Handgelenk. »Vielen Dank. Wenigstens *ein* Mann auf diesem Schiff besitzt Anstand und Ehrgefühl, wenn der Captain auch verrückt ist ...«

»Miss Magee ...«

»Bitte, Sie müssen mir zur Flucht verhelfen. Verstehen Sie denn nicht? McKenzie ist wahnsinnig. Sonst hätte er mich nicht gefesselt, obwohl das Schiff zu sinken drohte.«

»O Miss Magee ...«, begann der junge Mann unbehaglich, doch sie hörte nicht auf ihn.

»Dieser elende Bastard! Aber was soll man anderes von einem Halbblut erwarten, einem Rebell, einem skrupellosen Barbaren?«

»Miss Magee ...«

»Schon gut, Michael«, drang eine tiefe Stimme von der Tür herüber, und der junge Mann starrte Risa unglücklich an.

Sie spähte an ihm vorbei und sah Jerome McKenzie auf der Schwelle stehen, in Schweiß gebadet, mit Schießpulver beschmutzt. Über seine Brust zog sich eine blutige Schnittwunde. Leuchtend blau zeichneten sich seine Augen im verrußten Gesicht ab. »Erinnere mich dran, mein Junge – nächstes Mal muß ich sie nicht nur fesseln, sondern auch knebeln.«

»Aye, Captain«, murmelte Michael verlegen und ergriff

die Flucht. Ohne Jerome aus den Augen zu lassen, stand Risa unsicher auf.

»Michael ist ein guter, braver Junge, Miss Magee«, erklärte er. »Aber er wäre niemals hierhergekommen, um Ihre Fesseln zu durchschneiden, wenn ich's ihm nicht befohlen hätte.«

»Beinahe wäre ich gestorben!«

»Vor Ihrer Tür stand ein Wachtposten. Beim kleinsten Anzeichen einer Gefahr hätte er Sie befreit.«

»Wurde die *Maid of Salem* gekapert?« fragte sie leise und sank in die Koje zurück.

»Aye.«

»Und die Besatzung?«

»Natürlich haben wir die Hälse aller Überlebenden aufgeschlitzt.«

Erschrocken rang sie nach Luft. Dann merkte sie, daß er sie verspottete. »Die Besatzung, McKenzie?«

»Der Feind hat drei Mann verloren, wir einen. Jetzt holen einige meiner Leute die Fracht von der *Maid of Salem* herüber. Danach wird sie frisch gestrichen, umgetauft und in den Dienst der Konföderation gestellt. Wir bringen die Yankees zu einer kleinen Landzunge, an der zahlreiche Unionsschiffe auf dem Weg nach Key West vorbeisegeln.«

»Also ein voller Erfolg«, flüsterte sie.

»Ja, ich kann unvorsichtige feindliche Kommandanten sehr oft überrumpeln – eines meiner bescheidenen Talente.« Er setzte sich an den Schreibtisch, nahm eine Rumflasche aus dem untersten Schubfach und entkorkte sie. Nach einem großen Schluck biß er die Zähne zusammen und goß etwas Alkohol auf seine Wunde. Der Rum spülte ein wenig Ruß weg.

Bestürzt sah Risa den tiefen Schnitt und sprang auf. »Das muß genäht werden.«

»Machen Sie sich Sorgen um mich?«

»Ich habe nur festgestellt, daß die Wunde genäht werden muß.«

»Möchten Sie das erledigen?«

»In der Tat, es wäre mir ein Vergnügen, immer wieder mit einer Nadel in Ihr Fleisch zu stechen«, erwiderte sie honigsüß.

Grinsend lehnte er sich zurück. »Eine ehrliche Frau – wie erfrischend! Soll ich mich auf Ihre Fähigkeiten verlassen? Im Augenblick ist unser Schiffsarzt mit schlimmeren Verletzungen beschäftigt.«

Sie zögerte und fragte sich, ob sie den Verstand verlor. Würde sie's wirklich genießen, mit einer Nadel in seine Brust zu stechen. Oder konnte sie nach der monatelangen Arbeit im Hospital von St. Augustine die tiefe Schnittwunde eines Mannes ganz einfach ignorieren?

»Wenn Sie Nadel und Faden holen lassen, verarzte ich Sie.« Seine Augen verengten sich, und sie seufzte ungeduldig. »Ihren Vetter Julian kenne ich nicht. Aber ich habe den Ärzten geholfen, die seine Praxis in St. Augustine übernahmen, als er mit dem Militär landeinwärts zog.«

Forschend schaute er sie an. Überlegte er, ob sie die Nadel mitten in sein Herz bohren würde? Was er zweifellos verdiente ... Doch sie beschloß, diesen Impuls zu bezähmen. Seine Männer würden sich gnadenlos an ihr rächen.

»Wie Sie meinen«, entgegnete er und zuckte die Achseln. »Michael!« Der junge Seemann öffnete die Tür. »Bring uns Nadel und Faden. Miss Magee hat sich freundlicherweise bereit erklärt, meinen Wunde zu nähen.«

Gequält verdrehte Michael die Augen. Auch er schien das Allerschlimmste von ihr zu erwarten.

»Großer Gott, ich bin keine Närrin!« rief sie ärgerlich. »Glauben Sie, ich würde mit einer Nadel um meine Freiheit kämpfen?«

Michael hob die Brauen, und Jerome nickte ihm fast unmerklich zu. Wenig später kehrte der junge Mann mit den gewünschten Utensilien, einer Wasserschüssel und einem Schwamm zurück.

Risa holte tief Atem, straffte die Schultern und ging zum Schreibtisch. Sie befeuchtete den Schwamm, dann wusch sie behutsam das Blut und den Ruß von der

Wunde. Dabei spürte sie Jeromes mißtrauischen Blick. Aber er zuckte kein einziges Mal zusammen.

»Soll ich Ihnen helfen, Ma'am?« erbot sich Michael.

»Ich glaube, Miss Magee kommt sehr gut allein zurecht«, bemerkte der Captain.

Michael verließ die Kabine, und Jerome nahm noch einen Schluck Rum. Während Risa die Wunde so sanft wie möglich reinigte, dachte sie, wie bedauerlich es war, daß diese schimmernde bronzebraune Haut so brutal zerfetzt worden war. Geflissentlich wich sie Jeromes Augen aus und hielt die Nadel in die Flamme der Lampe.

»Was tun Sie da?«

»Manche Arzte glauben, auf diese Weise würde man einer Infektion vorbeugen. Wie man mir erzählt hat, vertritt auch Julian diesen Standpunkt. Und er meint, mit sauberen Schwämmen und Verbänden würde man den Heilungsprozeß beschleunigen.«

»Gut.«

Risa zog den Faden durch das Nadelöhr.

»Sollten Sie mich nicht vor dem Schmerz warnen, den Sie mir zufügen werden?« fragte Jerome und hielt ihre Hand fest.

Endlich schaute sie ihn an. Seine blauen Augen glänzten hart wie Stahl. »Ja, es wird ziemlich weh tun.« Seufzend ließ er ihre Hand los und trank noch etwas Rum.

Die Lippen zusammengepreßt, begann sie zu nähen. Sie spürte die Hitze seines Körpers, die bebenden Muskeln unter ihren Fingern. Aber er rührte sich nicht. Als sie ihr Werk fast beendet hatte, stöhnte er erleichtert. Sie schnitt den Faden ab und trat zurück. Inzwischen war die Rumflasche fast leer, und er bot Risa an, den Rest zu trinken. Sie schüttelte den Kopf.

»Nehmen Sie einen Schluck. Dann werden Sie etwas zuversichtlicher in die Welt schauen.«

»Dazu brauche ich keinen Alkohol. Sagten Sie nicht, Sie würden mich freilassen, wenn Sie die *Maid of Salem* gekapert haben?«

»Inzwischen mußte ich mich leider anders besinnen.«

»Was?« rief sie entrüstet.

»Wir müssen sofort zu den Bahamas segeln.«

»Mit mir? Sie können mich nicht zwingen …«

»Tut mir leid, ich habe keine Wahl.« Aufmerksam beobachtete er ihr Gesicht. »Oder?«

»Ich weiß nicht, was Sie meinen.«

»Doch, ich denke schon.«

»Wirklich nicht. Und wieso haben Sie keine Wahl? Das ist *Ihr* Schiff. Und ein grandioser Held wie Sie müßte eigentlich …«

»Wie auch immer, wir segeln zu den Bahamas, und Sie bleiben noch eine Weile mein Gast.«

»Nein, verdammt noch mal!« In ihrer Wut vergaß sie die Wunde, die sie soeben genäht hatte, und rammte ihre Faust gegen seine Brust. Taumelnd stand er auf, krümmte sich vor Schmerzen, und Risa wich zerknirscht zurück.

Sie wollte sich entschuldigen. Aber dazu kam sie nicht. Er packte ihre Arme und stieß zwischen zusammengebissenen Zähnen hervor: »Offenbar tun Sie Ihr Bestes, um mich tatsächlich in den grausamen Barbaren zu verwandeln, für den Sie mich halten, Miss Magee.«

»Das wollte ich nicht …«

»Trotzdem haben Sie's getan!« Abrupt ließ er sie los und ging zur Tür, wo er sich noch einmal umdrehte. »Obwohl Sie mich so barmherzig verarztet haben, würde ich Sie mit dem größten Vergnügen an Land bringen. Bedauerlicherweise gibt's in unserer unmittelbaren Nähe keine Küste.«

Damit stürmte er aus der Kabine.

Zitternd und kraftlos sank Risa in den Schreibtischsessel, von wachsender Angst erfüllt. Wie lange mußte sie die Gefangenschaft noch ertragen? Sie ergriff die Rumflasche, die sie zuvor verschmäht hatte, setzte sie an die Lippen und leerte sie bis zum letzten Tropfen.

4

Der Schiffsarzt der *Lady Varina* hieß David Stewart. Wie die meisten Besatzungsmitglieder war er sorgfältig ausgewählt worden. Er hatte sein Medizinstudium zur selben Zeit abgeschlossen wie Brent. Ein paarmal war Jerome ihm begegnet, wenn er seinen Bruder in der Universität besucht hatte. Später hatte David in den Everglades die Gebräuche der Seminolen studiert und sich besonders für die Tatsache interessiert, daß sie – wie viele Stämme auf dem ganzen Kontinent – nackt in den Kampf zogen, von ihrer Kriegsbemalung und den Lendenschurzen abgesehen.

Von seinem Vater hatte Jerome längst gelernt, was die Indianer ohne Studien oder Statistiken wußten: Wenn winzige Stoffetzen in Wunden gerieten, konnten sie Infektionen hervorrufen und zum Tod führen, während saubere Verletzungen schnell verheilten. Davids Fähigkeit, alle verfügbaren Quellen zu nutzen, um sich weiterzubilden, hatte Jerome stets beeindruckt. Aufgrund seiner Erfolge bei der Navy erlaubten ihm die Vorgesetzten, seine Männer selbst auszusuchen. Natürlich verschaffte er sich auch Vorteile, indem er seine eigenen Schiffe in den Dienst der Konföderation stellte. Er mußte sich zwar vor ranghöheren Navy-Offizieren verantworten, aber seine Entscheidungen wurden fast uneingeschränkt akzeptiert. Und da seine Aktivitäten hervorragende Resultate erzielten, ließ man ihn schalten und walten, wie es ihm beliebte.

Als er an Deck in Salzwasser badete, das er dann mit Trinkwasser abspülte, spürte er Davids prüfenden Blick. »Verdammt gute Stiche. Klein und akkurat. Vielleicht wird nicht einmal eine Narbe zurückbleiben.«

»Beinahe hätte mir ein blutrünstiger, häßlicher Yankee das Herz aus dem Leib geschnitten.« Jerome schüttelte sein nasses Haar. »Und das würde Miss Magee genauso gern tun, wenn sie auch zu den schöneren Feinden zählt. Vermutlich hat sie so kleine Stiche gemacht, damit sie möglichst oft in meine Brust stechen konnte.«

»Jedenfalls hat sie erstklassige Arbeit geleistet«, meinte David grinsend. »Sie sollte mir assistieren – falls sie bis zum nächsten Gefecht unsere Gastfreundschaft genießen wird.«

Jerome stellte den Eimer beiseite, dessen Inhalt er über seinen Körper gegossen hatte, und der Kammersteward Jeremiah Jones reichte ihm ein Handtuch. Mit seinen sechzehn Jahren war er nicht jünger als viele Burschen, die in diesen Krieg zogen, obwohl die Soldaten auf beiden Seiten offiziell mindestens achtzehn sein mußten. Die Besatzung hielt ihn aus Nahkämpfen heraus. Im letzten Jahr war er an Bord geholt worden, nachdem er bei einem Scharmützel im nördlichen Florida seine Eltern verloren hatte.

»Hast du unserem Gast ein Dinner serviert, Jeremiah?« fragte Jerome.

»Evans besten Eintopf mit Meeresfrüchten, Sir, vor einer halben Stunde.«

»Und die Dame hat dir die Schüssel nicht an den Kopf geworfen?«

»Sie stand nicht einmal auf, Captain, und dankte mir nur, als ich das Tablett auf den Schreibtisch stellte.«

»Hast du alle meine Papiere aus den Schubladen genommen?«

»O ja, Sir, sobald Sie aus der Kabine gekommen sind.«

»Gut, dann geh jetzt essen.«

»Aye, aye, Sir!« Jeremiah salutierte und verschwand unter Deck.

»Also wirst du nicht nach Norden segeln und Miss Magee bei St. Augustine freilassen?« fragte David.

»Wie kann ich das jetzt noch tun?« Jerome rieb sein Haar trocken. »Auf der Rückseite von Brents Brief steht, wann die britischen Bandagen und Enfield-Gewehre, die wir gekauft haben, in Nassau eintreffen werden – nämlich nächste Woche.«

»Glaubst du, das hat sie gelesen? Nach allem, was du mir erzählt hat, scheint sie anzunehmen, sie hätte nur deine Privatkorrespondenz gefunden.«

»Es spielt keine besondere Rolle, ob sie die Information entdeckt hat oder nicht. Wenn dieser verängstigte Yankee von der *Maid of Salem* die Wahrheit gesagt hat, wird ein feindliches Schiff in den Hafen von Nassau segeln und unseren Blockadebrecher *Montmarte* angreifen, während seine Besatzung den Nachschub an Bord bringt. Deshalb fahren wir hin und besprechen mit dem Captain der *Montmarte*, wie wir vorgehen werden.«

»Dann mußt du wohl noch eine Weile auf deine Kabine verzichten«, bemerkte David leichthin.

»Was bleibt mir denn anderes übrig?«

»Du könntest doch Miss Magee in Nassau an Land bringen.«

Die Hände in die Hüften gestützt, dachte Jerome nach. Ja, das wäre möglich. Dann würde sie seine Nerven nicht mehr strapazieren. Aber so durfte er nicht handeln. Notgedrungen hatte sie ihn an Bord der *Lady Varina* begleitet, er trug die Verantwortung für sie und mußte sie zur Florida-Küste bringen, in Sicherheit. Natürlich zum richtigen Zeitpunkt. Vorerst würde er sie im Auge behalten. Als Tochter eines Generals besaß sie gewisse Fähigkeiten. Immerhin war sie ziemlich weit nach Süden vorgedrungen, um Alaina zu folgen, und er traute ihr durchaus zu, daß sie Informationen sammeln und an seine Feinde weiterleiten würde.

Plötzlich seufzte David leise. »Der Krieg dauert schon ziemlich lange, was? An deiner Stelle würde ich von der Lady träumen, die in deiner Koje liegt. Was für Augen! Nicht nur blau, sondern kristallblau. Und das kastanienrote Haar – wie Zobel, von der Sonne berührt. Einfach vollkommen …«

»Niemand ist vollkommen, David«, erwiderte Jerome irritiert.

Der Arzt zuckte die Achseln. »Jedenfalls – der Krieg erscheint mir endlos. Vielleicht bin ich schon zu lange an Bord deines Schiffs. Und die Lady könnte mir gefallen. Sie ist schön, stolz und leidenschaftlich. Und entschlossen. Gar nicht zu reden von ihrer Figur. Eine schmale Taille, üppige Brüste, sanft geschwungene Hüften, und diese schimmernde Haut ...«

»Wenn du Glück hast, darfst du dich morgen abend in den Freudenhäusern von Nassau amüsieren«, unterbrach Jerome seinen Freund. »Würdest du mich jetzt entschuldigen? Ich ziehe meine eigene Gesellschaft vor.«

Mit langen Schritten ging er nach achtern, befahl dem Steuermann, während der Nacht den Kurs zu halten, und setzte sich auf ein leeres Rumfaß. Auf seiner feuchten Brust fühlte sich der Meereswind kalt an, und Jerome hieß ihn willkommen, weil in seinem Innern ein Feuer brannte, das gelöscht werden mußte.

Er hatte sich stets für vernünftig gehalten. Das verdankte er seinem Schicksal. Sein Vater war ein halber Seminole, seine Mutter entstammte der weißen Aristokratie. Nun lebten sie in der Wildnis der südlichen Halbinsel, denn in der zivilisierten Welt müßte James McKenzie stets unter dem Unrecht leiden, das die Union dem Seminolenvolk seiner Mutter angetan hatte. In den Augen vieler Weißer genügte ein Tropfen Indianerblut in den Adern, um einen Mann als Wilden abzustempeln, so wie ein Tropfen afrikanisches Blut jeden in einen Neger verwandelte.

Aber es gab auch vorurteilsfreie Weiße. Das war James bewußt geworden, als er sich in Jeromes Mutter Teela verliebt hatte, die keinen Menschen nach seiner Herkunft einschätzte, sondern nur nach seinem Charakter und seiner Lebensart. Ebensogut wußte Jerome, daß Rasse oder Glaubensbekenntnisse keine Rolle spielten, was das Wesen einer Person betraf. Er war zufrieden mit sich und seiner Welt. Auch wenn er das Grauen des Krieges zwischen den Nord- und den Südstaaten verabscheute, versuchte er doch das Beste aus der Situation zu machen.

Im Grunde kämpfte er nur, um Medikamente zu beschaffen, weil zwei seiner engsten Verwandten Ärzte waren. Deshalb kannte er das Leid der Verwundeten. Ihre Schmerzensschreie unter dem Chirurgenmesser, wenn keine Anästhetika zur Verfügung standen, genügten ihm, um regelmäßig sein Leben zu riskieren und die Blockade zu brechen. Außerdem genoß er seinen wiederholten Triumph über feindliche Schiffe.

Genausogern ließ er sich auf Dinnerpartys feiern, wenn er wieder einmal die Unionslinien durchbrochen und Häfen wie Charleston, Savannah und Jacksonville erreicht hatte. Es beglückte ihn, den Ärzten und dem Pflegepersonal die dringend benötigten Medikamente zu übergeben. Auch die Dankbarkeit schöner Frauen gefiel ihm. Viele kokette Debütantinnen aus der Südstaatenaristokratie – ebenso wie ihre liebevollen Väter und kupplerischen Mütter – waren angesichts seiner Heldentaten bereit, den kleinen Makel seiner Geburt zu übersehen. Und manche reifere Dame belohnte ihn mit verführerischen Reizen.

Trotzdem war er kriegsmüde. Wie er von Anfang an gewußt hatte, mußten die Südstaaten bald gewinnen – oder sie waren verloren. Der Norden war ein übermächtiger Feind, unterstützt von irischen und deutschen Emigranten, die von Bord ihrer europäischen Schiffe gingen und ins Unionsheer eintraten. Tausende Unionssoldaten fielen auf den Schlachtfeldern. Tausende wurden ersetzt. Wenn die Soldaten der Konföderierten starben, mußten alte Männer und halbe Kinder einspringen. Sie kämpften mit dem Eifer der Verzweiflung, und Abraham Lincoln, in der Union am Ruder, war kein Narr – mochten ihn die Südstaatler und ihre Karikaturisten auch noch so boshaft verspotten. Jetzt hatte der Norden New Orleans eingenommen. Als Seemann sah Jerome voraus, daß die Yankees den Mississippi hinaufsegeln und versuchen würden, die Konföderation in zwei Hälften zu teilen. Er hielt das Gesicht in die Brise.

Und nun?

Nun hatte er eine Frau an Bord, die seine Besatzung mit ihren Kristallaugen und feurig glänzenden Haaren betörte. Er wußte bereits, wie sie sich anfühlte, wie ihre Lippen schmeckten, und er gab David recht. Auch er fand sie vollkommen. Und sie liebte immer noch seinen Vetter Ian.

Der Krieg war ihr Pech, so wie es sein Pech war, Risa Magee glühend zu begehren.

Als sie erwachte, hörte sie die Wellen gegen den Schiffsrumpf schlagen und spürte ein sanftes Schwanken. Zwischen den Vorhängen schien die Morgensonne in die Kabine. Risa hatte erstaunlich gut geschlafen, was sie dem Rum verdankte. Zuversichtlich stand sie auf, fest entschlossen, der Südstaaten-Navy zu trotzen.

Sie wusch sich mit dem Wasser, das Jeremiah Jones ihr am letzten Abend gebracht hatte.

Immerhin genoß sie als Gefangene auf einem Blockadebrecher gewisse Vorteile – der Junge hatte ihr auch eine Zahnbürste und französisches Zahnpulver überreicht. Das Haar gebürstet, das Gesicht gründlich mit kaltem Wasser gewaschen, die Zähne geputzt, fühlte sie sich bereit, gegen alle Dämonen zu kämpfen, die sie bestürmen würden.

Sie eilte zur gepolsterten, mit Leder bezogenen Fensterbank und öffnete die Vorhänge. Offenbar war der Captain vor Anker gegangen. In der Ferne sah sie den Hafen einer Insel und mehrere Schiffe. Sie nahm ein Fernglas vom Schreibtisch und inspizierte ihre Umgebung.

Da die Sonne hoch am Himmel stand, mußten schon einige Boote von der *Lady Varina* in den Hafen gefahren sein – vermutlich nicht unter deren Flagge, denn sie sah auch an den Masten der anderen Schiffe keine Fahnen flattern. Hier schien man seine Identität nicht zu verraten, und die Geschäfte wurden im geheimen abgewickelt.

Plötzlich schlug ihr Herz schneller. An Deck eines Schiffs, keine halbe Meile entfernt, sah sie Männer in *Nordstaaten-Uniformen*! Sie legte das Fernglas auf den Tisch zurück. Nun mußte sie möglichst schnell die Initiative ergreifen. Vielleicht war das ihre einzige Chance. Wenn sie nicht bewacht wurde …

Die Tür der Kabine ließ sich öffnen. Vorsichtig schlich Risa hinaus. Ein paar Besatzungsmitglieder patrouillierten an Deck, mit ihren Gewehren bewaffnet. Aber sie wirkten unbeschwert. Der grauhaarige Mann, der Jeromes Befehle entgegennahm, nickte ihr zu.

»Guten Morgen!« rief sie freundlich, und er lächelte sie an. Dann sah sie den Kammersteward auf einem Faß sitzen und ein Gewehr polieren.

»Hallo, Jeremiah!«

»Guten Morgen, Miss Magee.«

»Was für ein schöner Tag! Darf ich an Deck spazierengehen?«

Jeremiah schaute den älteren Mann an, der die Achseln zuckte. Offenbar vermutete man, sie würde an Bord keinen Ärger machen, und die Besatzung hatte wohl keine ausdrückliche Order erhalten, was die Gefangene betraf. Die Bemerkung des Captains, sie würde gern im Meer baden, schien die Männer nicht sonderlich zu beeindrucken.

»Ja, natürlich, Ma'am«, antwortete der Junge, und sein unschuldiges Grinsen plagte ihr Gewissen.

»Danke, Jeremiah.« Langsam wanderte sie über das Deck. Das Unionsschiff lag achtern. Als sie in diese Richtung schlenderte, merkte sie, wie die wenigen Besatzungsmitglieder, die an Bord geblieben waren, ihre Arbeit unterbrachen und sie beobachteten. Sie lächelte ihnen zu, und sie nickten. Auf dem Achterdeck lehnte sie sich an die Reling und erweckte den Anschein, sie würde die frische Brise genießen. Nach einer Weile befaßten sich die Männer wieder mit ihren diversen Pflichten.

Sie wartete. Während sie den gedämpften Stimmen lauschte, schaute sie in die Wellen. Der Schoner war nicht groß, aber die Wasserfläche schien tief unten zu liegen. Wenn Risa über die Reling sprang und untertauchte, durfte man kein Plätschern hören. Sie schätzte die Entfernung zum Unionsschiff und das Gewicht ihrer Kleidung ab. An diesem Tag trug sie keine Unterröcke, und sie konnte sehr gut schwimmen. Das hatte sie von ihrem Vater gelernt. Für einen Militär gehörte diese Fähigkeit zur Überlebenskunst.

Unauffällig spähte sie über ihre Schulter. Auf dem Achterdeck saßen nur zwei Männer, die Segel flickten, die Köpfe über ihrer Arbeit gesenkt. Blitzschnell schwang sie sich über die Reling und sprang in kerzengerader Haltung hinab, um möglichst wenig Wasser aufzuwirbeln.

Das Meer war angenehm kühl, und Risa versank etwa fünf Meter in der Tiefe. Dann begann sie hastig zu schwimmen. Ehe sie auftauchte, wollte sie sich um ein gutes Stück vom Schiff entfernen.

Schließlich streckte sie den Kopf aus dem Wasser und füllte ihre Lungen mit köstlicher Luft. Nun erschien ihr die Strecke bis zu ihrem Ziel viel weiter als zuvor, und die Kleidung hing bleischwer an ihrem Körper, obwohl sie auf Unterröcke verzichtet hatte. Sie mußte sich beeilen.

In der Nähe des Unionsschiffs ließen ihre Kräfte nach. Um sich auszuruhen, hielt sie inne und trat Wasser. Sie holte tief Atem, wollte schreien und die Aufmerksamkeit der Besatzung auf dem Unionsschiff erregen. Aber bevor sie den Mund öffnen konnte, wurden ihre Fußknöchel gepackt. Irgend etwas riß sie nach unten. Brennend drang das Salzwasser in ihre Kehle. Dann wurde sie wieder emporgezerrt.

Hustend und würgend rang sie nach Luft. Welches Ungeheuer hätte sie beinahe getötet? Sie versuchte die Arme abzuschütteln, die sie festhielten, drehte sich um und starrte ins Gesicht ihres Peinigers, des elenden Rebellen. »Lassen Sie mich sofort los! Ich schreie...«

»Dann wären Sie eine Närrin«, erwiderte Jerome gleichmütig. In seinen Augen spiegelte sich der Widerschein des Sonnenlichts auf den Wellen.

»Das ist ein Unionsschiff ...«

»Ein Nest voller Deserteure, Miss Magee.«

»O nein, das glaube ich Ihnen nicht – ich schreie ...« Unsanft preßte er eine Hand auf ihre Lippen und zog sie wieder in die Meerestiefe hinab. Obwohl er ihren heftigen Widerstand besiegen mußte, gelang es ihm, Risa unter Wasser um einige Meter von ihrem Ziel zu entfernen. Als sie auftauchten, japste sie: »Natürlich ist das ein Unionsschiff, und wenn ich schreie, werden mir meine Landsleute zu Hilfe eilen ...« Verwirrt unterbrach sie sich, hörte schrilles Gelächter und sah einen halbnackten Soldaten aus einer Kabine an Deck treten, eine ebenfalls spärlich bekleideten Frau im Arm.

»He, Tully, das macht Spaß, was?« rief er einem Mann zu, der offenbar Wache gehalten hatte. »Endlich genießen wir unser Leben, statt in einem gottverdammten Kriegshafen am Mississippi zu schwitzen. Sollen die reichen Jungs und die verrücken Abolitionisten* allein weiterkämpfen! Hier gefällt's mir besser. Palmen, Rum und Weiber! Jetzt bist du dran. Komm her, amüsier dich mit Mary Terese. Sie ist schon ein bißchen müde, aber du bist jung und stark und wirst sie bald wieder aufmuntern. Schade, daß wir sie teilen müssen. Aber wenn die anderen Jungs genug gesoffen und herumgehurt haben und von ihrer Kneipentour zurückkehren, suchen wir uns neue Frauen, nicht wahr?«

Entsetzt schaute Risa zum Schiff hinüber, auf grausame Weise mit ernüchternden Tatsachen konfrontiert.

»Möchten Sie immer noch um Hilfe rufen?« fragte Jerome höflich.

»Ach, lassen Sie mich doch in Ruhe!« fauchte sie, riß sich los und begann zur Lady Varina zurückzuschwimmen. Schon nach wenigen Minuten bereute sie diesen Entschluß. Sie war völlig erschöpft. Als ihr ein kleines Boot entgegenkam, wartete sie und versuchte, Wasser zu treten. Aber die schwere Kleidung zog sie nach unten.

Da spürte sie eine heftige Bewegung rings um ihre Beine. Offenbar wurde ihr hinderlicher Rock weggerissen, und sie konnte auftauchen. Wieder einmal hatte Jerome McKenzie ihr Kleid zerfetzt, um ihr Leben zu retten. Starke Arme halfen ihr ins Boot.

»Eines Tages werden Sie uns noch umbringen, Miss Maggie«, seufzte Michael, der sie aus dem Wasser gezogen hatte.

---

* Verfechter der Sklavenbefreiungsidee

Viel zu ermattet, um zu antworten, streckte sie sich auf dem Boden des Bootes aus und spürte die angenehme Sonnenwärme. Allmählich kam sie wieder zu Atem. Sie spürte, wie Jerome in den Kahn kletterte.

»Zurück zur Strickleiter, Michael«, befahl er.

»Aye, Sir.«

Wenig später stieg sie mit der Hilfe des Captains zum Deck der *Lady Varina* hinauf, und er hob sie über die Reling. Alle Besatzungsmitglieder starrten zu ihr herüber.

»An die Arbeit, Gentlemen!« rief Jerome. »Und Sie gehen in die Kabine, Miss Magee.«

Gedemütigt, triefnaß und unzulänglich bekleidet, gehorchte sie widerspruchslos.

Er folgte ihr, und sie versuchte vergeblich, ihm die Tür vor der Nase zuzuschlagen.

Zielstrebig ging er zum Schreibtisch, nahm eine Flasche Brandy und ein Glas aus einer Schublade, das er bis zur Hälfte füllte. »Trinken Sie das.«

»Nein, danke ...«

»Nun kommen Sie schon! Sie sind klatschnaß und zittern am ganzen Körper.«

Ärgerlich ergriff sie das Glas, leerte es in einem Zug und knallte es auf den Tisch. Der Alkohol brannte schmerzhaft in ihrem nüchternen Magen.

Auch Jerome genehmigte sich einen Schluck Brandy. Barfuß, nur mit seinen Breeches bekleidet, das feuchte Haar an den Kopf geklebt, strahlte er eine erstaunliche Autorität aus.

»Jetzt können Sie gehen«, teilte sie ihm mit. »Ich bin wieder in Sicherheit.«

Aber diese Bemerkung wurde ignoriert. »Wissen Sie, was geschehen wäre, wenn Sie vorhin im Wasser geschrien hätten, Miss Magee? Ganz egal, ob sich auf diesem Schiff Yankees oder Deserteure befinden – sie hätten mich erschossen.«

Mühsam zwang sie sich zur Ruhe und versuchte eine würdevolle Haltung einzunehmen, was in ihrem derangierten Zustand etwas schwierig war.

»Vielleicht hätten Sie mich nicht zurückholen sollen.«

»Vielleicht nicht«, stimmte er zu und trank direkt aus der Brandy-Flasche. »Am liebsten hätte ich Sie den Wölfen zum Fraß vorgeworfen. Darauf mußte ich leider verzichten, weil ich für Ihr Wohlergehen verantwortlich bin.«

»Für mein Wohlergehen?« Erbost ergriff sie die Flasche, die er ihr reichte, nahm einen großen Schluck und stellte sie auf den Tisch. »Also, das ist wirklich amüsant Sir.«

»So?« fragte er und näherte sich ihr mit panthergleichen Schritten. Viel zu dicht vor ihr blieb er stehen. In ihrem Kopf drehte sich alles. »Amüsant? Das finde ich nicht. Wenn Ihnen etwas zustößt, könnte ich am Galgen enden.«

Trotz der trügerischen Hitze, die der Brandy in ihrem Körper erzeugte, fröstelte sie. Die Kabine schien sich seitwärts zu neigen. Hatte die Besatzung den Anker gelichtet?

»Frieren Sie, Miss Magee?« erkundigte er sich in höflichem Ton, obwohl er zweifellos glaubte, diese Unannehmlichkeit hätte sie nach ihrem törichten Fluchtversuch verdient.

»Natürlich – ich bin ganz naß. Vielleicht wären Sie so freundlich, Ihre Gefangene allein zu lassen. Ich würde mich gern umkleiden.«

»Und was wollen Sie anziehen?« Lässig verschränkte er die Arme vor der Brust.

Ja – was? Sie hatte nichts für die Reise eingepackt. Sogar die Fetzen, die sie jetzt trug, waren nur geliehen. »Nun – irgend etwas ...«

»Gewiß, wir werden was für Sie finden, Miss Magee. Bedauerlicherweise verfügen wir in diesen harten Kriegszeiten nur über eine begrenzte Garderobe. Und da springen Sie auch noch ins Meer und ruinieren Ihr Kleid. In Zukunft sollten Sie besser auf Ihre Sachen aufpassen. Sonst müssen Sie bald nackt herumlaufen.«

»Tatsächlich?«

»Wie gesagt, meine Mittel sind begrenzt. Die Rebellen geben ihr ganzes Geld für den Krieg aus. Und das Kriegsministerium wird Ihnen wohl kaum neue Kleider bezahlen. Das wären überflüssige Ausgaben.«

»Seien Sie beruhigt, McKenzie, von Ihnen und Ihrem Kriegsministerium würde ich nicht einmal einen halben Cent annehmen.«

»Und was schlagen Sie vor?« fragte er belustigt. Offenbar erwartete er, sie würde ihn um Gnade bitten.

Diesen Gefallen tat sie ihm nicht. »Oh, bei diesem schönen Wetter laufe ich sehr gern nackt herum«, erwiderte sie leichthin. »Und ich bin schon gespannt, wie sich das auf die Disziplin Ihrer Besatzung auswirken wird. Aber da es Ihre Männer sind, Sir, kennen sie sicher keine verwerflichen Gedanken. Und selbstverständlich sind sie allen Yankee-Deserteuren weit überlegen. Ich gönne der Konföderation jeden Sieg, den sie vielleicht noch erringen wird. Aber ich will verdammt sein, wenn ich Sie auch nur einen Cent koste, Sir!« Entschlossen zog sie das Oberteil ihres Kleids mit den Resten des zerrissenen Rocks über den Kopf.

Reiner Wahnsinn – oder zuviel Brandy ...

Mit bebenden Fingern öffnete sie die winzigen Knöpfe ihrer Unterhose. Unter dem prüfenden Blick seiner kobaltblauen Augen schwand ihre gespielte Kühnheit bald dahin. Jetzt war sie halb nackt. Weder im Norden noch im Süden würde sich eine anständige Dame so benehmen. Aber im Krieg galten andere Maßstäbe.

Inzwischen war Jeromes arrogantes, spöttisches Lächeln erloschen, und er starrte sie an, als zweifelte er an ihrem Verstand. Womit er völlig recht hatte.

Sie schlüpfte aus ihrer Unterhose, aus ihrem Hemd. Dann ging sie zur Tür, den Kopf hoch erhoben. »Entschuldigen Sie mich bitte, Sir, ich möchte mich in der Sonne trocknen lassen.« Im nächsten Moment wurde ihr kühner Trotz von Panik verdrängt. Was würde ihr Vater sagen, wenn er sie jetzt beobachten könnte? Und all die Offiziere und Politiker, die distinguierte Gesellschaft, die sie als Papas Gastgeberin in Washington kennengelernt hatte? Immerhin war sie General Magees Tochter, deren

Intelligenz und stolze Haltung weit und breit bewundert wurden.

Und nun würde sie splitternackt an Deck gehen, vor den Augen der Besatzungsmitglieder. Am liebsten wäre sie unter die Bodenbretter der Kabine gekrochen und gestorben. Mußte sie diese alberne Farce fortsetzen? Sicher würde der Captain sie zurückhalten.

Aber er rührte sich nicht. »Nur zu, Miss Magee. Meine Männer werden sich unbändig freuen. In diesem ausländischen Hafen wird fast alles verkauft, und heute abend dürfen sie sich auf der Insel amüsieren. Ihr Anblick wird ihnen sicher den Mund wässerig machen. Allerdings können sie mit ihrem spärlichen Sold nichts kaufen, was Ihrer Schönheit auch nur annähernd gleichkäme.«

Die Hand auf der Klinke, hielt sie inne. Blufften sie alle beide? »Gehen Sie doch zum Teufel, McKenzie!« zischte sie, ohne sich umzudrehen.

»Soll ich Ihnen eine Decke geben?« erbot er sich nach einer langen Pause.

»Ja, bitte«, antwortete sie so würdevoll wie möglich. Sie hörte, wie er zur Koje ging. Dann wurde eine Decke um ihre Schultern gelegt.

»Wissen Sie eigentlich, wie sehr Sie mir auf die Nerven fallen, Miss Magee?«

»Kein Feind macht einem das Leben leicht«, erwiderte sie und wandte sich um zu ihm. »Und ich bin Ihre Feindin.« Als er nickte und ein seltsames Lächeln seine Lippen umspielte, fragte sie: »Finden Sie meine Worte amüsant, Sir?«

»Alles an Ihnen finde ich – sagen wir einmal, animierend. Vielleicht wird sich unsere Beziehung bald verbessern.«

»Zwischen uns besteht keine Beziehung.«

»Oh, doch. Sie sind eine Gefangene an Bord eines Kriegsschiffs – auf *meinem* Schiff. Darin liegt unsere Beziehung. Das sollten Sie stets bedenken. Wenn Sie mich jetzt entschuldigen würden...« Er umfaßte ihre Schultern, und sie zuckte verwirrt zusammen. Aber er schob sie nur von der Tür weg. »Übrigens, Miss Magee, ich hätte Ihnen niemals erlaubt, diese Kabine in nacktem Zustand zu verlassen.«

Nachdem er ihr ein sarkastisches Lächeln geschenkt hatte, ging er hinaus und schloß die Tür hinter sich. Kraftlos lehnte sie sich dagegen.

Sie hatte zuviel Brandy getrunken – und ein sehr riskantes Spiel gewagt.

Die Augen geschlossen, verfluchte sie Alaina und Ian – und alle Leute, die McKenzie hießen.

5

Nachdem sie so lange im Meer geschwommen war und dann Brandy auf leeren Magen getrunken hatte, sank sie todmüde und benommen in die Koje. Sie schlief sofort ein. Als sie erwachte, sah sie nächtliches Dunkel vor dem Fenster der Kabine. Auf dem Schreibtisch brannte die Lampe. Da die Decke Risas Blößen nur teilweise verhüllte, fragte sie sich unbehaglich, wer hereingekommen war. Am Fuß des Betts lagen Kleidungsstücke – ein Männerhemd aus weißer Baumwolle und Breeches. Der Größe nach zu schließen, stammten die Sachen vom Jeremiah, einem hochgewachsenen, aber sehr schlanken Jungen.

Hastig zog sie sich an, bevor irgend jemand eintreten konnte. Obwohl sie vor dem Captain nichts mehr zu verstecken brauchte ... Voller Scham erinnerte sie sich an ihre kühne Entkleidungsszene. Nie wieder würde sie auch nur einen Schluck Brandy trinken. Aber sie fragte sich, ob ihr Verhalten nur mit dem Alkohol zusammenhing. Sie war so wütend gewesen – auf Jerome McKenzie, auf sich selbst.

Was wäre geschehen, wenn sie das Schiff der Deserteure erreicht hätte? Sie redete sich nicht ein, diese Männer hätten sich dem Norden hinlänglich verpflichtet gefühlt, um ihr zu helfen. Bei den Rebellen war sie tatsächlich besser aufgehoben.

Es klopfte an der Tür, und sie ließ Jeremiah herein, der ein Tablett auf den Schreibtisch stellte. »Ah, Sie sind wach und wohlauf, Miss Magee, und sicher halb verhungert. Ich hätte Ihnen schon früher was zu essen gebracht. Aber der Captain meinte, Sie würden schlafen, und ich wollte Sie nicht stören.«

Also war McKenzie in der Kabine gewesen. Warum fühlte sie sich erleichtert und zugleich beunruhigt? »Falls diese Sachen dir gehören ...« Sie zeigte auf ihre Kleidung. »Vielen Dank.«

»Ja, die sind von mir. Ihnen stehen Sie viel besser, Ma'am«, fügte er grinsend hinzu.

»Nochmals – danke.«

»Hoffentlich schmeckt Ihnen das Dinner. Krabben mit braunem Reis.«

»Bis jetzt kann ich nicht über die Verpflegung an Bord klagen.«

»Zum Glück haben wir einen guten Koch. Evan Deiter hat mal in Paris gearbeitet und dann in einem der besten Steak-Häuser von Virginia, vor der Eröffnung seines eigenen Restaurants. Das wurde von den Yankees niedergebrannt, als sie Jacksonville besetzten.«

»Oh ...«, murmelte Risa.

»Manchmal habe ich ein schlechtes Gewissen, weil ich so gute Mahlzeiten bekomme. Die meisten unserer Soldaten müssen sich mit Zwieback und bitterem Kaffee begnügen.«

Sie setzte sich an den Tisch und musterte das sommersprossige Gesicht des Kammerstewards mit den strohblonden Haaren und blauen Augen. »Deshalb solltest du dich nicht schuldig fühlen, Jeremiah. Du bist noch zu jung, um in den Krieg zu ziehen.«

»So viele Burschen in meinem Alter sind schon auf den Schlachtfeldern gefallen. Und ich kann froh sein, daß ich Captain McKenzie auf der *Lady Varina* dienen darf.«

Statt zu antworten, kostete sie eine Krabbe, die köstlich

schmeckte. Offensichtlich hatte der Schiffskoch ein vornehmes Restaurant betrieben. Das Essen sah nicht nur appetitlich aus, es war auch hübsch angerichtet, mit Melonenscheiben garniert, und neben der in Blütenform gefalteten Serviette stand ein Kristallglas mit rubinrotem Burgunder auf dem Tablett. Stöhnend betrachtete sie den Wein.

»Stimmt was nicht, Miss Magee?« fragte Jeremiah besorgt. »Hin und wieder finden wir Ungeziefer im Reis oder Maden im Rindfleisch. Deshalb serviert unser Koch am liebsten frische Meeresfrüchte ...«

»Nein, nein, alles in Ordnung. Aber könntest du mir vielleicht Kaffee bringen?«

»Mit oder ohne Milch? Wir haben sogar Zucker.«

»Einfacher schwarzer Kaffee wäre mir am liebsten.«

Dienstbeflissen verließ er die Kabine und kehrte nach wenigen Minuten zurück. Inzwischen hatte Risa den Teller heißhungrig leer gegessen und nahm dankbar eine dampfende Tasse entgegen. Was für ein netter Junge – seinem Captain treu ergeben und doch so eifrig bestrebt, eine feindliche Gefangene zu erfreuen ...

»Wenn Sie Ihren Kaffee getrunken haben, führe ich Sie zu Mr. Douglas, Ma'am.«

»Mr. Douglas?«

»Mr. Hamlin Douglas, der Erste Offizier.«

»Und was will er von mir?«

»Er wird Sie an Land bringen.«

»Warum?« fragte sie nervös, obwohl sie mittlerweile überzeugt war, daß Jerome McKenzie nichts beschließen würde, was ihr schaden könnte.

»Weil wir hier übernachten. Und der Captain meint, Sie müßten in einem Hotel schlafen, denn er will nicht dauernd hinter ihnen herschwimmen ...« Verlegen unterbrach er sich, die Wangen feuerrot. »Tut mir leid.«

»Schon gut, Jeremiah. Ich soll die Nacht in einem Hotelzimmer verbringen, damit ich nicht davonschwimmen kann. Das verstehe ich.«

»Also, wenn Sie bereit sind ...«

Sie nickte, stellte die leere Tasse auf den Tisch und erhob sich. Bisher war sie noch nie auf den Bahamas gewesen. Doch sie hatte gehört, daß die Briten, die mit den Südstaaten sympathisierten, hier manchmal Schiffe für die Rebellen ausrüsteten und sie mit Nachschub versorgten. Außerdem trieben sich zahlreiche Piraten auf den Inseln herum. Risa wußte nicht, was sie an Land erwartete.

Wie sich die Dinge auch entwickeln mochten, sie würde versuchen, ihren Vorteil daraus zu ziehen.

Das Royal Inn, ein kleines Hotel, lag an einer Nebenstraße in der Nähe des Hafens und gehörte Jay Eagle, einem entfernten Verwandten der McKenzies. Vor fünfzehn Jahren hatte er Florida verlassen und mit James McKenzies finanzieller Unterstützung das Royal Inn gebaut. Hier fand James' Sohn Jerome ein Zimmer, wo er unbesorgt schlafen konnte, in der Gewißheit, daß Jay ihn rechtzeitig vor allen Gefahren warnen würde. Zudem wurde ihm in diesem Haus die Möglichkeit geboten, seine Geschäfte ungehindert und anonym zu erledigen.

Zusätzlich war das Royal Inn genau das richtige Quartier für seine Gefangene. Sollte sie doch schreien und gegen die Tür hämmern, so lange sie wollte – niemand würde ihr zur Flucht verhelfen. Zwei Männer würden sie bewachen, Jimmy von der *Lady Varina* und Big Tim, der für Jay Eagle arbeitete.

Bis jetzt hatte Miss Magee keinen Laut von sich gegeben. Hamlin Douglas hatte dem Captain berichtet, sie sei ihm vor einigen Stunden ins Hotel gefolgt und eine mustergültige Gefangene gewesen.

Nun saß Jerome mit Michael O'Hara und Julio Garcia, einem steinreichen Mexikaner, im Privatsalon des Royal Inn. Von Amerikanern und Engländern hielt Julio nicht viel, aber er liebte das Geld, und so hatte er sich mit den Blockadebrechern eingelassen. Der schlanke, dunkelhaarige, elegant gekleidete Mann hatte im Mexikanisch-Amerikanischen Krieg gegen General Winfield Scott gekämpft.

Da die Mexikaner den Krieg verloren hatten, haßte er die amerikanische Regierung und machte eifrig Geschäfte mit den Blockadebrechern. Und er diskutierte gern über die Kriegssituation. Er sprach sehr schlecht Englisch, und seine beiden Leibwächter, die sich in respektvoller Entfernung postiert hatten, verstanden diese Sprache überhaupt nicht.

Glücklicherweise war Jeromes Spanisch ausgezeichnet. Viele Händler aus Mittel- und Südamerika besuchten die Florida-Küste. Außerdem sprachen viele Seminolen Spanisch.

Während ihres Krieges gegen die United States Army hatten sie den Spaniern Waffen und Vorräte abgekauft. Nun lauschte Julio einem leidenschaftlichen Plädoyer Michael O'Haras, der das Recht des Südens auf Rebellion verfocht. Auch Michael beherrschte die spanische Sprache. Einer seiner entfernten Verwandten hatte einen Schiffbruch der spanischen Armada an der irischen Küste überlebt.

An diesem Abend trafen sie sich, um einen Vertrag zu unterzeichnen und Informationen auszutauschen. Wie Julio erfahren hatte, sollte ein Unionsschiff die *Montmarte* der Konföderierten kapern, sobald sie ihre Fracht nach Nassau gebracht hatte. Am nächsten Morgen würde die *Montmarte* – größer als die *Lady Varina* – Waffen und Munition, Medikamente und Verbandszeug, Wasser und Frischfleisch nach Charleston bringen. Außerdem hatte sie Julios Baumwolle und sein Zuckerrohr an Bord.

Der Geschäftsabschluß verzögerte sich, denn der Mexikaner war in redseliger Stimmung. »*Si!*« stimmte er Michaels Rechtfertigung des Krieges zu. »So wie Ihre Vorfahren gegen die Besteuerung durch das britische Parlament rebellierten, wehren sich die Südstaaten jetzt gegen den Norden, weil er sie unter das Joch einer Regierung zwingen will, die ihnen mißfällt.«

»Das haben Sie auf den Punkt gebracht!« rief Michael erfreut. »In Amerika gibt es nun einmal verschiedene Gesetze.«

»Aber dieser Krieg ist eine Tragödie, nicht wahr, Captain McKenzie?«

»Gewiß«, bestätigte Jerome trocken. Er trug nicht viel zur Diskussion bei. Die Argumente für und wider den Krieg und das Recht des Südens, von der Union abzufallen, hatte er oft genug gehört. In den Tavernen hielten Zivilisten und Politiker flammende Reden über Ehre und Ruhm. Doch die schönen Worte nützten den Soldaten nichts, die durch schlammiges Terrain wateten, im Winter froren, im Sommer schwitzten, an schrecklichen Krankheiten starben und unentwegt hungern mußten.

Julio beugte sich zu Jerome vor. »Seltsam – Sie stellen Ihre Lady Varina und Ihre Talente in den Dienst der neuen Regierung, während die meisten Blockadebrecher ihre Schiffe kommandieren, ohne die Befehle vorgesetzter Offiziere zu befolgen.«

»Weil sie ihren Profit suchen, im Gegensatz zu mir.«

»Und Sie besitzen keine Sklaven«, betonte der Mexikaner grinsend.

»Nein, meine Familie lehnt die Sklaverei schon seit einigen Generationen ab.«

»Trotzdem kämpfen Sie für ein Volk, das sein Recht verteidigt, Sklaven zu halten.«

»Die Wirtschaft der Südstaaten basiert auf der Sklavenarbeit. Mit der Zeit hätte sich das geändert, auch ohne diesen Krieg. Ich persönlich halte die Sklaverei für überholt. Obwohl dieses Thema eine gewisse Rolle spielt – die Südstaaten haben sich hauptsächlich deshalb von der Union getrennt, weil sie ihre eigenen Entscheidungen treffen wollen.«

»Aber daß die Konföderierten auch für die Sklaverei kämpfen, scheint Ihnen zu mißhagen, Captain.«

»Nur die Reichen besitzen Sklaven. Und ich versichere Ihnen – nicht der ganze Süden ist reich. Die Soldaten auf den Schlachtfeldern sind keine Sklavenhalter.« Ungeduldig schüttelte Jerome den Kopf. »Im Süden kämpfen viele Gegner der Sklaverei für die Freiheit ihrer Staaten, und ich kämpfe für Florida.« Er hatte die Abkehr seiner Heimat von der Union nicht befürwortet. Nun gehörte Florida der Konföderation an, die wenig für den Staat tat. Die Kämpfe fanden anderswo statt. Blutige, bittere Kämpfe. Virginier starben auf virginischem Boden. Doch die Soldaten von Florida wurden nach Norden geschickt. Deshalb konnten sie ihren Staat nicht verteidigen. Am Fernandina Beach ankerten Unionsschiffe, die hin und wieder an der Florida-Küste patrouillierten, in der Hoffnung, Blockadebrecher zu kapern oder zu versenken. St. Augustine blieb in den Händen der Union, Jacksonville war erobert und dann aufgegeben worden.

Niemand vermachte die vielen hundert Meilen der Florida-Küste zu schützen. Die meisten Blockadebrecher, im Dienst der Confederate States Navy oder unabhängig, steuerten neutrale Häfen – Nassau, die Bermudas, Havanna und Matamoros – an, um Vorräte zu beschaffen und dann an Unionsschiffen vorbei nach New Orleans, Savannah und Mobile zu segeln.

Jetzt war New Orleans verloren und mußte in weitem Bogen umrundet werden. Die Reise von Nassau zu anderen Häfen dauerte sechs Tage. Nur hundertachtzig Meilen trennten Florida von Nassau. Trotzdem konnte man den Nachschub nicht schnell genug zu den Schlachtfeldern befördern, und die Unionsblockade funktionierte immer effektiver. Der Norden wollte den Süden aushungern, um ihn zur Kapitulation zu zwingen – eine wirksame Taktik.

Obwohl Florida in Nassaus Nähe lag und zahlreiche Meeresarme als Schlupfwinkel fungierten – sobald ein Blockadebrecher der Konföderierten in einen Fluß segelte, mußte er damit rechnen, einem kleinen Unionsschiff zu begegnen, das ihn in ein Gefecht verwickelte.

Nur wenige Leute setzten sich für Florida ein. Aber Jerome diente der Konföderation, weil er sein Bestes tun wollte, damit sein geliebter Heimatstaat den Krieg überstehen würde. So einfach war das.

»Also kämpfen Sie für Florida, Captain? Einem Gerücht zufolge wäre aus dem östlichen Florida ein neuer Staat entstanden, hätte die Union beschlossen, Truppen in Jacksonville zu stationieren.«

Jerome zuckte die Achseln und strich mit einem Finger über sein Whiskeyglas. »Nun, die Unionstruppen wurden aus Jacksonville abgezogen, und es gibt keinen neuen Staat.«

»Auf Florida!« Julio hob sein Glas.

»Haben Sie neue Informationen?« fragte Jerome ungeduldig.

»General McClellan ist und bleibt ein Narr, der seine Streitkräfte überschätzt, und General Lee hält ihn im Zaum. Jetzt kämpfen sie rings um Richmond, und der schlaue Lee ist den Yankees aufs neue einen Schritt voraus.«

»Dann scheinen sich die Aktionen auf Richmond zu beschränken«, murmelte Jerome. Dort würde Brent versuchen, möglichst viele Menschenleben zu retten. So kriegsmüde Jerome auch war, er mußte Ärzte wie seinen Bruder weiterhin mit Nachschub versorgen.

»Offensichtlich. Jede Seite glaubt zu siegen, wenn sie die Hauptstadt der anderen einnimmt. Bald wird Lee vorrücken, den Krieg von Süden nach Norden verlagern und den Yankees eine Materialschlacht aufzwingen. Und jetzt zum Geschäft«, fuhr der Mexikaner unvermittelt fort, zog Papiere aus der Tasche seines Jacketts und legte sie auf den Tisch. Nachdem er ebenso wie Jerome die Verträge unterschrieben hatte, zeigte er ihm die Frachtliste für die *Montmarte*. »Ein Dampfer, frisch aus der Werft von Liverpool, ein außergewöhnliches Schiff – mit reicher Beute an Bord, nicht wahr? Die *Montmarte* soll geradewegs nach Charleston fahren, und ihre Ladung ist für Richmond bestimmt, das Herz der Konföderation. Wie ich von meinen Informanten erfuhr, ist das Kriegsschiff *USN Invincible* bereits unterwegs, um sie anzugreifen, sobald sie morgen früh mit der Ebbe ausgelaufen ist. Vielleicht zwanzig Meilen nordöstlich, auf offener See.«

»Weiß der Captain von der *Montmarte* Bescheid?«

»Ja, Captain Menkin wurde verständigt. Er wird Sie

hier um Mitternacht treffen. Dann können Sie gemeinsam Ihre Strategie planen. Ihre *Lady Varina* ist kleiner als die beiden Schiffe. Aber das macht sie mit Tempo und ausgezeichneter Manövrierfähigkeit wett. Als Menkin von Ihrer Anwesenheit im Hafen hörte, war er sehr froh. Auch er kennt Ihren Ruf.«

»Hoffentlich finden die Yankees nicht heraus, daß wir auf ihren Hinterhalt vorbereitet sind«, seufzte Michael.

»Ganz bestimmt nicht.« Wie ein harter Glanz in Julios Augen verriet, erinnerte er sich an die bittere Niederlage seiner Heimat im Mexikanisch-Amerikanischen Krieg. Dann wandte er sich wieder zu Jerome. »*Amigo,* wie wär's mit dem fabelhaften Rum, den Mr. Eagle, Ihr Vetter, angeblich für besondere Gelegenheiten bereithält?«

Jerome nickte und stand auf. Auch er konnte einen kräftigen Schluck vertragen, der ihm helfen würde, sich zu entspannen. Die letzte Nacht hatte er an Deck verbracht, nicht gewillt, die Kabine des spottlustigen Dr. David Stewart oder eines anderen Offiziers zu teilen.

Nun spürte er seine steifen Muskeln und sehnte sich nach einem erholsamen Schlaf. Vor allem, weil ihn ein anstrengender Tag erwartete. »Ich werde Jay bitten, den besten Rum aus seinem Keller zu holen«, versprach er und ließ Michael mit Garcia und den beiden Leibwächtern allein.

McKenzies Wachtposten glaubten, Risa würde schlafen. Nachdem sie so lange im Meer geschwommen war, mußte sie müde sein.

Und sie waren sehr freundlich zu ihr gewesen. Sie hatten ihr sogar eine Sitzbadewanne gebracht. Nervös stieg sie ins warme Wasser. Niemand störte sie. In diesem Hotel wurde sie geradezu verwöhnt. Lebhaftes Feuer brannte im Kamin. Neben der Wanne lagen flauschige Handtücher und eine duftende Seife. Hier merkte man nichts von der Warenknappheit, die der Krieg verursachte.

Obwohl der Captain sich zunächst geweigert hatte,

Geld für Risas Garderobe auszugeben, stand eine große Schachtel auf dem Bett, die ein schönes blaues Baumwollkleid und Unterwäsche enthielt. Selbstverständlich würde sie nichts davon benutzen und nach dem Bad wieder Jeremiahs Sachen anziehen.

Beim Dinner, das ihr der Junge servierte, erweckte sie den Anschein, ziemlich viel Wein zu trinken. Danach ging sie ins Bett und stellte sich schlafend.

Hin und wieder hörte sie ein Flüstern vor ihrer Tür. Die Stimmen klangen erstaunlich besorgt.

Offenbar bangte man um ihr Wohlbefinden. Wie erschöpft sie war, die arme Lady ... Ein Jammer, daß sogar Frauen in diesen Krieg verwickelt wurden ... Andererseits gab es viele weibliche Spione, und man mußte sie im Auge behalten.

Endlich wurde es still im Royal Inn, und Risa beschloß, einen Fluchtversuch zu wagen. Sie stieg aus dem Bett und öffnete die Tür einen Spaltbreit. Als sie in den Flur spähte, sah sie, daß man sie nicht allein gelassen hatte. Jeremiah döste in einem Sessel. Lautlos schlich sie vorsichtig an ihm vorbei. Hinter einer Tür erklang das perlende Gelächter einer Frau, begleitet vom Gemurmel eines Mannes. Das Blut stieg in Risas Wangen. Natürlich suchte jeder Seemann weibliche Gesellschaft, wenn sein Schiff in einem Hafen lag.

Während sie dem Flur folgte, hörte sie Stimmengemurmel, das aus dem Erdgeschoß heraufdrang. Verhandlungen? Am Treppenabsatz blieb sie stehen und schaute in den Schankraum hinab, wo sie niemanden sah. Auf leisen Sohlen stieg sie die Stufen hinab. Ein Privatsalon lag neben der Gaststube, mit einem wuchtigen Eichentisch und Polstersesseln eingerichtet.

Durch die offene Tür sah Risa einen schlanken, dunkelhaarigen Gentleman, wie ein Dandy gekleidet. Hinter ihm standen zwei Männer, in respektvoller Entfernung, und er sprach mit jemandem. Mit McKenzie? Als sie vorsichtig weiterging, sah sie einen blonden Hinterkopf. Erleichtert atmete sie auf. Der Captain war nicht in der Nähe. Sollte sie diese Leute – vielleicht waren es Spanier – um Hilfe bitten?

Plötzlich blickte der elegante dunkelhaarige Gentleman zur Tür, und Risa glaubte, er hätte sie entdeckt. Sie zögerte nicht länger, eilte in den Raum und ergriff die Hand des nächstbesten Mannes, der sie verblüfft anstarrte. »Sir, ich brauche Ihre Hilfe! Bitte! Sicher werden Sie einer Frau, die in höchste Not geraten ist, Ihren Beistand nicht versagen. Ich bin in die Hände einer Rebellenbande gefallen und muß unbedingt meine Landsleute erreichen. Wenn Sie mich von hier wegbringen, wird mein Vater Sie großzügig belohnen ...«

»Miss Magee!«

Erschrocken drehte sie sich um. Der blonde Mann war Michael, der hastig aufsprang und zu ihr lief.

»Bitte, Sir ...«

»Ah, da sind Sie ja!« McKenzie war hereingekommen. Wie ein Schraubstock umklammerte sein Arm Risas Taille.

»Lassen Sie mich los!« protestierte sie.

Aber er ignorierte sie, wandte sich zu dem dunkelhaarigen Dandy und begann in fließendem Spanisch zu sprechen. Risa verstand kein Wort. Grinsend hob der Mann die Brauen und musterte sie von Kopf bis Fuß.

»Was immer er sagt, hören Sie nicht auf ihn!« flehte sie. »Bitte, Sie müssen mir helfen ...«

Jerome McKenzie fiel ihr mit einem weiteren spanischen Redeschwall ins Wort, und der dunkelhaarige Mann brach in Gelächter aus. Dann stellte er eine Frage, und der Captain lachte ebenfalls. In den Augen des Fremden lag ein seltsames Funkeln, das Risa beunruhigte.

»Was haben Sie gesagt, McKenzie?« rief sie erbost.

Wortlos hob er sie hoch und trug sie aus dem Privatsalon, ohne ihren erbitterten Widerstand zu beachten.

»Wer ist dieser Mann?« zeterte sie, während er mit ihr die Treppe hinaufstieg.

»Er heißt Garcia, und er haßt die Yankees. Soeben erzählte ich ihm, Sie seien zwar bildschön und sehr reizvoll, aber eine hinterhältige kleine Nutte, und Sie würden versuchen, mich um die beträchtliche Summe zu betrügen, die ich bereits für Ihre Dienste bezahlt habe. Natürlich war er sehr interessiert, und er möchte Sie für einen späteren Zeitpunkt engagieren.«

Fassungslos starrte sie ihn an. Mit einem Fußtritt öffnete er die Tür ihres Zimmers, warf sie hinter sich zu und stellte Risa auf die Füße.

»Bastard!« schrie sie und schlug mit aller Kraft in sein Gesicht. Er zuckte nicht einmal zusammen. Trotz der Kälte in seinen blauen Augen schien er ein seltsames Feuer auszustrahlen, und sie wich verwirrt zurück.

»Diesmal lasse ich das noch durchgehen, Miss Magee.«

»Diesmal! Sie haben mich entführt, Sie – Sie Rebell!« Den Tränen nahe, fühlte sie sich plötzlich völlig entnervt und wußte nicht, warum. »Wie können Sie mir das alles antun? Aber ich werde Sie hängen sehen, das schwöre ich ...«

»Noch ein Versuch, meiner Südstaaten-Gastfreundschaft zu entrinnen, Miss Magee, und ich werde mich rächen, so wahr mir Gott helfe! Haben Sie das verstanden?«

Sie kam sich wie ein Schulkind vor, das wegen eines albernen Streichs gemaßregelt wurde. Trotzdem hob sie herausfordernd das Kinn. »Jede Gelegenheit werde ich nutzen, um in Ihre Kniescheiben zu schießen, bevor ich auf Ihr Herz ziele, McKenzie. *Haben Sie das verstanden*?«

Höflich neigte er den Kopf. In seinen Augen glitzerte blaues Eis. »Vollkommen.« Dann machte er auf dem Absatz kehrt und verließ das Zimmer.

Eine Zeitlang starrte sie die geschlossene Tür an, bis sie merkte, daß sie am ganzen Körper zitterte. Sie sank aufs Bett. Wie rasend hämmerte ihr Herz gegen die Rippen. Immerhin hatte sie dieses Wortgefecht gewonnen. Während sie sich zu ihrem Sieg gratulierte, wurde die Tür aufgerissen. McKenzie trat ein, und Risa sprang entsetzt auf. »Nein, kommen Sie nicht näher ...«

Trotz ihrer verzweifelten Gegenwehr packte er ihr

Handgelenk, und sie spürte etwas Kaltes auf der Haut, hörte ein sonderbares Klicken. Ungläubig betrachtete sie die stählernen Handschellen an ihrer Linken und verbarg die Rechte hinter ihrem Rücken, weil sie glaubte, er würde beide Hände fesseln. »Nein, nicht ...«, begann sie und verstummte in wachsendem Grauen, als sie McKenzies Absicht erkannte. Er wollte sie nicht an beiden Händen fesseln, viel schlimmer – er legte den zweiten Stahlring um sein eigenes Handgelenk.

6

Nach Washington zurückbeordert und der Army am Pontomac zugeteilt, erreichte General Angus Magee sein Haus – erschöpft, voller Reisestaub und schweren Herzens.

Die Rebs machten ihm das Leben verdammt schwer. Im Shenandoah Valley sorgte ein gewisser Stonewall Jackson für Unruhe. Deshalb intensivierte Lincoln die Verteidigung von Washington. McDowells Truppen sollten D.C. McClellan im Auge behalten, der Verstärkung anforderte, während er Mittel und Wege suchte, um die Streitkräfte der Südstaaten bei Richmond anzugreifen. Auch Angus hätte unter McClellan kämpfen sollen. Aber wenn der Feind die Hauptstadt der Union eroberte, war alles verloren.

Nicht, daß es eine Rolle spielte, wohin er beordert wurde. Jede Schlacht schien ihn mit einem alten Freund zu konfrontieren, an dessen Seite er in den Mexikanisch-Amerikanischen Krieg gezogen war, oder mit einem jungen Mann, den er als Gastdozent an der Militärakademie West Point unterrichtet hatte. Nach jedem Kampf brachten ihm seine Adjutanten die Listen der Gefallenen, der Nord- und Südstaatler. Viel zu oft las er Namen von Männern, die ihm lieb und teuer waren, ganz egal, ob sie blaue oder graue Uniformen getragen hatten.

Nun freute er sich auf eine kurze Rast in seinem Haus. Hoffentlich war es seine mutwillige Tochter inzwischen müde, die Verwundeten im Hospital zu pflegen, und heimgekehrt. Diese Aktivitäten hatte er stets mißbilligt. Wenn er sie nicht antraf, würde ihn wenigstens ein langer, besänftigender Brief erwarten. Im Gedanken an ihre Liebe fand er Trost, wann immer ihn die Tragik des Krieges zu überwältigen drohte.

Er stieg von seinem Hengst – einem braven Tier, das er einfach nur ›Horse‹ nannte. Zu viele Pferde waren unter seinem Sattel weggeschossen worden. Deshalb gab er ihnen keine besonderen Namen mehr und vermied emotionale Bindungen. Sein Diener Grayson Bierce, ein freigelassener Schwarzer mit grauem Haar und rheumatischen alten Knochen, stieg die Eingangstreppe herab und begrüßte ihn mit einem breiten Grinsen.

»General! Ich habe mich sehr über Ihren Brief gefreut. Endlich sind Sie wieder daheim – und offensichtlich wohlbehalten.«

»Aber todmüde. Ist meine Tochter von der unseligen Reise zurückgekehrt, die sie sich in den eigensinnigen Kopf gesetzt hat?«

»Nein, Sir«, erwiderte Grayson unbehaglich.

»Hat sie mir geschrieben?« Als der Diener zögerte, runzelte Angus Magee die Stirn. Die stahlgrauen Brauen bildeten jenen geraden Strich, der schon viele junge Soldaten unter seinem Kommando eingeschüchtert hatte. »Was ist los, Grayson?«

Während der Stallbursche das Pferd wegführte, seufzte Grayson tief auf. »Nun – Lieutenant Andy Borden wurde aus St. Augustine zurückbeordert. Er kam hierher, sichtlich aufgeregt, und meinte, vielleicht sollten Sie erfahren, daß Miss Risa einen Zivilisten überredet hat, sie ins südliche Florida zu bringen.«

»Was?« rief der General verblüfft.

»Anscheinend wollte sie Major McKenzies Frau suchen.« Angus' Herz krampfte sich schmerzhaft zusammen. Er preßte eine Hand auf seine Brust, und Grayson fügte hastig hinzu: »Sicher geht's ihr gut, Sir. Soviel ich weiß, besitzt Mrs. McKenzie ein schönes Haus auf einer Insel im Süden. Da kann Miss Risa nichts zustoßen. Zweifellos hat sie Ihnen schon geschrieben. Aber es dauert ziemlich lange, bis ein Brief aus dieser abgeschiedenen Gegend hierhergelangt.« Besorgt musterte der Diener das leichenblasse Gesicht des Generals und ergriff seinen Arm. »Kommen Sie doch erst mal rein, Sir.«

Mühsam bekämpfte Angus den Schmerz, der sein Herz immer noch wie ein Schraubstock umklammerte. Risa – im Süden der Halbinsel ... Großer Gott, warum hatte seine kluge, besonnene Tochter ein solches Risiko auf sich genommen?

Er holte tief Atem. Nun mußte er sich zusammenreißen. Schließlich war er ein Offizier der United States Army, in diesem Krieg von beiden Seiten bewundert und respektiert. Kühl und gelassen hatte er zahlreiche Schlachten überstanden. Aber nun erkannte er plötzlich seine eigene Verwundbarkeit. Nicht der Kriegsgegner erschreckte ihn. Er bangte um das Leben seiner Tochter. »Also hat sie sich mitten ins Feindesland gewagt. Verdammt, dort versuchen skrupellose, gefährliche Rebs pausenlos, unsere Blockade zu durchbrechen. Und es wimmelt von Piraten und Indianern und Vagabunden!«

»Miss Risa ist eine sehr vernünftige junge Frau«, betonte Grayson, während er seinen Herrn ins Haus führte. »Setzen Sie sich, Sir, und ziehen Sie die Stiefel aus. Ich bringe Ihnen einen Brandy und eine Zigarre. Und dabei legen Sie sich in aller Ruhe die Strafpredigt zurecht, die Sie Ihrer Tochter halten werden, wenn sie nach Hause kommt. Sie ist nun mal sehr eigenwillig.«

»Störrisch wie ein Maulesel!«

»Gewiß, Sir«, stimmte Grayson zu.

»Wenn ihr der Feind zu nahe tritt, wird er größeren Schaden erleiden als sie.«

»Zweifellos, Sir.« Grayson ergriff die Brandy-Karaffe und füllte ein Glas, das Angus geistesabwesend entgegennahm.

»Jedenfalls werde ich ihr den Hintern versohlen.«

»Sehr wohl, Sir.«

»Und wenn ihr irgend jemand auch nur ein Haar krümmt, bringe ich ihn um.«

»Ja, Sir.«

»Wäre sie doch Ians Frau geworden! Damit hatte ich fest gerechnet. Aber dann heiratete er eine junge Dame aus seinem Heimatstaat. Jetzt ist Risa ihre beste Freundin und die Patin des Kindes, das von ihrem einstigen Verehrer stammt.«

»Also ist sie da unten im Süden bei ihren Freunden gut aufgehoben.«

»Hoffentlich, Grayson«, seufzte Angus, nach wie vor beunruhigt. In diesem Land fand ein schrecklicher Krieg statt. Und Risa hatte niemals gelernt zu kapitulieren.

Der Morgen brach an. Sie lag in dem schmalen Bett so dicht neben McKenzie, daß sie die Poren auf seiner Wange sah, das dunkle, rötlich schimmernde Brusthaar unter dem geöffneten weißen Hemd.

Mit Handschellen an den Captain gefesselt, hatte sie sich während der Nacht kaum bewegt und gewiß kein Auge zugetan. So kam es ihr zumindest vor. Natürlich war er sofort in tiefen Schlaf gesunken. Wie Stunden hatten sich die Minuten dahingeschleppt.

Nun beobachtete sie, wie gleichmäßige Atemzüge seine Brust hoben und senkten, betrachtete seine geschlossenen Lider, die markanten Züge. Wie ähnlich er Ian sah …

Erinnerte sie sich überhaupt noch an Ian? O ja – hochgewachsen und kräftig gebaut, dunkles Haar, sehr attraktiv. Prinzipientreu und ehrenwert. Jetzt lag sie an der Seite seines Vetters, des Renegaten mit dem faszinierenden Gesicht, dem feurigen Glanz im Haar – mit den blauen Augen, die ihren Blick plötzlich erwiderten. Absurderweise fühlte sie sich schuldig, weil sie ihn angestarrt hatte. Aber warum sollte sie deshalb ein schlechtes Gewissen haben? *Sie* war es, der ein Unrecht geschah. »Haben Sie gut geschlafen?« fragte sie erbost.

»Ganz ausgezeichnet. Und Sie?«

»Keine Sekunde lang, Sie elender Rebell!« Sein Lächeln verwirrte sie. Ein gewinnendes Lächeln. Trotz der unverhohlenen Ironie. Aber sein Spott wirkte eher gutmütig als boshaft. Vermutlich war er schon seit einiger Zeit wach und wußte, daß sie ihn gemustert hatte. »Würden Sie mich bitte befreien, Sir? Ich möchte mir die Beine vertreten.«

»Nur zu.«

»Aber ...«

Er hob seinen Arm, und sie sah, daß sie nicht mehr an ihn gefesselt war. Irgendwann in dieser Nacht – während sie kein Auge zugetan hatte – mußte er seinen Teil der Handschellen geöffnet haben.

Wütend sprang sie aus dem Bett. Dabei schmetterte sie versehentlich den Stahlring, der an ihrem Handgelenk baumelte, gegen McKenzies Kopf, und er stieß einen Fluch aus. Das hat er verdient, entschied sie. Ohne ihm einen Blick zu gönnen, eilte sie zum Waschtisch und goß Wasser aus dem Krug in die Schüssel. Sorgsam schrubbte sie ihr Gesicht und die Hände.

»Anscheinend haben Sie doch ein bißchen geschlafen«, meinte er, und sie zuckte zusammen, weil er ihr unbemerkt gefolgt war und dicht hinter ihr stand. Ärgerlich drehte sie sich um. »Sogar mehrere Stunden«, fügte er hinzu und reichte ihr ein Handtuch. »Letzte Nacht hatte ich eine Besprechung im Privatsalon, die ziemlich lange dauerte. Deshalb mußte ich mich von Ihnen trennen, obwohl ich befürchtet habe, Sie würden einen weiteren Fluchtversuch unternehmen.«

Voller Zorn hob sie ihre Hand, um den Stahlring erneut gegen McKenzies Kopf zu hämmern. Aber er war schneller und drehte ihr den Arm auf den Rücken. Sie glaubte, nun würde er die Beherrschung verlieren und ihr ernsthaft weh tun, was er bisher stets vermieden hatte. Statt dessen hörte sie einen Schlüssel klirren, der sie von den Handschellen befreite.

»Tut mir leid, daß ich Sie jetzt verlassen muß, Miss

Magee«, fuhr er höflich fort und trat zurück. »Aber ich habe einiges zu erledigen. Obwohl meine Männer lieber dem grimmigsten Feind auf dem Schlachtfeld gegenübertreten würden, als Sie zu bewachen – irgend jemand muß diese Aufgabe erfüllen. Jeremiah wird für Sie sorgen. Natürlich paßt er nicht allein auf Sie auf«, betonte er und wandte sich zur Tür.

»Warten Sie! Wohin gehen Sie?«

Verwundert drehte er sich um und hob die Brauen. »Miss Magee, zweifellos sind Sie imstande, auch ohne meine Hilfe Informationen über Ihre Feinde zu sammeln. Sie würden sogar nach Richmond reiten und Davis nach der Strategie des Südens fragen. Aber von *mir* erfahren Sie nichts.«

»Sehr amüsant, Captain. Ihre Schlachtpläne interessieren nicht, und ich will nur wissen ...«

»Keine Bange, ich komme zu Ihnen zurück.«

»Wann?«

»Nach der Schlacht.«

»Und wenn Sie sterben?«

»Meine Männer werden Sie in den Norden zurückbringen.«

»Aber – wenn alle Ihre Männer sterben?«

»Für diesen Fall werde ich Instruktionen hinterlassen, die Ihren grausamen Tod betreffen. Man wird Sie an den Füßen aufhängen und Ihnen bei lebendigem Leib die Haut abziehen, danach wird Ihr Bauch aufgeschlitzt, und so weiter ...« Als sie ihn entgeistert anglotzte, seufzte er tief auf. »Ihre Reise nach Norden ist bereits arrangiert worden, Miss Magee. Noch was?«

Natürlich fühlte sie sich albern und gab keine Antwort.

»Sie müssen sich keine Sorgen machen.«

»Oh, ich sorge mich nicht.«

»Gut. Übriges, ich werde nicht sterben.« Er verbeugte sich formvollendet und wollte das Zimmer verlassen. Aber dann hielt er inne und runzelte die Stirn. »Ich habe Ihnen was zum Anziehen besorgt. Warum tragen Sie immer noch Jeremiahs alte Breeches?«

»Weil ich nichts von der Konföderation annehme.«

»Damit hat die Konföderation nichts zu tun. Diese Sachen habe *ich* bezahlt. Und wenn ich's auch ungern zugebe – wir McKenzies sind recht gut situiert.«

»Nicht einmal im Traum würde ich was von *Ihnen* annehmen!« spuckte Risa.

»Wie Sie wünschen. Guten Tag, Miss Magee.«

Nervös starrte sie die Tür an, die sich hinter ihm geschlossen hatte. Es war schrecklich, auf ein Konföderiertenschiff geschleppt zu werden – und noch schlimmer, allein in diesen vier Wänden zurückzubleiben. Als sie die Tür aufriß, trat ihr ein Farbiger entgegen – ein Mischling, in dessen Adern vermutlich afrikanisches, indianisches und spanisches oder französisches Blut floß. Er war fast zwei Meter groß, ein Muskelprotz, der mindestens zweihundertfünfzig Pfund wiegen mußte. »Brauchen Sie was, Ma'am?«

»Captain McKenzie ...«

»Der ist schon weg. Jeremiah wird Ihnen das Frühstück bringen – und Bücher.«

Als wäre sie ein lästiges Kind, scheuchte er sie ins Zimmer zurück und schloß die Tür.

Resignierend sank Risa aufs Bett. Ein endlos langer Tag lag vor ihr.

Die Schlacht begann um Punkt elf.

Letzte Nacht hatten Jerome und Captain Menkin von der *Montmarte* die Seekarten studiert und festzustellen versucht, wann die *USN Invincible* angreifen würde. Schließlich entschieden sie, die Attacke würde schätzungsweise am späten Vormittag stattfinden, etwa eine Stunde vom Nassauer Hafen entfernt, in nördlicher Richtung. Damit hatten sie den Nagel auf den Kopf getroffen.

Jerome postierte die *Lady Varina* hinter der *Montmarte* in einiger Entfernung, behielt den schwerbeladenen Frachter aber stets in Sichtweite. Sobald die *Invincible* auftauchte, beschleunigte er, und der Schoner flog über das Wasser. Da ihnen nichts anderes übrigblieb, gestatteten sie den

Yankees, ein paar Schüsse abzufeuern. Doch sie hatten Glück. Bei der ersten Salve fielen die Kanonenkugeln wirkungslos ins Meer, die zweite ging über die *Montmarte* hinweg. Die dritte wäre fatal gewesen, aber dazu kam es nicht.

Inzwischen hatte die *Lady Varina* den Schauplatz des Gefechts erreicht. Ihre erste Salve zerfetzte den Großmast der *Invincible,* die zweite traf – während die verwirrten Unionssoldaten planlos an Deck umherrannten – das Achterdeck.

Wenig später begann das feindliche Kriegsschiff zu sinken, noch bevor die *Montmarte* den Bug unter Feuer nahm. Jerome war sehr zufrieden.

Weder der Frachter noch der Schoner hatten Schaden genommen, und ein Nahkampf war vermieden worden. Die Besatzung der *Invincible* kapitulierte und wurde mitsamt ihren intakten Geschützen und Vorräten an Bord der *Montmarte* gebracht.

Unterdessen sank das große Kriegsschiff langsam. Sein Tod dauerte mehrere Stunden, als versuchte es, bis zuletzt zu kämpfen. Jerome stand neben Captain Menkin an der Reling des Frachters und beobachtete das Spektakel, von echtem Bedauern erfüllt. Die *Invincible* war ein schönes Schiff gewesen.

»Gute Arbeit«, meinte der etwa sechzigjährige Menkin.

»Kann man so etwas gut nennen?« Die Schlacht hatte nicht lange gedauert, die Nachwirkungen zogen sich bis zum Spätnachmittag hin.

Allmählich begann die Sonne zu sinken. Gleißend spiegelte sich ihr Licht in den Wellen – ein prachtvolles Schauspiel. Aber Jerome hörte das Stöhnen der verwundeten Unionssoldaten, die auf den Decksplanken der *Montmarte* lagen und warteten, bis sie von den Rebellenärzten behandelt wurden. Einer der beiden Yankees, die das Gefecht nicht überlebt hatten, war der Schiffsarzt der *Invincible* gewesen. Gleich bei der ersten feindlichen Salve hatte ihm die herabstürzende Marsrah den Schädel gespalten.

»Natürlich war's gute Arbeit, McKenzie«, betonte Menkin ein wenig vorwurfsvoll. »Die Yankees wollten mein Schiff kapern. Statt dessen haben wir sie geschnappt. Jeder unserer Siege bringt uns dem Kriegsende etwas näher. Je mehr feindliche Schiffe wir erbeuten oder vernichten, je mehr Unionssoldaten fallen, desto eindringlicher wird die Bevölkerung unseres nördlichen Nachbarn ihre Regierung beschwören, uns als souveränen Staatenbund anzuerkennen. Wir können weder das erforderliche Material beschaffen, noch genug Soldaten aufbieten, um den Krieg zu gewinnen. Also sollten wir den Durchschnittsbürger im Norden unter Druck setzen, wenn wir das Blutvergießen beenden wollen.«

Jerome mußte ihm recht geben. Aber Menkin war kein Schiffbauer, und so ging ihm die Zerstörung der schönen *Invincible* nicht nahe. Er selbst konnte sich nicht über den Sieg freuen. Statt dessen verspürte er einen dumpfen Schmerz in der Brust. »Entschuldigen Sie mich jetzt, Captain, ich möchte den Ärzten helfen.«

»Ach ja, Ihr Bruder ist ein Doktor und praktiziert in South Carolina, nicht wahr?«

»Meine Mutter hat eine Plantage geerbt, außerhalb von Charleston. Aber mein Bruder dient jetzt unter General Lee in Nord-Virginia.«

»Und Ihr Vetter ist auch Mediziner?«

»Ja. Zur Zeit arbeitet er in einem Lazarett am St. Johns.«

Menkin starrte aufs Meer. »Mit Ian McKenzie sind Sie ebenfalls verwandt«, bemerkte er angewidert.

»Gewiß, ein weiterer Vetter.«

»Und ein Verräter.«

»Viele Südstaatler haben sich auf die Seite des Nordens geschlagen. Vor allem die Männer, die schon länger beim Militär sind.«

»Aber er stammt aus Florida«, erwiderte Menkin verächtlich, »und bei Gott, er dürfte nicht gegen seine Heimat kämpfen. Das wird er noch bereuen.«

»Was die Wahrheit betrifft, kommt es oft auf die Betrachtungsweise an, Sir. Der Präsident der Union und unser Jefferson Davis wurden beide in Kentucky geboren. Jeden Tag muß Lincoln neue Qualen erleiden, weil seine Frau mit Südstaatlern verwandt ist. Und Jeff Davis trauert um alte Freunde, die den Kugeln des Südens zum Opfer fallen.«

»Und wenn Sie Ihrem Vetter in einer Schlacht begegnen?«

»Hoffentlich wird das nie geschehen. Entschuldigen Sie mich jetzt.«

Menkin sagte nichts mehr. Hoch aufgerichtet stand er an der Reling, eine unnachgiebige Silhouette in der Abendsonne – ein tüchtiger, scharfsinniger Mann, der kein Herz besaß.

Plötzlich wünschte Jerome, auch er wäre so felsenfest von der Sache überzeugt, für die er kämpfte. Aber er glaubte, weder die Nord- noch die Südstaaten hatten das Recht auf ihrer Seite.

Er ging über das Deck und hielt nach David Stewart Ausschau. Sobald die Verletzten versorgt waren, würde der Arzt mit Jerome und der Entermannschaft auf die *Lady Varina* zurückkehren. Sie würden der *Montmarte* bis in die Nähe des Charleston-Hafens folgen, um ihr beizustehen, falls ihr ein weiteres Unionsschiff in die Quere kam. Deshalb konnte Jerome erst in einer Woche nach Nassau zurückkehren – zu Risa Magee, was ihn beunruhigte. Obwohl sie sich in Big Tims Obhut befand, fürchtete er, sie würde einen neuen Fluchtversuch unternehmen. Die Lady war raffiniert – und fest entschlossen. Und er hielt es für seine Pflicht, die Gefangene in einen sicheren Hafen zu bringen. Das schuldete er seinen Prinzipien und seiner Ehre. Außerdem sollte Miss Magee nicht über ihn triumphieren.

Verdammt, warum mußte er dauernd an sie denken? Letzte Nacht, mit Handschellen an ihn gefesselt, hatte sie möglichst weit von ihm entfernt auf dem schmalen Bett gelegen. Dann war sie eingeschlafen, von Müdigkeit überwältigt. Sie erwachte nicht einmal, als er von seiner Besprechung mit Menkin zurückkehrte und sich lautlos neben ihr ausstreckte. Aber sie bewegte sich, schob ein schlankes, mit Breeches bekleidetes Bein über seinen Schenkel und legte eine Hand auf seine Brust. Sogar ihr Kopf ruhte an seiner Schulter, und ihre Nähe entzündete ein unwillkommenes Feuer in seinem Körper. Einmal glaubte er, sie würde für ein paar Sekunden die Augen öffnen und ihn anschauen. Es war finster im Zimmer. Wenn sie träumte, dann zweifellos von seinem Vetter. Seltsam – er war schon oft mit Frauen im Dunkel beisammen gewesen – mit einer Terzeronin, die in New Orleans dem ältesten Gewerbe der Welt nachging, mit einer reichen geschiedenen Frau in Charleston, mit der Tochter eines Saloonbesitzers in Key West. Im Dunkeln waren sie alle gleich.

Vor langer Zeit, kaum zwanzig Jahre alt, hatte er sich in die Schwester eines abenteuerlustigen Iren verliebt, der ins Bergungsunternehmen seines Schwagers eingestiegen war. Mary, zwei Jahre jünger als Jerome, mit ebenholzschwarzem Haar und silbrig schimmernden Augen, hatte das Meer geliebt, die üppige, paradiesische Wildnis des Südens. Und sie genoß es, an warmen Sandstränden mit ihm zu schlafen. Sie kannte keine Vorurteile und wollte einfach nur mit ihm glücklich sein.

Weder die medizinischen Kenntnisse seiner Mutter noch die Kunst der Ärzte, keine Liebe und keine Magie konnten sie retten, nachdem sie an Malaria erkrankt war. Sie starb in seinen Armen. Wenige Tage später war ihr der Bruder in den Tod gefolgt. Nun lagen beide auf dem Landsitz seiner Familie begraben. Er hatte keine Gelegenheit gefunden, sie zu heiraten. Dazu wäre er gern bereit gewesen.

Kurz vor ihrer Erkrankung hatte sie ihm gestanden, sie sei schwanger. Doch dann verließ sie ihn, nahm sein Baby mit – und einen Teil seiner Seele.

Der Tod, hatte sein Vater erklärt, würde zum Leben gehören. Und manchmal gebe es im Leben viel schlimmere Dinge als den Tod. Auch James' erste Frau, Jennifers Mutter Naomi, war jung gestorben und ebenfalls schwanger gewesen. Der Vater hatte Jerome gelehrt, das Leben müsse weitergehen. Daran hielt er sich. Aber er wollte sein Herz nicht mehr verschenken. Deshalb ließ er sich nur mehr mit Frauen ein, um seine körperlichen Bedürfnisse zu befriedigen.

Im Dunkel unterschieden sie sich nicht voneinander. Und die Tochter des Generals? Hatte sie in der vergangenen Nacht den Eindruck gewonnen, ein Mann wäre wie der andere? Um Himmels willen, warum störte ihn der Gedanke, sie hätte von Ian geträumt? Vielleicht, weil sie sich in der Finsternis *nicht* so angefühlt hatte wie die anderen. So unglaublich weich und warm ...

»Bitte, Sir, Wasser – Morphium ...« Ein Seemann, der auf den Decksplanken lag, umklammerte Jeromes Stiefel und unterbrach die unerwünschten Erinnerungen.

Jerome sah einen Wassereimer in der Nähe stehen, brachte dem Verwundeten einen gefüllten Schöpflöffel und kniete nieder. Behutsam hob er den Kopf des Yankees und half ihm zu trinken.

Ringsum lagen mehrere Verwundete, einige lehnten an der Reling. Auf dem Achterdeck stand David Stewart vor einem Tisch, den die Besatzung der *Montmarte* aus ein paar Planken behelfsmäßig gezimmert hatte, und amputierte ein Bein. Glücklicherweise befand sich genug Morphium an Bord. Der Schiffsarzt des Frachters behandelte einen Burschen, der aus einer Bauchwunde blutete.

»Wo sind Sie verletzt?« fragte Jerome den jungen Soldaten von der Union Navy, nachdem er ihm etwas Wasser eingeflößt hatte.

»Am Bein.« Die Lippen des Yankees zitterten. »Bitte, Sir, lassen Sie's nicht abschneiden. Lieber sterbe ich ...«

»Unsinn, dafür ist das Leben zu kostbar«, entgegnete Jerome in strengem Ton und legte den Schöpflöffel beiseite. Vermutlich hatte der hellblonde blauäugige Junge sein wahres Alter verschwiegen, damit er in der Navy dienen durfte. Er war höchstens sechzehn.

Vorsichtig riß Jerome das Hosenbein des Soldaten auf und untersuchte die Wunde. Der Knochen war unversehrt. Aber in den Oberschenkelmuskeln steckte der Splitter eines Schrapnells.

Jerome sah sich wieder um. Vorerst war David beschäftigt, und der Doktor von der *Montmarte* versuchte immer noch, das Leben des Mannes mit der blutenden Bauchwunde zu retten. Zögernd wandte sich der Captain an den jungen Seemann. »Können Sie eine Minute lang durchhalten, ohne zu schreien?«

»Sir – was ...«

»Ich habe zwar nicht Medizin studiert, aber den Army-Ärzten schon oft assistiert. Vertrauen Sie mir. Ich hole den Splitter heraus. Danach muß die Wunde täglich mit frischem Salzwasser gereinigt werden. Verstanden?«

Der Junge nickte nervös, und Jerome zog ein kleines Messer aus der Scheide an seinem Gürtel. Beim Anblick der Klinge stockte der Atem des Yankees. Doch dann bot er seinen ganzen Mut auf. »Bitte, Sir, tun Sie's.«

»Also gut. Beißen Sie die Zähne ganz fest zusammen.«

Doch das war gar nicht nötig, denn der Junge verlor die Besinnung, sobald das Messer in sein Fleisch schnitt. Die Wunde blutete heftig, und der warme Strom erleichterte Jeromes Aufgabe, den Splitter herauszuholen. Hastig preßte er seine rechte Hand auf den Schnitt und stoppte die Blutung, während er mit der linken sein Hemd zerriß, um einen Fetzen als Bandage zu benutzen.

»Kann ich Ihnen helfen, Captain McKenzie?«

Jerome wandte sich zu dem Mann, der ihn angesprochen hatte, einem Offizier von der *Montmarte*.

»Bringen Sie mir bitte einen Eimer Salzwasser.«

»Aye, aye, Sir!«

Erleichtert stellte Jerome fest, daß die Blutung zum Stillstand gekommen war. Der Offizier brachte ihm das Wasser und erhielt den Auftrag, einen Wickel mit Seetang zu tränken. Vorsichtig und gründlich reinigte Jerome die Wunde.

Dann legte er dem immer noch bewußtlosen Yankee einen Verband mitsamt dem Seetang-Umschlag an, von dem hilfsbereiten Offizier unterstützt. Nachdem sie ihr

Bestes für den jungen Soldaten getan hatten, kümmerten sie sich um andere Verletzte.

Später beobachtete Jerome, einen Becher Rum in der Hand, wie David Stewart eine lange, gezackte Wunde am Arm eines Unionssoldaten nähte. »Ja, ja, ich weiß.« Der Doktor warf ihm einen kurzen Blick zu. »Deine tapfere kleine Yankee-Gefangene kann's viel besser. Schade, daß sie nicht hier ist ...«

Gewiß, sehr schade. Jerome nippte an seinem Rum und fragte sich, warum ihn die Trennung von Miss Magee dermaßen irritierte. War er von dieser Frau besessen? Als er die Augen schloß, sah er den Glanz ihrer kastanienroten Haare, das ebenmäßige Gesicht, den Porzellanteint, die wohlgeformte Figur, die anmutigen Gesten ...

»Sobald du fertig bist, kehren wir auf unser Schiff zurück«, teilte er David mit und ging davon.

Zum Teufel mit Risa Magee! Je schneller er sie ins Yankee-Gebiet zurückbrachte, desto besser.

7

Langsam schleppte sich der erste Tag dahin, der zweite schien kein Ende zu nehmen, der dritte ein Jahr zu dauern, der vierte ein Jahrzehnt. Von dem bärenstarken Big Tim bewacht, stand Risa Höllenqualen aus. Wann immer sie die Tür öffnete, war er zur Stelle, und an seiner breiten Gestalt führte kein Weg vorbei. Jeremiah brachte ihr Bücher und Modezeitschriften, servierte ihr schmackhafte Mahlzeiten, bereitete täglich ein Bad für sie vor und spielte mit ihr Karten. Doch er konnte sie nicht aufmuntern. Stundenlang wanderte sie rastlos im Zimmer umher, und abends trank sie sehr viel Wein, um möglichst bald zu ermüden. Sie hoffte, während sie schlief, würde die Zeit schneller vergehen.

Am fünften Tag änderte sich die Situation. Jeremiah kam mit Hamlin Douglas in ihr Zimmer, den sie seit ihrer Ankunft im Royal Inn nicht mehr gesehen hatte. Nun fragte sie sich, warum er nicht an Bord der *Lady Varina* war. »Miss Magee, soeben erhielt ich den Auftrag, die Schaluppe *Katie B.* zur Bone Isle zu bringen«, erklärte er.

»Und was hat das mit mir zu tun, Mr. Douglas? Ich habe noch nie von der Bone Isle gehört.«

»Das ist eine kleine Insel, südlich von der Biscayne Bay. Dort erwarten wir die *Lady Varina.* Vermutlich wird Captain McKenzie Sie von der Bone Isle nach St. Augustine bringen lassen.«

»Oh ... Warum begleiten Sie mich nicht zuerst nach St. Augustine und treffen Ihren Captain danach?«

»Er wird alle nötigen Maßnahmen ergreifen.«

»Nun war ich lange genug in seiner Gefangenschaft. Bringen Sie mich sofort nach St. Augustine ...«

Als er mißbilligend die Brauen hob, wünschte Risa, sie hätte geschwiegen. »Ich muß meine Befehle befolgen, Miss Magee.«

»Garantieren Sie mir, daß ich sofort nach unserer Zusammenkunft mit Captain McKenzie nach St. Augustine fahren werde?«

»Da wir uns im Kriegszustand befinden, kann ich gar nichts garantieren«, erwiderte er müde.

»Auch ich garantiere für nichts, Mr. Douglas!« fauchte sie. »Und ich werde Ihnen das Leben so schwer wie möglich machen. Sobald sich eine Gelegenheit zur Flucht bietet, will ich sie auch nutzen – und nicht zögern, Ihre Feinde über Captain McKenzies Aktivitäten zu informieren.«

»Unter diesen Umständen ...« Seufzend wandte er sich zur Jeremiah.

»Tut mir leid – ehrlich.« Der Kammersteward trat vor, und ehe sie wußte, wie ihr geschah, zog er sie an sich. Trotz seiner Jugend war er sehr kräftig, und sie wehrte sich vergeblich, als er ein feuchtes Tuch auf ihre Lippen preßte. Ein süßlicher Geruch stieg ihr in die Nase, die Augen fielen ihr bleiern zu, und sie konnte sich nicht mehr bewegen. Wie aus weiter Ferne hörte sie Jeremiahs Stimme. »Ist das wirklich nötig, Mr. Douglas?«

»Du weißt doch, was sie uns angedroht hat. Wenn sie entkommt und den Yankees mitteilt, wo der Captain zu finden ist ...«

Und dann verhallten die Stimmen.

Langsam öffnete sie die Augen. Sie lag in einer winzigen Koje, in einer beengten Kabine. Am anderen Ende des Raums saß Jeremiah auf einem Stuhl und musterte sie schuldbewußt. »Tut mir so leid«, murmelte er.

»Mit gutem Grund.«

»Aber – wir führen Krieg ...«

»Verdammt, wie oft muß ich das noch hören?«

»Tut mir wirklich leid. Wenn Sie keine so entschlossene, gefährliche Feindin wären ...Captain McKenzie hat uns ausdrücklich beauftragt, auf Sie aufzupassen.«

»Machst du alles, was er sagt? Falls er dir befiehlt, mich zu erschießen, würdest du ihm gehorchen?«

»So was würde er nie verlangen.«

»Wieso bist du dir da so sicher?«

»Weil ich ihn kenne.«

»Würde er mich nicht einmal erschießen lassen, wenn ich eine Spionin wäre – oder eine kaltblütige Mörderin, die vor seinen Augen Kinder umgebracht hat?«

»Dann würde er Sie selber töten.«

Risa erschauerte, und Jeremiah lächelte. »Aber so ein schlechter Mensch sind Sie nicht.«

»Immerhin eine Feindin.«

Er nickte. »Und ich bin Ihr Feind. Trotzdem sind wir beide nicht schlecht.«

»Eigentlich bist du ein kluger Junge.«

»Das habe ich gelernt – von ...«

»Natürlich«, unterbrach sie ihn ungeduldig, »von deinem grandiosen Captain McKenzie.« Als sie sich aufrichtete, verspürte sie heftige Kopfschmerzen. Stöhnend sank sie ins Kissen zurück.

»Essen Sie was, danach werden Sie sich besser fühlen.« Daran zweifelte sie, aber er brachte ihr Biskuits und schwarzen Tee, und der Imbiß weckte tatsächlich ihre Lebensgeister. »Morgen erreichen wir die Insel«, erklärte er. »Da gibt's eine Siedlung, von ein paar Leuten bewohnt. Keine besonders vornehme Gesellschaft, einige Bergungstaucher und ihre Familien und Mischlinge, die vom Fischfang leben. Aber die Bone Isle ist sehr schön, mit wunderbaren Stränden. Und im klaren Wasser sieht man die leuchtenden Farben der Korallen. Wenn Sie keinen Ärger machen, dürfen Sie sicher einen Tag am Strand verbringen.«

Ein Strand – endlich ein bißchen Freiheit nach den beklemmenden vier Wänden in Nassau ... Doch sie wollte nicht zu enthusiastisch erscheinen.

»Wenn die Insel so paradiesisch ist – warum heißt sie dann Bone Isle*?«

»Dort hat mal ein Pirat namens Barbery Bill seinen Schatz versteckt. Den hatte er einem anderen Piraten, Edward Teach, in Nassau gestohlen. Teach folgte Bill und dessen Bande zur Insel, metzelte alle nieder und segelte davon. Jahre später kamen spanische Missionare hin und fanden die Gebeine der Piraten, von Krabben und Seevögeln abgenagt.«

»Was für eine hübsche Geschichte ...«

»Keine Bange, da liegen keine Knochen mehr herum. Möchten Sie einen Tag am Strand verleben?« fragte Jeremiah, eifrig bestrebt, wiedergutzumachen, was er ihr angetan hatte.

»Vielleicht. Reden wir morgen noch einmal darüber.« Risa schloß die Augen, vom sanften Schaukeln der Schaluppe eingelullt. Als sie das nächste Mal erwachte, schien die Morgensonne, und die *Katie B.* lag neben einer kleinen Landebrücke. Jeremiah brachte ihr wieder Tee und Biskuits. »Gerade habe ich mit Mr. Douglas und Big Tim gesprochen ...«

»Ist Big Tim immer noch bei uns?«

---

* Knocheninsel

»Aye, und beide finden, Sie hätten einen Tag an der frischen Luft verdient. Obwohl Mr. Douglas ein bißchen streng wirkt – er ist sehr nett, und er befolgt nur seine Befehle. Er weiß, was für wichtige Aufgaben wir erfüllen.«

»Kennt er auch die Gefahren, die damit verbunden sind? Die Unionsblockade wird euch immer dichter umzingeln. Eines Tages werden die Yankees euren Captain aus dem Wasser jagen, und du bist zu jung, um ein solches Schicksal zu erleiden.«

Er grinste zuversichtlich. »O nein, Captain McKenzie ist unschlagbar, und bisher wurden unsere Schiffe kaum beschädigt. Letzte Nacht sind wir an ein paar Yankees vorbeigesegelt. Die haben uns gar nicht bemerkt. In diesen Gewässern, zwischen den Riffen und Untiefen, finden sie sich längst nicht so gut zurecht wie wir. Nun, Miss Magee? Wollen Sie jetzt zum Strand reiten?«

»Und ob ich das will!« Sie stellte das Tablett beiseite und küßte Jeremiahs Wange.

»Aber Sie müssen versprechen, daß Sie sich anständig benehmen werden. Hier können Sie nicht fliehen.«

Voller Sehnsucht nach frischer Luft, gab sie ihm ohne Zögern ihr Wort. Dann fragte sie sich, ob man einen Feind belügen durfte. Wenn sie eine Gelegenheit fand, war sie doch verpflichtet, einen Fluchtversuch zu unternehmen, oder?

Mr. Douglas ließ sich nirgends blicken, als sie mit dem Jungen über das Deck ging, an ein paar Besatzungsmitgliedern vorbei, und die Landebrücke betrat. Dort warteten Big Tim und ein kleiner Seminole neben drei Pferden. Risa sah die Siedlung, die Jeremiah erwähnt hatte – mehrere Holzhütten, mit Palmwedeln gedeckt. Wie sie gehofft hatte, lag ein Dutzend kleine Boote am Ufer. Vielleicht würde ihr die Flucht gelingen.

Aber jetzt noch nicht. Für vier Personen standen nur drei Pferde bereit. Risa mußte mit Big Tim im Sattel sitzen. Und wie sollte man einem Gorilla entkommen?

Sobald sie den Strand erreichten, verschwand der Indianer, den man ihr als Johnny Lightfoot vorgestellt hatte, mit den Pferden. Der Sand war leuchtendweiß, der Himmel tiefblau, weit und breit keine Menschenseele, nur Vögel.

Genüßlich atmete Risa die reine Luft ein.

Jeremiah hatte einen Picknickkorb vollgepackt, mit saftigen Orangen, Räucherfisch, frischem Brot und einer Flasche köstlichem Burgunder – nicht zu süß, nicht zu trokken. Angesichts dieser Mahlzeit fand sie ihre Gefangenschaft zum erstenmal erträglich.

Sie streckte sich auf einer Decke aus, spürte die Sonnenwärme, den sanften Wind. Natürlich war der gebräunte Teint, den sie sich einhandeln würde, nicht fashionabel. Aber das bereitete ihr keine Sorgen.

An einem Ende des Strands hielt Big Tim Wache, am anderen Jeremiah. Kurz vor Sonnenuntergang kam der Junge zu ihr. »Tut mir leid, Miss Magee, jetzt müssen wir zum Schiff zurückkehren.«

»Wirklich?«

Er nickte ernsthaft.

Widerstrebend stand sie auf, fühlte sich ein bißchen schwindlig von der Hitze und vom Wein.

»Nur noch eine Minute, Jeremiah«, bat sie und ging zum Meer.

»Miss Magee!« rief er nervös.

Doch sie watete ins Wasser und benetzte die Breeches des Jungen, die sie immer noch hartnäckig trug. Nach einer Weile wandte sie sich schuldbewußt zu ihm. Er verdiente es nicht, daß sie ihm Ärger machte. »Bleiben wir noch eine Weile hier, Jeremiah.«

Energisch schüttelte er den Kopf und folgte ihr. »Wir hätten gar nicht hierherreiten dürfen ...«

Als er näher kam, bückte sie sich und spritzte ihn an. Dann rannte sie lachend davon. Vorerst dachte sie nicht an ihre Fluchtpläne. Das Meer schimmerte wundervoll. Unter ihren nackten Füßen fühlte sich der Schlamm warm und weich an. Und es tat so gut, nach der langen Gefangenschaft die Beine zu bewegen. Jeremiah lief ihr nach.

Belustigt drehte sie sich um. Er wollte nach ihr greifen, aber sie sprang blitzschnell beiseite. Da verlor er das Gleichgewicht und fiel der Länge nach ins seichte Wasser. Prustend rappelte er sich auf.

»So ein junger Mann müßte mich doch mühelos einfangen«, hänselte sie ihn.

»Bitte, Miss Magee, das ist kein Spiel ...«

O ja, es war ein Spiel, und sie würde es gewinnen. Big Tim war am südlichen Ende des Strands postiert. Vermutlich hätte er einen Güterzug aufhalten können. Aber vermochte dieser Riese schnell genug zu laufen, um sie einzuholen? Der Wein verlieh ihr ein unerschütterliches Selbstvertrauen – oder den Leichtsinn, den sie jetzt brauchte. Sie rannte nordwärts, in die Richtung der Siedlung, wo die vielen Boote am Ufer lagen.

Der Weg war weit. Als sie innehalten mußte, um Atem zu schöpfen, drehte sie sich um und sah Jeremiah auf sich zulaufen. Plötzlich blieb er stehen. Hatte sie einen zu großen Vorsprung gewonnen? Fürchtete der Junge, er würde sie nicht einholen? Oder war auch ihm die Luft ausgegangen? Er schaute völlig verängstigt drein, und sie verspürte neue Gewissensbisse.

Armer Jeremiah. Wenn sie ihm entwischte, würde er in Teufels Küche kommen. Aber was konnte McKenzie ihm schon antun? Vor Risas geistigem Auge tauchte eine erschreckende Vision auf – Jeremiah, an einen Mast gebunden, und der Captain, der Mr. Douglas befahl, die neunschwänzige Katze zu schwingen ... Nein, solche Greueltaten wurden nur in alten Piratenzeiten begangen, versuchte sie sich einzureden.

Und doch ... In der Union Army waren Deserteure gebrandmarkt und erschossen worden, sogar halbe Kinder. Das hatte Risas Vater erwähnt ...

Sie durfte nicht länger nachdenken und sich keine Sorgen um Jeremiah machen. Immerhin hatte er sie mit einer Droge betäubt. McKenzie würde ihn bestimmt nicht erschießen. Jetzt mußte sie ihre Chance nutzen und fliehen. Entschlossen wandte sie sich von Jeremiah ab, wollte weiterlaufen – und erstarrte. Vor ihr stand jemand. Im Licht der sinkenden Sonne sah sie nur eine Silhouette. Eine riesige Gestalt versperrte ihr den Weg. Big Tim? Nein, er hatte am anderen Ende des Strands Wache gehalten und den Jungen, von dem er inzwischen sicher alarmiert worden war, noch nicht erreicht.

Als sich der rötliche Schimmer etwas verdunkelte, erkannte sie einen Reiter. Nun lenkte er das Pferd durch seichte Wellen zu ihr. Jerome McKenzie.

Warum sie davonrannte, wußte sie nicht. Es war albern und absurd, denn sie befand sich zwischen zwei Fronten. In ihren Ohren dröhnte es, und sie glaubte das Rauschen ihres Blutes zu hören. Nein – das Pferd sprengte heran.

Verzweifelt watete sie ins tiefere Wasser, tauchte unter, versuchte zu schwimmen.

Bald mußte sie Atem holen und sah das Pferd, einen kräftigen Grauschimmel, in einer hohen Fontäne auf sich zugaloppieren, McKenzie sprang aus dem Sattel. Ehe sie aus seiner Reichweite waten oder schwimmen konnte, packte er ihre Schultern, und beide stürzten in die Brandung.

Dann sprang er auf, zog sie hoch und ließ sie los. Ein weiterer Fluchtversuch wäre sinnlos gewesen. Angstvoll starrte sie ihn an. Sein feuchtes Haar hing ihm in die Stirn, die blauen Augen spiegelten das Meer wider. Unter dem nassen weißen Hemd zeichneten sich seine starken Muskeln ab, die Breeches schmiegten sich an die sehnigen Schenkel. Die Hände in die Hüften gestemmt, erwiderte er Risas Blick, ohne seine Wut zu verhehlen. Aber trotz ihrer Furcht spürte sie die sinnliche Macht, die er ausstrahlte, die ihren Puls beschleunigte, und sie erschrak über ihre eigenen Gefühle.

»Habe ich Sie nicht gewarnt?« stieß er hervor.

»Und wenn schon! Sie haben mich entführt, gefangengenommen und gedemütigt. Was können Sie mir sonst noch antun?« Erbost stürzte sie sich auf ihn und trommelte mit beiden Fäusten gegen seine Brust. »Was denn, Captain? Sagen Sie's mir!«

Stahlharte Finger umklammerten ihre Handgelenke. »Oh, da gibt's noch eine Menge, was ich Ihnen antun könnte, Miss Magee«, erwiderte er gedehnt und ließ sie los.

»Drohen Sie mir?«

»Allerdings.«

War es der Wein oder der Zorn, der ihr ungeahnte Kräfte verlieh? Schreiend warf sie sich auf ihn. Der Aufprall brachte ihn aus dem Gleichgewicht, und er taumelte nach hinten.

Endlich hatte sie ihn besiegt.

8

Doch sie konnte ihren Triumph nur für Sekunden genießen.

Ehe er in die Wellen fiel, schnappte er Risas Arme und riß sie mit sich. Glitzerndes Wasser spritzte empor, als sie untertauchten.

Vergeblich suchte sie sich zu befreien, aber er zerrte sie hoch, so daß beide im Schlamm knieten.

»Sie benehmen sich wahrlich nicht wie ein Südstaaten-Gentleman!« keuchte sie. »Allein schon Ihretwegen müßte der Süden den Krieg verlieren. Man sollte Sie in einem dunklen Verlies verhungern lassen, erschießen oder erhängen ...«

»Wissen Sie was, Miss Magee?« unterbrach er sie. »Sie verhalten sich keineswegs wie eine Dame. Statt Ihr Schicksal ergeben hinzunehmen wie eine normale Frau – eine normale Kriegsgefangene ...«

»Ach, gehen Sie doch zum Teufel!« Mit aller Kraft versuchte sie, ihn wegzustoßen.

»Hören Sie ...« Jerome verstummte erstaunt, als ihr Baumwollhemd an seiner Messerscheide hängenblieb und zerriß.

Unwillkürlich ließ er sie los, und sie sprang auf. Am

Griff des Entermessers hing ein langer weißer Stoffstreifen.

»Oh, verdammt!« schrie sie. Verzweifelt schaute sie sich nach Big Tim und Jeremiah um. Aber beide waren verschwunden, und sie 'sah nur das Pferd, das in einem Wäldchen in der Nähe des Wasserrands wartete. Inzwischen war auch Jerome aufgestanden. »Niederträchtiger Rebell!« giftete sie und stürmte an Land.

Wie eine Fahne flatterte das zerfetzte Hemd hinter ihr her. Nach wenigen Schritten hatte er sie eingeholt, umschlang sie mit beiden Armen, und sie stürzten wieder – diesmal in den feuchten weißen Sand.

Während sie auf dem Rücken lag und nach Luft rang, kniete Jerome über ihren Hüften. Das zerrissene Hemd entblößte ihre Brüste, und sie wußte es. Ihre Blicke trafen sich.

Erfolglos suchte sie nach passenden Worten. Ihre Lippen zitterten. »Rebell!« war das Beste, was ihr einfiel.

»Yankee!« konterte er.

Heftige Atemzüge hoben und senkten ihre Brüste.

Jeromes Finger streiften ihre Wange, und das Feuer, das die Berührung in ihrem Körper entfachte, verblüffte sie. Nur die Sonne – der Wein – der blaue Himmel – das kurze Gefühl der Freiheit – die rauschende Brandung …

Langsam neigte er sich herab, küßte sie, und die Flammen loderten noch heißer. Jeromes Mund verschmolz mit ihrem, seine Zunge teilte ihre Lippen, seine Hand glitt über ihren Hals, ihre Schulter, ihre Brüste.

Das darf ich nicht tun, sagte sie sich. Doch sie konnte nicht klar denken. Die ganze Welt schien sich zu drehen – der Strand, das Meer, der rote Glanz des Sonnenuntergangs. Und Jeromes Leidenschaft schürte die Hitze in ihrem Blut. Er umfaßte eine ihrer nackten Brüste, seine Finger spielten mit der Knospe. Verwirrt wand sie sich umher, wollte ihren Gefühlen entrinnen und zugleich noch viel mehr empfinden.

Noch nie war sie so geküßt worden, so verführerisch und fordernd. Von einer süßen Schwäche betört, schloß sie die Augen. Vage spürte sie, wie an der Schnur gezerrt wurde, die Jeremiahs etwas zu große Breeches in ihrer Taille zusammenhielt. Jeromes Finger wanderten über ihren Bauch, zum weichen Kraushaar zwischen ihren Schenkeln. Jetzt mußte sie protestieren. Aber es gelang ihr nicht.

Alle ihre Sinne wurden geweckt, die Liebkosungen faszinierten und erregten sie.

Nach einer Weile löste Jerome seinen Mund von ihrem. Sie öffnete die Augen nicht. Trotzdem wußte sie, daß er erwartete, sie würde seinen Blick erwidern. Das konnte sie nicht. Sie spürte wieder seine Lippen – diesmal auf ihrem Hals, auf einer ihrer Brüste. Aufreizend umkreiste seine Zunge die Knospe. Risas Finger schlangen sich in sein Haar. Nun müßte sie seinen Kopf wegziehen. Statt dessen preßte sie ihn an sich. Die Glut in ihrem Körper wuchs, und sie versuchte dagegen anzukämpfen. Sonst würde sie später bittere Reue empfinden. Doch sie vermochte sich dem Zauber nicht zu entziehen. Nur ein einziges Mal in ihrem Leben hatte sie einen Mann geliebt und keine Erfüllung gefunden, weil sie zu sittsam gewesen war.

Jetzt empfand sie keine Liebe. Nicht zu ihrem Feind. Es war etwas anderes, das sie jedesmal erfaßte, wenn sie McKenzie sah und seine Stimme hörte. Sie wollte sich dagegen wehren. Die Entscheidung lag bei ihr. Wenn er sie auch gefangenhielt und ihre Fluchtversuche immer wieder vereitelte – wenn sie protestierte, würde er sofort von ihr ablassen. Das wußte sie.

Doch sie konnte ihm nicht Einhalt gebieten – schon gar nicht, während er die intimste Zone ihrer Weiblichkeit berührte. Ein heftiges Zittern durchströmte ihren ganzen Körper. Plötzlich wurde ihre Hose nach unten gezerrt, und sie lag nackt in der Sonne und im Sand – nackt bis auf die Fetzen ihres Hemds. Ihre Augen blieben geschlossen.

Verwirrt hielt sie den Atem an, als Jerome ihre Beine auseinanderschob. Dann spürte sie seine heißen Lippen auf ihren Brüsten, ihrem Bauch – noch tiefer … Ein halb erstickter Schrei entrang sich ihrer Kehle. Jetzt würde sie protestieren, könnte sie zusammenhängende Worte finden. Aber er hob ihre Hüften ein wenig hoch, und seine Zunge bewegte sich so unwiderstehlich zwischen ihren Schenkeln, eine feurige Verführung ihres zarten, unschuldigen Fleisches – beängstigend und wundervoll zugleich, so intensiv, daß sie zu sterben glaubte, von unbeschreiblichen Gefühlen überwältigt.

Sie zog an seinem Haar, warf den Kopf im Sand hin und her. Viel zu spät würgte sie ein »Nein« hervor, wenige Sekunden, ehe in ihrem Innern die ersten Wellen eines Höhepunkts zu vibrieren begannen. Gnadenlos setzte Jerome die aufwühlenden intimen Zärtlichkeiten fort und ignorierte Risas flehende Bitte, bis sie sich selbstvergessen aufbäumte, in wachsender Ekstase.

Da erhob er sich, legte seine nasse Kleidung ab und bedeckte Risas Körper mit seinem. Zwischen ihren Schenkeln fühlte sie sein drängendes, pochendes Verlangen. Aber er hielt inne.

Endlich öffnete sie die Augen und begegnete seinem herausfordernden Blick. »Deine letzte Chance, Risa.«

»Welche?«

»Aufzuhören.«

Ihre Lider senkten sich.

»Schau mich an.«

»Nein ...« Die Lust, die er in ihr entfesselt hatte, bestürmte sie immer noch.

»Schau mich an!« befahl er. Gegen ihren Willen gehorchte sie. »Deine letzte Chance«, wiederholte er. Schluchzend klammerte sie sich an ihn, konnte nicht glauben, daß sie nackt mit ihm im Sand lag und ihn so heftig begehrte – ihren Feind. »Ich bin nicht Ian«, betonte er.

In diesem Moment hätte ihr die plötzliche Kälte, die ihr Herz ergriff, beinahe die Kraft gegeben, der Verlockung zu widerstehen. Doch es war zu spät. Jeromes Arme umschlangen sie. Kraftvoll drang er in sie ein. Brennende Schmerzen drohten sie zu betäuben, schreiend grub sie die Fingernägel in seine Schultern. Durch einen Tränenschleier schaute sie zum Himmel hinauf und rang nach Atem.

Jerome schien zu erstarren. Dann richtete er sich etwas auf und strich über ihre Wange. »Risa, niemals hätte ich diesen Sieg errungen, wäre mir bewußt gewesen …«

»Was«, fragte sie sich halb benommen.

»Sei ganz ruhig«, flüsterte er in ihr Ohr und streichelte ihr Haar. Langsam und vorsichtig begann er sich zu bewegen. Sie schluchzte leise. Und wenig später …

Wunderbarerweise verebbte der Schmerz. Jerome bewegte sich schneller, und ein neues Entzücken verdrängte den letzten Rest der Qual. Sie spürte die Kraft seiner Arme, seine muskulöse Brust und das Feuer, das stärker und heißer in ihr loderte – bis das Sonnenlicht in Fragmente zerbrach, bis sie emporzuschweben schien und Sterne herabregneten.

So süß … Ein namenloses Glück erfüllte ihre Seele, und sie nahm nichts anderes wahr, nicht einmal die Wellen, die mittlerweile ihre nackten Beine umspülten. Nur *ihn* spürte sie, immer noch mit ihr vereint, in flüssiger Hitze.

Sanfte Erschütterungen durchströmten ihren Körper. Allmählich kehrte sie zur Erde zurück, fühlte die kühle Abendluft, die Brandung auf der Haut.

Als er sich von ihr trennte, konnte sie endlich wieder klar denken. Die Augen geschlossen, erinnerte sie sich an die verantwortungsvolle, tüchtige, haltungsbewußte Tochter des Generals. Die allseits bewunderte Risa Magee, stolz und unangreifbar. Ohne ihren Kummer zu zeigen, hatte sie Ians und Alainas Heirat zur Kenntnis genommen und ihrem einstigen Verlobten versichert, er müsse sich ihretwegen nicht sorgen. Obwohl ihr fast das Herz gebrochen war… Sie schloß Freundschaft mit seiner Frau, übernahm die Patenschaft für sein Kind. Kein einziges Mal wurde sie von Schwäche überwältigt, wenn sie schwerverletzte Soldaten pflegte und bei Amputationen assistierte. Um Alaina vor der drohenden Gefahr zu warnen, hatte sie ihr Leben riskiert.

Und jetzt war die Fassade ihrer Selbstkontrolle plötzlich zerborsten. An diesem einsamen Strand hatte sie mit einem Rebellen geschlafen, den sie kaum kannte. Weil sie in seinen übermächtigen Bann geraten war …

»Das hättest du mir sagen müssen«, warf er ihr leise vor.

Da setzte sie sich auf, schlang die Arme um ihre angezogenen Knie und starrte zum fernen Horizont. »Was?«

»Nun, ich nahm an …«

»Daß ich mit Ian im Bett war?« unterbrach sie ihn kühl. »Er mußte ein Mädchen aus dem Süden heiraten, weil man die beiden in einer kompromittierenden Situation ertappt hatte. Und du glaubst, *ich* hätte mit ihm geschlafen?«

Jerome stand auf und kehrte ihr den Rücken.

Wider Willen bewunderte sie seine breiten Schultern, die schmalen Hüften und muskulösen Schenkel. Als er in seine Breeches geschlüpft war, wandte er sich wieder zu ihr. »Risa, ich weiß, wie sehr ihr euch geliebt habt.« Diese Worte trieben ihr neue Tränen in die Augen.

»Und soviel mir mein Vetter auch bedeutet, trotz seiner unseligen Entscheidung, für den Norden zu kämpfen – ich will ihn nicht ›ersetzen‹.«

»Das könntest du gar nicht.« Kraftlos und schwankend erhob sie sich, zog ihre Breeches an und griff nach dem zerrissenen Hemd. »O Gott, ich kann nicht aufs Schiff zurückgehen.«

»Aber dir bleibt nichts anderes übrig.«

»In diesem zerfetzten Hemd?«

»Nimm meines.«

»Nein, ich …«

»*Meine* nackte Brust wird niemanden erregen«, bemerkte er trocken, und sie senkte rasch den Kopf, um ein Lächeln zu verbergen. Da täuschte er sich ganz gewaltig. Er half ihr in sein feuchtes Hemd, und sie knöpfte es hastig zu. Damit es besser saß, verknotete sie die beiden Zipfel über ihrem Bauch.

»Wahrscheinlich müßte ich sagen, daß es mir leid tut«, meinte er zögernd.

»Das erwarte ich nicht von dir.«

»Sehr gut. Mir tut's nämlich nicht leid.« Er führte sie zu seinem Pferd, hob sie in den Sattel und stieg hinter ihr auf.

Schweigend ritten sie zu der kleinen Siedlung.

Die *Lady Varina* ankerte im Hafen, und Jeremiah ruderte in einem kleinen Boot zum Ufer, um seinen Captain und Risa abzuholen.

An Bord des Schoners wandte sich Jerome zu seiner Gefangenen. »Jeremiah wird ein Bad für dich vorbereiten und dir das Dinner servieren. Morgen früh segeln wir die Küste hinauf. Um Jacksonville zu erreichen, muß ich an St. Augustine vorbeisegeln und danach dem St. Johns folgen. Der Fluß erstreckt sich nach Süden. An einer bestimmten Stelle gebe ich dich in die Obhut einer vertrauenswürdigen Eskorte, die dich nach St. Augustine bringen wird.«

»Danke«, antwortete Risa. Endlich hatte sie ihre würdevolle Haltung zurückgewonnen. Wenn sie auch einiges verloren hatte, der Stolz war ihr geblieben. Hoch aufgerichtet ging sie in die Kabine.

Jeremiah schwieg vorwurfsvoll, als er ihr eine Mahlzeit, die kleine Sitzbadewanne und heißes Wasser brachte. Nach ihrem Bad entschied sie, daß sie die Kleidung, die sie getragen hatte, nicht mehr anziehen konnte. Jeremiahs Breeches sahen ziemlich ramponiert aus, und Jeromes Hemd entströmte ein schwacher Geruch, der sie viel zu lebhaft an die Ereignisse am Strand erinnerte.

Von jetzt an mußte sie sich wohl oder übel mit den Sachen begnügen, die er für sie gekauft hatte. Seufzend sank sie in die Koje und redete sich ein, sie würde nichts bereuen.

Wenigstens blieb ihr das Schicksal erspart, als vertrocknete alte Jungfer zu sterben. Doch sie fürchtete, dieser Tag hätte ihr Leben für immer verändert, und der unwiderstehliche Rebell würde sie in all ihren Träumen verfolgen.

Erstaunlicherweise schlief sie tief und fest.

Am nächsten Tag sah sie Jerome nur selten. Während eines Gewittersturms stand er am Ruder.

Gegen Abend hörte es zu regnen auf, und Risa wanderte über das Deck. Der Wind heulte nach wie vor, und sie schaute zu Jerome hinüber, der das Schiff steuerte. Aber er ignorierte ihre Anwesenheit.

Schließlich kehrte sie in die Kabine zurück und ging früh zu Bett, nachdem sie ihr Abendessen verspeist hatte. Das rhythmische Schwanken der *Lady Varina* besänftigte ihre Nerven, und es dauerte nicht lange, bis sie einschlief.

Kurz vor Mitternacht erstarb der Wind. Als die Kabinentür aufschwang, erwachte Risa. Nackt bis auf seine Breeches, stand er auf der Schwelle. Das Mondlicht verlieh seiner bronzebraunen Haut einen silbernen Schimmer. Wortlos ging er zu Risa, schlug die Decke zurück und schlüpfte aus seinen Breeches. Dann streckte er sich neben ihr aus. Sie schluckte krampfhaft, wollte ihn wegschieben, aber er hielt ihre Hände fest. »Yankee«, beschuldigte er sie leise.

»Rebell«, erwiderte sie. O Gott, wie schnell seine spürbare Erregung ihr Blut erhitzte …

»Eigentlich müßte ich gehen«, flüsterte er.

»O ja«, stimmte sie ohne Überzeugungskraft zu.

»Aber das ist die letzte Nacht, die du in meiner Gefangenschaft verbringst – in meiner Gewalt. Und ich kann mit dir machen, was ich will.«

»Fahr zur Hölle, arroganter Schurke …«

Lächelnd schob er ein Knie zwischen ihre Schenkel, strich über ihre Brüste, ihren Bauch, ihren Venusberg. »Ich wollte mich ehrenwert benehmen – wie mein Yankee-Vetter. Aber so sehr ich mich auch darum bemühte, ich konnte mich einfach nicht von dir fernhalten. Nicht heute nacht. Morgen bist du frei und kannst wieder die stolze, unantastbare Tochter des Generals spielen. Aber diese Nacht gehört mir. Ein letzter Kampf zwischen uns beiden – und nur der Himmel weiß, wer schließlich kapitulieren wird.«

Zitternd wartete sie, von unerträglicher Sehnsucht erfaßt. Sie schloß die Augen. Niemals würde er erfahren, daß nur der Gedanke an diese Liebesnacht die leere, düstere Zukunft erhellen würde.

»Schau mich an, Yankee!«

Zögernd gehorchte sie.

»Heute nacht, geliebte Feindin, ist es mir verdammt egal, *wen* du umarmen möchtest – und wen ich dir ersetze.«

Ehe sie erbost protestieren konnte, verschloß ihr ein heißer Kuß den Mund. Und als er in sie eindrang, zerschmolz seine Leidenschaft ihren Zorn.

Diesmal verspürte sie keinen Schmerz. Er bewegte sich langsam und schürte ihr Verlangen, indem er seinen Rhythmus behutsam und allmählich steigerte. Auf dem Gipfel der Lust schwanden alle Bedenken, alle Schuldgefühle, und Risa schwelgte in reinem Entzücken.

Wie leicht es ihr in dieser Nacht fiel, vor dem Rebellen zu kapitulieren ...

9

Julian McKenzie wusch sich die Hände und versuchte, gegen seine beklemmenden Depressionen anzukämpfen.

Soeben hatte er einen Patienten verloren. Das war in diesem schrecklichen Krieg schon oft genug geschehen, seit er den Truppen am St. Johns River folgte. Aber dieser Verlust traf ihn besonders schmerzlich.

Den Jungen, der nun vom Operationstisch gehoben wurde, hatte eine verirrte Gewehrkugel ins Bein getroffen.

Verdammt, er hätte nicht sterben dürfen. Er war erst neunzehn gewesen. Einen Musketenschuß hätte er vielleicht überlebt. Musketenkugeln drangen langsamer ins Fleisch ein, ließen sich von Widerständen aufhalten und brachen schlimmstenfalls einen Knochen.

Doch diesen Jungen hatte eine Minié*-Kugel verwundet, eins der neuen kegelförmigen Geschosse, die sich beim Aufprall ausbreiteten und Knochen zersplitterten. Bei diesen Kugeln gab es keine glatten Durchschüsse. Der Knöchel des Jungen war zertrümmert worden. Um den Fuß nicht einzubüßen, hatte er ihn selbst bandagiert, seinen Kameraden die starke Blutung und die heftigen Schmerzen verheimlicht. Erst am nächsten Morgen hatte der Kommandant die schwere Verletzung entdeckt und Julian geweckt. Doch da war die Wunde bereits infiziert und das Leben des Soldaten nicht mehr zu retten gewesen.

In Julians Trauer um den Jungen mischte sich die Sorge um seine Familie. Die Yankees hielten in St. Augustine die Stellung, und er hatte beunruhigende Neuigkeiten gehört. Seine Schwägerin Alaina, eine Spionin und Botin im Dienst der Rebellen, hatte die Stadt verlassen und war nicht zurückgekehrt. Auf der Suche nach ihr war auch Risa Magee verschwunden, ihre Freundin, die Tochter eines Yankee-Generals, der die gesamte Union Navy alarmiert und beauftragt hatte, das Mädchen aufzuspüren.

»Du hättest nichts für ihn tun können.« Liebevoll berührte Julians Schwester Tia seine Schulter. Er wandte sich zu ihr und wollte erklären, nicht nur der Tod des Jungen würde ihn bedrücken. Aber er schwieg. Ihre Nähe tröstete ihn ein wenig. In den Südstaaten verdammte die Gesellschaft alle jungen Damen, die in den Lazaretten als Krankenschwestern arbeiteten. Dort sehen sie Dinge, die sie nicht sehen durften. Das war unschicklich.

Trotzdem hatte Tia darauf bestanden, ihrem Bruder zu helfen, und er war sehr stolz auf seine schöne, tüchtige Schwester. Sie hatte die schwarzen Augen ihres Vaters geerbt, während er selbst und Ian blauäugig wie der Großvater waren. Zu diesen Augen paßte das glänzende dunkle Haar, und der zarte helle Teint bildete einen faszi-

---

* Claude Etienne Minié, Erfinder eines neuen Feuergewehrs

nierenden Kontrast dazu. Vor dem Krieg hatte sie sich für Partys, Bälle und Reisen interessiert. Sie wollte Europa kennenlernen, die ägyptischen Pyramiden bewundern und in China den Jangtsekiang sehen.

Aber dann war der Krieg ausgebrochen. Obwohl der Vater sie am liebsten weggeschickt hätte, blieb sie daheim, und seit einigen Monaten arbeitete sie im Lazarett. Gegen diese Entscheidung hatten die Eltern nicht protestiert. Jarrett und Tara McKenzie legten keinen Wert auf die Meinung der Gesellschaft. Nun war Tia ihrem Bruder eine wertvolle Hilfe. Sie munterte seine Patienten auf, las ihnen vor, assistierte ihm sogar bei Operationen, wusch die Verwundeten und wechselte Verbände. Tapfer ertrug sie den Geruch von Blut und Eiter.

Als Arzt durfte er sich glücklich schätzen. In St. Augustine hatte ihm seine Schwägerin Alaina beigestanden, bis die Stadt in die Hände der Union gefallen war. Nun konnte er sich rückhaltlos auf seine Schwester verlassen.

Die Augen voller Tränen, betrachtete sie den toten Jungen. »Seine Eltern, seine Frau und sein kleiner Sohn leben in Ocala. Die beiden letzten Briefe habe ich für ihn geschrieben. Er wollte ihnen unbedingt mitteilen, wie gern er nun Tabak rauchen würde. Und ich muß seine Pokerkarten verbrennen, weil seine Mutter nicht erfahren sollte, daß er gespielt hatte. Und zuletzt bat er mich, seiner Frau zu versichern, er sei ein ehrenwerter Mann gewesen. Das soll sie später auch seinem Sohn erklären.«

»Verbrenn' die Karten, und dann ruh' dich aus. Du mußt dich schonen. Nicht einmal du kannst jeder Herausforderung mit der gleichen unwandelbaren Energie begegnen.«

»Julian ...« Nach einer kleinen Pause fuhr sie zögernd fort: »Unser Bruder kämpft für die Yankees, und unser Vater war von jeher gegen die Sklaverei. Wenn wir den Krieg gewinnen, müssen vielleicht einige Leute an die beiden McKenzies aus Tampa erinnert werden, die so viele Konföderationssoldaten am Leben erhalten haben.«

»Nun, du kümmerst dich gleichermaßen um verwundete Yankees und Südstaatler. Und wie du zugeben mußt, warst du niemals eine glühende Rebellin.«

Sie zuckte die Achseln. »Hoffentlich wird Ian gut verarztet, wenn er im Feindesland verwundet wird. Im übrigen hast du recht – ich hasse die Ideale des Südens, die diesen schrecklichen Krieg heraufbeschworen haben. So viele junge Männer müssen sterben, zahllose Frauen verlieren ihr Heim, Kinder werden verwaist. Wenn alles vorbei ist, werde ich Medizin studieren. Dann wird's sowieso keinen Mann mehr geben, den ich heiraten könnte.«

Während sie ihren Bruder aufgebracht musterte, kam Sergeant Digby, Julians Sanitätsoffizier, ins Segeltuchzelt, das als Kriegslazarett diente. Früher hatte der schmächtige junge Mann der United States Army in Arizona angehört, bis sein Heimatstaat von der Union abgefallen war. Er salutierte und betrachtete den Toten, dessen Anblick ihn sichtlich bewegte. Dann verkündete er aufgeregt: »Sir, er kommt!«

»Wer, Digby?« fragte Julian.

»Captain McKenzie, Sir, die *CSS Lady Varina!* Ist das nicht fantastisch? Da draußen patrouillieren so viele Unionsschiffe, und er segelt einfach mitten hindurch und den Fluß herab.«

Julian seufzte. In letzter Zeit drohten den Blockadebrechern immer größere Gefahren. Sein Vetter Jerome eignete sich hervorragend für diese Aktivitäten. Im Gegensatz zu den meisten Konföderationsoffizieren war er nicht bei der United States Navy gewesen, sondern Bergungstaucher und Schiffbauer. Dieses Handwerk hatte er in den großen Werften des Nordens gelernt, seine Kenntnisse dann auf die Gewässer Floridas angewandt und die *Lady Varina* selbst entworfen. Nur fünfhundert Tonnen schwer, war sie mit sieben kleinen und drei großen Geschützen bestückt. Sogar in Untiefen ließ sich der wendige Schoner leicht manövrieren. Mit Dampfmaschinen und Segel versehen, war er sowohl schnell als auch verläßlich.

Da Julian dringend medizinischen Nachschub brauchte, hatte er ungeduldig auf Jerome gewartet.

Erfreut umfaßte Tia seinen Arm. »Komm, begrüßen wir ihn.«

Julian nickte und warf einen Blick auf den Toten.

»Gehen Sie nur, Dr. McKenzie«, sagte Digby leise, »ich kümmere mich um den Jungen.«

»Danke.« Julian und seine Schwester traten vor das Zelt, das von Kiefern verborgen wurde, und schauten zum Fluß hinab. Am östlichen Horizont graute der Morgen. Jerome segelte stets im Schutz der Dunkelheit. Nun ankerte die *Lady Varina* in der St. Johns-Bucht. Die Piers unterhalb des Lazaretts waren mehrmals zerstört worden – erst von Rebellen auf dem Rückzug, dann von Yankees, schließlich wieder von Rebellen. In der Nähe seines Lazaretts konnte Julian keine Landungsbrücken gebrauchen, die womöglich ein feindliches Feuer heraufbeschwören und seine Patienten gefährden würden.

Kleine Boote glitten zum Ufer. In einem der schwankenden Kähne stand Jerome. Die Beine gespreizt, hielt er mühelos sein Gleichgewicht. Als er Julian entdeckte, winkte er ihm lächelnd zu.

Wie Onkel James – von tuschelnden Nachbarn ›Halbblut‹-Verwandter genannt – hatte Jerome seinen Vetter Julian schon immer fasziniert. Der Altersunterschied zwischen den beiden betrug nur wenige Monate. In der Kindheit hatte Julian von Jerome gelernt, in Ringkämpfen zu brillieren und markerschütternde Kriegsschreie auszustoßen.

»Captain!« rief Julian, als Jerome an Land ging, mit Breeches, Stiefeln und einem grauen Baumwollhemd bekleidet.

»Doktor!« erwiderte Jerome.

Tia rannte zum Ufer und warf sich in seine Arme. Lachend hob er sie hoch und schwenkte sie im Kreis herum. Dann stellte er sie auf die Füße und wandte sich zu Julian, der ihr etwas langsamer gefolgt war.

»Freut mich, dich wiederzusehen – und so unerwartet.« Julian umarmte Jerome. »Auf diesem Fluß führen die Rebellen neuerdings ein gefährliches Leben. Aber du bist da – Gott sei Dank. Wir haben schlimme Nachrichten erhalten. Hoffentlich kannst du uns was erzählen. Weißt du, wo ...«

»Warten wir, bis die Ladung gelöscht ist, und dann reden wir.«

Eine halbe Stunde später saß Jerome mit seinen Verwandten an einem Klapptisch, in einem Zelt, das der Doktor als Büro benutzte. Die Besatzung der *Lady Varina* hatte inzwischen die Fracht ins Lazarett gebracht.

Sobald Digby Kaffee serviert und sich diskret entfernt hatte, hörten Tia und Julian die ersehnte Neuigkeit.

»Alaina geht's gut.«

»Wie kannst du das denn wissen, Jerome?« fragte Tia besorgt.

»Ich habe sie gesehen.«

»Und? Was ist passiert?«

»Sie spionierte und schmuggelte Nachschub durch die Blockade. Natürlich taten die Unionstruppen ihr Bestes, um die sogenannte ›Mokassinschlange‹ zu fangen.«

»Aber sie wurde gewarnt – von der Tochter des Generals«, warf Julian ein.

Erstaunt hob Jerome die Brauen. »Wieso weißt du das?«

»Weil Risa Magee in St. Augustine einen jungen Mann überredet hat, sie nach Süden zu bringen. Als ich das erfuhr, dachte ich, sie würde Alaina und Ian suchen. Ein Wunder, daß sie die beiden aufgespürt hat.«

»Nun ja, nicht direkt. Sie ist mir begegnet.«

»Oh ...«

»Hast du meinen Bruder gesehen?« fragte Tia. »Wie geht's ihm? Bitte, Jerome, erzähl uns alles!«

Jerome zögerte. Natürlich vertraute er seinen Verwandten rückhaltlos. Aber manchmal war es besser, wenn sie nicht alles wußten. »Ich traf Ian, und da hatte er seine Frau bereits gefunden. Jetzt ist sie wieder auf Belamar. Er war auch kurz dort.«

»Dann zog er wieder in den Krieg«, ergänzte Tia bitter. Darauf gab Jerome keine Antwort.

Julian beugte sich vor. »Und die Tochter des Generals?«

»Nur ihretwegen kam ich hierher. Ihr müßt sie über den Fluß bringen.«

»Warum hast du sie nicht auf Belamar zurückgelassen?«

»Das war unmöglich. Sie wußte, wohin ich segeln würde. Dieser Gefahr wollte ich meine Männer und mich nicht aussetzen.«

»Glaubst du, sie hätte euch verraten?«

»Zweifellos. Sie ist eine überzeugte Unionsanhängerin.«

»Was nichts bedeuten muß«, meinte Tia. »Immerhin hat sie für Alaina ihr Leben riskiert. Wieso bist du sicher, daß sie euch ans Messer geliefert hätte?«

Jerome nippte an seinem Kaffee. Wie entschlossen seine schöne Kusine für eine Frau eintrat, die sie gar nicht kannte ... »Weil sie's mir angedroht hat.« Würde Risa das nach wie vor tun, überlegte er. O ja. Nicht aus Rachsucht, sondern um der Union einen Dienst zu erweisen.

Was zwischen ihnen geschehen war, spielte keine Rolle. Großer Gott, was ist denn schon passiert, fragte er sich. Nichts Ungewöhnliches. Er hatte sie begehrt. Und sie? Hatte sich bereitwillig von dem Mann verführen lassen, der Ian so ähnlich sah ... Oder der Krieg hatte sie in seine Arme getrieben – der Krieg, der allen Menschen vor Augen führte, wie kurz und zerbrechlich das Leben war. So viele Soldaten fielen auf den Schlachtfeldern, und mit ihnen starben die Hoffnungen und Zukunftsträume der Frauen.

Wie auch immer, Risa hatte seine Leidenschaft mit gleicher Glut erwidert. Und er begehrte sie mit unerwarteter Hefigkeit.

Unter normalen Umständen würde er sie heiraten. In der Welt vor dem Krieg wäre ihr Ruf ruiniert gewesen. Ein Skandal – nicht die Realität der Ereignisse – hatte Ian gezwungen, mit Alaina vor den Traualtar zu treten.

Aber eingefleischte Yankees heirateten keine Rebellen.

Am besten vergaß er, was geschehen war. Für sie beide gab es keine Zukunft. Niemals würde Risa, General Magees stolze Tochter, ein Halbblut heiraten – und einen Blockadebrecher aus dem Süden schon gar nicht. Außerdem war sie nur von einer wehmütigen Stimmung überwältigt worden, von der Sehnsucht nach einem Glück, das man ihr entrissen hatte.

Und doch – es fiel ihm verdammt schwer, sie gehen zu lassen. Wann immer er an sie dachte, schlug sein Puls schneller. Mochte sie sich in seinen Armen auch eingeredet haben, er wäre Ian – dieser Gedanke löschte das Feuer nicht, das sie in ihm entfachte. Bis zu seinem letzten Atemzug würde er sich an ihre Augen erinnern. Manchmal schimmerten sie grün, dann wieder blau wie das Meer.

Entschlossen stellte er seine Kaffeetasse auf den Tisch. »Da sie über meine Aktivitäten informiert war, mußte ich sie festhalten. Andererseits will sie mit aller Macht ins Yankee-Gebiet zurückkehren.«

Sein Vetter wollte antworten. Aber er hielt inne, weil in diesem Augenblick Digby hereinkam und Bisquits servierte. Julian dankte ihm, und der Sergeant ging wieder hinaus. »Laß dich warnen, Jerome. Angeblich ist Risa Magees Vater außer sich vor Zorn. Er weiß, daß sie St. Augustine verlassen hat, und nun macht er Jagd auf alle Männer – Rebs oder Yankees –, die ihr auch nur ein Haar gekrümmt haben. Übrigens, was ist mit dem jungen Mann passiert, der sie nach Süden gebracht hat?«

»Finn? Der wurde mit ein paar Yankees auf einer kleinen Insel ausgesetzt, an der regelmäßig Unionsschiffe vorbeifahren. Wahrscheinlich sind sie längst in Sicherheit.«

»Wenn der General ihn findet, kann einem der Bursche nur leid tun.«

»Jedenfalls blieb mir nichts anderes übrig, als Magees Zorn zu riskieren. Seine Tochter ist besser informiert als ein Dutzend Spione. Deshalb durfte ich sie nicht laufenlassen.«

»Sicher ist ihr nichts Schlimmes zugestoßen«, bemerkte Tia. »Zumindest hoffe ich das.«

»Da muß ich dich leider enttäuschen. Nachdem sie mich wie ein wilde Tigerin bekämpft hatte, ließ ich sie an den Großmast binden und mit zwanzig Peitschenhieben bestrafen.«

»Großer Gott, Jerome …«, wisperte Tia.

Stöhnend verdrehte Julian die Augen. »Beruhige dich, er hänselt dich nur.«

»Allerdings«, bestätigte Jerome grinsend. »Aber ich war nahe dran, ihr eine Lektion zu erteilen.«

»Wo ist sie jetzt?« fragte Julian.

»An Bord. In ein paar Stunden wird sie an Land gebracht. Heute nachmittag segeln wir weiter. Bei Einbruch der Dunkelheit müssen wir das Meer erreichen, um den Yankees auszuweichen, die uns südlich vom Fernandina Beach auflauern.«

»Auch wenn du nur Risa Magees wegen hierhergekommen bist, muß ich ihr danken«, sagte Julian. »Mein Morphium geht zur Neige. Was meinst du, wie lange wir den Krieg noch fortsetzen können, mit so wenigen Schiffen, Soldaten und Material?«

»Nun, wir haben mit Nichts angefangen – mit einem brandneuen Land, einer neuen Regierung, einer neuen Navy …«

»Und mit Narren wie euch, die so viel für den Süden opfern«, fiel Tia ihrem Vetter ins Wort, und beide Männer funkelten sie erbost an.

»Hör mal, Tia, in den Südstaaten gibt es kaum Waffenfabriken und Werften«, erklärte Jerome in strengem Ton. »Ja, ich stelle mein Schiff in den Dienst der Konföderation und – ja, wir befinden uns sehr oft in verzweifelten Situationen. Aber wenn wir weiterhin Schlachten gewinnen, trotz unserer zahlreichen Nachteile, wird uns letzten Endes die Politik zum Sieg verhelfen.«

»Wenn!« flüsterte Tia, stand auf und verließ dann das Zelt.

Verwundert schaute Jerome ihr nach, und Julian seufzte: »Heute nacht haben wir einen Patienten verloren.«

»Ja, wir verlieren zuviel – immer wieder.«

Jerome erhob sich. »Auch unsre Feinde erleiden Verluste. Soll ich Miss Magee hierherbringen lassen?«

Bevor Julian antworten konnte, eilte Digby aufgeregt ins Zelt. »Sir, eine Nachricht von Ihrem Onkel!« Dann erinnerte er sich, daß Julians Onkel Jeromes Vater war. »Von Ihrem Vater, Sir.«

»Von meinem Vater? Stimmt was nicht?«

»Alles in Ordnung«, erwiderte Digby und grinste breit. »Noch ein Besuch! Mr. McKenzie hat Miss Alaina zu einem Strand in unserer Nähe gebracht, ein paar Meilen weiter südlich.«

»Wundervoll!« rief Julian erfreut. »Danke, Digby.« Dann wandte er sich zu Jerome. »Hat Ian sie hergeschickt?«

»Das nehme ich an. Vermutlich hofft er, du würdest Alainas Rückkehr nach St. Augustine arrangieren – in die Unionsstadt.«

»Ja, natürlich.«

»Sicher wird Risa sich freuen, ihre Freundin wiederzusehen.«

»Meine Männer sollen Miss Magee weiter unten am Fluß abholen, damit sie nicht genau weiß, wo wir stationiert sind. Seltsam – Risa und Alaina, beide wieder vereint ... Vor einiger Zeit wollten Ian und Risa heiraten. Hätten sich die Dinge anders entwickelt, wäre sie jetzt eine McKenzie.«

»Was geschehen ist, läßt sich nicht ändern«, erwiderte Jerome trocken. »Entschuldigt mich jetzt, ich kümmere mich um die junge Dame.«

Risa schlief noch. Eine Zeitlang stand er in der Kabinentür und beobachtete sie. Sie lag auf dem Rücken, nur bis zur Taille zugedeckt. Unter den kastanienroten Locken waren ihre nackten Brüste halb verborgen. Jerome betrachtete ihre leicht geöffneten vollen Lippen. Im Schlaf sah sie wie ein Engel aus. So schön und so verlockend ...

Und sie war nicht mehr seine Gefangene. Unbehaglich dachte er an den einsamen Strand, wo er die Tochter seines Feindes entjungfert hatte. Die Südstaatler behaupteten, sie würden ein ausgeprägtes Ehrgefühl besitzen. Und Jerome war stets von seiner moralischen Gesinnung überzeugt gewesen. Trotzdem hatte er einer jungen Dame die Unschuld geraubt – allerdings nicht wissentlich.

Sie hätte protestieren müssen. Dazu hatte er ihr eine Gelegenheit gegeben, oder?

Heftig pochte sein Puls, sein Blut erhitzte sich.

Risa öffnete langsam die Augen, blinzelte ins Licht und entdeckte ihn. »Wo sind wir?«

»Bald hast du deine Gefangenschaft überstanden.« Als er zur Koje ging und sich auf den Bettrand setzte, zog sie die Decke bis an ihr Kinn. »Findest du tatsächlich, du müßtest dich schamhaft verstecken?«

»Es ist taghell. Und wir sind am Ziel.« Unsicher senkte sie die langen dunklen Wimpern, und Jerome strich über ihre geröteten Wangen.

»Ja, der Tag ist angebrochen. Vergessen wir die nächtliche Kapitulation.«

Plötzlich lächelte sie, schüttelte den Kopf, und er glaubte Tränen in ihren Augen zu sehen. »Vor einem Rebellen würde ich niemals kapitulieren.«

»Und warum hast du zugelassen, was zwischen uns geschah?«

»Warum hast *du's* zugelassen?«

»Weil ich nicht anders konnte.«

»Was für eine aufschlußreiche Antwort!«

»Und dein Vater?«

»Er wird nichts erfahren.«

»Natürlich darf er nicht wissen, daß du vor dem Feind kapituliert hast.«

»Vor dem *Rebellen* habe ich nicht kapituliert. Und mein Vater wird dich gnadenlos jagen – selbst wenn er nichts von unserer intimen Beziehung weiß.«

»Ich fürchte ihn nicht.«

»Das solltest du aber…«

»Vielleicht muß dein Vater eher *mich* fürchten.«

»Glücklicherweise kämpft er an Land, während du die

Blockade in den Gewässern brichst. Aber er ist sicher wütend und wird alle seine Freunde auf dich hetzen.«

»Dann bedaure ich sie, denn die meisten werden sterben.«

»Nicht nur Yankees – auch Rebellen«, entgegnete sie leise.

»Zweifellos.«

»Du hast gesagt, du läßt mich gehen?«

»Ja.« Behutsam strich Jerome ihr das Haar aus der Stirn. »Aber vorher mußt du mir noch verraten, warum du dich nicht gegen mich gewehrt hast.«

»Ich – hatte keine Wahl.«

»Doch. Wurdest du in meinen Armen von einem schönen Traum überwältigt?«

»Was meinst du?«

»Bei unserem ersten Kuß hast du mich mit meinem Vetter verwechselt. Wäre ich Ian, würdest du nicht vor mir fliehen – und meinen Heiratsantrag annehmen.«

»Ian *ist* bereits verheiratet«, erwiderte sie kühl, »und kein Feind, sondern klug genug, um zu erkennen, daß ihr Rebellen den Süden zerstört.«

»Ach ja, mein edler, wackerer Vetter ... Jeder von uns beiden hat seine Entscheidung getroffen, und ich bin der elende Feind. Aber bevor ich dich gehen lasse, mußt du noch einmal kapitulieren.«

»Keine Ahnung, wovon du redest ...«

»Das weißt du sehr gut.« Lächelnd neigte er sich zu Risa hinab. »Und wir wollen keine Zweifel an deiner Bereitschaft aufkommen lassen.«

»Das ist keine Kapitulation. Niemals!« Und dann begann sie zu schluchzen. Zitternd schlang sie die Arme um seinen Hals. Er schlug die Decke zurück, legte sich zu ihr und preßte seinen Mund auf ihren. Voller Hingabe erwiderte sie seinen Kuß.

Um Himmels willen, wie sollte er die Trennung ertragen? Was er sich so brennend wünschte, blieb ihm verwahrt. Trotzdem mußte er sie noch einmal besitzen. Ein letztes Mal. Seine Lippen wanderten zu ihren Brüsten hinab. Als er an einer Knospe saugte, hörte er ihren stokkenden Atem, spürte ihren rasenden Puls. Aufreizend glitt ihre Zunge über seine Schulter. Er richtete sich auf, bedeckte ihren ganzen Körper mit Küssen.

Und er wußte, welch ein wildes Feuer er entzündete. Die Zeit war sein Feind. Entschlossen schob er Risas Beine auseinander, küßte die Innenseiten ihrer Schenkel, das zarte rosige Fleisch dazwischen. Stöhnend protestierte sie. Aber er ignorierte ihren leisen flehenden Schrei, bis sie von einem intensiven Höhepunkt erschüttert wurde.

Während sie immer noch bebte, öffnete er seine Breeches, drang tief in sie ein und genoß seine eigene Lust. Mit der ganzen Leidenschaft, zu der er fähig war, liebte er Risa. Bevor er seine Erfüllung fand, schob er die Hände unter ihre Hüften und hob sie ein wenig hoch, um noch inniger mit ihr zu verschmelzen.

Von heißer Ekstase erfaßt, grub sie die Finger in seine Schultern, und er atmete ihren süßen Duft ein, spürte ihr Herz an seinem schlagen. Alles in ihm schien zu explodieren. Dieses Glück wollte er bis zur Neige auskosten, und nachdem er den Gipfel des Entzückens erreicht hatte, bewegte er sich in ihrem Schoß, bis ihn die Kräfte verließen.

Ihre Fäuste trommelten auf seinen Rücken. Mit tränenerstickter Stimme flüsterte sie: »Du bist mein Feind, mein Feind, mein Feind ...«

Trotz ihres Wutanfalls hielt er sie zärtlich in den Armen, bis sich seine und ihre Atemzüge beruhigten. Für ein paar letzte, viel zu kurze Minuten gehörte sie noch ihm.

Dann stand er auf, schob sein Hemd in die Hose und schloß den Gürtel. »Wie du meinst, Risa. Ich bin dein Feind. Und du kapitulierst nicht vor einem Rebellen.« Ohne sie anzuschauen, fügte er hinzu: »Jeremiah wird dich ans Ufer bringen. Jetzt bist du frei.«

Mit schnellen Schritten verließ er die Kabine – und verschwand aus Risas Leben.

10

Danach blieb Risa noch lange in der Koje liegen, entsetzt über den Schmerz, der ihr Herz erfüllte.

Sie hatte sich nach der Freiheit gesehnt – und doch ...

Seit Jerome McKenzie hinausgegangen war, wußte sie, daß er nicht beabsichtigte, sie wiederzusehen. Niemals würde sie die kalte Verachtung in seiner Stimme vergessen. *Und du kapitulierst nicht vor einem Rebellen.*

Sie hatte ihn nur kurz gekannt – und trotzdem so gut. Wenn sie die Augen schloß, glaubte sie, sein Gesicht zu sehen, seine Liebkosungen zu spüren, und sie fürchtete, die Erinnerungen würden sie für alle Zeiten verfolgen. Natürlich liebte sie ihn nicht. Sie war nur gefangen in einem Netz seltsamer Emotionen, das sie abschütteln mußte.

Irgendwie würde es ihr gelingen, Jerome aus ihren Gedanken zu verbannen, obwohl er die Tiefen ihrer Seele berührt hatte. Es war vorbei, ein für allemal.

Während sie zitternd unter der Decke lag, wußte sie nicht, wieviel Zeit verstrich. Jeremiah brachte ihr das Frühstück und frisches Wasser und erklärte, er würde sie vor Einbruch der Dunkelheit ans Ufer bringen.

Wie sie erwartet hatte, war Jerome verschwunden.

Um ihren Kummer zu verdrängen, sagte sie sich entschlossen, er sei ihr Feind, der sie zu schmählicher Gefangenschaft gezwungen habe.

Als sie Jeremiah aus der Kabine folgte, sah sie gerührt die versammelte Besatzung an Deck stehen, die sich von ihr verabschieden wollte. Ihr zu Ehren spielten Michael O'Hara und Matt Conor ›Loralee‹, mit einer Querpfeife und einer Trommel. Freundlich dankte sie den Männern und verbarg, daß ihr fast das Herz brach. An Land wurde sie von acht Reitern aus den Südstaaten begrüßt. Zu ihrer Überraschung traf sie einen Bekannten, Grant Jennar, einen netten grauhaarigen Gentleman ehemals Offizier der United States Kavallerie. Bis vor vier Jahren war er Adjutant ihres Vaters gewesen, und sie hatte nicht gewußt, daß er jetzt der Confederate States Army angehörte.

»Miss Magee!« rief er und schwang sich aus dem Sattel.

»Wie schön, Sie wiederzusehen, Sir!« Lächelnd umarmte sie ihn.

»Freuen Sie sich nicht zu sehr! Jetzt stehe ich auf der anderen Seite. Aber ich werde dafür sorgen, daß Sie wohlbehalten nach St. Augustine zurückkehren. Ich bin der Captain einer neuen Miliz-Einheit, hier in Florida. Wegen meines würdevollen Alters hoffe ich, man wird meine Truppe und mich nicht in den Norden des Staates versetzen ... Aber ich rede zuviel. Begleiten Sie uns erst mal in unser Quartier und essen Sie was. Wenn's dunkel ist, findet der Austausch statt.«

»Ein Austausch?«

»Ja. Letzte Woche wurde einer unserer Trommler von Unionssoldaten gefangengenommen. Armer Junge, wahrscheinlich ist er ganz krank vor Angst. Irgendein Narr hat ihm erzählt, die Yankees würden Trommler zum Dinner essen. Jedenfalls werdet ihr beide morgen früh wieder da sein, wo ihr hingehört. Kommen Sie, Miss, wir haben ein Pferd für Sie. Steigen Sie auf und genießen Sie die Gastfreundschaft der Südstaaten – wenn auch unfreiwillig.« Grinsend zwinkerte er ihr zu.

Einer seiner Männer wartete neben einem rotbraunen Wallach, und Risa ließ sich von ihm in den Sattel helfen. Auch dieser Rebell war schon ziemlich alt. Offenbar bestätigte sich das Gerücht, die Konföderation würde alle jüngeren Soldaten zu den nördlichen Grenzen schicken, wo sie die kampfstarken Unionstruppen aufhalten sollten, während die Südstaaten von alten Männern und halben Kindern verteidigt wurden.

Sie ritt neben Captain Grant Jennar durch einen Kiefernwald zu einer Lichtung, wo mehrere Segeltuchzelte standen. Vor einem der größeren Zelte zügelten sie die Pferde.

Beim Anblick des Mannes, der auf sie zuging, fiel Risa vor Verblüffung fast aus dem Sattel.

Jerome? Natürlich nicht, aber zweifellos ein McKenzie. Das mußte Ians Bruder Julian sein. Sie versuchte ihre Überraschung zu verbergen und hielt sich gerade noch rechtzeitig am Sattelknauf fest.

»Guten Abend, Miss Magee.« Er hob sie aus dem Sattel, dann reichte er ihr die Hand. »Freut mich, Sie kennenzulernen, wenn ich die Umstände auch bedaure. Ich bin ...«

»Julian McKenzie«, unterbrach sie ihn und schüttelte seine Hand.

»Erraten. Manche Leute behaupten, ich sei Ian wie aus dem Gesicht geschnitten.«

»Allein schon der Name McKenzie scheint diese Ähnlichkeit zu bewirken.«

»Glauben Sie? Nun ja«

»Aber wir sehen nicht *alle* gleich aus!« betonte eine hübsche junge Frau, die Julian gefolgt war. »Miss Magee, ich bin Tia McKenzie.« Mit ihren schwarzen Augen und Haaren unterschied sie sich tatsächlich von den männlichen McKenzies.

»Guten Abend, Miss McKenzie.«

»Bitte, nennen Sie mich Tia. Hier draußen in den Wäldern gehen wir eher ungezwungen miteinander um.«

»Risa!« Als sie die vertraute Stimme hörte, wandte sie sich verdutzt zu einer zierlichen, goldblonden Frau, die aus dem Zelt rannte und ihr um den Hals fiel.

»O Alaina!« rief Risa und schob sie auf Armeslänge von sich. »Ich hatte solche Angst um dich.«

»Dafür danke ich dem Himmel. Wahrscheinlich hast du mir das Leben gerettet ...« Abrupt verstummte Alaina. Mehrere Soldaten standen in der Nähe, und Risa wollte vermutlich geheimhalten, wieviel sie gewagt hatte, um eine Rebellenspionin vor den Yankees zu schützen.

»Komm, du mußt was essen. Zum Glück gibt's hier immer noch ein paar Florida-Rinder mit saftigem Fleisch, und bis zu unserer Rückreise haben wir noch ein bißchen Zeit.«

»Wir?«

»Alaina hat ihre – eh – Aktivitäten aufgegeben«, wisperte Tia.

»Wie schön«, meine Risa trocken.

»Nun, ich neige nicht zum Selbstmord«, seufzte Alaina, »und wenn ich meine Tätigkeit fortsetze, würde Ian mir sicher den Hals umdrehen – falls die Yankees mich nicht schon vorher erwischen. Deshalb begleite ich dich nach St. Augustine.«

»Das freut mich. Aber – wie bist du hierhergekommen?«

»Ian bat seinen Onkel James, mich zu einem Strand südlich von dieser Siedlung zu bringen. Dort wurde ich von Captain Jennar erwartet.«

»Darum hat Ian ausgerechnet *James* gebeten, einen Rebellen?«

»Ja – obwohl noch keine Friedensverhandlungen abzusehen sind …« In Alainas Augen glänzten Tränen.

Nur zu gut verstand Risa, was in ihrer Freundin vorging. Ihrem Mann zuliebe verzichtete Alaina auf ihre Spionage, während er wieder in den Krieg zog. Aber sie war schwanger, und sie sah ein, daß sie das Leben des ungeborenen Kindes und ihr eigenes nicht gefährden durfte. Mehr wollte sie offenbar in Gegenwart der anderen nicht sagen.

»Gehen wir essen«, schlug Julian vor. Das Zelt war in einen erstaunlich gemütlichen Speiseraum umgewandelt worden.

Beim Dinner erklärte Captain Jennar höflich, Risa dürfe nicht erfahren, wo sie sich befinde. Deshalb müsse sie ihren Kopf mit einer Kapuze verdecken, bevor sie in ein Boot steigen und zu der Stelle fahren würde, wo der Gefangenenaustausch stattfinden sollte. Dann begann er von ihrem Vater zu sprechen. »So ein ehrenwerter Offizier ist mir selten begegnet.«

»Auch in unseren Reihen gibt es hervorragende Offiziere, Sir«, wandte einer seiner Männer ein.

»Oh, natürlich. Und man findet auf beiden Seiten bornierte Dickschädel, die nichts von der Politik verstehen.

Die Diplomatie war schon immer eine bessere Waffe als das Schwert. Nun, wie auch immer – Angus Magee ist ein tüchtiger Soldat und ein guter Mensch. Mit Gottes Wille werde ich ihn eines Tages bei einem geruhsamen Dinner wiedersehen. Jedenfalls lasse ich ihn herzlich grüßen, Miss Risa. Werden Sie ihm das ausrichten?«

»Sehr gerne, Sir«, versicherte sie und fand, daß er der liebenswerte, ehrbare Mann geblieben war, den sie vor Jahren gekannt hatte. Aber sie atmete erleichtert auf, als die Mahlzeit beendet wurde.

Wenig später saß sie – allein mit Alaina, Tia und Julian – im Bürozelt. Sie tranken bitteren Kaffee mit einem Schuß Brandy. Obwohl dem Doktor im Augenblick genug Alkohol zur Verfügung stand, ging er sparsam damit um, weil er nicht wußte, wann die nächste Lieferung eintreffen würde.

»Sorgt Ihr Vetter, Captain McKenzie, oft für Nachschub?« fragte Risa.

»Natürlich versucht er's. Aber der St. Johns-Kanal ist eine gefährliche Route. Am Fernandina Beach wimmelt es von Unionsschiffen, die den Blockadebrechern auflauern, und meistens meidet Jerome den direkten Kontakt mit uns. Diesmal kam er nur Ihretwegen hierher. Wann ich ihn wiedersehen werde, weiß ich nicht.«

Die Wangen hochrot, neigte sie sich über ihre Kaffeetasse.

»Wie gut, daß er's riskiert hat!« Impulsiv stand Alaina von ihrem Klappstuhl auf, kniete zu Risas Füßen nieder und ergriff ihre Hände.

»Wenn ich dir auch dankbar bin – was hat dich veranlaßt, ausgerechnet mit dem armen Finn nach Süden zu fahren?«

»Die Angst, man könnte dich hängen«, erwiderte Risa unverblümt.

»Nun, diesem Schicksal bin ich entronnen.« Alaina erschauerte und zwang sich zu einem Lächeln.

»Was ist passiert?« Risa beobachtete, wie die McKenzies bedeutsame Blicke wechselten. Trotz allem, was sie ihnen zuliebe riskiert hatte, zögerten sie, Familiengeheimnisse mit ihr zu teilen.

»Als die Mokassinschlange an Land ging, wurde sie von Ian gefangengenommen«, erklärte Alaina.

»Und dann hat Jerome euch beide gefunden«, fügte Risa hinzu. »Soviel ich weiß, wurdest du verletzt.«

»Ich hatte einen Freund. Zumindest hielt ich ihn dafür. Im Krieg geschehen seltsame Dinge mit den Menschen. Dieser Mann hatte den Verstand verloren, und es kam zu einer Konfrontation...«

»Erzählen wir ihr doch die Wahrheit!« fiel Tia ihrer Schwägerin ungeduldig ins Wort. »Bitte, Risa, das muß unter uns bleiben. Dieser Mann, ein Offizier aus den Südstaaten, war kein Freund – er wollte Alaina für sich gewinnen und Ian umbringen, den er schon vor dem Krieg gehaßt hatte. Aber er starb während eines Zwischenfalls, in den Ian *und* Jerome verwickelt waren. Sicher verstehen Sie, warum wir auf Ihrer Diskretion bestehen.«

»Ja, natürlich«, stimmte Risa zu. Für Jerome war es nicht dasselbe wie für Ian, einen Südstaatenoffizier zu töten.

»O Risa, es war so wundervoll und mutig von dir, Ian freiwillig zu begleiten!« sagte Alaina tiefbewegt. »Und alles nur, um mich zu retten.«

Verwundert runzelte Risa die Stirn.

»Sie weiß zuviel«, seufzte Julian, und Alaina starrte sie an.

»Jetzt ist's vorbei«, murmelte Risa. Hastig stand sie auf, um dem prüfenden Blick ihrer Freundin auszuweichen. Als sie Julian anschaute, erwachten schmerzliche Erinnerungen. Wie ähnlich er Jerome sah ... Doch sie durfte nicht mehr an diesen Mann denken. Irgendwann würde sie ihn aus ihrem Herzen reißen, ihrem Blut ...

»Doktor!« rief eine Stimme vor dem Zelt, und Tia zuckte nervös zusammen.

»Es ist an der Zeit.«

»Trotz der beklagenswerten Umstände war's mir ein Vergnügen, Sie kennenzulernen«, wandte sich Risa an die beiden Geschwister. »Hoffentlich nimmt der Krieg bald ein Ende, und wir werden uns als Freunde wiedersehen.«

»Was immer auch geschehen mag, Freunde bleiben Freunde«, beteuerte Julian und ergriff ihre Hand.

»Selbst wenn sie einander manchmal töten müssen«, flüsterte Alaina.

»Das Herz kann nicht Blau oder Grau tragen«, beteuerte Tia und nahm Risa in die Arme. »Beinahe wären Sie meine Schwägerin geworden. Nun bin ich froh, daß Sie meine Freundin sind.«

Als Risa die Umarmung erwiderte, eilte ein junger Soldat ins Zelt. »Wenn die beiden Damen mir folgen würden – ich führe Sie zum Fluß.«

Hastig verabschiedete sich Alaina von Tia und Julian. Dann trat sie mit Risa in die Nacht hinaus.

Vor dem Zelt wartete eine Kavallerie-Eskorte, angeführt von Grant Jennar. Am Ufer angelangt, wünschte er Risa und Alaina alles Gute.

Ein Soldat kam zu Risa, eine schwarze Kapuze in der Hand. »Tut mir leid, Miss Magee, aber Sie sind eine Feindin …«

»Das verstehe ich«, unterbrach sie ihn, setzte die Kapuze auf und ließ sich in ein kleines Boot helfen. Dort hatte Alaina bereits Platz genommen.

Zu Risas Verblüffung mußte nicht nur sie selbst, sondern auch ihre Freundin eine Kapuze tragen. Andererseits – wenn Alaina auch auf der Seite der Rebellen stand, sie war mit einem berühmten Yankee verheiratet, und in Zukunft würde sie auf feindlichem Gebiet leben.

Die Bootsfahrt schien sehr lange zu dauern. Plötzlich hörten sie einen Ruf. »Halt! Wer ist da? Antworten Sie, oder wir schießen!«

»Johnny Reb mit Ihren Frauen, Yankee!« rief der Soldat, der das Boot ruderte. Angespannt lauschte Risa und hörte Insekten zirpen, Wellen gegen den Rumpf schlagen, Männerstimmen, nah und fern.

»Mrs. McKenzie? Miss Magee?« fragte der Mann am Ufer.

»Ja. Habt ihr unseren Donny Murphy?«

»Er läuft gerade zum Fluß hinab!« verkündete der Yankee.

»Meine Damen«, wandte sich der Soldat zu Risa und Alaina, »Jetzt dürfen Sie die Kapuzen abnehmen. Ich verlasse das Boot. Da drüben warten die Yankees.«

»Vielen Dank, Allen.« Alaina und ihre Freundin zogen die schwarzen Kapuzen von den Köpfen.

»Nehmen Sie sich bitte in acht.« Vorsichtig stand er im Boot auf. »He, Yankee?«

»Ja, Reb?« drang die Antwort über das Wasser heran.

»Ich gebe den Damen einen Beutel Tabak mit. Könnten Sie ein bißchen Kaffee für mich erübrigen?«

»Mit dieser Frage habe ich gerechnet. Der Junge hat den Kaffee.«

»Gut. Ziehen Sie den Kopf ein, Yankee.«

»Und Sie auch, Reb.«

Der Soldat schwang sich über den Bootsrand und schwamm davon. Einen Augenblick später erschien ein dunkler Kopf im Wasser, und der Yankee, der den jungen Trommler zum Ufer begleitet hatte, kletterte an Bord. »Willkommen daheim, meine Damen!«

»Austin!« rief Risa erfreut. Sie kannte den jungen Lieutenant, der oft durch die Straßen von St. Augustine geritten war, um für Ruhe und Ordnung zu sorgen, und sich diplomatischer verhalten hatte als die Besatzungssoldaten aus dem Norden.

Auch Alaina nickte ihm lächelnd zu. »Lieutenant Sage!« Dann schüttelte sie den Kopf. »Was für eine seltsame Methode, einen Gefangenenaustausch vorzunehmen' Müssen Sie öfter in einer klatschnassen Uniform herumlaufen?«

»Nun, hin und wieder treffen wir uns im Fluß, Ihr Freund Johnny Reb und ich. Dabei tauschen wir Kaffee und Tabak aus. Hoffentlich überleben wir beide den Krieg. Ich würde gern eines Tages mit ihm zu Abend essen.«

»Ja, das wäre bestimmt nett«, meinte Risa wehmütig.

»Übrigens, Miss Magee – Finn ist mit ein paar Soldaten von der Union Navy in die Stadt zurückgekehrt, die der Rebell Captain McKenzie auf einer Insel ausgesetzt hatte. Deshalb verbreitete sich die Nachricht von Ihrer Gefangenschaft wie ein Lauffeuer im ganzen Norden. Ich habe gehört, Ihr Vater würde sich schreckliche Sorgen machen und hätte angeordnet, Sie müßten nach Hause gebracht werden, sobald Sie auftauchen. Und er will Captain McKenzie aus dem Meer jagen, obwohl er auf einem Pferd sitzt.«

»Armer Finn! Dem Himmel sei Dank, er ist gerettet. Ich werde meinem Vater sofort schreiben und ihm mitteilen, daß ich in Sicherheit bin.«

»Mit einem Brief ist's leider nicht getan, MissMagee.«

»Aber ich habe in St. Augustine zu tun. Wie Sie wissen, assistieren Mrs. McKenzie und ich Dr. Percy in seinem Hospital ...«

»Dr. Percy, dieser raffinierte alte Schurke, wurde erwischt, als er den Rebellen chiffrierte Nachrichten zuspielte.«

»Oh ...« Risa warf einen Blick auf Alaina, die sich errötend abwandte. »Was für eine Überraschung ...«

»In der Tat«, stimmte Austin Sage zu. »Jetzt sitzt er im Old-Capitol-Gefängnis, und ein neuer Doktor nimmt seine Stelle ein. Thayer Cripped. Tüchtiger junger Bursche.«

»Sicher freut er sich schon auf unsere Mitarbeit«, bemerkte Risa.

Austin begann zu rudern. »Mag sein. Aber da hat Ihr Vater auch noch ein Wörtchen mitzureden, Miss Magee. Und angeblich ist er außer sich vor Kummer.«

Bedrückt senkte Risa den Kopf. In ihren Augen brannten Tränen. Wie hatte sie auch nur eine Sekunde lang erwägen können, in St. Augustine zu bleiben? Papa bedeutete ihr alles. So liebevoll hatte er sie erzogen, und er war immer so stolz auf ihre Leistungen gewesen. Natürlich würde sie auf der Stelle zu ihm fahren.

Mitfühlend drückte Alaina ihre Hand, und Risa entsann sich, daß die Freundin erst vor kurzem ihren Vater verloren hatte.

Sie lächelte, dankbar für Alainas Verständnis, dann wandte sie sich wieder zu Austin. »Wenn das nächste Schiff nach Norden segelt, gehe ich an Bord …«

»Heute abend läuft eins aus, Miss Risa, und Ihre Kabine wurde bereits gebucht.«

»Danke.«

»Bald wirst du zurückkehren«, meinte Alaina leise.

»Aber ich bin im Norden daheim.«

»Irgendwie sind wir alle verbunden. Und du wirst wiederkommen, ganz bestimmt, Risa, das spüre ich.«

Vielleicht. Vorerst würde sie nach Hause fahren, nach Washington. In der Obhut ihres Vaters würde sie einen gewissen Rebellen vergessen. Und doch …

Obwohl sie ihre Freiheit zurückgewonnen hatte, war ihr Herz gefesselt, und ein bleischweres Gewicht schien auf ihrer Seele zu liegen.

11

Vier Wochen später, nach einer Reise zu den Bermudas, steuerte Captain Jerome McKenzie die *Lady Varina* in den Hafen von Charleston, nachdem er mehrere Unionsschiffe abgeschüttelt hatte. Es war eine schwierige Fahrt gewesen.

Obwohl er seinen Schoner im Dunkeln an den Blockadeschiffen vorbeimanövriert hatte, war er entdeckt und verfolgt worden. Sofort befahl er Mr. Douglas, beizudrehen und das Feuer zu erwidern.

Die Mündungsblitze der Kanonen erhellten die Nacht, und das Unionsschiff an der Spitze der kleinen Flotte wurde getroffen. Während es mit schwerer Schlagseite krängte, ließ Jerome eine zweite Salve abfeuern. Danach lief die *Lady Varina* so schnell wie möglich den Hafen an. Der entschlossene Gegenangriff hatte die Yankees überrumpelt, und sie verzichteten auf eine weitere Verfolgung.

Obwohl ihre Geschosse den Schoner am Großmast und am Achterdeck getroffen hatten, gelangte er bald in die Sicherheitszone der Konföderationskanonen, die den Hafen schützten.

Am Kai hatte sich eine Menschenmenge versammelt. Männer und Frauen jubelten der Besatzung des Blockadebrechers zu, als er anlegte, und warteten gespannt, um die Fracht zu begutachten.

»Da haben wir verdammt viele Leute angelockt«, warnte Hamlin Douglas seinen Captain.

»Vielleicht gibt's Ärger.«

»Wohl kaum«, widersprach Dr. David Stewart.

»Hier sehen wir lauter brave Bürger einer Stadt, die der Konföderation angehört.«

»Brave Bürger, von den Kanonenbooten der Yankees belagert – brave Bürger, die seit langem ihren gewohnten Luxus entbehren.« Traurig schüttelte Hamlin den Kopf.

»Dann machen wir ihnen eben klar, daß der Luxus dem Morphium geopfert werden muß.« Jerome ergriff ein Tau des beschädigten Großmasts, kletterte bis zur halben Höhe hinauf und rief: »Ladies, Gentlemen! Die Besatzung der *Lady Varina* dankt Ihnen herzlich für Ihre Ermutigung und Unterstützung und Ihre Gebete. Aber wir segeln im Dienst der Konföderation. So sehr ich's auch bedaure, Ladies – wir haben weder Hüte noch Strümpfe an Bord.«

Lautes Stöhnen erklang, vermischt mit Gelächter, und ein hübsches Mädchen in einem tief dekolletierten Abendkleid trat vor. »Kein einziges Paar Seidenstrümpfe, Captain?«

»Kein einziges, Ma'am. Hätte ich allerdings gewußt, daß Sie mein Schiff begrüßen würden, wäre mir keine Mühe zu groß gewesen, um Strümpfe für Sie zu besorgen.«

»Vorsicht, Sir!« mahnte der Vater des Mädchens. »Sonst müssen wir auf der Stelle eine Verlobung feiern.«

Erneut brach fröhliches Gelächter aus.

»Ladies und Gentlemen, nochmals vielen Dank!«

Jerome sprang aufs Deck hinab und sah Major Jenson an Bord kommen, einen grauhaarigen Mann, der in Charleston stationiert war, seit er in Nord-Virginia bei einer Schlacht unter Lees Kommando ein Bein verloren hatte. Warmherzig begrüßte er Jerome.

»Captain, da Ihr Schiff repariert werden muß, werden Sie vermutlich ein paar Tage in unserer schönen Stadt verbringen.«

»Darauf freue ich mich sehr, besonders auf ein Wiedersehen mit meinen Verwanden. Meine Mutter stammt aus dieser Gegend, und meine Familie besitzt ein Haus am Stadtrand.«

»Ja, ich kenne Ihre Geschwister. Aber Ihr Bruder dient derzeit in Lees Heer, und Ihre Schwester hält sich in Richmond auf.«

»Ja, das haben sie mir geschrieben.«

»Nun, da meiner Familie mehrere Häuser in Charleston gehören, biete ich Ihnen und Ihren Männern gern unsere Gastfreundschaft an. Da drüben hinter meinem Stadthaus steht unser Hotel, auf der anderen Seite des Hofs.«

»Sir, dieses großzügige Angebot kann ich nicht annehmen«

»Bitte, Captain, wie wir alle wissen, füllen Sie Ihren Laderaum nicht mit Hüten und Seidenstrümpfen, und viele Rebellen sind noch am Leben, weil Sie niemals an Ihren persönlichen Gewinn denken. Wenn Sie unsere Einladung annehmen, würden wir uns geehrt fühlen.«

»Also gut. Aber falls mein Schiff länger in der Werft bleibt, werden wir uns eine andere Unterkunft suchen.«

»Sie könnten mit der Bahn nach Richmond fahren. Allerdings müßten Sie da oben, in der Nähe des feindlichen Gebiets, sehr vorsichtig sein.«

»Warum?«

Jenson grinste. »Weil alle Nordstaaten-Zeitungen seitenlang über Ihre Aktivitäten berichten.«

Verwundert runzelte Jerome die Stirn. »Wieso?«

»Kommen Sie, gehen wir essen, und ich zeige Ihnen die Artikel.«

Eine Stunde später saßen Jerome, der Major, einige Offiziere und Stadtbewohner – darunter die charmante junge Dame, die sich Seidenstrümpfe wünschte – am Kirschbaumholztisch in Jensons elegantem Speiseraum. Auf einem schneeweißen Tischtuch schimmerten englisches Porzellan, kostbares Tafelsilber und edles Kristall.

Zu exzellenten Weißfischen wurde frisches Gemüse serviert. Auch Jensons Madeira schmeckte ausgezeichnet und der Whiskey noch besser. Aber Jerome wußte noch immer nicht, was die Nordstaaten-Presse über ihn schrieb. Das erfuhr er erst, als sich die Gentlemen nach dem Dinner mit Zigarren und Brandy in die Bibliothek zurückzogen.

»Nun, Major«, begann er, einen Schwenker in der Hand. »In letzter Zeit war ich meistens auf See. Deshalb bin ich nicht besonders gut über die Ereignisse an Land informiert. Dürfte ich die Zeitungen sehen, die Sie erwähnt haben?«

»Natürlich, Captain.« Jenson nahm einen Stapel Zeitungen von seinem Schreibtisch. »Aus Washington, New York und Boston.« Während Jerome die Artikel überflog, staunte er zunächst über die Aufmerksamkeit, die er erregte, dann ärgerte er sich. Nachdem General Angus Magee erfahren hatte, seine Tochter sei aus St. Augustine verschwunden, nannte er die Soldaten der Südstaaten-Navy ›Barbaren‹ und Captain McKenzie einen ›wilden Piraten‹, den jeder Vater einer unschuldigen Tochter sofort erschießen sollte. Erbost legte Jerome die Zeitungen beiseite.

»Vielleicht hätte ich Ihnen diese Artikel besser vorenthalten«, meinte Major Jenson nun bedrückt. »Aber hier in Charleston finden wir sie eher amüsant als ehrenrührig.«

»In der Tat«, bestätigte Pierce Thompson, der Vater des hübschen Mädchens. »Was hatte diese junge Dame in feindlichen Gewässern zu suchen? Kein Mann, der auf sich hält, würde seiner Tochter solche Eskapaden erlauben.«

»Nun, in den Zeitungen wird auf das Seminolenblut meines Vaters hingewiesen«, bemerkte Jerome und nickte seinem eifrigen Verteidiger zu. »Und deshalb bin ich ein Barbar.«

»Aber jeder Militär müßte wissen, daß Sie in diesem Fall keine Wahl hatten«, betonte Jenson.

Thompson lachte leise. »Wie ich vielleicht hinzufügen darf, Captain – unsere Damen fanden die Geschichte sehr interessant, und einige würden sich sehr gern auf Ihr Schiff entführen lassen.«

Die Zähne zusammengebissen, zwang sich Jerome zu einem Lächeln.

»Nicht einmal die Aussage der jungen Dame konnte Ihre Landsleute von Ihrem tadelnswerten Verhalten überzeugen, Sir«, verkündete der Major.

»Was? Sie hat sich zu den Vorfällen geäußert?«

»Ja, in der *Tribune*. Tut mir leid, ich vergaß Ihnen die Zeitung zu geben. Hier ist sie.«

Mühsam bezähmte Jerome seine Wut und begann zu lesen. Der junge Reporter war Risa in Richmond begegnet und hatte sich anscheinend in sie verliebt. Jedenfalls schwärmte er in den höchsten Tönen von ihrer Schönheit und Tapferkeit. »Nach den schrecklichen Qualen, die sie als Gefangene eines wilden Rebellen erlitten hatte, konnte sie es kaum erwarten, in die Arme ihres liebenden Vaters zu sinken. Natürlich hofft sie, daß in diesen Krieg die Gerechtigkeit siegen wird.« Von einer Verführung wurde nichts erwähnt. Alle anderen Zeitungen hatten angedeutet, die junge Dame sei vergewaltigt worden.

Jerome ließ die *Tribune* sinken und fürchtete, man würde seine zitternden Hände bemerken.

»Nun haben Sie einen Ruf erworben, der die Damen zweifellos fasziniert, Sir«, meinte Trilby Harris, ein Artillerie-Captain.

»Aber der alte Angus will Blut sehen«, warf Jenson ein.

»Kennen Sie den ›alten‹ Angus?« fragte Jerome.

»Bevor ich meinen Dienst bei der United States Army quittierte, stand ich unter seinem Kommando«, erklärte der Major. »Ein respektabler Gentleman – und ganz vernarrt in seine Tochter. Nun, wir alle mochten Miss Risa. Eine erstaunliche junge Dame, selbstbewußt und ungewöhnlich klug. Und sie vertritt sehr vernünftige Ansichten. Vor dem Krieg war ich ein bißchen in sie verliebt, so wie viele Offiziere. Eine Zeitlang dachten wir, sie würde sich verloben, mit Ian Mc ...« Verlegen unterbrach er sich.

»Mit meinem Vetter?«

»Ja, aber offensichtlich waren sie nur gute Freunde. Was für eine Frau! Allein schon diese leuchtendblauen Augen. Eine klassische Schönheit ... Wirklich, Sir, ich beneide Sie um Ihr Erlebnis«, gestand der Major grinsend und hob sein Glas.

Ehe Jerome antworten konnte, kam Jensons altjüngferliche Tante in die Bibliothek. »Meine Herren, hoffentlich genießen Sie Ihre Zigarren. Aber wir Damen sehen nur selten so viele attraktive Männer auf einmal, und deshalb bitten wir Sie, mit uns zu tanzen. Wir haben bereits Musiker gefunden.«

»Ma'am, es ist uns ein Vergnügen!« rief Trilby enthusiastisch.

Geistesabwesend stand Jerome auf und folgte den Gentlemen auf die Terrasse, wo zwei Mitglieder seiner Besatzung, Matt und Michael, zum Tanz aufspielten. Natürlich entschieden sie sich für ›Dixie‹, ›Loralee‹ und andere mitreißende Melodien.

Wie Jerome feststellte, hatte der Ruf eines ›Barbaren‹ seine Popularität tatsächlich gesteigert. Den ganzen Abend wurde er von jungen Damen umschwärmt, vor den Augen ihrer wohlwollenden Eltern. Am kühnsten versuchte ihn Janine zu umgarnen, Thompsons hübsche brünette Tochter. Während sie unter dem Sternenhimmel tanzten, schmiegte sie sich eng an ihn, und ihre Finger spielten mit seinem Nackenhaar.

»Was für ein langer, schrecklicher Krieg, Captain, und wie sehr er das Leben verändert!«

»Allerdings.«

»Früher war alles ein amüsantes Spiel. Ich wußte nicht, ob ich Lawrence Danson, William Rufus oder Sydney Malone heiraten sollte – wer am reichsten oder am nettesten war und wer eines Tages die einflußreichste politische Position erringen würde. Jetzt ist das nicht mehr wichtig. William fiel bei Manassas, Lawrence bei Shiloh und Sydney bei Seven Pines.«

»Das tut mir leid.«

»Ich fühle mich so einsam ...« In diesem Augenblick betrat ihr Vater die Terrasse und unterbrach den Tanz, was ihrem Partner sehr gelegen kam. Als Jerome später nackt im Bett seines Hotelzimmers lag und zur Decke hinaufstarrte, schlüpfte Janine durch die Verandatür herein. Sie trug nur ein dünnes Nachthemd. Zunächst zögerte sie, dann sank sie auf die Bettkante und neigte sich hinab, um Jerome zu küssen. Sie war zweifellos reizvoll, und sekundenlang überlegte er, ob er das Verlangen stillen sollte, das die Erinnerung an Risa geweckt hatte. Aber er wollte sich nicht angewöhnen, junge Damen zu entjungfern. Energisch schob er sie von sich. »Eines Tages, nach dem Krieg, werden Sie dem richtigen Mann begegnen.« Ohne seine Nacktheit zu beachten, stand er auf und führte Janine auf die Veranda.

»Sie begehren mich, Captain«, flüsterte sie, die Augen voller Tränen. »Das weiß ich, denn ich bin nicht so unschuldig, wie ich aussehe.«

»Und ich nicht so gewissenlos, wie Sie zu glauben scheinen«, erwiderte er und küßte ihre Stirn. »Gehen Sie in Ihr eigenes Bett.«

Seufzend eilte sie davon, und er blieb auf der dunklen Veranda stehen. Der Nachtwind kühlte seinen erhitzten Körper. Verdammt, warum hatte er die verführerische junge Frau weggeschickt?

Nach einer Weile kehrte er ins Bett zurück. Wenigstens war er seinem Grundsatz treu geblieben, unschuldige Mädchen zu meiden. Vor allem Jungfrauen wie die Tochter des Generals, die ihn so niederträchtig diffamierte ...

Wenn er ihr jemals wieder begegnete, würde sie den Reportern tatsächlich was zu erzählen haben.

Im Norden und im Süden litten und starben die verwundeten Soldaten gleichermaßen. Diese Lektion lernte Risa kurz nach ihrer Heimkehr. Auch in Washington arbeitete sie wieder als Krankenpflegerin, dankbar für die Aufgabe, die sie erfüllen durfte. Natürlich wußte sie, daß die sogenannte vornehme Gesellschaft ihren Töchtern diese ›unschickliche‹ Tätigkeit untersagte, weil sie im Hospital unbekleidete Soldaten sehen und womöglich berühren würden. Glücklicherweise dachte Risas Vater anders darüber.

Die Rückkehr nach Washington war ziemlich turbulent verlaufen. Kaum hatte sie die Schaluppe verlassen, die flußabwärts gesegelt war, wurde sie auch schon von Reportern belagert, die ihr jedes sorgsam überdachte Wort im Mund herumdrehten.

Als sie später die Zeitungsartikel las, erschauerte sie. Wenn sie Jerome je wieder über den Weg lief, würde er sie vermutlich erwürgen. Doch die Unionshauptstadt feierte sie wie eine Heldin. Sie wurde zum Tee ins Weiße Haus eingeladen, wo sie die Ereignisse objektiv zu schildern versuchte. Aber in diesen harten Kriegszeiten sehnten sich die Menschen nach Geschichten, die nicht von Tod und Blutvergießen handelten. Und so wurde die tapfere Miss Magee allseits bewundert. Beim Versuch, wertvolle Informationen für den Norden zu sammeln, war sie einem wilden Rebellen von indianischer Herkunft in die Hände gefallen, der sie grausam mißbraucht hatte. Bald floh sie aus Washington. Um ihren Vater wiederzusehen, der gerade am Peninsula-Feldzug teilnahm, mußte sie ihm folgen.

Liebevoll begrüßte er Risa, umarmte sie und konnte seine Tränen kaum zurückhalten. Sie versicherte ihm, Ians Vetter habe ihr nichts Schlimmes angetan. Damit konnte sie Angus nicht besänftigen. Niemand durfte es wagen, seine Tochter gefangenzunehmen. In Zukunft müsse sie in

Washington bleiben, erklärte er, und dürfe nicht mehr verreisen. Energisch erwiderte sie, diesen schrecklichen Krieg könnte sie nur ertragen, wenn sie sich nützlich machen und weiterhin verwundete Soldaten pflegen würde. Dafür hatte der General letzten Endes Verständnis.

Die Verfolgung der Rebellen war mühsam und schwierig. Nur seiner Tochter gegenüber gab Angus zu, die United State Army habe viele ihrer besten, tüchtigsten Offiziere an die Konföderation verloren. Und die Soldaten starben öfter an Krankheiten als an den Schüssen ihrer Feinde. Im Sommer komplizierten sich die Probleme. Drückende Hitze, Moskitos, Malaria, Pocken, Dysenterie und andere fiebrige Erkrankungen setzten den Truppen gnadenlos zu. Während sie den Peninsula-Feldzug durchführten, versuchte McClellan erfolglos, Richmond einzunehmen.

An manchen Tagen rückten sie einfach nur vor und versuchten, ihre Krankheiten auszukurieren. Hin und wieder kam es zu kleinen Scharmützeln, aber manchmal auch zu größeren Schlachten, die zahlreiche Opfer forderten.

In wachsender Verzweiflung hörte Risa die Schreie der Verwundeten, das wilde Schluchzen, wenn ein Mann erfuhr, er würde auf ein Bein verzichten müssen, um zu überleben.

Besonders grausig erschien ihr der Anblick sterbender Soldaten, in den letzten Stadien der Syphilis. Zahlreiche Prostituierte folgten den Truppen von einem Lager zum anderen, und viele Männer – einsam, deprimiert, in ständiger Todesangst – ließen sich nur zu gern ein wenig aufheitern.

Risa arbeitete mit dem alten Dr. Abe Tanner zusammen, der sein Bestes tat, um sie zu beschäftigen und von trüben Gedanken abzulenken. Wäre es nicht so schrecklich heiß gewesen, hätte sie die Strapazen besser ertragen. Ende Juni und im Juli wurde ihr immer wieder übel, was sie ihrem Vater und den Soldaten verheimlichte. Sie gab nicht zu, daß sie kein Blut mehr sehen konnte, daß ihr die

Schmerzensschreie der Verletzten durch Mark und Bein gingen.

In einer Julinacht schwiegen die Waffen. Das Sanitätscorps hatte ein leerstehendes Haus bezogen. Am späten Abend saß Risa erschöpft in einem alten Ohrensessel und dachte über das Elend des Kriegs nach. Verwirrt zuckte sie zusammen, als eine vertraute Stimme ihren Namen rief. Sie hob den Kopf und sah Ian McKenzie auf der Schwelle stehen. Zunächst traute sie ihren Augen nicht, dann sprang sie auf und warf sich in seine Arme. Er drückte sie ganz fest an sich und schwang sie einmal im Kreis herum, bevor er sie auf die Füße stellte.

»Ian! Wieso bist du hier? Wie schön, dich wohlbehalten wiederzusehen. Möchtest du ein Glas Whiskey? Hast du schon mit meinem Vater gesprochen? Wie geht's Alaina? Ich habe schon so lange nichts mehr von ihr gehört. Leider kam ich nicht dazu, ihr zu schreiben. Hier gibt's so viel zu tun.«

»Ja, ich hätte sehr gern einen Whiskey.«

Sie nahm eine Karaffe vom Tischchen neben ihrem Ohrensessel und füllte ein Glas.

»Setz dich doch wieder!« bat er und nahm auf einem Sofa Platz. »Ruh dich aus. Du mußt todmüde sein. Wie ich höre, arbeitest du bis zum Umfallen. Weißt du, wie die Soldaten dich nennen?«

»Hoffentlich haben sie mir keinen allzu schlimmen Namen gegeben ...«

Ian schüttelte lachend den Kopf. »O nein – General Engel. Einerseits würdest du sie unbarmherzig herumkommandieren, behaupten sie, und andererseits würden deine Hände wunderbare Heilkräfte besitzen. Und du siehst aus wie ein Engel, von einer gewissen teuflischen Aura umgeben, die mit deinen roten Haaren zusammenhängt.«

»Hier draußen finden die Soldaten alle Frauen schön.«

»Aber du bist viel zu dünn, Risa.«

»Nun ja, wir alle haben abgenommen. Bitte, erzähl mir die letzten Neuigkeiten.«

»Über den Krieg? Mal sehen – General Pope ist im Süden und Norden gleichermaßen verhaßt. Trotzdem bildet er sich ein, er würde den guten alten Südstaatler Stonewall Jackson im Shenandoah Valley aufhalten, während McClellan in Richmond triumphiert. Die Generäle bekämpfen einander wie die Kinder. Und mein alter Mentor, Robert I. Lee, beobachtet uns alle und wägt seine Chancen ab. Natürlich sind wir gegenüber den Rebellen in der Überzahl. Wenn sie hundert Soldaten verlieren, können wir uns den Verlust von tausend leisten und den Krieg trotzdem gewinnen. Ist das nicht verrückt? Was willst du sonst noch wissen?«

»Wie geht's Alaina?«

»Vor ein paar Wochen habe ich sie gesehen«, erwiderte er lächelnd. »Sie ist wohlauf. Aber sie vermißt dich schmerzlich, und sie bat mich, dich zur Rückkehr nach St. Augustine zu bewegen. Fast alle Konföderationstruppen wurden aus Florida abgezogen. Und Alaina meint, auch du müßtest zu den Yankees gehören, die St. Augustine besetzen.«

Belustigt ergriff sie seine Hand und strich über die typisch rauhe Haut des Kavalleristen. »Ich würde sehr gern nach St. Augustine zurückkehren. Aber ich werde hier gebraucht.«

»Bist du nicht verbittert?«

»Was meinst du?«

»Was Jerome betrifft …«

Scheinbar gleichmütig zuckte sie die Achseln. »Oh, die Presse wollte mit aller Macht einen Skandal daraus machen. Es ist schon so lange her – und ich denke kaum noch daran«, log sie. »Hast du mit Papa darüber gesprochen?«

»O ja«, antwortete er und verdrehte die Augen.

»Stimmt was nicht?«

»Er ist außer sich vor Zorn«, entgegnete Ian grinsend. »Wahrscheinlich hast du den Artikel noch nicht gelesen. Jerome wurde vom Reporter einer englischen Zeitung befragt. Diesem Bericht zufolge bist du eine berüchtigte Spionin, die verdient hat, was immer ihr in südlichen Gewässern zugestoßen ist. Angeblich hast du meinen Vetter als ›wilden Rebellen‹ bezeichnet.«

Abrupt sprang sie auf. Wie konnten die Reporter es wagen, ihr Worte in den Mund zu legen, die sie niemals ausgesprochen hatte? Voller Zorn packte sie Ians leeres Whiskeyglas und schleuderte es in den Kamin.

»Bitte, beruhigte dich!« Er eilte zu ihr und nahm sie tröstend in die Arme. »Gegen das Geschreibsel dieser Leute kannst du nichts machen.«

»Doch, ich werde sie wegen Verleumdung verklagen!«

»Tut mir leid, daß ich's erwähnt habe. Aber ich dachte, du würdest mir helfen, deinen Vater zu besänftigen. Er war so wütend, und ich hatte schon befürchtet, er würde mich erschießen, weil ich Jeromes Vetter bin. Komm, setzen wir uns wieder. Morgen früh muß ich zu meiner Truppe zurückkehren. Ich fuhr nach Washington, um meine neue Order zu holen, und bekam ein paar Tage Urlaub, damit ich alte Freunde besuchen kann. Bist du immer noch meine Freundin?«

»Natürlich, Ian.« Nach einer kurzen Pause fragte sie: »Und was macht deine restliche Familie?«

»Bis jetzt hatten wir Glück. Meinen Geschwistern geht's immer noch gut. Ebenso meinem Vetter Brent, der uns hier unter Lees Kommando erwartet. Meine Kusine Sydney kümmert sich in Richmond um die Verwundeten. Da sie alle als Ärzte und Krankenschwestern arbeiten, sind sie keiner unmittelbaren Gefahr ausgeliefert. Nur Jerome ...« Bedrückt verstummte er.

»Tag für Tag trotzt er der Blockade – und dem Tod.« In möglichst beiläufigem Ton fügte sie hinzu: »Hast du was von ihm gehört?«

»Neulich entkam er den Unionsschiffen nur um Haaresbreite und floh in den Hafen von Charleston, wo sein Schiff gerade repariert wird. Hoffentlich geht's ihm noch gut ...«

Unbehaglich schaute er Risa an. »Tut mir leid, was er dir angetan hat. Aber er ist mein Vetter. Und nachdem meine Eltern die Seminolenkriege überlebt haben, betonen sie immer wieder, wie wichtig die Familienbande sind. Also liebe ich Jerome und sorge mich um ihn.«

»Ja, gewiß«, murmelte Risa.

»Und du hast gesagt, du seist nicht verbittert.«

»Das bin ich auch nicht. Aber ich wäre nicht sonderlich betrübt, wenn er bis zum Ende des Krieges in einem Gefängnis schmachten müßte. Und wenn er zehn Jahre lang von Haferschleim leben würde, hätte ich auch nichts dagegen. Oder wenn man ihn an den Zehen aufhängen und täglich auspeitschen würde«

Lachend schüttelte Ian den Kopf. »Tatsächlich, du bist kein bißchen verbittert, und ich glaube beinahe, ihr seid die besten Freunde geworden.«

Er seufzte leise. »Hat er sich wirklich so gräßlich benommen?«

»Nun – ich war seine Gefangene«, entgegnete Risa zögernd.

»Immerhin bist du freiwillig mit ihm auf sein Schiff gegangen.«

»Was blieb mir denn anderes übrig? Hättest du für mich gekämpft und ihn getötet – oder dich von ihm töten lassen? Ich ...«

»Ja?«

»Ich war über seine Pläne informiert. Und ich hätte die Union so schnell wie möglich verständigt.«

»Das weiß ich. Und ich frage dich noch einmal – hat er sich so schrecklich benommen? Obwohl er in der Wildnis aufwuchs, wurde er zu einem Gentleman erzogen.«

»Trotzdem hielt er mich gefangen – viel zu lange. Jetzt ist's vorbei. Reden wir nicht mehr darüber.«

»Gut, vergessen wir den Krieg. Wenigstens für eine kleine Weile.« Sie saßen nebeneinander auf dem Sofa, und Risa legte den Kopf auf seine Schulter. Früher hatte sie ihn geliebt, und er bedeutete ihr immer noch sehr viel. Aber wie sie sich eingestehen mußte, hatte er niemals das Feuer in ihr entfacht, das Jerome mit einem einzigen Blick wekken konnte. Sie erkundigte sich noch einmal nach Alaina, und Ian erzählte, man würde seiner Frau die Schwangerschaft bereits anmerken. »Schade, daß du in dieser Zeit nicht bei ihr bist ...«

Dann schilderte sie ihre Begegnung mit seinen Geschwistern. Während die Nacht verstrich, redeten sie unentwegt. Irgendwann versanken sie in Schweigen und schliefen auf dem Sofa ein, aneinandergelehnt und Hand in Hand. Im Morgengrauen kam General Angus Magee ins Zimmer und räusperte sich lautstark. Erschrocken fuhren die beiden hoch. »Was soll ich nur mit dir machen, Risa?« seufzte der General. »Die Klatschmäuler werden sich die Hände reiben!«

»Sir, es ist meine Schuld ...«, begann Ian.

»In der Tat! Zum Teufel mit Ihrer Familie, McKenzie!«

»Beruhige dich, Papa!« flehte Risa, eilte zu Angus und umfaßte seinen Arm. »Ian ist mein Freund. Und er war jahrelang dein bester Kavallerist.«

»Ohne jeden Zweifel«, malmte Angus zwischen zusammengebissenen Zähnen hervor. »Aber es war verantwortungslos von Ihnen, die Nacht mit Risa zu verbringen, McKenzie. Stundenlang wart ihr hier allein. Natürlich werden die Soldaten reden.«

»Oh, die Leute reden immer«, warf Risa amüsiert ein.

»Mein Kind, dein Ruf ist ohnehin schon ruiniert. Was wirst du tun, wenn du dich eines Tages verliebst und heiraten willst?«

»Sollte ich mich in einen Mann verlieben und herausfinden, daß er auf Klatschgeschichten hört, werde ich ihn sofort aus meinem Herzen verbannen.«

Unglücklich schüttelte Angus den Kopf. »Du bist jung und ungestüm, und du weißt zu wenig von der Welt. Die Liebe kann man nicht einfach anzünden und wieder auslöschen. Und Sie, junger Mann? Was wird Ihre Frau sagen?«

»Gar nichts, weil Risa ihre beste Freundin ist, und Alaina liebt sie sehr. Verzeihen Sie, Sir, falls ich Ihnen Unannehmlichkeiten bereitet habe, lag das nicht in meiner Absicht.« Ian salutierte, dann küßte er Risas Wange. »Paß gut auf dich auf.« Wieder zu Angus gewandt, fügte er hinzu:

»Bitte, behalten Sie Ihre Tochter im Auge, Sir. Sie ist eine unserer wichtigsten Aktivposten in diesem Krieg.«

»Nehmen Sie sich lieber selber in acht, McKenzie«, entgegnete der General bärbeißig. Dann umarmte er Ian, der Risa aufmunternd zuzwinkerte, bevor er den Raum verließ. Betrübt runzelte Angus die Stirn. »Mehr will ich nicht dazu sagen, Risa. Aber du mußt vorsichtiger sein.«

»Ian ist und bleibt ein guter Freund.«

»Hättet ihr bloß geheiratet! Wo ihr doch so gut zusammenpassen würdet!«

»Das Schicksal wollte es anders, Papa.« Lächelnd versuchte sie, die Sorgenfalten auf seiner Stirn zu glätten. Wie sehr sie ihn liebte ... Der Gedanke, ihn zu verlieren, war unerträglich. Glücklicherweise mußte er als General nicht in vorderster Front reiten, obwohl er sein Leben bereitwillig für die Soldaten riskieren würde. Doch der Krieg glich einem Schachspiel, Türme waren wichtiger als Bauern, und die Generale diktierten die Gefechte, statt sich ins Kampfgetümmel zu stürzen.

Zärtlich strich er über Risas Haar. Wenn er Befehle erteilte, versprühten seine Augen blaue Funken. Jetzt lag reine Liebe in seinem sanften Blick. »Gewiß, der Krieg ändert viele Dinge. Trotzdem werden anständige Familien nach wie vor ehrbare Frauen für ihre Söhne suchen. Und der Skandal, den Ians elender Vetter heraufbeschworen hat, könnte deine Zukunft zerstören.«

»Ganz im Gegenteil, der Skandal hat mich in eine Heldin verwandelt – obwohl ich den Applaus nicht verdiene.«

»Natürlich fragen sich alle Leute, was dir der Schurke angetan hat!«

»Ich wurde zu nichts gezwungen, Papa.«

Seufzend drückte er sie an sich. »Deine Mutter ist vor langer Zeit gestorben. Aber die lebhaften Erinnerungen begleiten mich ständig. Was Liebe ist, habe ich in meiner Ehe gelernt. Und das wünsche ich dir auch.«

»Sicher werde ich dieses Glück erleben, Papa. Sieh's doch mal aus meinem Blickwinkel. Ich möchte um meiner

Selbst willen geliebt werden, nicht wegen meines guten Rufs.«

»Es ist sinnlos, mit dir zu streiten. So wie immer. Tu mir wenigstens einen Gefallen. Wenn Ian nächstes Mal auftaucht, pflegt eure Freundschaft in der Gegenwart anderer Offiziere. Ist das zuviel verlangt?«

»O nein, Papa.«

»Wollen wir jetzt frühstücken?«

»Sehr gern. Ich bin über jede Stunde, die du für mich erübrigen kannst, froh und dankbar.«

Arm in Arm schlenderten sie zum Kommandozelt.

12

Trotz der lebhaften Truppenbewegungen im ganzen Süden, kam der Zug, den Jerome benutzte, schon nach erstaunlich kurzer Zeit in Richmond an. Seine Schwester Sydney hatte eine Wohnung in einem Haus bezogen, das einem alten Freund der Familie McKenzie gehörte, und konnte dem Besucher sogar ein Gästezimmer anbieten, obwohl die Hauptstadt der Konföderation von Flüchtlingen wimmelte.

»Lange kann ich nicht bleiben«, warnte er.

»Wenigstens ein paar Tage!« erwiderte sie, umarmte ihn liebevoll, und es beglückte ihn, sie gesund und wohlbehalten anzutreffen. Sie war eine exotische Schönheit, mit den grünen Augen ihrer Mutter, dem blauschwarzen Haar des Vaters und faszinierenden Seminolenzügen in ihrem feingezeichneten Gesicht.

»Eigentlich dürfest du nicht allein hier leben«, tadelte Jerome, »und es überrascht mich, daß Vater das erlaubt.«

»Nur weil General Payne auf mich aufpaßt, einer der wenigen Männer, die Papa während der Seminolenkriege bewundert hat. Außerdem ist Brent in meiner Nähe, und ich habe versprochen, das Weihnachtsfest daheim zu verbringen. Und solange ich mich ordentlich benehme ...«

»Tust du das?«

»Ich bin ein Engel! Keine Geringere als die First Lady nahm mich unter ihre Fittiche, Varina Davis. Natürlich interessierte sie sich erst für mich, nachdem sie erfahren hatte, daß ich deine Schwester bin. Oh – und wußtest du, wieviel Jefferson Davis von unserem abtrünnigen Vetter Ian hält?«

»Während Ian in Washington diente, war Davis Kriegsminister. Sie trafen sich öfter, wenn sie auch keine Freunde wurden.«

»Jedenfalls benehme ich mich anständig. Und du?«

»Ich durchbreche die Blockade, sooft wie möglich.«

»Sonst tust du nichts? Sag mal – hast du die Tochter des Generals wirklich vergewaltigt?«

»Denk an deine Manieren, kleine Schwester!« mahnte Jerome. »Sonst schicke ich Papa hierher.«

»Das wagst du nicht.«

»Es wäre sogar die Pflicht eines älteren Bruders.«

»Wo ich doch nur die Wahrheit wissen will«, schmollte Sydney. Dann lachte sie. »O Jerome, die Zeitungsberichte waren einfach köstlich! Man nannte dich einen wilden Piraten, einen unwiderstehlichen Verführer. Seither bist du unglaublich populär. Das wirst du heute abend merken. Wir gehen zu einer Dinnerparty.«

»O nein, keine gesellschaftlichen Veranstaltungen!« stöhnte er. »Ich bin nur nach Richmond gekommen, um dich zu sehen.«

»Willst du eine Einladung ins Weiße Haus der Konföderation ablehnen?«

»Nein, natürlich nicht«, gab er sich seufzend geschlagen. Im Grunde fand er die Aussicht auf eine Party im Weißen Haus nicht so schlimm. Er schätzte Präsident Davis, einen nicht besonders umgänglichen, aber sehr intelligenten Mann, der hart arbeitete. Um so charmanter und warmherziger war seine schöne Frau Varina. Ihre Dienstboten und Sklaven behandelte sie ebenso freundlich wie Diplomaten und Generäle, und sie erwies sich stets als hervorragende Gastgeberin. Was Davis an gesellschaftlichem Schliff fehlte, machte sie mühelos wett. Sydney und Jerome trafen etwas verspätet im Weißen Haus ein. Nachdem man ihnen einen Sherry angeboten hatte, war es auch schon an der Zeit, die Mahlzeit einzunehmen.

Wie sich herausstellte, fand die Dinnerparty zu Ehren Jeromes statt, der Charleston mehrmals mit wichtigem Nachschub beliefert hatte. Davis, mit schroffer Miene und ganz in Schwarz gekleidet, prostete dem Piraten der Karibik zu, und die ganze Tischgesellschaft applaudierte. Vor allem die Damen umschwärmten Jerome. Eine junge Verwandte der First Lady erklärte, alle Militärs sollten heiraten. Da ihr Leben ständig von schrecklichen Schlachten bedroht sei, müßten sie Erben hinterlassen.

Ein Butler servierte eine Gemüseplatte. Als Jerome sich bediente, merkte er, daß sein Teller ein wenig schief stand, und entdeckte einen gefalteten Zettel darunter. *Captain McKenzie,* las er, *Pirat des Südens, Sie müssen sterben, weil Sie Risa Magee entführt und entehrt haben. Wie süß wird die Rache sein …*

»Eine unangenehme Nachricht, Captain?« wisperte die junge Dame zu seiner Rechten.

»Nein«, log er und verbarg seinen Zorn. Risa Magee! Grausam entehrt! O Gott, wenn er sie noch einmal zwischen die Finger kriegte …

Später, bei Portwein und Zigarren, fragte er einen Adjutanten des Präsidenten, wie der Zettel unter seinen Teller gelangt sei.

»Das weiß ich nicht, Sir. Unser Jeb Stuart pflegt Nachrichten unter den Frühstücksteller seines Schwiegervaters in Washington zu schmuggeln, der die Union Army nicht verlassen hat. Ein gefährlicher Krieg, Sir … Ich will mich um Ihr Problem kümmern. Hat man Sie bedroht?«

»Ja, aber damit werde ich allein fertig. Vermutlich will mich die halbe Union Navy ins Jenseits befördern. Die Situation beunruhigt mich aus einem anderen Grund. In der Nähe des Präsidenten und seiner Frau dürften sich keine Verräter aufhalten.«

Obwohl er sich nach Ruhe sehnte, konnte er die Party

nicht frühzeitig verlassen, weil Sydney mit einem Kavallerieoffizier flirtete. Deshalb machte Jerome ihr später Vorwürfe.Doch dann merkte er, daß er sich wie sein Vater aufführte.

Sicher lag das an seiner Nervosität. Er hatte Feinde, die Mittel und Wege fanden, um ihm Nachrichten ins Weiße Haus zu schicken.

Während er sich höflich von den Gastgebern verabschiedete, kletterte Sydney bereits in die gemietete Kutsche. Und dann sah er den Wagen plötzlich in Windeseile davonrollen. Also war seine Sorge berechtigt – man hatte seine Schwester direkt vor dem Eingang des Weißen Hauses entführt!

»Die Kutsche!« schrie er und alarmierte die Soldaten, die rings um das Gebäude Wache hielten. Am Straßenrand stand ein schöner schwarzer Wallach. Jerome band ihn los, schwang sich in den Sattel und galoppierte dem Wagen nach, den er nach wenigen Sekunden einholte. Kurz entschlossen sprang er auf den Kutschbock und kämpfte mit dem bärtigen jungen Fahrer um die Zügel. Als der Mann ein Bowiemesser zückte, betäubte Jerome ihn mit einem Kinnhaken. Da er herausfinden mußte, wer der Auftraggeber des Burschen war, wollte er ihn nicht töten. Jerome schlug ihm das Messer aus der Hand und ergriff die Zügel.

Als er das verschreckte Gespann unter Kontrolle brachte, erwachte der Fahrer wieder zum Leben, warf sich gegen ihn, umklammrte seinen Hals mit eisernem Giff, und beide fielen vom Kutschbock auf die Straße.

Jerome hörte ein knackendes Geräusch. Seine eigenen Knochen? Leicht benommen richtete er sich auf. Im Licht einer Gaslampe betrachtete er die reglose Gestalt an seiner Seite. Der Mann war tot. Während er neben der Leiche kniete, stürmte ein halbes Dutzend Soldaten herbei, zu Pferd und zu Fuß. »Captain!« rief ein aufgeregter Offizier.

»Mir ist nichts passiert. Aber dieser Bursche ist gestorben – nicht an seinem Sturz.« Jerome zeigte auf die Brust des Mannes. Ein Blutfleck tränkte den Gehrock.

Offenbar war der Fahrer erschossen worden. »Wer hat gefeuert?«

»Meine Männer nicht, Sir. Wir sind dem Wagen gefolgt, um Ihrer Schwester und Ihnen beizustehen.«

Sydney! Erschrocken sprang Jerome auf und rannte zu der Kutsche, deren Gespann glücklicherweise stehengeblieben war. Zitternd, aber unversehrt stieg Sydney aus. »Jerome ...«

»Alles in Ordnung«, versicherte er und legte einen Arm um ihre Schultern. Inzwischen hatten sich weitere Soldaten und die Adjutanten des Präsidenten eingefunden. Davis verlangte von seinem Sicherheitsdienst einen ausführlichen Bericht über den Zwischenfall. Miss McKenzies Entführung vor den Augen zahlreicher Wachtposten war ungeheuerlich – und der tödliche Schuß auf den Unbekannten noch seltsamer. Ein gewisser Lowell Thomas, der für das Spionagenetz der Konföderation arbeitete, erschien am Schauplatz des Verbrechens, um Jerome und alle Zeugen zu befragen. Aber niemand konnte das Rätsel lösen.

»Offensichtlich haben Sie Feinde, Captain«, bemerkte Thomas respektvoll, »was mich angesichts Ihrer Fähigkeiten nicht wundert. Ihretwegen haben schon viele Männer ihre Schiffe verloren, und im Süden treiben sich viele Yankee-Spione herum.«

»Ein Unionsgeneral hat's auf mich abgesehen. Aber er würde wohl kaum eine junge Frau gefährden, um sich an mir zu rächen.«

»Solange der Fall ungeklärt ist, überprüfen wir alle Möglichkeiten.«

»In ein paar Tagen bringe ich meine Schwester auf meinem Schiff nach Hause. Bis dahin muß sie bewacht werden.«

»Selbstverständlich, Captain. Der Präsident hat uns bereits angewiesen, alle Ihre Wünsche zu erfüllen.«

Jerome stieg mit Sydney in den Wagen, den ihm Lowell Thomas zur Verfügung gestellt hatte. Auf der Heimfahrt erklärte er seiner Schwester die Situation.

»Du mußt nach Hause zurückkehren.«

»Aber ich arbeite hier im Hospital«, protestierte sie. »Da werde ich gebraucht, und du kannst mich nicht zwingen ...«

»In dieser Stadt bist du deines Lebens nicht mehr sicher.«

»Bitte, Jerome, verstehst du denn nicht ...«

»Erst besuche ich Brent, dann bringe ich dich nach Hause. Bis dahin wirst du streng bewacht. Glaub mir, du kannst nicht hierbleiben. Ich habe Angst um dich.«

»Hör mal, du bist ein Pirat, du entführst und vergewaltigst Yankee-Frauen – und ich muß den Preis dafür zahlen?«

»Sydney ...«, begann er ärgerlich.

»Tut mir leid.« Zerknirscht senkte sie den Kopf.

In der Wohnung fanden sie einen Brief ihres Vaters, den ein Soldat hinterlegt hatte.

»Was ist los, Sydney?« fragte Jerome besorgt.

»Vorerst nichts. Ich – ich werde heimfahren.«

»Verdammt, was ist passiert?«

»Mutter erwartet erneut ein Baby.« Ungläubig starrte er sie an. Sein Vater hatte ihm erklärt, Teela würde keine Kinder mehr bekommen, weil Sydneys Geburt sehr schwierig gewesen sei. Und jetzt, viele Jahre später... Jeromes Herz krampfte sich schmerzhaft zusammen. Seine Mutter war so stark in ihrer Sanftmut und Entschlossenheit, die Stütze der ganzen Familie, der sie mit ihrer unwandelbaren Liebe Kraft gab.

»Dafür ist sie zu alt«, flüsterte Sydney.

»Sag ihr das bloß nicht!« mahnte er in möglichst beiläufigem Ton.

»Ich meine – zu alt für ein Baby. O Jerome, ich sorge mich um ihre Gesundheit. Was hat Vater sich nur dabei gedacht?«

Darauf wußte Jerome keine Antwort. In dieser Nacht fand er keinen Schlaf. Er machte sich zu viele Sorgen um zu viele Dinge ...

Drei Tage später besuchte er seinen Bruder, der in einem alten Plantagenhaus arbeitete, nahe dem Schauplatz der letzten Scharmützel.

Brent entfernte gerade eine Kugel aus dem Bein eines Soldaten und begrüßte Jerome mit einem gequälten Lächeln. »Willst du mir helfen?«

»Wenn du mich brauchst …« Jerome trat an die andere Seite des Operationstisches. Da er seinen Bruder sehr gut kannte, wußte er stets im voraus, welche Instrumente Brent brauchen würde.

Den ganzen Tag assistierte er dem Chirurgen. Das Morphium ging zur Neige, und Jerome mußte die schreienden Männer festhalten, deren Gliedmaßen amputiert wurden. Am späten Abend saßen die Brüder in der Bibliothek des halbverfallenen Plantagenhauses und tranken den Brandy, den Jerome aus Richmond mitgebracht hatte. Er schilderte den seltsamen Zwischenfall nach Davis' Dinnerparty. Auch Brent konnte sich keinen Reim darauf machen. Dann erwähnte Jerome die Schwangerschaft der Mutter, was seinen Bruder zur selben Frage veranlaßte wie seine Schwester. »Was hat Vater sich nur dabei gedacht?«

»Soviel ich mich entsinne, liebt sie ihn genauso wie er sie«, bemerkte Jerome trocken.

»Ja, aber sie müßten besser aufpassen, wenn sie einander ihre Liebe beweisen. Sicher ist das schwierig, vor allem bei zunehmendem Alter. Wenn's soweit ist, möchte ich Mutter beistehen. Natürlich sorge ich mich, obwohl viele reifere Frauen Kinder gebären. Seltsam – daheim waren die Männer ganz versessen auf den Krieg. Jetzt kämpfen wir weit von unserer Heimat entfernt, in Virginia, das sich gar nicht so sehr für die Sezession engagiert hat. O Gott, ich bin müde, und ich will nach Hause und endlich wieder einen blauen Sommerhimmel sehen – oder einen goldenen Sonnenuntergang, die Silhouette eines Reihers vor dem rötlichen Licht …« Er seufzte und blickte auf seine Hände hinab. »Vielleicht bekomme ich kurz vor Mutters Niederkunft Urlaub.«

»Das kann ich vielleicht arrangieren. Die Konföderation ist ihrem erfolgreichen Blockadebrecher einen Gefallen schuldig.«

»Ach ja, du bist berühmt – oder berüchtigt, vor allem, seit General Magee hinter dir her ist ... Irgendwie habe ich das Gefühl, vor Sydneys Entführung ist was passiert.« Jerome erzählte von dem Zettel, den er an Davis' Dinnertafel unter seinem Teller gefunden hatte, und Brent fragte: »Glaubst du, Magee steckt dahinter?«

»Wohl kaum – nach allem, was ich über ihn gehört habe«, entgegnete Jerome nachdenklich. »Ian hält ihn für einen Ehrenmann. Und wenn der General auch wütend auf mich ist ...«

»Oh, das ist er. Trotzdem traue ich ihm nicht zu, daß er unsere Familie bedroht.«

»Außerdem müßte er verstehen, warum ich Risa gefangennahm. Sie wußte zuviel. Deshalb konnte ich gar nicht anders handeln. Ein General sollte das begreifen.«

»Daran zweifle ich.«

»Warum?«

»Weil ich einen Brief bekommen habe.« Brent stand auf, öffnete die oberste Schublade des Schreibtisches und nahm ein Blatt heraus.

Verwundert betrachtete Jerome die markante Handschrift und las:

Dr. Brent McKenzie, Lees Army, Nord-Virginia-Sanitätscorps. Bitte, teilen Sie Ihrer Familie mit, daß ich – ohne ihr schaden zu wollen – Ihren Bruder, den infamen Piraten Jerome McKenzie, jagen und vernichten werde. Und sagen Sie ihm, seine Tage seien gezählt.

Hochachtungsvoll, General Angus Magee, United States Army am Potomac.

»Klingt ziemlich verrückt«, meinte Brent. »Aber es paßt nicht zu der anonymen Nachricht, die du erhalten hast. So was wäre nicht Magees Stil.«

»Wie ist der Brief hierhergelangt?«

»Eines Morgens lag er unter meiner Kaffeetasse.«

»Großer Gott!«

»Blicken wir den Tatsachen ins Auge – es gibt Rebs in Yankee-Uniformen und Yankees in Reb-Uniformen – und Zivilisten, die ihre Fahne nach dem Wind drehen. Also ist's dem General nicht schwergefallen, diesen Brief in meine Hände zu spielen. In Richmond laufen viele Spione herum, und irgendeiner versucht uns den Appetit zu verderben – ein Gourmet-Spion! So unglaublich ist das gar nicht. Weißt du, daß sich die Truppen immer näher rükken? Sie umzingeln einander. Wahrscheinlich ist General Magee nur fünfzig Meilen von uns entfernt. Wie ich höre, begleitet ihn seine Tochter, ein gütiger Engel, der die verwundeten Soldaten pflegt, und die Männer vergöttern sie.«

Von heißem Zorn erfüllt, starrte Jerome seinen Bruder an. Der alte Magee und seine liebeskranken Yankees bedrohten nicht nur ihn, sondern auch seine Familie. Und das alles nur, weil eine schöne, tolldreiste junge Frau den Reportern erzählt hatte, sie sei von einem Barbaren vergewaltigt worden! Zum Teufel mit Risa und ihren Lügen, die in aller Öffentlichkeit breitgetreten wurden! »Nur fünfzig Meilen, sagst du?«

»Bitte, Jerome, komm nicht auf dumme Gedanken! Die Konföderation braucht dich. Wenn meine Patienten vor Schmerzen schreien, bist du meine einzige Hoffnung. Wenn du getötet wirst …«

»Beruhige dich, ich bin kein Narr.«

»Also willst du ins Yankee-Gebiet reiten.«

»Sobald ich Sydney heimgebracht habe. Diese Yankees treiben sich auf dem Grund und Boden der Südstaaten herum.«

»Aber ich brauche dich lebend.«

»Und die Konföderation braucht Informationen. Dauernd. Lee weiß nicht genau, was McClellan und Pope gerade im Schilde führen, und er neigt zu gefährlichen Strategien, indem er seine Raffinesse und Kühnheit gegen die Überzahl der Yankees einsetzt. Wenn ich in feindliches Gebiet reite, dann mit gutem Grund.«

»Aber du gehörst der Navy an, und du wartest die

Reparatur deines Schiffs ab. Verdammt, Jerome, laß dich wegen eines albernen Skandals nicht umbringen!«

»Keine Bange, kleiner Bruder, ich werd's überleben. Diese Yankees dürfen meine Familie und mich nie wieder bedrohen. Morgen rede ich mit einem eurer Kavalleriekommandanten.«

»Jerome ...«

»Und ich brauche ein gutes Pferd. Wie ich höre, gibt's immer weniger brauchbare Tiere.«

»Major Lance dient unter Jeb Stuart, und er könnte dir ein Pferd beschaffen, aber ...«

»Dann ist ja alles in bester Ordnung.«

Müde stand Brent auf, und sie verließen die Bibliothek. »Wage es bloß nicht zu sterben. Ich will den Landsitz im Sumpf nicht erben. Nach dem Krieg kehre ich nach St. Augustine zurück und mache zusammen mit Julian eine Praxis auf. Ist das klar?«

»Schon gut, ich werde nicht sterben. Das verspreche ich dir.«

Nachdem Jerome seine Schwester zu den Eltern gebracht hatte, kehrte er sofort nach Richmond zurück.

Major Edward Lance kannte den hochgewachsenen Reb, der zu seinem Zelt ritt. Wer hatte noch nicht von ihm gehört?

In einer Welt, in der man sich begierig auf jeden Sieg stürzte, war der Captain zur Legende geworden. Angeblich glich er einem Phantom, ein reicher Mann mit Indianerblut, im Süden aufgewachsen, und man behauptete, er würde magische Kräfte besitzen. Zudem war er ein erstklassiger Reiter. Unsichtbar und lautlos verfolgte er seine Ziele. Wenn McKenzie, dessen Schiff gerade repariert wurde, für die Kavallerie reiten wollte, hätte Lance nichts dagegen.

Als der Captain abstieg, trat der Major vor sein Zelt, salutierte und musterte ihn. Mindestens eins siebenundachtzig groß, schlank und muskulös, mit markanten Zügen. Hohe Wangenknochen, bronzebraune Haut, dunkles

Haar mit rötlichem Schimmer, im Nacken zusammengebunden, wachsame blaue Augen.

Lance führte den Besucher in sein Zelt, und sie setzten sich. »Wie ich höre, planen Sie, McClellans Army zu observieren«, begann der Major und lehnte sich zurück. »Reiner Selbstmord. Als Stuart die Kampfkraft und die Positionen der Yankees eruieren wollte, wurde er beinahe getötet.«

»Weil er von seinen Leuten begleitet wurde. Aber ich reite allein.«

»Wenn man Sie erwischt, werden Sie gehängt – wie alle Spione.«

»Das weiß ich.«

Nachdenklich betrachtete Lance den Captain und begegnete einem eiskalten Blick. »Sie haben eine Zeitlang bei den Seminolen gelebt, nicht wahr?«

»Hegen Sie rassistische Vorurteile?«

»Keineswegs.« Lächelnd schüttelte der Major den Kopf. »Aber ich habe noch nie einen Seminolen getroffen, der sich wie ein Geist in der Nacht bewegt.« Er erhob sich und legte eine Landkarte auf den Schreibtisch. »Hier sind wir stationiert. Und da hält sich, nach meinen letzten Informationen, die United States Army auf. McClellan versuchte, Richmond einzunehmen. Aber Jackson hatte sich im Valley postiert, und McClellan ist ein unentschlossener Bastard, der dauernd glaubt, wir hätten viel mehr Soldaten als in Wirklichkeit. Jetzt haben unsere Leute Pope im Visier, diesen verhaßten Hurensohn. Offensichtlich muß Richmond hier, an dieser Stelle, vor einem Angriff geschützt werden. Jackson braucht vielleicht Hilfe im Valley – und genug Streitkräfte, um das Gemetzel aufs angestammte Yankee-Terrain zu verlagern. Nun, sehen Sie zu, was Sie herausfinden, Captain. Erstatten Sie zuerst *mir* Bericht, keinem anderen. Danach können Sie zu Stuart und Lee reiten. Verstanden?«

»Ja, Sir.«

»Sie bekommen das beste Pferd, das ich zur Verfügung habe.«

»Mehr verlange ich nicht.«

»Was ich Ihnen nicht geben kann, ist Zeit. Innerhalb von zehn Tagen brauche ich die Informationen. Wie wir erfahren haben, ist Ihr Schiff in zwei Wochen wieder segelfertig. Wenn ich Sie nicht rechtzeitig gehen lasse, hängen mich die Navy-Kommandanten an einem Großmast auf. Also beeilen Sie sich.«

McKenzies Lächeln erreichte die dunkelblauen Augen nicht. »So viel Zeit brauche ich gar nicht. Eine Nacht genügt mir, Major. Eine einzige Nacht.«

13

Mitte Juli, in qualvoller Hitze, behandelten Risa und das restliche Sanitätscorps nach wie vor die Soldaten, die bei den Seven-Days-Schlachten verwundet worden waren. Glücklicherweise stand genug Morphium für die Amputationen zur Verfügung, und sie besaßen auch reichlich Verbandszeug. Doc Abe, wie die Männer ihn liebevoll nannten, schnitt nur im äußersten Notfall ein Bein ab. Wenn die Knochen zersplittert waren, blieb ihm nichts anderes übrig. Schnell und effizient wurden die Verletzten auf den Schlachtfeldern behandelt und dann ins nächstgelegene Lazarett gebracht.

An diesem Tag schien die Sonne besonders heiß vom Himmel herab. Der Soldat auf dem Operationstisch, betrunken und von Drogen leicht benommen, sang fröhlich und versicherte, sein drittes Bein – das wichtigste – würde er sicher nicht verlieren.

»Still, mein Junge!« mahnte Abe. »Da steht eine Dame, die mir assistiert.«

»Verzeihen Sie, Ma'am. Das liegt sicher nur am Brandy. Aber wenn der Krieg vorbei ist und so viele junge Männer tot sind, wird mich irgendein armes Mädchen heiraten, solange ich immer noch mein mittleres Bein habe, nicht wahr?«

Unwillkürlich lächelte Risa.

»Doc, das ist keine Dame, sondern ein Engel.«

Abe bedeutete ihr, die Bandagen bereitzuhalten, dann nickte er den beiden kräftigen Sanitätern zu, die den Soldaten festhalten mußten, während das Bein abgesägt wurde.

»Seien Sie mir nicht böse, wenn ich ein bißchen schreie, Ma'am. Eigentlich bin ich kein Feigling.«

Der Arzt griff zur Knochensäge. Trotz des Alkohols und des Morphiums schrie der Soldat ohrenbetäubend. Was dann geschah, wußte Risa später nicht genau. Eben hatte sie noch neben dem Operationstisch gestanden, und im nächsten Moment verlor sie die Besinnung.

Als sie erwachte, lag sie am Ufer des breiten Bachs, der am Lazarett vorbeifloß, auf weichen Kiefernnadeln, und eine Prostituierte namens Marny Calverton wusch ihr das Gesicht mit kaltem Wasser.

Marny war eine hübsche junge Frau von kreolischer Abstammung. Zu ihren pechschwarzen Haaren und Augen bildete der Elfenbeinteint einen reizvollen Kontrast. Indem sie den Soldaten von einem Lager zum anderen folgte, überlebte sie den Krieg. Unter normalen Umständen hätte Risa niemals mit ihr gesprochen. Weder im Norden noch im Süden pflegten Damen mit Dirnen zu verkehren.

Aber sie war nicht im mindesten schockiert, weil sie von Marny betreut wurde. Doc Abe und seine Helfer hatten genug mit den Verwundeten zu tun. In der Ferne sah sie das Lazarett. Leicht benommen richtete sie sich auf. Warum war ihr so schwindelig?

»Immer mit der Ruhe, Miss Magee«, mahnte Marny sanft und legte ihr einen feuchten Lappen auf die Stirn.

»Danke, Marny, ich bin in Ordnung – und nur verlegen, weil ich den armen jungen Soldaten im Stich gelassen habe.«

»Sorgen Sie sich nicht. General Goths Frau hat sich wie eine Glucke um Sie gekümmert, als Sie zusammengebrochen sind. Und danach nahm sie Ihren Platz ein. Natürlich sind Sie eine wunderbare Krankenschwester, Miss Magee. Aber es gibt noch andere.«

»Jetzt sollte ich zurückgehen. Ich fühle mich viel besser.«

»Bei dieser Hitze sollten Sie sich schonen. Sonst passiert 's bald wieder.«

»Nur ein kleiner Schwächeanfall …«

»Wenn Sie meinen«, murmelte Marny und wich Risas Blick aus.

»Ich verstehe nicht …«

»Wirklich nicht?«

»Nein. Bitte, Marny …«

»Hören Sie, Miss Risa, Sie sind eine gute, anständige Frau, ganz anders als die arroganten Offiziersfrauen, die sich einbilden, sie würden an Gottes rechter Seite sitzen.« Marny bekreuzigte sich ehrfürchtig. »Und ich wünsche Ihnen nur das Allerbeste. Wahrscheinlich hatten Sie in letzter Zeit einige Schwierigkeiten, und ich schließe Sie in meine Gebete ein. Aber *mir* müssen Sie nichts vormachen.«

Schwankend stand Risa auf, und Marny stützte sie. »Was sollte ich Ihnen vormachen?«

»Wie naiv ihr feinen Damen seid! Selbstverständlich ist Ihr Geheimnis bei mir sicher. Wenn sich auch manche Leute das Maul über Ihr Verhältnis mit Captain McKenzie zerreißen …«

»Wovon reden Sie?« flüsterte Risa. »Ich habe kein Verhältnis mit dem Captain, obwohl …«

Ungeduldig fiel Marny ihr ins Wort. »Miss Risa, Sie erwarten ein Baby. Darauf wette ich meinen kümmerlichen Jahreslohn, den ich von diesen geizigen Soldaten kriege.« Unter Risas Füßen begann der Boden zu zittern, und sie versank in einer neuen Ohnmacht.

Angus Magee lehnte sich in seinem Klappsessel zurück und seufzte tief auf. Vormarsch, Rückzug, Vormarsch, Rückzug. So lautete die konstante Order. Sie hatten genug Soldaten und Waffen zur Verfügung. Aber sooft er

McClellan und dessen Speichelleckern auch erklärte, General Robert E. Lee würde nur auf seine Willenskraft bauen, wollten's diese Bastarde nicht begreifen.

Wenn sie doch endlich eine Entscheidung herbeiführen würden! Er nahm eine Whiskeyflasche und Gläser aus einer Schreibtischschublade. Dann musterte er seinen Stab. »Wie Sie wissen, Gentlemen, war Pope unfähig, Stonewall Jackson im Valley zu schlagen.« Nachdem er gefüllte Gläser verteilt hatte, breitete er eine Landkarte auf der Tischplatte aus. »An dieser Stelle rückt Pope in Richtung Gordonville vor. Hier begegnen wir Lees Streitkräften – schätzungsweise zwischen achtzigtausend und hundertfünfzigtausend Mann, und McClellan tritt ihm bei Richmond entgegen. Pope kommandiert fünfzigtausend im Valley. Auf diese Weise nehmen wir die Rebs in die Zange. Demnächst erwarten wir Verstärkung. Alles klar?«

»Ja, Sir«, antworteten die Offiziere und standen auf, weil sie wußten, daß sie mit den letzten Worten des Generals entlassen worden waren.

Nur Lieutenant Courtenay wandte sich an ihn.

»Sir, wenn wir massiv vorrücken würden ...«

»Hoffentlich«, erwiderte Angus müde. »Eines Tages, hoffentlich. Gute Nacht, Gentlemen.«

Während die Offiziere das Kommandozelt verließen, schenkte er sich noch einen Whiskey ein. Nach einer Weile trat er ins Freie, das Glas in der Hand. Das verlassene alte Plantagenhaus fungierte als Lazarett. Darin hatten sich auch einige Offiziere einquartiert. Angus zog es vor, ein Zelt in einem Kiefernwäldchen zu bewohnen, einen Steinwurf vom Haus entfernt. Ganz in der Nähe stand Risas Zelt, am Ufer des Bachs. Seufzend schüttelte er den Kopf und dachte an seine Tochter. Stolz und innige Liebe erfüllten sein Herz. Wie schön und klug und tüchtig sie war ...

Von allen Soldaten wurde sie verehrt und bewundert. Nahe den Schlachtfeldern zeigte sie kein bißchen Angst. Tapfer ertrug sie den Anblick blutender Wunden, unermüdlich betreute sie die Patienten und ermunterte sie mit ihrem melodischen Gelächter. An manchen Abenden saß sie mit den Männern am Lagerfeuer und stimmte jene Lieder an, die ihnen Mütter, Ehefrauen und Bräute vorgesungen hatten, bevor sie in den Krieg gezogen waren …

Voller Zorn ballte Angus die Hände. Dieser elende Rebell! Hoffentlich würde Risa den Verlust ihres guten Rufs nicht teuer bezahlen müssen, wenn der Krieg ein Ende fand – mochte sie die Schmach verdient haben oder nicht. Er nippte an seinem Whiskey und blickte zum Bach hinüber. In den kühlen Wellen pflegte Risa zu baden, von einem Soldaten bewacht, der sich diskret hinter Büschen verbarg. Wie sie ihrem Vater erklärt hatte, würde das frische Wasser den Geruch des Blutes wegspülen.

Angus leerte das Glas. Als der Wind auffrischte, hob er den Kopf. Ein Schauer rann über seinen Rücken.

Seltsam – nicht zum erstenmal an diesem Abend gewann er den Eindruck, jemand würde ihn beobachten. Er ging ins Zelt, stellte das Glas ab. Mit seiner Pistole bewaffnet, eilte er wieder in die Nacht hinaus, versteckte sich zwischen den Kiefern und lauschte angespannt. Nichts war zu hören. Schließlich kehrte er ins Zelt zurück und kam sich albern vor. Diesen Teil des Südens hatte die Union fest in der Hand. Da konnte sich weit und breit kein Reb aufhalten. Von diesem Gedanken beruhigt, zog er die Stiefel aus und legte sich auf sein Feldbett.

Um Himmels willen, was sollte sie tun? Dieser Gedanke verfolgte sie unentwegt – wenn sie mit den Sanitätern sprach, mit den Soldaten scherzte und Verbände wechselte. Immer und überall. Wie dumm sie gewesen war … Eine Prostituierte hatte sie auf ihren Zustand hinweisen müssen. Abends wuchs ihre Unrast. Sie hatte behauptet, der Schwächeanfall sei überstanden und sie fühle sich gut genug, um wieder zu arbeiten. Energisch versicherte sie Marny, eine Schwangerschaft sei ausgeschlossen. Natürlich glaubte ihr das Mädchen nicht. Doch das spielte keine Rolle. Risa war ins Lazarett zurückgekehrt, um sich zu beschäftigen und die quälenden Gedanken zu verdrängen. Aber dann brach die Nacht herein, und Risa glaubte innerlich zu verbrennen. Sie bat Sergeant Wallings, an dem Weg zum Bach Wache zu halten, und eilte durch ein Eichen- und Kiefernwäldchen zum Ufer. Rasch kleidete sie sich aus, bis auf ihr Leinenhemd. Ein Stück Seife in der Hand, watete sie ins kristallklare Wasser. Und da erinnerte sie sich wieder an ihr Baby. Beinahe hätte sie laut aufgeschrien. Was würde Papa sagen? O Gott, er glaubte schon jetzt, ihr Ruf wäre ruiniert. Und Jerome, der Vater des Kindes? Vielleicht würde er sich verpflichtet fühlen, sie zu heiraten. Nein, ganz sicher nicht. Von der Presse in den Nordstaaten diffamiert, würde er Risa hassen. Und was zwischen ihnen geschehen war, mußte ihm jetzt ebenso absurd erscheinen wie ihr. Ein Traum inmitten des Krieges, die Erfüllung einer Sehnsucht in einer irrealen Welt...

Und wenn die Leute annahmen, das Baby würde von Ian stammen, von einem verheirateten Mann? Womöglich würde Jerome das vermuten. Und Alaina. Natürlich kannte Ian die Wahrheit, aber ...

Bei einem Felsblock neben einem umgestürzten alten Eichenstamm schlüpfte sie aus dem nassen Hemd, legte es ins Gras am Ufer, seifte sich ein und wusch ihr Haar. Dann versank sie im kühlen Wasser und spülte den Schaum ab. Die Lider geschlossen, tauchte sie auf und griff nach dem Hemd. Es war verschwunden.

Fluchend rieb sie den letzten Seifenrest aus ihren Augen, blinzelte und tastete wieder nach ihrem Hemd. Statt dessen berührte sie nacktes Fleisch. Ein Schrei stieg in ihrer Kehle hoch. Voller Panik öffnete sie die Augen, und der Schrei erstickte. Lässig lag Jerome McKenzie auf dem Baumstamm, nur mit nassen Breeches bekleidet, auf einen Ellbogen gestützt. In seinen dunkelblauen Augen spiegelte sich das Mondlicht, drohend und gefährlich.

Risa blinzelte wieder. Unmöglich. Er konnte nicht hier sein, umringt von vielen tausend Yankees. Und doch – es war keine Sinnestäuschung, denn der Zorn in seinem Blick wirkte viel zu real. Mühsam suchte sie nach Worten. »Du Narr!« würgte sie schließlich hervor. »Was treibst du hier, im feindlichen Lager? Man wird dich hängen, du Idiot!«

»Da müßte man mich erst mal erwischen«, erwiderte er in arrogantem Ton.

»Ich brauche nur zu schreien …«

»Nein, das wirst du nicht tun.«

Krampfhaft schluckte sie. »Was treibst du hier?« wiederholte sie.

Er lächelte, entblößte weiß schimmernde Zähne, und gegen ihren Willen beschleunigte sich ihr Puls. Würde sie seiner magischen Anziehungskraft erneut verfallen? Sie wollte eine Hand ausstrecken und ihn berühren – während er wahrscheinlich das Bedürfnis empfand, seine Feindin zu erdrosseln. Obwohl sie sein Kind unter dem Herzen trug. Aber das wußte er nicht.

»Was treibst du hier?« fragte sie zum drittenmal, in wachsendem Entsetzen.

Da richtete er sich auf, und sie sah ihr Hemd hinter dem Felsblock liegen. Jeromes Zehen hingen im Wasser und streiften ihren Schenkel. Viel zu deutlich spürte sie seine Nähe. »Ich wurde verleumdet. In allen Zeitungen standen unglaubliche Lügen über mich.«

»Ich habe niemals …«

»Barbar, wilder Indianer, elender Rebell, Entführer, Vergewaltiger, et cetera …«

»Wegen dieser Zeitungsartikel riskierst du dein Leben?«

Er starrte sie an, und sie spürte die sinnliche Macht seiner dunkelblauen Augen. Zu ihrer Bestürzung fühlte sie, wie sich ihre Brustwarzen aufrichteten. Nur das kalte Wasser, redete sie sich ein, sonst nichts. Aber durch ihre Adern schien flüssige Lava zu strömen.

»Nein, ich riskiere mein Leben wegen einer Yankee-Hexe, die diese Lügen der Wahrheit vorzog.«

»Niemals habe ich gelogen …«

»Warum wirft man mir dann die Vergewaltigung einer süßen Unschuld vor? Nun bin ich hierhergekommen, um meinem Ruf gerecht zu werden.«

Heiße Röte stieg ihr in die Wangen, und sie wich zurück. Geschmeidig sprang er vom Baumstamm ins Wasser und blieb dicht vor ihr stehen. »Bist du verrückt?« fauchte sie. »Weißt du, wo du bist?«

»O ja«, flüsterte er und griff nach ihr.

Blitzschnell tauchte sie unter, spürte seine Hände auf ihren Hüften, aber sie entkam ihm und schwamm davon. Als sie Luft holen mußte, schaute sie sich um. Wo war er?

»Vergewaltigt? Von einem elenden, wilden Rebellen?« Seine spöttische Flüsterstimme erklang direkt hinter ihr, und sie spürte seinen warmen Atem im Nacken. Durch ihren Körper strömten neue glühende Wellen.

»Wie du hierhergelangt bist, vorbei an ein paar tausend Yankees und meinem Wachposten, weiß ich nicht. Jedenfalls hast du jetzt zehn Sekunden Zeit, um zu verschwinden. Dann schreie ich.«

»So?« fragte er herausfordernd.

Von hellem Zorn erfaßt, wandte sie sich zu ihm. »Ich habe dich gewarnt.«

»In der Tat.« Seelenruhig verschränkte er seine Arme vor der nackten Brust.

Risa fluchte ungeduldig. Neben dem Felsblock sah sie ihr Hemd liegen, und sie beschloß, einfach hinzuschwimmen und Jerome zu ignorieren. Sie tauchte unter, und als sie ihr Ziel erreichte, wartete er auf sie.

Diesmal konnte sie nicht fliehen. Er umfing sie mit beiden Armen, drückte sie an seine muskulöse Brust, an seine nassen Breeches, und sie spürte sein pulsierendes Verlangen. Atemlos starrte sie in seine Augen und erinnerte sich, daß sie schreien mußte. Kein Laut kam über ihre Lippen. Plötzlich hob er sie hoch, legte sie ins weiche Gras, das am Ufer wuchs, und deckte sie mit seinem Körper zu.

Ihre Blicke trafen sich wieder, und Risa sah das blaue Feuer seinen Augen. Aber sie schrie nicht. Seine Finger schlangen sich in ihr Haar, seine Hand umfaßte ihren Nacken. Und dann hätte sie gar nicht mehr schreien können, weil ihr ein verzehrender Kuß den Mund verschloß.

Seine Zunge spielte mit ihrer, und Risa spürte die ganze Kraft seiner Leidenschaft, seines Hungers, seines Zorns.

Zielstrebig drängte er seine Hüften zwischen ihre Beine. Sie fühlte, wie er seine Breeches öffnete, wie sich die pochende Glut seiner Begierde an die Innenseiten ihrer Schenkel schmiegte. In ihrem Innern schienen Flammen zu erwachen. Anfangs wollte sie sich von Jeromes Kuß befreien. Aber er war zu fest entschlossen. Als sie ihre Fingernägel in seine Schultern grub, umklammerte er ihre Handgelenke mit seiner linken Hand und zog ihre Arme über ihren Kopf nach oben.

Mit seiner rechten Hand liebkoste er ihre Hüfte, dann eine ihrer Brüste. Behutsam reizte er die Knospe zwischen seinem Zeigefinger und dem Daumen. Risa versuchte, ihre Handgelenke zu befreien. Zu ihrer Verblüffung ließ er sie los, und sie drückte ihre Nägel wieder in seine Schultern – aber nur ganz leicht.

Nach einer Weile hob er den Kopf. Wortlos schauten sie sich an. Risa bebte am ganzen Körper. Dann neigte er sich erneut herab, um den rasenden Puls in ihrem Hals zu küssen. Sie vergaß das feuchte Gras unter ihrem Rücken, die schwüle südliche Nacht – und die Yankees, die in ihrer Nähe schliefen. Auch an jenem einsamen Strand auf den Bahamas hatte sie Jerome instinktiv begehrt und alle Konventionen ignoriert. Jetzt war es nicht anders. Seine Zärtlichkeiten weckten alle ihre Sinne, berührten ihr Herz und ihre Seele. Flüchtig dachte sie, er könnte gar nicht hier sein und sie wäre in einem seltsamen erotischen Traum gefangen. Doch seine aufwühlende Nähe war so real. Seine Finger glitten über ihren Bauch und ihr Schamhaar und begannen die intimste Zone ihrer Weiblichkeit zu erforschen.

Stöhnend klammerte sie sich an ihn und preßte das Gesicht an seine Schulter. Was er da tat, ertrug sie nicht. Er schob seine Finger in ihre feuchte Hitze, seine Lippen umschlossen eine ihrer Brustwarzen, seine Zunge umkreiste die harte, empfindsame Spitze. Plötzlich verschmolz er mit ihr. So tief wie möglich drang er in ihren Schoß ein, umfaßte ihre Hüften und bewegte sich immer schneller, immer leidenschaftlicher. Während seine Kobaltaugen ihr Gesicht beobachteten, führte er sie zum Gipfel der Lust empor.

Über ihr schien der Sternenhimmel in unzählige Kristalle zu zerbrechen, die herabregneten, ihren Blick verschleierten und auf ihrer Haut prickelten. Zitternd umschlang sie seinen Nacken, als er seine eigene Begierde stillte, und spürte die gewaltige Erschütterung, die seinen ganzen Körper durchfuhr.

Abrupt trennte er sich von ihr. Heftige Atemzüge hoben und senkten seine Brust, als er an Risas Seite lag, und plötzlich erschien die Sommernacht eiskalt.

Nach ein paar Minuten hörte sie Jeromes Stimme. »Du hast zu schreien vergessen.«

»Dazu fand ich keine Zeit ... Aber ich kann jetzt schreien.« Bedrückt starrte sie zum Himmel hinauf. »Dein Zorn ist unberechtigt, denn du hast mich tatsächlich entführt ...«

»... und vergewaltigt«, ergänzte er leise.

Risa rückte von ihm ab. Auf einen Ellbogen gestützt, schaute sie ihn prüfend an. »Das ist kein Privatkrieg.«

»Für mich schon. Nun mußt du kapitulieren – oder bitter büßen.«

Verwirrt las sie den heißen Zorn in seinen Augen. Womit hatte sie seine Verachtung verdient? War er nur ins Lager der Yankees gekommen, um sich zu rächen? Und warum hatte sie nicht geschrien?

Wieder einmal hatte sie sich verführen lassen, ohne zu protestieren. Närrin, schalt sie sich, das ist meine Chance. Wenn er festgenommen wird, könnten wir beide den Krieg überleben. Und seine Gefangenschaft würde den Interessen der Yankees zweifellos dienen.

Aber er erriet ihre Gedanken. Ehe sie schreien konnte, kniete er über ihren Hüften und preßte eine Hand auf ihren Mund.

»Sei still! Oder ich entführe dich wieder ins Konföderationsgebiet.«

Die Augen voller Tränen versuchte sie vergeblich, in seine Finger zu beißen.

»Wenn deine Yankee-Freunde meine Schwester noch einmal bedrohen, wirst du den restlichen Krieg als Gefangene der Rebellen verbringen.«

Als er Risas Verblüffung bemerkte, entfernte er seine Hand von ihren Lippen.

»Was? Man hat deine Schwester bedroht?«

»Ja. Überrascht dich das?«

»Allerdings.«

»Vor ein paar Tagen wurde sie in Richmond beinahe entführt – nachdem ich bei einer Dinnerparty im Weißen Haus eine anonyme Warnung unter meinem Teller gefunden hatte. Auf diesem Zettel stand, ich würde sterben, weil ich dich so grausam behandelt habe.«

»Und du glaubst, ich hätte irgend jemanden auf deine Schwester gehetzt? Du Bastard! Von mir stammt diese Nachricht nicht. Davon wußte ich gar nichts. Und …«

»Dann erhielt mein Bruder einen Brief deines Vaters, der sich bei meiner Familie für seinen Rachefeldzug gegen mich entschuldigte.«

»Für die Maßnahmen meines Vaters bin ich nicht verantwortlich.«

»Aber du hättest deine Gefangenschaft nicht so drastisch schildern müssen. In sämtlichen Zeitungen stand, was dir der wilde Rebell angetan hatte.«

»Davon habe ich kein Wort gesagt …«

»Ich kann lesen, Risa.«

»So?« fauchte sie erbost. »Hättest du mich nicht auf dein Schiff geschleppt, wäre dir das alles erspart geblieben. Fahr doch zur Hölle! Und laß mich in Ruhe, damit ich meine Pflicht erfüllen kann – in diesem Krieg, der die Menschen so grausam quält, körperlich und seelisch …«

»Oh, du scheinst das Martyrium sehr gut zu verkraften«, bemerkte er trocken. »Und du siehst sogar erstaunlich gut aus.«

»Verdammt, Jerome …«

Abrupt verstummte sie, als er ihre Brüste berührte.

»Früher warst du etwas zu dünn«, flüsterte er. »Ich glaube, du hast zugenommen.«

»Mach dich nicht lächerlich! Ganz im Gegenteil« Doch sie konnte es nicht leugnen – ihre Brüste waren größer und voller als vor ein paar Wochen.

Natürlich. Das hätte ihr längst auffallen müssen. Hoffentlich würde Jerome nicht erraten, was die Veränderung bewirkte. »Geh doch endlich ...«, wisperte sie.

Statt zu antworten, glitt er von ihren Hüften hinab, kniete neben ihr nieder und preßte die Lippen auf ihren Bauch.

»Nicht, Jerome – du kannst mich nicht mehr verführen.«

»Das habe ich auch gar nicht vor – ich will dich vergewaltigen.«

Erfolglos wehrte sie sich, als er ihre Beine auseinanderschob und seinen Kopf zwischen ihre Schenkel legte. Sie wollte protestieren. Doch sie brachte kein Wort hervor, von einem unwillkommenen Entzücken überwältigt. Seine Zunge – so sanft, so warm – entfesselte eine wilde Lust. In Risas Augen brannten Tränen. Atemlos wand sie sich umher, und eine wilde Ekstase verdrängte alle klaren Gedanken.

Bald vereinte er sich erneut mit ihr, zog sie in den mitreißenden Bann seiner Leidenschaft. Auf dem Höhepunkt ihres Glücks stieß sie einen leisen Schrei aus.

Diesmal trennte er sich nicht so schnell von ihr und hielt sie in den Armen, während der Nachtwind die Hitze der Erfüllung kühlte.

»Jetzt mußt du gehen«, stöhnte sie. »Oder ich schreie. Und dann wird man dich gefangennehmen und ...«

»Und aufhängen Aber du wirst nicht schreien.«

»Warum bist du dir da so sicher? Du kommst hierher, von einer verrückten Rachsucht getrieben, die ich nicht verdiene ...«

»Wenn du schreist, könntest du deinen Vater zu diesem Bach locken.«

Bestürzt hielt sie den Atem an, und Jerome lächelte.

»Falls ich dich daran erinnern darf – du *hast* bereits geschrien, allerdings nur ganz leise. Und das war sehr charmant.«

»Oh …« Wütend stemmte sie beide Hände gegen seine Brust und versuchte, ihn wegzuschieben. Aber er hielt sie eisern fest. »Natürlich, du würdest meinen Vater töten. Skrupellos. Und dann würden die Yankees über dich herfallen. Nun, das wird so oder so geschehen. Du bist von Unionssoldaten umzingelt. Und du kannst ihnen gar nicht entrinnen.«

»Vielleicht schon.«

»Was habe ich eigentlich verbrochen?«

»Das weißt du. Man hat mich verleumdet und meine Familie bedroht.«

»Und du? Drohst du mir etwa nicht? Ich warne dich – wenn du nicht endlich verschwindest …«

»Noch nicht. Nur mehr ein einziges Mal …«

Ungläubig starrte sie ihn an. »Noch einmal? Hast du den letzten Rest deines Verstandes verloren? Nein, ich will nicht …«

»Darin liegt der Sinn einer Vergewaltigung.«

Sollte sie lachen oder weinen?

Aber in seinen Augen lag tiefer Ernst, und er preßte sie entschlossen an sich. »Ein letztes Mal«, flüsterte er.

Nur zu gut wußte er, wie er ihr Verlangen wecken mußte. Voller Zorn oder sanft und zärtlich. Von Anfang an hatte er sie fasziniert. Natürlich liebte sie ihn nicht, und doch …

Sie fühlte sich gefangen in einem einzigartigen goldenen Netz. Egal, wann er sie berührte, er entzündete sengende Flammen in ihr, und sie wußte, daß sie niemals einen anderen begehren würde. Obwohl es reine Wut war, die sie zueinandertrieb. Sie waren Feinde. Und sie erwartete sein Kind.

Dann vergaß sie alles andere, von wachsender Begierde erfüllt.

Wieder schien die Nacht zu explodieren, und Risas

Angst vor den Unionssoldaten, die jeden Augenblick auftauchen konnten, bedeutete nichts mehr.

Später schmiegte sie sich zitternd in Jeromes Arme. Woran mochte er denken?

Doch sie stellte keine Fragen, denn sie wußte, er würde nicht antworten. Erschöpft schloß sie die Augen, und plötzlich war sie dankbar für seine Nähe.

Irgendwann erwachte sie und lag allein am Ufer des Bachs.

14

Anfang Oktober stand Jerome im Bug der *Lady Varina*, die ohne Flagge nordwärts segelte, mit mehreren Waffen und Medikamenten an Bord. Vor kurzem hatten sie die Bermudas verlassen, wo nicht alle versprochenen Vorräte aus England eingetroffen waren.

Nach der langen Zeit an Land sehnte er Aktivitäten auf See herbei. Die Informationen, die er im Unionslager gesammelt hatte, waren wertvoll gewesen. Mehr oder weniger bestätigten sie die Vermutungen der Konföderationsgeneräle. Im Spätsommer folgte eine blutige Schlacht auf die andere. Jerome erfuhr, die Reparatur der *Lady Varina* würde länger dauern als erwartet, und beschloß, bei seinem Bruder zu bleiben und in der Kavallerie zu dienen. Meistens wurde er beauftragt, einzelne Brigaden mit Informationen zu versorgen – eine lohnende Tätigkeit. Zum Beispiel konnte er Lees Annahme verifizieren, McClellans Truppen würden auf dem Meer vorstoßen, um Popes Streitkräfte zu verstärken.

Er kannte Lees Plan, den Clark's Mountain zu nutzen, um seine Soldaten abzuschirmen, Popes Ostflanke anzugreifen, McClellan den Weg abzuschneiden und dessen Rückzug in Richtung Washington zu verhindern.

Doch dann wurde Lees Generaladjutant mit einer Kopie des Schlachtplans von Pope gefangengenommen, und die Yankees fanden genug Zeit, um sich zurückzuziehen. Zu beiden Seiten des Rappahanock River standen sich die zwei Heere schließlich gegenüber. Lee suchte eine Schwachstelle des Feindes. Bei einer Kavallerieattacke wurde Popes Hauptquartier bei Catlett's Station eingenommen. Jerome zählte zu den Rebellen, die dem Oberbefehlshaber der Südstaatenarmee berichteten, die Union würde Popes Streitkrafte auf hundertdreißigtausend Mann verstärken. Deshalb beschloß Lee seine fünfundfünfzigtausend in zwei Kontingente zu teilen und baute auf die Panik, die seine Maßnahme heraufbeschwören würde, wenn er die Position der Yankees in Washingtons Nähe bedrohte.

Weitere Schlachten folgten. Groveton, Bull Run, Chantilly. Lee brachte keinen entscheidenden Angriff gegen die Union zustande. Aber trotz der Unterzahl seiner Truppen erlitten die Yankees erstaunliche Verluste, während er die Rebellenpositionen erfolgreich verteidigte, Richmond schützte und die Gegner nach D. C. zurückdrängte.

Obwohl Jerome mehrmals hinter die feindlichen Linien ritt, spürte er Risa kein zweites Mal auf. Er sagte sich, er würde sie gar nicht suchen, nachdem er sie eindringlich genug vor weiteren Attacken gegen seine Familie gewarnt hatte. Jetzt war er nicht mehr von ihr besessen – zumindest redete er sich das ein. Doch die Erinnerungen verfolgten ihn unentwegt, und die Erkenntnis, daß sie ihn für einen elenden Barbaren hielt, für den schlimmsten aller Feinde, befreite ihn nicht von seiner Sehnsucht.

Während Lee seine Kampagne fortsetzte, blieb Jerome bei der Confederate States Army in Nord-Virginia. Am 15. September gelang es Jackson, Harpers Ferry zu erobern. Als Lee von diesem Erfolg erfuhr, beschloß er, in Sharpsburg, Maryland, Stellung zu beziehen. Noch nie hatte Jerome eine so erbitterte Schlacht beobachtet wie in der kleinen Stadt Sharpsburg am Antietam Creek. Unablässiges Gewehrfeuer mähte ausgedehnte Maisfelder nieder, und die darin versteckten Soldaten fielen scharenweise.

Überall häuften sich die Leichen. Später wurde eine Gasse Bloody Lane genannt.

Im Licht einer blutrot versinkenden Sonne starrte Jerome auf die blutgetränkte Erde. Der Norden beklagte ebenso schwere Verluste wie der Süden. Deprimiert betrachtete er junge Burschen, die gestorben waren, ehe sie das Leben kennengelernt hatten. Er hörte Verwundete schluchzen – tapfere, entschlossene Kämpfer. Und er überlegte, ob sich der Allmächtige gegen sie alle gewandt hatte, gegen Freund und Feind.

Niemals würde er diesen September in Maryland vergessen, wochenlang roch er Blut in seinen Alpträumen. Doch er konnte seinen Kriegsdienst nicht quittieren, sonst würde er die zahlreichen Toten verraten. Nur Gott allein wußte noch, welche Seite im Recht war, wenn es überhaupt ein Recht gab. Als die Überlebenden zwischen Leichen nach Verletzten suchten, erkannte Jerome, wie wichtig seine Rückkehr auf die *Lady Varina* war. In den Lazaretten wurde dringend medizinischer Nachschub gebraucht.

Glücklicherweise suchten ihn auf See keine Alpträume mehr heim. Sein erster Weg führte nach Richmond, wo seine Schwester, nach einem längeren Aufenthalt bei den Eltern, ins Hospital übersiedelt war. Nur noch ein paar Wochen wollte sie in der Hauptstadt bleiben. Sie hatte einen Brief von der schwangeren Teela bekommen, die sich nicht wohl fühlte und ihre Tochter bat, im November wieder nach Hause zu kommen. Dazu war Sydney gern bereit. Jerome konnte sie jedoch nicht veranlassen, schon früher abzureisen, weil sie im Hospital gebraucht wurde.

Die *Lady Varina* erstrahlte in neuem Glanz, frisch gestrichen, mit makellosen Segeln, und ihr Aussehen erfreute Jeromes Herz. In Charleston wurde er wieder von Jenson eingeladen. Dann besuchte er eine Dinnerparty der Thompsons. Janine flirtete schamlos mit ihm, und er genoß ihre Gesellschaft. Aber während er sie beobachtete und an seinem Brandy nippte, stellte er unwillkürlich Vergleiche an.

Obwohl sie eine Schönheit war, sehnte er sich nach Risa Magees seidigen roten Haaren, ihren Kristallaugen, ihren vollen Brüsten.

Trotz ihrer herausfordernden Koketterie kündigte Janine nicht an, sie würde ihn später in seinem Schlafzimmer besuchen, bedeutete ihm jedoch, er könne in ihres kommen. Diesen Vorschlag erwog er nur ein paar Sekunden lang und verwarf ihn.

Statt dessen verbrachte er die Nacht in den Armen einer Dirne, die er seit Jahren kannte. Danach fühlte er sich noch schlechter als zuvor.

Während er aus dem Charleston-Hafen segelte, erprobte er sein repariertes Schiff zum erstenmal und war sehr zufrieden. Um so größer war seine Enttäuschung auf den Bermudas, wo er Morphium, andere Medikamente und Waffen nur in geringen Mengen an Bord nehmen konnte. Dafür entschädigte ihn der Anblick eines Schiffs am Horizont.

»Nun, Hamlin?« fragte er seinen Ersten Offizier.

»Ein Yankee, Sir.«

»Da müssen wir uns vergewissern. Wenn wir ein britisches Schiff angreifen, verlieren wir den verdammten Krieg. Wie ich in Richmond erfuhr, ist es äußerst wichtig, daß die Europäer unsere Regierung anerkennen.«

Hamlin Douglas kratzte sich am Kinn. »Zweifellos ein Yankee.«

»Wieso wissen Sie das?«

Sekundenlang erwiderten Hamlins fast farblose Augen Jeromes Blick. »Sie glauben 's doch auch, nicht wahr, Sir?«

»Ja.«

»Und warum?«

»Ein Instinkt.«

»Der sagt's mir genauso deutlich wie Ihnen, Sir.«

»Was für eine überzeugende Theorie!« meinte Dr. David Stewart, der das Gespräch belauscht hatte.

»Und was meinst du?« fragte Jerome.

»Ein Yankee«, entgegnete der Arzt grinsend.

»Mr. Meyers?« rief Jerome dem Kommandanten seiner Geschützbedienung zu.

»Greifen wir an, Captain. Ein Franzose oder Engländer würde voller Stolz seine Flagge zeigen.«

»Klar Schiff zum Gefecht« befahl Jerome. »Matt, gehen Sie nach unten in den Maschinenraum! Mit Volldampf voraus!«

Nach fast zwei Stunden holten sie das Schiff ein, das ihnen vergeblich zu entrinnen suchte. Zu Jeromes Freude lag es tief im Wasser, was auf einen vollen Laderaum schließen ließ. Er kletterte in die Takelage hinauf, um die Aktivitäten an Bord des Gegners zu beobachten. Durch sein Fernglas sah er die Offiziere hitzig diskutieren. »Ein Warnschuß, Mr. Douglas! Geben wir ihnen eine Gelegenheit zur Kapitulation.«

»Und wenn sie zuerst eine Salve abfeuern, Sir?«

»Das riskieren wir. Ich will das Schiff nicht versenken, sonst entgeht uns die Fracht.«

»Aye, aye, Captain.« Der Warnschuß krachte, das Geschoß fiel dicht am Achterdeck der Yankees ins Wasser, und Hamlin forderte sie zur Kapitulation auf. Als Jerome die Feinde zu ihren Geschützen laufen sah, rief er: »Feuer, Mr. Meyers!«

Wenig später blitzten die Mündungen der *Lady Varina*. Zielsichere Schüsse trafen das feindliche Deck und zersplitterten den Großmast, verwundete Yankees schrien, und die unverletzten versuchten die Flammen zu löschen, die überall emporzüngelten. Dann erwiderte die Geschützbedienung das Feuer, ohne Erfolg.

»Noch eine Salve, Mr. Meyers!« befahl Jerome.

Danach war der Widerstand der Yankees gebrochen. Am einzigen unbeschädigten Mast flatterte eine weiße Fahne.

»Alles klar zum Entern«, rief Jerome, und seine Besatzung brach in lauten Jubel aus.

Enterhaken flogen zur Beute hinüber, und Jerome eilte in seine Kabine, um sein Jackett anzuziehen und die Kapitulation des Yankee-Captains entgegenzunehmen.

Als er an Bord des besiegten Schiffs ging, sah er, daß David bereits die Verwundeten behandelte, gemeinsam mit dem Arzt von der Union States Navy. Die Offiziere standen am Ruder. In den Augen des Captains, eines großen, dünnen, etwa fünfzigjährigen Mannes, las Jerome unverhohlenen Zorn. Der junge Zweite Offizier umklammerte seinen blutenden Arm, der Kommandant der Geschützbedienung war über und über mit schwarzem Pulver bedeckt.

Lächelnd salutierte Jerome, und sein Gruß wurde höflich erwidert.

»Da wir keine Flagge gehißt hatten, war Ihr Angriff unberechtigt«, stieß der Captain hervor.

»Wie ich Ihrer Uniform entnehme, gehört dieses Schiff der United States Navy an, die Krieg gegen den Süden führt. Gentlemen, nun sind Sie mitsamt Ihrer Besatzung und etwaigen Passagieren sozusagen Gäste der Konföderation.«

»Wir hatten Kurs auf England genommen, mit ...«

»Zweifellos mit einem üppig gefüllten Laderaum, den wir mit Freuden leeren werden. Mr. Douglas wird Ihr Schiff steuern, Gentlemen. Wenn Sie wollen, dürfen Sie Ihre Ruderboote sofort benutzen. Oder wir nehmen Sie gefangen und bringen Sie in die Nähe eines Yankee-Hafens.«

»Wir steigen in die Boote«, entschied der Captain.

»Aber – Sir«, protestierte sein Erster Offizier.

»Mein Entschluß steht fest, Lieutenant Waylon.«

»Verzeihen Sie, Sir, wir müssen an das Wohl *aller* Leute an Bord denken.«

Der Captain räusperte sich. Offenbar verstand er, worauf Waylon ihn hinwies. »Also gut.« Zu Jerome gewandt, fuhr er fort. »Sir, wir leisten keinen weiteren Widerstand, wenn Sie uns in der Gefangenschaft gut behandeln.«

»Das habe ich vor.« Jerome rief Michael O'Hara zu sich. »Nimm den Gentlemen die Waffen ab und bring sie in ihre Quartiere.«

»Aye, aye, Sir.«

Michael führte die Yankees ab, und Jerome schlenderte über das Deck. Als er einen jungen Mann auf den Planken liegen sah, der sein Bein umklammerte und mit den Tränen kämpfte, neigte er sich hinab. »Wo wurden Sie getroffen?«

»Am Knie, Sir. Ich verliere mein Bein. Dann wird Jenny mich nicht mehr lieben. Was soll sie mit einem halben Mann anfangen?«

»Ob man ein halber oder ein ganzer Mann ist, liegt nicht an einem Bein. Aber geben Sie die Hoffnung noch nicht auf.« Jerome setzte sich zu dem Jungen und zog sein Messer hervor. Beim Anblick der Klinge erblaßte der Soldat. Jerome zerschnitt das blutige Hosenbein, betastete den Knochen, und der Bursche biß die Zähne zusammen, um nicht zu schreien. »Da ist nichts zersplittert. Wenn wir die Kugel rausholen und eine Infektion vermieden wird ...«

Verzweifelt packte der Junge Jeromes Arm. »Doc Deakins sagte, er müsse das Bein amputieren. Bitte, Captain Reb, hindern Sie ihn dran ...«

Nach kurzem Zögern richtete Jerome sich auf. »David!«

Der Schiffsarzt von der *Lady Varina,* der gerade einen Verletzten behandelte, befahl einem Assistenten, den Mann nicht zu bewegen, und eilte zu Jerome.

»Schau dir das an, David. Können wir das Bein retten?«

David beugte sich zu dem Jungen hinab und untersuchte das Knie. »Ja. Allerdings besteht ein gewisses Risiko. Diese Jungs aus dem Norden glauben, wir würden sie in unseren Lazaretten ermorden. Und ich behandle ihn nur, wenn er damit einverstanden ist.«

»Bitte, Sir!« flehte der Bursche. »Wenn Sie mein Bein erhalten, werde ich ein sehr geduldiger Patient sein – und ihr Sklave für den Rest meines Lebens!«

»Bring ihn an Bord der *Lady Varina,* David«, empfahl Jerome grinsend. »Mr. Douglas, kümmern Sie sich um das Schiff. Bringen Sie mir eine Liste der Toten und Verletzten und ein Inventar von der Fracht. Sie finden mich in meiner Kabine.«

Wieder an Bord seines Schoners, setzte er sich an den Schreibtisch, studierte Seekarten und überlegte, auf welchem Weg er seine Beute am besten in Sicherheit bringen konnte. Falls es sich irgendwie vermeiden ließ, wollte Jerome das Yankee-Schiff nicht versenken. Dafür brauchte die Konföderation viel zu dringend intakte Kriegsschiffe. Schließlich entschied er sich für Jacksonville – vorausgesetzt, die Stadt befand sich noch nicht in den Händen der Union. Dort konnte das Schiff repariert und dann den Bebörden der Konföderierten übergeben werden.

Es klopfte an der Tür. Da er Mr. Douglas erwartete, blickte er nicht auf. Nun hörte er ein Räuspern und hob den Kopf. Der verletzte junge Yankee hinkte herein, auf eine abgebrochene Planke gestützt, die er als Krücke benutzte.

»Wollen Sie unbedingt verbluten?« fragte Jerome.

»Nein, Sir, ich möchte mich nur bedanken. Inzwischen weiß ich, wer Sie sind, Captain McKenzie. Im Norden behauptet man, Sie wären ein Teufel, ein Meeresungeheuer. Aber die Leute irren sich. Das habe ich gemerkt.«

»Freut mich«, erwiderte Jerome belustigt.

Der Junge zögerte und holte tief Atem. »Vielleicht kann ich mich mit einer Information revanchieren, Sir. Mein Freund Sully wurde beim Gefecht nicht verletzt. Vorhin durfte er mich an Bord Ihres Schiffs besuchen, und da erzählte er mir, Captain Briggs und Lieutenant Waylon würden ihre Flucht planen – mit der Tochter des Generals.«

»Mit der Tochter des Generals?« wiederholte Jerome in scharfem Ton.

»Miss Magee, Sir. Wie alle Welt weiß, haben Sie diese Dame einmal entführt, Captain.«

Risa – an Bord des Schiffs, das er soeben gekapert hatte …

»Jetzt wollen sie Miss Magee retten«, fügte der Junge hinzu.

»Und weshalb kommen Sie zu mir?«

»Weil diese Narren sie umbringen werden. Sicher ertrinken sie, oder die Haie reißen sie in Stücke. Und obwohl in allen Zeitungen steht, Sie hätten Miss Magee vergewaltigt, glaube ich, bei Ihnen wäre sie sicher viel besser aufgehoben.«

»Ich verstehe. Lieber das kleinere von zwei Übeln, was? Vielen Dank, junger Mann. Gehen Sie jetzt sofort in die Krankenstation zurück. Ich möchte Ihren Tod nicht auf mein Gewissen laden.«

Seit Monaten hatte Ian McKenzie seine schwangere Frau nicht gesehen. Er vermißte sie schmerzlich, und er sehnte sich nach seiner Heimat Florida.

Vergeblich versuchte er, seinen Vorgesetzten klarzumachen, die Südstaaten-Generäle wurden an der Ostfront einfach über die Unionstruppen hinwegmarschieren. Einer einfachen Statistik zufolge hätte der Norden zahlreiche Siege erringen müssen. Doch das war nicht geschehen. Nach einem Sommer voll bitterer Schlachten kehrte er nach Washington zurück.

Die Angst, Mitgliedern seiner Familie auf dem Schlachtfeld zu begegnen, hatte ihn bewogen, um eine neuerliche Versetzung nach Virginia zu bitten. Aber Lincoln meinte, Ian könnte sich in seiner Heimat Florida nützlicher machen.

Vor seiner Abreise erhielt er eine Nachricht von General Angus A. Magee, der um seinen Besuch bat. Erfreut betrat er den Salon seines alten Kommandanten und Freundes – und wurde mit einem kraftvollen Kinnhaken empfangen, der ihn beinahe aus dem Gleichgewicht brachte.

»General ...«, begann Ian verwirrt und widerstand dem Impuls, zurückzuschlagen. »Sir ...«

»Verdammt, McKenzie, ich liebte Sie wie den Sohn, der mir niemals geschenkt wurde. Und ich wäre glücklich gewesen, wenn Sie meine Tochter geheiratet hätten. Nun, Sie haben sich für eine andere Frau entschieden, und das war Ihr gutes Recht. Aber wie können Sie es wagen, Risa zu entehren?«

»Sir ...« Vorsichtig strich Ian über sein mißhandeltes Kinn. »Ich habe keine Ahnung, wovon Sie reden. Soviel ich weiß, wollte Risa nach England segeln und dort Freunde besuchen …«

»In der Tat! Ohne mich auf ihren Zustand hinzuweisen!«

»Ihren Zustand?«

»Oh, ich finde immer Mittel und Wege, um die Wahrheit zu erfahren!« schnauzte Magee. Seine hellblauen Augen schienen Funken zu sprühen. Bestürzt runzelte Ian die Stirn. Großer Gott, war Risa schwanger? Hielt Magee ihn für den Vater des Babys? »Schlagen Sie ruhig noch einmal zu, Sir, wenn Sie sich danach besser fühlen«, bot er dem General höflich an. »Aber ich fürchte …« Abrupt verstummte er. Sein Vetter war kein skrupelloser Vergewaltiger unschuldiger junger Frauen, obwohl die Presse das Gegenteil behauptete. Niemals hätte er Risa oder eine andere Frau gezwungen, mit ihm zu schlafen. Das hatte er nicht nötig, da ihm das schöne Geschlecht sowieso zu Füßen lag. Zum Teufel, was war geschehen?

Offensichtlich bewegten sich Magees Gedanken in eine ähnliche Richtung. »Ich bringe Ihren Vetter um, diesen elenden wilden Halbindianer! Mit eigenen Händen werde ich ihm das Herz aus dem Leib reißen!«

»Sir, ich kenne Jerome, und ich weiß, daß er Risa freiließ, sobald es in strategischer Hinsicht möglich war …«

»Und dann brate ich sein Herz am Spieß und werfe es den Hunden vor!«

»Bitte, Sir, ich glaube nicht an Jeromes Schuld. Einem Gerücht zufolge hat er in Charleston eine junge Dame kennengelernt, und man spricht bereits von einer Verlobung. Sie stammt aus einer angesehenen Familie. Angeblich ist sie sehr schön. Und wenn Risa auch wütend auf ihn war – sie sollte ehrlich sein. Jerome hat ihr gewiß nichts angetan. Vielleicht ist sie in einen anderen verliebt.«

»Hm« Magees Augen verengten sich. »Warum hat sie mich verlassen, ohne ein Wort über ihren Zustand zu verlieren, Ian? Traut sie mir nicht mehr? Weiß sie denn nicht, wie sehr ich sie liebe?«

»Vermutlich wollte sie Ihnen keine Schande bereiten, Sir.« Und vielleicht hat sie befürchtet, Sie würden einem gewissen Captain das Herz aus dem Leib reißen, fügte Ian in Gedanken hinzu. »Wenn Sie es gestatten, General, werde ich versuchen, die Wahrheit herauszufinden.«

»Jetzt ist sie auf dem Weg nach London. Und ich muß wieder in den Krieg ziehen. Ja, bemühen Sie sich um Informationen. Aber wenn dieses verdammte Halbblut ...«

»In Jeromes Adern fließt nur sehr wenig Indianerblut. Mein Onkel ist ein halber Seminole.«

Aber Magee beachtete den vorwurfsvollen Unterton in Ians Stimme nicht. »Wenn er sich an ihr vergangen hat, schneide ich ihm die Kehle durch!«

Ian salutierte und verkniff sich die Bemerkung, sein Vetter würde zweifellos den Sieg erringen, sollte es jemals zu einem Zweikampf kommen.

Allerdings würde Jerome seinem Gegner weder das Herz aus dem Leib reißen noch die Kehle durchschneiden.

15

Der Entschluß, Amerika zu verlassen, war ihr schwergefallen. Aber sie glaubte, sie hätte keine Wahl. Sobald wie möglich wollte sie zurückkommen. Wenn ihr die Trennung von ihrem Vater auch in der Seele weh tat – sie brachte es nicht übers Herz, ihn mit der peinlichen Situation zu konfrontieren. Der Krieg bereitete ihm schon genug Sorgen. Eine Zeitlang hatte sie sogar erwogen, an Jerome McKenzie zu schreiben. Doch diesen Gedanken verwarf sie, denn er hatte ihr bei jener letzten verwirrenden Begegnung am Ufer des Bachs unmißverständlich klargemacht, daß sie Feinde waren und bleiben würden. Deshalb erschien ihr die Reise nach England als die beste Lösung. Dort lebten Freundinnen, die mit ihr zur Schule gegangen waren und ihr helfen würden, die Niederkunft diskret zu arrangieren, vielleicht irgendwo in Schottland. Und wenn der Krieg vorbei war...

Was dann? Irgendwie mußte sie die Existenz ihres Babys erklären. Konnte sie das Ende des Krieges abwarten, wenn er sich in die Länge zog? Ihr Vater liebte und brauchte sie. Sollte sie behaupten, sie habe eine Kriegswaise adoptiert? Würde Papa ihr glauben? Vermochte sie mit dieser Lüge zu leben? Mit diesem Problem wollte sie sich später befassen. Nun würde sie erst einmal nach England segeln.

Aber das Schicksal wollte es anders. Sobald sie die *Lady Varina* am Horizont erblickte, wußte sie, daß Jerome das Schiff kapern würde.

Captain Briggs war vor der schweren Fracht gewarnt worden, da sie die Manövrierfähigkeit seines Schiffs erheblich beeinträchtigte. Auch Lieutenant Waylon, der sich in Risa verliebt hatte, ahnte angesichts des berüchtigten Rebellenschoners, was geschehen würde.

Hastig brachte er sie in die Kapitänskajüte hinunter und versicherte, er würde alles tun, um sie von Bord zu bringen.

Captain McKenzie hielt sich bei der Eroberung des Schiffs an alle Gesetze ehrenwerter Kriegsführung. Höflich wurden die Offiziere in die Kapitänskajüte geleitet, wo sie vorerst – unter strenger Bewachung – bleiben sollten.

Das rote Haar unter einem Tuch verborgen, über eine Handarbeit gebeugt, erweckte Risa den Eindruck, sie wäre Waylons Frau, während Michael O'Hara die Kabine inspizierte und einige Waffen an sich nahm. Dann wurden die Gefangenen eingeladen, mit den Offizieren von der *Lady Varina* zu dinieren.

Waylon vergaß sein Versprechen nicht. »Zum Glück hat uns der Schoner nicht im Schlepptau. Nach Mitternacht fliehen wir, Miss Magee. Wir lassen ein Ruderboot an der Backbordseite hinab, das nur mehr mit einem Tau befestigt sein wird, da die Männer entsprechende Vorbereitungen treffen. Captain Briggs und ich begleiten sie. In diesen verkehrsreichen Gewässern müßte uns morgen früh ein Unionsschiff sichten.«

»Wollen Sie wirklich so ein Risiko eingehen und auf die Vorteile verzichten, die Ihnen die Kapitulation eingebracht hat?«

»Wenn Captain McKenzie Sie noch einmal gefangenhält, bringt uns Ihr Vater eigenhändig um, Miss Magee.«

Natürlich widerstrebte es ihr, Jerome zu begegnen, der ihren Zustand zweifellos bemerken würde, und so stimmte sie zu. »Wie Sie meinen, Lieutenant Waylon.«

Ein silberner Halbmond hing am Sternenhimmel und spiegelte sich in sanft bewegten Wellen. Seite an Seite glitten das Yankee-Schiff und die *Lady Varina* dahin. Michael O'Hara stand am Ruder des Unionsschiffs, während Mr. Douglas den Schoner steuerte.

Von Schatten verborgen, hielt Jerome im Bug der *Lady Varina* Wache. Zum Lohn für ihre Mühe an diesem Tag hatte die Besatzung ein Faß Rum erhalten. Nun schliefen die meisten Männer und träumten von ihrem glorreichen Sieg. Die Ärzte hatten alle Verwundeten versorgt, die Toten ihre letzte Ruhestätte im Meer gefunden.

Gegen Abend hatte Sully die Erlaubnis erhalten, seinen Freund Hal Smith, dessen Bein verletzt worden war, an Bord der *Lady Varina* zu besuchen. Sully kannte den Plan seines Captains und des Ersten Offiziers, in dieser Nacht mit einem weiblichen Passagier zu fliehen. Seit Stunden stand Jerome reglos an der Reling. Und dann sah er die dunklen Gestalten, die an Bord des Yankee-Schiffs zu einem der Ruderboote eilten. Mit leisem Plätschern sank es ins Wasser hinab.

Jerome ergriff ein Tau und schwang sich in eines der Boote hinab, die an der *Lady Varina* festgebunden waren. In einem zweiten Boot saßen Jeremiah Jones, David Stewart und Jimmy Meyers. Nur wenige Meter trennte ihn von den dreien. »Gentlemen, es ist an der Zeit«, rief er leise.

»Verdammt, der Mann ist Satan persönlich!« Captain Briggs hatte die Verfolger zuerst entdeckt. Erschrocken drehte Risa sich um.

»Unmöglich!« würgte Lieutenant Waylon hervor.

»Halt, Yankees!« lautete ein donnernder Befehl.

»Nein, Sir!« rief Waylon. »Seien Sie nicht albern«, mahnte Briggs. »Wollen Sie sich erschießen lassen?«

»Wir kämpfen!« beharrte Waylon.

»Bitte, Sir«, flehte Risa, »kein Blutvergießen mehr ...«

Zu ihrem Entsetzen sprang er auf und begann, mit einem kleinen Revolver zu feuern, den er vor den Rebellen versteckt hatte.

»Setzen Sie sich, Mann!« schrie Briggs. Zu spät. Mit seiner unbedachten Aktion hatte Waylon das Boot zum Kentern gebracht, und alle Insassen fielen ins blauschwarze Meer. Die warme Kleidung – für eine kühle Nacht auf dem Atlantik gewählt – und die schweren Stiefel zogen Risa hinab. Zudem steckten in der Tasche ihres Umhangs Silbermünzen für die Reise.

Aber es gelang ihr, die Stiefel abzustreifen und aufzutauchen. Wenn sie sich auch um Briggs und Waylon sorgte – ihr Selbsterhaltungstrieb war stärker, weil sie ihr ungeborenes Baby retten mußte. Keuchend rang sie nach Atem und trat Wasser. Etwa dreißig Meter entfernt sah sie den gekenterten Kahn, und sie beobachtete, wie Jeromes Männer die beiden Yankees in ihr Boot zerrten.

Jerome, der in einem anderen Boot saß, ruderte zu ihr. In seinem weitgeschnittenen weißen Hemd, den dunklen Breeches und hohen Stiefeln glich er eher einem Piraten als einem Militär.

»Schwimmst du wieder?« erkundigte er sich höflich.

»Fahr zur Hölle, McKenzie!«

»Soll ich dich vorher retten? Auf hoher See solltest du nicht schwimmen. Das Wasser ist eiskalt und wimmelt von Haien.«

Obwohl sie allmählich müde wurde, ignorierte sie seine ausgestreckte Hand.

»Komm schon!« rief er ungeduldig. »Wenn ich dich

ertrinken lasse, wird mich die Presse kreuzigen.« Da sie keine Wahl hatte, ließ sie sich in sein Boot ziehen, das heftig schwankte, aber nicht kenterte. Triefnaß saß sie am Boden, und er starrte sie mit schmalen Augen an. »Das war so ziemlich das Dümmste, was du bisher angestellt hast.«

Ihre Zähne klapperten. »Vielleicht wäre uns die Flucht gelungen...«

»In der Obhut dieser Idioten hättest du sterben können! Womöglich wärt ihr endlos lange auf dem Meer umhergetrieben und verhungert.«

»O nein. Hier verkehren viele Schiffe. Man hätte uns bald entdeckt.«

»Und wozu die ganze Mühe? Du weißt verdammt gut, daß ich euch kein Haar gekrümmt hätte.«

»Wahrscheinlich wolltest du die Offiziere festhalten, um sie gegen gefangene Rebellen auszutauschen.«

»Das hatte ich nicht vor. Ich bot ihnen sogar die Beiboote ihres Schiffs an. Und du? Warum hast du beschlossen, nach England zu reisen?«

»Weil in meinem Vaterland gefährliche Schlangen ihr Unwesen treiben, die unerwartet auftauchen und genauso plötzlich wieder verschwinden.« Und dann fiel ihr eine phantastische Lüge ein. »Wenn du's unbedingt wissen mußt – ich werde heiraten.«

»Tatsächlich? Und wie kam es zu deiner Verlobung?«

»Das geht dich nichts an.«

»Oh, mich würde nur interessieren, ob der Bursche weiß, worauf er sich einläßt.«

»Er bekommt eine Frau, die ihn liebt ...«

»... und bereits gelernt hat, wie sie ihm ihre Liebe zeigen muß.«

»Mein Bräutigam ist ein englischer Gentleman, der mir nicht vorwirft, daß ich von einem Schurken entführt wurde«, fauchte sie. »Warum ruderst du nicht endlich zu deinem Schiff?«

Automatisch griff er nach den Rudern. »Also wird er – alles verstehen?«

»Ja, natürlich. Vielleicht wird er meine Erfahrungen

sogar schätzen, so wie die junge Dame, mit der du verlobt bist, *deine* Liebeskünste. Oder deine Braut hat sie schon kennengelernt.«

»Meine Braut?«

»Davon habe ich in der Zeitung gelesen. Toms – Thompkins ... Ein Mädchen aus Charleston.«

»Ah, Janine.« Als das Boot gegen den Rumpf der *Lady Varina* schlug, stand er auf, band es fest und griff nach der Strickleiter, die ihm zugeworfen wurde. Mit seiner Hilfe kletterte Risa hinauf, dann stand sie fröstelnd in ihrem nassen Umhang an Deck. Wenigstens hatte sie ihr Geld gerettet.

Die Besatzung begrüßte sie freundlich, Dr. Stewart verneigte sich formvollendet, und Jeremiah rief: »Willkommen, Miss Magee! Die Kapitänskajüte ist für Sie bereit.«

»Ma'am, wir haben uns erlaubt, Ihre Sache vom Yankee-Schiff herüberzuholen«, erklärte der Arzt.

»Danke.« Risa ignorierte Jerome, der sich an ihrer Seite postiert hatte. »Wenn Sie mich jetzt entschuldigen würden, Gentlemen – ich bin klatschnaß und möchte mich umziehen. Jeremiah, würdest du Mr. Deiter um einen Teller Suppe und einen heißen Tee bitten? Und vielleicht kann die Besatzung eine der Brandyflaschen erübrigen, die sie zweifellos im Laderaum des Unionsschiffs gefunden hat. Nochmals vielen Dank für die nette Begrüßung, Gentlemen. In diesem elenden Krieg ist die Gefangenschaft auf der *Lady Varina* zumindest erträglich.« Sie wußte, wo die Kabine lag. Hätten ihre nassen Füße nicht so geräuschvoll auf den Decksplanken gequietscht, wäre ihr ein würdevoller Abgang gelungen.

Jerome hatte seine Seekarten und Papiere in Davids Quartier bringen lassen, die nach der Kapitänskajüte die größte Kabine an Bord war. Nachdem Jeremiah versichert hatte, der Gast habe gebadet und einen Teller Suppe gegessen und sei dann schlafen gegangen, saß er in seiner Koje mit einem Glas Rum in der Hand. Also wollte sie nach England segeln, den Krieg vergessen – und heiraten.

Wie konnte sie nur? Wieso, um Himmels willen, sollte sie's nicht tun? Sie waren Feinde und hatten leidenschaftlich und wütend miteinander geschlafen – nicht aus Liebe. Und nun würde sie heiraten. Verdammt wollte er sein, wenn er das zuließ. Offenbar glaubte sie, was in den Zeitungen stand – daß er mit Janine Thompson verlobt war. Das Mädchen mußte diese Geschichte lanciert haben, vermutlich in der Hoffnung, jetzt würde er sich verpflichtet fühlen, um ihre Hand anzuhalten.

»Diesmal hättest du ihre Flucht nicht verhindern müssen«, bemerkte David, der ihm in der zweiten Koje gegenübersaß.

»Sollte ich sie diesen Idioten anvertrauen, in einem kleinen Boot auf hoher See? Wir segeln den St. Johns hinunter. Vorher lasse ich sie von Jacksonville nach St. Augustine bringen. Auf diese Weise kann ihr nichts passieren.«

»Wie du meinst. Gibst du mir was von deinem Rum?« Jerome reichte seinem Freund die Flasche. Nachdem David einen großen Schluck genommen hatte, fragte er: »Willst du dich nicht vergewissern, daß Miss Magee auch wirklich da ist, wo sie sein soll?«

»Ja, das wäre vielleicht ratsam.« Jerome stand auf, ging an Deck und salutierte vor Matt, der am Ruder stand. Dann entdeckte er Jeremiah an der Reling. »Schläft Miss Magee?«

»Ja, das nehme ich an, Sir.«

»Ich will noch einmal nach ihr sehen.« Als Jerome die dunkle Kabine betrat, zwang er sich, nicht an die letzte Nacht zu denken, die Risa hier verbracht hatte. Sanft berührte er ihre Stirn. Sie fühlte sich warm an. Nein – viel zu heiß. Er holte David und entzündete eine Lampe.

Auch der Arzt strich ihr über die Stirn, und sie öffnete glasige Augen. »Hallo, David.«

»Sie sind krank, Risa.«

»Nein, ich habe nur ein bißchen Fieber.«

»Jetzt werden Sie eine heiße Limonade mit Honig und Whiskey trinken. Ich bleibe hier und kühle Ihre Stirn mit einem nassen Lappen.«

»Nicht nötig. Kümmern Sie sich lieber um die verwundeten Soldaten.«

»*Ich* bleibe hier«, erbot sich Jerome. Zu seiner Verblüffung protestierte sie nicht und schloß die Augen.

David rief nach Jeremiah und erklärte ihm, wie er das heiße Getränk zubereiten sollte. Wenig später nippte Risa an einer dampfenden Tasse, während Jerome ihren Kopf stützte. Danach sank sie ins Kissen zurück, und er kühlte ihre heiße Stirn immer wieder mit feuchten Lappen. Bald schien sie einzuschlafen.

Aber dann hörte er ihre leise Stimme. »Obwohl du ein Meeresungeheuer und ein wilder Indianer bist, wirst du deiner Miss Thompson ein guter, fürsorglicher Ehemann sein – und wenn sie krank ist, nächtelang an ihrem Bett sitzen.«

»Es ist doch selbstverständlich, daß ich mich um dich kümmere, Risa. Dein Zustand darf sich nicht verschlechtern.«

»Sehr edel von dir ...«

Er betrachtete sie – unfähig, irgendwelche Emotionen in den schönen blauen Augen zu lesen, die fiebrig glühten. »Falls du immer noch nach England fahren willst, werde *ich* dich nächstes Mal begleiten. Dann wirst du dein Ziel wohlbehalten erreichen. Aber ich fürchte, du mußt die Hochzeit verschieben. Erst einmal wirst du nach St. Augustine gebracht. Darf ich dir vorschlagen, mich zu verständigen, wenn du abreisen willst – damit ich dich eskortieren kann?«

»Oh, du kannst vorschlagen, was du willst.« Lächelnd schloß sie die Augen. Ihre Stirn fühlte sich nicht mehr so heiß an.

Sobald er glaubte, sie wäre eingeschlafen, rollte er sich am Fußende der Koje zusammen und döste ein wenig.

Als sie erwachte, vermutete sie, die Übelkeit der ersten Schwangerschaftswochen wäre zurückgekehrt. Aber es waren die schwankenden Bewegungen der *Lady Varina*, die ihr den Magen umdrehten. Sie versuchte aufzustehen, doch sie sank kraftlos ins Kissen zurück. Wenig später öffnete sich die Kabinentür, und Jeremiah stürmte herein, in einem triefnassen Regenmantel aus Segeltuch mit einer Kapuze.

»Miss Magee?«

»Ja, Jeremiah?«

»Bleiben Sie liegen – wir sind in einen Gewittersturm geraten.«

»Oh – wie schlimm ist es denn?«

»Ziemlich schlimm. Zum Glück steht der Captain am Ruder. Also werden wir's überleben.«

Hohe Wellen schleuderten das knarrende, ächzende Schiff umher, und Risa fürchtete, es würde kentern. Diese Sorge war unbegründet. Am späten Nachmittag war die Gefahr gebannt.

Den restlichen Tag verbrachte die Besatzung damit, die Gefangenen und die wichtigsten Vorräte aus dem sinkenden Yankee-Schiff herüberzuholen. Hamlin Douglas hatte es sicher durch den Sturm gesteuert. Doch das ohnehin schon beschädigte Schiff hatte dem Angriff der Elemente nicht standgehalten. Als Jeremiah am Abend mit einem Dinnertablett die Kabine betrat, erzählte er besorgt, einige Yankee-Offiziere – darunter Captain Briggs und Lieutenant Waylon – hätten beschlossen, in Booten an Land zu rudern. »Wenn sie noch einmal in einen Sturm geraten, sind sie verloren.«

Am nächsten Tag sah sie niemanden außer Jeremiah. Meistens schlief sie, und das Fieber sank. Ob Jerome nach ihr sah, wußte sie nicht. Sie war froh, daß ihr Zustand sich nicht verschlechtert hatte. Wäre sie vom Schiffsarzt gründlicher untersucht worden, hätte er zweifellos ihre Schwangerschaft entdeckt.

Vom schwerfälligen Unionsschiff befreit, kamen sie schneller voran. Am vierten Morgen erfuhr Risa, Kundschafter seien ausgesandt worden, um festzustellen, ob sich Jacksonville immer noch in den Händen der Rebellen befand. Während der nächsten Nacht fuhr die *Lady Varina* mit vollen Segeln dahin. Von Kanonendonner geweckt, richtete Risa sich erschrocken in ihrer Koje auf. Der Schoner raste durch die Blockade nach Jacksonville.

Als die Geschütze endlich verstummten, stand sie erwartungsvoll mitten in ihrer Kabine, in ihrem weißen Nachthemd, die Arme vor der Brust verschränkt.

Jerome kam herein. »Zieh dich an!« befahl er kurz angebunden. »Ich lasse dich nach St. Augustine bringen.«

Verblüfft über ihre Enttäuschung, nickte sie. Hatte er beschlossen, sie nie wieder anzurühren? O Gott, was erwartete sie denn? »Danke«, erwiderte sie kühl.

»Eigentlich sollte ich dich hierbehalten und am Mast aufknüpfen. Du hast mich verunglimpft und meine Familie gefährdet. Beinahe wäre meine Schwester entführt worden. In jener Nacht sind Schüsse gefallen. Sydney hätte sterben können.«

»Und daß du *mich* entführt hast, spielt wohl keine Rolle?«

»Da du meine Pläne kanntest, blieb mir nichts anderes übrig.«

»Hast du deshalb auch das Unionsschiff gekapert?«

»Ich wußte nichts von deiner Anwesenheit an Bord. Aber wahrscheinlich habe ich dir das Leben gerettet. Du wolltest eine sehr lange Fahrt wagen, in der Obhut von Idioten. Wie auch immer, jetzt bist du frei.«

»Besten Dank. Ich freue mich auf St. Augustine – und ein Wiedersehen mit Alaina.«

»Wenn du die Stadt verlassen willst, gib ihr Bescheid. Sie weiß, wo ich zu finden bin. Vorerst darfst du die Reise nach England nicht antreten. Deine Hochzeit muß verschoben werden.«

»Und deine Hochzeit?«

»Darum brauchst du dich nicht zu kümmern.« Ohne ein weiteres Wort ging er hinaus, und sie war wütend auf sich selbst, weil Tränen in ihren Augen brannten.

16

Es war schwieriger denn je, den St. Johns hinabzufahren. Seit die Streitkräfte der Union das nordöstliche Florida erobert hatten, zerstörten sie zahllose feindliche Boote, die dem Fluß folgten, und zwangen die Rebellen, am Westufer zu bleiben. Unentwegt patrouillierten ihre Kanonenboote flußauf- und flußabwärts. Zum Leidwesen der Südstaatentruppen schlugen sich immer mehr Bewohner der Halbinsel auf die Seite der Union und versorgten sie mit Informationen über geplante Angriffe von seiten der Rebellen.

Während Jerome die *Lady Varina* den Fluß hinabsteuerte – eifrig bestrebt, die erbeutete Fracht den Behörden und Ärzten zu übergeben –, wurde sie mehrmals von Yankees beschossen. Ohne sein Tempo zu drosseln, erwiderte er das Feuer.

Glücklicherweise konnte der wendige Schoner den schwerfälligen Unionsschiffen regelmäßig schnell entrinnen. Im Lager südlich von St. Augustine erfuhr Jerome von Grant Jennar, die Truppen würden flußaufwärts marschieren, um einer Yankee-Attacke zu begegnen. Jerome und seine Männer schlossen sich den Reb-Guerillas an, die sich in Schützengräben auf das Gefecht vorbereiteten.

Während des restlichen Tages und der ganzen Nacht versuchten die Offiziere auf beiden Seiten, den geeigneten Zeitpunkt und die beste Position für den Angriff festzustellen. Erst im Morgengrauen kam es zu sporadischen Scharmützeln, die nicht lange dauerten. Weder die Yankees noch die Rebellen wagten einen Vorstoß oder zogen sich zurück. Jerome beobachtete seinen Vetter Julian, der mit seinen Sanitätern die Verwundeten in primitive, von Maultieren gezogene Karren brachte, und verließ seinen Posten, um ihm zu helfen. Grimmig nickte Julian ihm zu. Für eine richtige Begrüßung fehlte ihnen die Zeit.

Als alle Verletzten in den Wagen lagen, kehrte Jerome zu den Rebellen zurück, und sie warteten die weiteren

Ereignisse ab. Schließlich hißten ihre Feinde eine weiße Fahne, und eine Yankee-Stimme rief. »He, Johnny Reb!«

»Ja, Yank?« antwortete ein Soldat.

»Unser Colonel McKenzie sucht seinen Vetter, Captain McKenzie.«

»Der ist hier.«

»Fragen Sie ihn, ob er den Colonel treffen will. Wahrscheinlich können wir ihnen ein paar Minuten Zeit geben, bevor die Schüsse wieder krachen.«

Der Konföderationssoldat wandte sich zu Jerome, der den Wortwechsel gehört hatte und aufstand.

Nun war es soweit – er würde Ian auf dem Schlachtfeld begegnen. Sein Herz schlug wie rasend.

Hastig überquerte er das Feld, das die Rebs von den Yanks trennte, und sah seinen Vetter auf sich zukommen. Ian war dünner geworden, so wie alle Soldaten, aber – inzwischen zum Colonel befördert – nach wie vor eine imposante Erscheinung. Hochgewachsen, in kerzengerader Haltung eilte er Jerome entgegen, und sie umarmten sich.

»Dein Bruder arbeitet da hinten in einem Lazarett«, erklärte Jerome und lächelte wehmütig. »Wenn er erfährt, daß du mich sehen wolltest und nicht ihn, wird er dir sehr böse sein.«

»Natürlich vermisse ich ihn. Sag ihm das. Und Tia? Geht's ihr gut? Ich fürchte, sie ist zu leichtsinnig. Sogar in Julians Obhut.«

»Ja, es geht ihr gut. Sie wird dir ebenfalls böse sein.«

»Tut mir leid, ich muß mit *dir* reden.«

»Beeilen Sie sich, Gentlemen!« mahnte ein Soldat. »Viel Zeit habe ich nicht, also sag ich's ohne Umschweife. Oh, verdammt ...« Plötzlich wurde Jeromes Kinn von Ians Faust getroffen, was aus der Ferne betrachtet wie ein freundschaftlicher Hieb aussehen mochte. Auch Jerome hob instinktiv seine Faust, aber er bezähmte seinen Zorn. Wenn sie sich mitten auf dem Schlachtfeld prügelten, konnten sie beide erschossen werden. »Zum Teufel, was soll das?«

»Deinetwegen bin ich noch schmerzhafter geschlagen worden.«

»Hast du den Verstand verloren?«

»General Magee rief mich zu sich. Offenbar glaubt er, seine Tochter wäre in anderen Umständen, und daran gab er *mir* die Schuld. Wenn er auch nicht mehr der Jüngste ist – sein Kinnhaken warf mich fast zu Boden.«

»Risa – in anderen Umständen?« fragte Jerome verwirrt.

»Ja. Von mir kann das Kind nicht sein. Also dachte ich, du solltest es erfahren.«

»Gleich beginnt das Feuer, Gentlemen!« rief ein Soldat.

»Danke, Ian. Jetzt müssen wir uns verabschieden.«

»Ist es dein Kind?«

»Ja. Wirst du deine Frau in St. Augustine sehen?«

»Heute abend.«

»Sag ihr, sie soll mich in den nächsten Tagen erwarten, und ich brauche einen diskreten Priester, der mit dem Süden sympathisiert.«

»Ich hatte gehofft, du würdest diesen Entschluß fassen.«

»Aber Alaina darf Risa nichts verraten.«

»Darauf werde ich meine Frau hinweisen«, versprach Ian grinsend. »Weil ich nicht weiß, wie Risa die Situation einschätzt.«

»Leider ganz falsch. Sie will einen Engländer heiraten.«

»Kommen Sie zurück, Colonel McKenzie!« schrie ein Yankee.

Jerome umarmte seinen Vetter, der ihn soeben geschlagen hatte. »Gott mit dir. Und zieh den Kopf ein.«

»Du auch.«

Dann rannten beide zu ihren Linien. Als die ersten Schüsse fielen, sprang Jerome in den Schützengraben. Automatisch begann er zu feuern, lud sein Gewehr nach und drückte erneut ab. Immer wieder. Ringsum sah er Soldaten fallen, hörte Verwundete schreien und hoffte inständig, Ian würde den Kampf überleben.

Erst in der Abenddämmerung wurde das Feuer eingestellt. Die Yanks zogen sich nach St. Augustine zurück, die Rebs zu ihren Lagern weiter landeinwärts.

Was für ein albernes Gefecht, dachte Jerome müde. Solche Scharmützel führten keine Entscheidung herbei. Dabei verschwendete man nur kostbares Menschenleben, Munition und medizinische Vorräte.

In der Nacht half er Tia und Julian, die Verletzten zu versorgen. Wie Jerome erwartet hatte, ärgerte sich sein Vetter, weil Ian nicht mit ihm Verbindung aufgenommen hatte. »Ich weiß gar nicht mehr, wann ich meinen Bruder zuletzt gesehen habe.«

»Was wollte er von dir, Jerome?« fragte Tia.

»Nichts Besonderes. Er teilte mir nur mit, daß ich Vater werde, und er dachte, ich sollte diesbezüglich was unternehmen.«

Tia schnappte nach Luft, und Julian hob amüsiert die Brauen.

»Bloß keine Kommentare!« mahnte Jerome.

»Was wirst du tun?« erkundigte sich Julian höflich.

»Meine Pflicht. Was sonst?«

»Und wie willst du das schaffen?« seufzte Tia.

»An einem der nächsten Abende werde ich Mittel und Wege finden, um nach St. Augustine zu gelangen.«

»Das ist Wahnsinn!« protestierte sie. »Derzeit wird die Stadt gesäubert. Der Yankee-Kommandant verjagt alle Bewohner, die mit der Konföderation sympathisieren. Wer sich weigert, der Union die Treue zu schwören, wird auf ein Schiff verfrachtet.«

»In St. Augustine leben aber auch noch ein paar Rebs, die sich still verhalten. Also werden mich nicht nur Feinde umgeben.«

»Du wirst im *castillo* landen!«

»Dort saß mein Vater einmal mit Osceola und anderen Seminolen, die jemand verraten hatte. Er konnte fliehen, und ich kenne den Weg, der in die Freiheit führt.«

»Falls du die Stadt überhaupt erreichst«, wandte Julian ein.

»Nichts wird mich daran hindern.«

»Nicht einmal ein halbes Dutzend Yank-Kompanien?« gab Tia zu bedenken.

»Nicht einmal tausend«, versicherte Jerome.

Als Risa in einer Kutsche durch die Straßen von St. Augustine fuhr, bemerkte sie, wie sehr sich die Stadt verändert hatte. Überall hielten Unionssoldaten Wache. Wenn sie früher einen Angriff der Rebellen befürchtet hatten, waren sie in die alte Festung geflüchtet. Das Castillo San Marcos, von den Spaniern so genannt, hieß jetzt Fort Marion, ein majestätisches Kalksteingebäude aus den Gehäusen von Schalentieren.

Von ihren Begleitern, Bartholomew und Mary DeGarmo, erfuhr Risa, eine Versammlung sei einberufen worden, bei der die Stadtbewohner der Union einen schriftlichen Treueeid leisten sollten. Wer sich weigerte, wurde ausgewiesen.

Viele hatten ihr Heim bereits verloren, aber Risa brachte Verständnis für beide Seiten auf. Natürlich waren die Rebellen wütend, weil ihre Familien so grausam behandelt wurden, und die Yankees lehnten es ab, in diesen harten Kriegszeiten Leute durchzufüttern, die sich womöglich gegen sie verschworen.

Während sie sich umschaute, zeigte Bartholomew, ein großer, kräftig gebauter Spanier, einem Wachtposten die Reisepässe. Die Unionstruppen hatten die Verteidigungsanlagen verstärkt. Nördlich von der Festung war ein Schützengraben ausgehoben worden, der vom North River zum Sebastian River führte. Ein Wall schirmte die Stadt gegen das Landesinnere der Halbinsel ab, auf der sie lag. Über die Mauern des Fort Marion ragten zahlreiche Kanonenrohre.

Die Umgebung von St. Augustin hatte man teilweise gerodet, um Platz für Schlachten zu schaffen. Die San Sebastian-Brücke bei der King Street, von Westen her der einzige Zugang zur Stadt, wurde streng bewacht. Vermutlich lagen die Quartiere der Besatzungstruppen wie bei Kriegsbeginn noch im Süden von St. Augustine. Aber Risa entdeckte auch am nördlichen und am westlichen Stadtrand mehrere Zelte.

Eine weibliche Stimme rief ihren Namen, und sie sah Alaina zur Kutsche eilen. Erfreut stieg sie aus. Sie hatte ihr während des kurzen Aufenthalts in Jacksonville eine Nachricht geschickt und gehofft, die Freundin würde ihr über das qualvolle Gefühl der Einsamkeit hinweghelfen.

Lachend umarmten sie sich, was wegen Alainas fortgeschrittener Schwangerschaft etwas schwierig war. Risa machte Alaina mit den DeGarmos bekannt, die inzwischen alle Formalitäten erledigt hatten. Dann folgte sie ihr zu ihrem Wagen, neben dem Finn McCullough stand. Seit ihrer Gefangennahme hatte sie ihn nicht mehr gesehen. Nun drückte sie lächelnd seine Hand.

»Wie schön, daß Sie wieder da sind, Risa!«

»Und das ist Dr. Thayer Cripped«, stellte Alaina den schlanken, etwas schmächtigen Mann vor, der die beiden Frauen zusammen mit Finn erwartet hatte.

»Soviel ich weiß, arbeiten auch Sie als Krankenschwester, Miss Magee«, bemerkte er. »Es wird mir eine Freude sein, eine treue Unionsanhängerin an meiner Seite zu wissen, da Alaina mich Tag für Tag mit ihrem Gerede über das gottgegebene Recht der Südstaaten peinigt, von der Union abzufallen.«

Verwundert wandte sich Risa zu ihrer Freundin. »Und ich dachte, du wolltest dich der Mutterschaft widmen und Ian eine gute, gehorsame Ehefrau sein.«

»Oh, ich bin eine gute Ehefrau. Aber Ian hat niemals absoluten Gehorsam von mir verlangt. Und ich benehme mich untadelig. Ich rede nur.«

»Damit wirst du deine Ausweisung heraufbeschwören.«

»Da ich mit einem Colonel der United States Army verheiratet bin, können mich die Yankees nicht wegschicken. Komm jetzt, wir wohnen in einem schönen, komfortablen neuen Haus.«

»Ja, ich will endlich mein Patenkind wiedersehen.«

Voller Stolz berichtete Alaina, wie prächtig sich der kleine Sean entwickelte.

Von Dr. Cripped und Finn begleitet, fuhren die Freundinnen zu den Unterkünften der Ärzte und Krankenschwestern. Risa umarmte und küßte ihren kleinen Patensohn. Wehmütig fragte sie sich, ob auch ihr Baby die typischen McKenzie-Augen und das dichte dunkle Haar erben würde. Sean wurde zu Bett gebracht, und die Erwachsenen nahmen ein köstliches Dinner ein.

Nachdem sich Finn und Thayer verabschiedet hatten, half Alaina ihrer Freundin, sich häuslich einzurichten. Sie bewohnten alte spanische Reihenhäuser. An einem Ende lag Thayers Praxis, daneben sein Domizil. Daran grenzte Alainas Haus, und Risa wohnte am anderen Ende. Zufrieden inspizierte sie den gemütlichen Salon und das Schlafzimmer mit dem breiten Vierpfostenbett.

Hinter den Reihenhäusern befanden sich die Dienstbotenquartiere, und der ganze Komplex war von Obstbäumen umgeben.

Nachdem Risa mit Alainas Hilfe ihre Sachen ausgepackt hatten, saßen sie im kleinen Salon und tranken Tee.

»Also willst du nach England reisen«, begann Alaina. »Ausgerechnet du, die treue Tochter der Union. Und du wirst einen Engländer heiraten?«

»Wo hast du denn das gehört?« fragte Risa unbehaglich.

»Nun, die Yankees versuchen zwar, die Kommunikation zwischen den Bewohnern von St. Augustine und den Rebellen zu unterbinden. Aber Julian und Tia sind in der Nähe – und Ian ist auch wieder da ...«

»Ian?« fiel Risa ihrer Freundin erstaunt ins Wort.

»Ja, und darüber bin ich sehr froh, weil er oft in die Stadt kommt. Stell dir vor, Risa, neulich traf er Jerome auf dem Schlachtfeld. Wenn einer den anderen getötet hätte ... Glücklicherweise war das nur ein idiotisches Scharmützel, bei dem nichts passierte.«

»Und wie hast du dann von meiner Verlobung erfahren?«

»Jerome hat's Ian erzählt. Stimmt es denn?«

»Ja …« Risa senkte den Kopf, weil sie den prüfenden Blick ihrer Freundin nicht ertrug. »Aber nun muß ich meinem Verlobten schreiben und die Hochzeit verschieben. Wenn Papa erfährt, daß Captain McKenzie das Schiff gekapert hat, mit dem ich über den Atlantik segeln wollte, sperrt er mich wahrscheinlich bis zum Kriegsende in einen Turm.«

»Das wird er dir sicher nicht antun. Übrigens – hast du die große Neuigkeit schon gehört? Teela, Jeromes Mutter, erwartet ein Baby.«

Verblüfft blickte Risa auf. »Jeromes *Mutter*?«

»So was geschieht nun mal.«

Welch eine Ironie, dachte Risa. »Es ist spät geworden, und wir sollten schlafen gehen.«

»Kann ich noch irgendwas für dich tun?«

»Nein, danke«, erwiderte Risa, »ich habe alles, was ich brauche.«

Alaina gab ihr einen Gutenachtkuß und ging zu ihrem eigenen kleinen Haus hinüber.

Bedrückt trat Risa ans Fenster und fragte sich, warum sie ihrer Freundin nicht die Wahrheit gestanden hatte.

17

Es war einfacher, in St. Augustine zu leben, als McClellans Heer zu folgen, über dem unentwegt der Atem des Todes wehte. Im Hospital dieser Stadt mußte Risa glücklicherweise nicht so viele Schwerverletzte betreuen. Mehrere Unionssoldaten litten am Skorbut, den man mit Zitrusfrüchten bekämpfen konnte. Im Herbst sanken die Temperaturen, die Moskitoplage ließ nach.

Wegen der häufigen Scharmützel am Fluß lagen immer wieder Soldaten auf dem Operationstisch. Dank der besseren medizinischen Ausrüstung konnten sie wirksamer behandelt werden als im Feldlazarett. Außerdem mußte man sie nicht mitten in einer Operation weitertransportieren, weil ein plötzliches Kanonenfeuer losbrach.

Am Abend nach ihrer ersten Woche in St. Augustine ging Risa erschöpft und nachdenklich ins Bett. Manchmal fand sie es schwierig, in dieser Stadt ein normales Leben zu führen. Die Südstaatler lehnten sie ab, die Unionsanhänger begegneten ihr etwas zu freundlich. Außerdem neigte sie dazu, ihre Meinung zu schnell und unbedacht auszusprechen. An diesem Tag hatte sie erklärt, ein Unionsoffizier müsse das konfiszierte Haus einer Südstaatlerin räumen, mit der Begründung, die Dame sei weder in die Kriegsaktivitäten verwickelt noch habe sie jemals einen Nordstaatler beleidigt.

Letzten Endes war der Kommandant der Besatzungstruppen gerufen worden, ein Colonel, der den Offizier aus dem Haus gewiesen hatte. Natürlich ärgerte sich der Mann über Risa, und die alte Dame grollte ihr, weil sie ihr Eigentum mit Hilfe einer Yankee zurückgewann.

Wäre ich doch in England, dachte Risa seufzend. Allzulange würde sie ihren Zustand nicht mehr verheimlichen können. Um in dieser Nacht etwas besser als sonst zu schlafen, trank sie einen heißen Tee mit ein paar Tropfen Brandy. Morgen wollte sie entscheiden, wie sie ihre Zukunft gestalten sollte. Allein schon der Gedanke, wie unfreundlich die Gesellschaft ledige Mütter behandelte, jagte ihr Angst ein.

Schließlich schlummerte sie ein, in der angenehmen Wärme des Kaminfeuers – um voller Panik zu erwachen. Eine Hand preßte sich auf ihren Mund, dann hörte sie Jeromes Flüsterstimme. »Schrei nicht, ich bin's.«

Er ließ sie los, und sie starrte ihn entsetzt an. Nur mit feuchten Breeches bekleidet, stand er neben dem Bett. Der Feuerschein warf einen rötlichen Glanz auf sein dunkles Haar.

»Natürlich müßte ich schreien«, keuchte sie. »Was hat ein Rebell in einer Unionsstadt zu suchen?« Als er ihr die Decke wegzog, setzte sie sich erbost auf. »Deiner Familie zuliebe wäre ich vielleicht bereit, auf einen Hilferuf zu verzichten und dich vor den verdammten Yankee-Gewehren zu schützen. Aber da du dich ständig so unmöglich benimmst ...«

»Steh auf.«

»Was? Weißt du nicht, daß St. Augustine von Unionstruppen besetzt wird? Hier kannst du mich nicht herumkommandieren.« Obwohl sie wütend protestierte, hob er sie hoch und stellte sie auf die Füße. »Verschwinde sofort aus meinem Haus«, zischte sie, »oder ...« Bestürzt unterbrach sie sich, weil er ihr das Nachthemd über den Kopf zog, und griff erfolglos danach. »Laß mich in Ruhe, sonst schreie ich wirklich.«

Jerome drückte sie aufs Bett zurück. Aber statt voller Leidenschaft über sie herzufallen, setzte er sich zu ihr und berührte ihren sanft gewölbten Bauch, die vergrößerten Brüste.

»Nicht ...«, wisperte sie und versuchte, seine Hände wegzuschieben. Doch dann hielt sie verwirrt inne. In seinen blauen Augen las sie noch immer kein Verlangen – nur hellen Zorn.

»Also deshalb wolltest du nach England reisen – um einen anderen zu heiraten, obwohl du mein Kind erwartest.«

»Wieso behauptest du, es wäre dein Kind?«

»Das weiß ich.«

Mühsam schluckte sie und wünschte, sie besäße wenigstens für einen Moment seine Arroganz und Selbstsicherheit. »Da du ohnehin nichts tun kannst, wäre es sinnlos gewesen, dich über meinen Zustand zu informieren. Ich mache dir keine Vorwürfe und verpflichte dich zu nichts ...«

»Wie edel von dir!« fiel er ihr ins Wort. Sein Tonfall entnervte sie genauso wie sein durchdringender Blick.

»Hör mal, in diesem Krieg ...«

»In diesem Krieg fließt täglich Blut, und viele Menschen sterben. Um so weniger schätze ich deinen Versuch, mir ein neues Leben wegzunehmen, auf das ich ein Recht habe.«

»Ich wußte nicht, was du davon halten würdest.«
»Weil du mich gar nicht erst danach gefragt hast.«
»Geh zum Teufel! Wir sind Feinde. Außerdem solltest du an Miss Thompson denken, deine Verlobte.«
»Oh, ich habe an alles gedacht – auch an die bedauerliche Tatsache, daß ich dich nicht verprügeln darf, aus Rücksicht auf mein Baby.«
»Wie kannst du es wagen ...«
Seine Augen verengten sich. »Wie kannst *du* es wagen? Als wir uns in Virginia trafen, hast du kein Wort gesagt.«
»Allzulange bist du nicht geblieben.«
»Du hättest genug Zeit finden können, deine Schwangerschaft zu erwähnen.«
»Zu welchem Zweck?«
»Zieh dich an.« Er sprang auf und zog sie aus dem Bett.
»Warum? Was hast du vor?«
»Ich heirate dich.«
»*Wie bitte*?«
»Ich heirate dich, meine Liebe.«
»Hier? Jetzt?« Risas Stimme nahm einen hysterischen Klang an.
»Nein, im Salon. In ein paar Minuten.« Entschlossen ging er zum Schrank und öffnete ihn. »Du mußt dich nicht groß herauszuputzen. Auch meine Kleidung läßt zu wünschen übrig. Da ich den Fluß hinabgeschwommen bin, mußte ich auf ein elegantes Jackett verzichten. Hier, das genügt.« Er warf ihr ein weißes Kleid zu, für ein Barbecue am Nachmittag geeignet. »Kein Korsett! Julian und Brent finden's barbarisch, daß manche Frauen ihre Schwangerschaft unter diesen gräßlichen Fischbeinen verbergen wollen und ihre armen Babys damit halb erdrücken. Verdammt, zieh dich endlich an!«
Tränen stiegen ihr in die Augen. Obwohl er sie fast zu Tode erschreckt hatte und sie so verächtlich behandelte, war sie absurderweise froh über das Wiedersehen gewesen. Aber was erwartete sie? Einen Heiratsantrag mit Kniefall? Von einem Mann, der mit einer anderen verlobt war? »Ich kann dich nicht heiraten.«

»Wieso nicht?«

»Du bist ein Rebell.«

»Stimmt.«

»In deinen Adern fließt Indianerblut. Und du bist der schlimmste Flegel, der mir je begegnet ist. Deshalb kann ich dich nicht heiraten.«

Mit zwei Schritten war er bei ihr und preßte sie an sich. »Eigentlich sollte ich dir den Hintern versohlen. Aber wie gesagt, ich nehme Rücksicht auf mein Baby. Du wirst mich heiraten, weil du nicht gezwungen wurdest, mit mir zu schlafen, weil wir beide für das Kind verantwortlich sind, weil es nicht außerehelich zur Welt kommen und keinen anderen Mann für seinen Vater halten soll. Was Miss Thompson betrifft – darum brauchst du dich nicht zu kümmern. Zieh dich gefälligst jetzt an!«

Wütend riß sie sich los. »Bastard!«

»Was immer ich sein mag, du wirst meine Frau. Ich bin gleich wieder da.« Ohne ein weiteres Wort verließ er das Schlafzimmer.

Mit bebenden Händen streifte sie das weiße Kleid über ihren Kopf. In einem Punkt hatte er recht. Nach dem Krieg würde man mit Fingern auf die Tochter des Generals zeigen, die ledige Mutter. Darunter durfte das unschuldige Baby nicht leiden. Nur deshalb würde sie sich Jeromes Wünschen fügen.

Als er zurückkam, bürstete sie gerade ihr Haar.

Nun trug er Stiefel und eine Uniform von der Navy. Er musterte sie von Kopf bis Fuß. »Also bist du einverstanden.«

»Ja«, bestätigte sie kühl und kämpfte mit den Tränen. Wie feindselig er wirkte … Würde er sie während der ganzen Ehe hassen und verachten, obwohl sie eine so heiße Leidenschaft geteilt hatten? Risa ging zu Tür, dann drehte sie sich um und stieß hervor: »Nur wegen des Babys heirate ich dich. Aber ich werde deine Arroganz nicht dulden, und ich verabscheue alles, wofür du einstehst. Wenn ich dir auch mein Jawort gebe – in Zukunft wirst du dich von mir fernhalten. Ist das klar?«

Lächelnd zuckte er die Achseln. »Oh, die Welt ist voller schöner, bereitwilliger Frauen. Meinetwegen kannst du für den Rest deines Lebens im Glashaus sitzen. Komm jetzt, bringen wir's hinter uns. Dem Kind zuliebe. Und laß dich warnen«, fuhr er in scharfem Ton fort. »Sollte ich dich irgendwann wieder begehren, wird mich nichts daran hindern, mir meine ehelichen Rechte zu nehmen.«

Schweren Herzens ließ sie sich in den Salon führen, wo sie zu ihrer Verblüffung den anglikanischen Reverend, Alaina und Ian antraf.

Teils schuldbewußt, teils vorwurfsvoll starrte Alaina sie an, und Risa bereute, daß sie ihrer besten Freundin die Wahrheit vorenthalten hatte. Doch dann stieg kalter Zorn in ihr auf.

Allem Anschein nach hatte Jerome die Hochzeit mit Alainas Hilfe vorbereitet. Ian runzelte ungeduldig die Stirn. Offensichtlich störte ihn die Anwesenheit eines berüchtigten Rebellen in St. Augustine.

»Nun, dann wollen wir anfangen«, murmelte der Reverend nervös. »Risa, Jerome – stellen Sie sich bitte vor den Kamin.«

Während der Zeremonie dachte Risa, wie grotesk die Situation war. Da stand ihr einstiger Verlobter, der Ehemann ihrer Freundin. Und sie wurde mit ihrem Feind getraut. Und doch – dieser Mann hatte sie fasziniert und verführt und ein unwiderstehliches Verlangen in ihr geweckt. Den Blick gesenkt, sah sie seine kraftvollen Hände, hörte seine tiefe Stimme, als er das Ehegelübde sprach. Und plötzlich wußte sie, daß sie ihn liebte. Vielleicht war sie, in überwältigender Leidenschaft gefangen, blind gewesen und hatte ihre wahren Gefühle nicht erkannt. Nicht nur, weil er ihr Feind war, hatte sie die Heirat vermeiden wollen, sondern weil sie unbewußt ihre Liebe gefürchtet hatte, die nicht erwidert wurde. Wie auch immer, sie mußte an die Zukunft des Babys denken.

»Risa.« Sie spürte seine Hand an ihrem Ellbogen.

»Ja?« flüsterte sie verwirrt. Offenbar war es das richtige Wort zum richtigen Zeitpunkt gewesen. Stockend sprach sie ihr Ehegelübde. Ihre Hand lag in seiner, und er steckte ihr einen Ring an den Finger, der seltsamerweise genau paßte.

»Champagner?« schlug Alaina betont beiläufig vor.

»Ja«, stimmte Ian zu. »Schnell ... Unterzeichnen wir die Papiere.«

Mit zitternden Fingern leistete Risa ihre Unterschrift. Damit besiegelte sie, daß sie von jetzt an McKenzie hieß.

Inzwischen schenkte Alaina den Champagner ein und reichte Risa ein Glas. »So ist es am besten«, flüsterte sie ihr zu.

Risa nahm das Glas entgegen, und ihre Lippen formten das Wort *Verräterin*. Hilflos hob Alaina die Schultern.

Dann wurde Risa von Ian umarmt. Lächelnd schaute er in ihre Augen. »Jetzt bist du doch noch eine McKenzie geworden. Wahrscheinlich werde ich immer ein bißchen eifersüchtig sein.«

»Unsinn ...« Er war ein Lügner, der seine Frau anbetete. Wie gern hätte sie ihm erklärt, ihre Ehe würde nur auf dem Papier bestehen ...

»Bald bricht der Tag an, Jerome«, drängte Ian seinen Vetter.

»Ja, das weiß ich.«

»Nun will ich mich verabschieden«, bemerkte der Reverend.

»Vielen Dank, Sir.« Jerome drückte ihm eine United States-Goldmünze in die Hand. »Für Ihre Gemeinde.«

»Herzlichen Dank. Und vergessen Sie nicht – ich wurde zu dieser Trauung gezwungen. Manche Yankees behandeln die Stadtbewohner, die sich mit Rebellen verbrüdern, sehr grausam.«

»Gewiß, ich werde daran denken«, versprach Jerome.

Der Geistliche nickte nervös und ergriff die Flucht.

Einen Arm um seine hochschwangere Frau gelegt, wandte sich Ian zu seinem Vetter. »Viel Zeit hast du nicht mehr«, mahnte er.

»Die brauche ich auch nicht.«

»Also, dann – Gott schütze euch beide.«

»Uns alle – damit wir den Krieg überleben.«

Sie prosteten einander zu, leerten die Gläser, und Ian führte Alaina aus dem Haus.

Als Jerome zu Risa ging, wich sie instinktiv zurück. »Du hast nichts zu befürchten, Mrs. McKenzie.«

»Hast du mich jemals in Angst und Schrecken gesehen?«

»Nein, wie ich zugeben muß. Trotzdem wiederhole ich – du hast nichts zu befürchten, wenn du dich stets an den Gehorsam erinnerst, den du mir soeben gelobt hast. Bleib da, wo ich dich finden kann.«

»Ich habe nicht vor, die Stadt zu verlassen.«

»Eine Zeitlang dachte ich, du solltest nach Jacksonville ziehen. Aber dort ist die Lage zu kritisch. Eventuell Charleston ...«

»Nein«, unterbrach sie ihn hastig, »das liegt zu weit unten im Süden.«

»Eben.«

»Ich kann dich nicht in einen Yankee verwandeln, und du kannst keine Rebellin aus mir machen.«

»Da hast du recht.«

»Außerdem lebt deine Verlobte in Charleston.«

»Ehemänner sind nicht verlobt.«

»Also gut – deine ehemalige Verlobte wohnt in Charleston.«

»Ja.«

»Und ich will sie nicht in Verlegenheit bringen.«

»Wie rücksichtsvoll ...«

Am liebsten hätte sie ihn geohrfeigt. Aber sie beherrschte sich. »Jedenfalls bleibe ich hier.«

»In einer Stadt, die sich in den Händen der Union befindet«, ergänzte er trocken.

»In einem der Südstaaten. In Florida.«

Jerome widersprach ihr nicht. Nach einer kleinen Pause fügte er hinzu: »Mein Kind soll auf meinem Familiensitz geboren werden. Wenn es an der Zeit ist, fahren wir hin.«

»Ist das ratsam, unter diesen Umständen? Mein Vater ...«

»Dein Vater muß akzeptieren, daß du meine Frau bist«, unterbrach er sie.

»Ich habe schon länger nichts mehr von ihm gehört. Sicher macht er sich Sorgen.«

»Schreib ihm, es würde dir gutgehen und du hättest mich geheiratet. Jetzt bist du nicht mehr verpflichtet, deinem Vater zu folgen. Statt dessen wirst du deinem Ehemann gehorchen.«

»Ich werde stets meinem Herzen und meinem Verstand folgen.«

»Hoffentlich führen dich beide auf den richtigen Weg. Wenn du mich brauchst, laß mich rufen, und ich komme so schnell wie möglich zu dir. Gute Nacht, Risa. Paß auf dich auf – und auf unser Kind.« Er wandte sich ab und öffnete die Tür. Wie ein Phantom verschwand er in der Finsternis.

18

»Was gibt's Neues?«

Errötend blickte Sydney von dem Brief auf, den sie gerade las. Ihr Patient im Hospital von Richmond, der Kriegsgefangene Jesse Jon Halston, Colonel bei der United States Army, war erwacht – ein attraktiver, intelligenter Mann mit dichtem dunklem Haar und haselnußbraunen Augen.

Mehr tot als lebendig, war er nach der schrecklichen Schlacht am Antietam Creek gefangengenommen worden, denn die Konföderierten hielten ihn für einen sehr wertvollen Gefangenen. Der Kavallerist – im Norden wegen seiner Reitkünste und seiner Fähigkeit bewundert, feindliche Positionen auszuspionieren – wurde ebenso im Süden respektiert, seit er im Shenandoah Valley den Galgentod von fünf Rebellen verhindert hatte.

Da seine Untergebenen überzeugt waren, die fünf Männer hätten Jacksons Truppen die Unionsstellung verraten, wollten sie die Gefangenen lynchen. Jesse Halston trat dazwischen und betonte, es gebe keine Beweise.

Aber es war nicht seine Menschlichkeit, die ihm in den Augen der Konföderierten eine besondere Bedeutung verlieh. Infolge seiner außerordentlichen Reputation wurde man ihn vermutlich gegen zwei gefangene Rebellengeneräle austauschen können, obwohl er nur ein Colonel war.

Sydneys Bruder Brent hatte ihm das Leben gerettet. Während der Schlacht war Halston von fünf Kugeln getroffen worden. Wunderbarerweise hatte keine einzige einen Knochen zersplittert. Andere Yankee-Patienten warfen Brent vor, er würde keine Amputationen vornehmen, um sie sterben zu lassen. Doch der Colonel hatte nur kurz die goldbraunen Augen geöffnet, den Rebellenarzt gemustert und ihm vertraut. Trotz der unzureichenden Anästhesie – einer halben Flasche Whiskey – gab er bei der Operation keinen Laut von sich. Letzten Endes verlor er die Besinnung. Danach rief er im Fieberwahn nach einer Mary, mit der er Sydney verwechselte. Wegen der enormen Bedeutung des Gefangenen hatte die Oberschwester sie beauftragt, sich ausschließlich seiner Betreuung zu widmen. Brent hielt frische Luft für einen wichtigen Faktor bei der Genesung.

Seit Halston fieberfrei war, wurde er jeden Morgen in den Hof gebracht. An diesem Tag hatte er bei Sydneys Ankunft bereits draußen in seinem Rollstuhl gesessen und gedöst. Er konnte zwar schon gehen, würde aber bis an sein Lebensende hinken – ein geringes Übel angesichts seiner schweren Verletzungen.

»Nur Familienklatsch«, beantwortete sie seine Frage.

»Den würde ich gern hören.«

»So interessant sind die Geschichten gar nicht.«

»Wenn man im Krankenhaus liegt, ist alles interessant.«

»Also gut. Meine Schwägerin Alaina bekommt bald ein Baby.«

»Ah, Alaina ...«

»Sie kennen sie?«

»Nein, aber ich ritt sehr oft an Ians Seite, und hier erkannte ich in meinem Doktor sofort einen McKenzie. Ian hat oft das chirurgische Geschick seines Vetters und seines Bruders gelobt und andere Ärzte mit Erklärungen erzürnt, was die beiden in diesem oder jenem Fall tun würden. Auch Sie sind eine typische McKenzie, allerdings eine ganz besondere Version mit Ihrer exotischen Erscheinung, wenn ich so kühn sein darf, das zu erwähnen ...«

»Sicher liegt's an meinem Indianerblut.«

»Mag sein. Jedenfalls sind Sie ungewöhnlich schön.«

»Vorsicht, Sir, Sie schmeicheln mir beinahe wie ein echter Südstaaten-Gentleman.«

»Entweder ist man ein Gentleman oder nicht. Das gilt für den Norden genauso wie für den Süden.«

»Und manche Gentlemen machen besonders raffinierte Komplimente. Wenn Sie glauben, Sie könnten diese Taktik anwenden, um mir zu entfliehen ...«

»Warum sollte ich das wünschen?«

Sydney fragte sich, warum er ihr immer wieder das Blut in die Wangen trieb. »Nun, Sie werden nicht entkommen, also benehmen Sie sich ordentlich. Was den Brief betrifft – neulich hat Captain Jerome McKenzie geheiratet, mein berühmt-berüchtigter Bruder. Seine Frau ist ebenfalls guter Hoffnung.«

»Ja, ich weiß. Magees Tochter. Der General schäumt immer noch vor Wut.«

»Das kann ich mir vorstellen ... Aber jetzt habe ich Ihnen genug erzählt. Von Ihnen weiß ich fast gar nichts.«

»Ich bin der einzige Enkel eines schwerreichen Pelzhändlers und besitze ein luxuriöses Haus in New York City.«

»Womit Sie kein bißchen prahlen ...«

Jesse Halston lachte. »Natürlich nicht. Für diesen Wohlstand habe ich nichts getan. Seit der Lewis- und -Clark*-

---

* Meriwether Lewis, 1774-1809, William Clark, 1770-1838, amerikanische Forschungsreisende, die das Pflanzen- und Tierleben westlich des Mississippi studierten.

Expedition hat sich das Geld praktisch von selbst vermehrt. Dann kam noch das Geld meiner Mutter dazu, die mit meinem Vater, einem Soldaten, durchbrannte. Er kämpfte im Amerikanisch-Mexikanischen Krieg und verschaffte mir einen Studienplatz an der Militärakademie West Point. Dort lernte ich Ihren Vetter Ian kennen. Was wollen Sie sonst noch wissen?«

Zögernd fragte sie: »Wer ist Mary?«

Es dauerte eine Weile, bis er antwortete: »Meine Frau. Zwei Wochen, nachdem ich in den Krieg gezogen war, starb sie an Malaria.«

»Oh, das tut mir leid.«

»Danke. Was steht sonst noch in diesem Brief?«

»Meine Mutter erwartet auch ein Baby«, seufzte Sydney. »In wenigen Tagen ...«

»Haben Sie etwas dagegen? Finden Sie, Ihre Mutter wäre zu alt dafür?«

»Nein, aber ich liebe sie sehr, und ich mache mir Sorgen. Zum Glück bekommt Brent Urlaub, wenn das Baby geboren wird. Jerome und ich wollen ihr ebenfalls beistehen.«

»Dann kann doch gar nichts mehr schiefgehen«, versicherte Jesse lächelnd.

Zwei Tage später saß sie wieder bei ihm im Hof, als Jerome eintraf, um sie abzuholen und ins Elternhaus zu begleiten. Teelas Niederkunft stand unmittelbar bevor.

Im ganzen Hospital herrschte helle Aufregung. Captain McKenzie war ein Südstaatenheld, für den alle Krankenschwestern schwärmten. Auf dem Weg durch die Korridore blieb er immer wieder stehen, um mit alten Freunden zu sprechen.

Sydney, die ihn so gut kannte, las in seinen Augen, wie sehr er mit den Verwundeten litt.

Als er endlich zu ihr in den Hof kam, nahm er sie in die Arme. Wann immer sie ihn sah, erinnerte er sie an ihren Vater, denn er war genauso kühn und charmant – und irgendwie unnahbar. Seit der letzten Begegnung hatte er sich verändert. Er wirkte viel ernster. Aber er lächelte sie so liebevoll an wie eh und je, und er versicherte, sie würde wundervoll aussehen.

»Du auch, großer Bruder.« Dann wandte sie sich zu ihrem Patienten. »Darf dich mit Colonel Jesse Halston von der United States Army bekannt machen? Captain Jerome McKenzie.«

»Ah, der Schrecken aller Meere«, begrüßte Jesse ihn grinsend. Jerome schüttelte ihm die Hand. »Freut mich, Sie kennenzulernen, Colonel. Ich habe schon viel von Ihnen gehört. Angeblich sind Sie der einzige, der unserem Jeb Stuart das Wasser reichen kann.«

»Außer Ihrem Vetter Ian.«

Lachend setzte sich Jerome neben seine Schwester auf die Bank. »Wie schön, daß Sie noch leben! Nach der Antietam-Schlacht kursierte das Gerücht, Sie wären gefallen.«

»Offenbar ließ man mich liegen, weil man mich für tot hielt. Mein Leben verdanke ich einzig und allein Ihrem Bruder und Ihrer Schwester.«

Jesse warf Sydney einen Blick zu, der sie wieder einmal erröten ließ.

Jerome musterte die beiden aufmerksam. Dann stand er auf. »Soviel ich weiß, will man Sie gegen einen gefangenen Rebellen austauschen, Colonel. Aber ich hoffe, Sie bleiben noch eine Weile unser Gast, statt unsere Truppen zu ärgern, und werden wieder ganz gesund.«

»Alles Gute, Captain. Passen Sie auf, daß die Yankees Sie nicht aus dem Meer schießen.«

»Das ist wohl kaum zu befürchten. Nun muß ich Ihre Pflegerin leider entführen. Komm mit, Sydney.«

Auf der Kutschenfahrt zur Stadtmitte, wo sie Brent abholen würden, bemerkte Jerome: »Du solltest Mutter in den nächsten Monaten beistehen.«

»Nichts wäre mir lieber. Aber man braucht mich im Hospital. Und seit jener seltsamen Entführung ist nichts Schlimmes mehr passiert.«

»Trotzdem solltest du daheim bleiben.«

»Jerome ...« Plötzlich fand sie es sehr wichtig, nach Richmond zurückzukehren. Wenn sich ihre Brüder und ihr Vater gegen sie verbündeten, war sie verloren. »Versteh doch – ich *muß* mich in diesem Krieg nützlich machen.«

»Aber es beunruhigt mich, wie nahe du einem Feind stehst.«

»Meinst du Jesse?«

»Allerdings.«

»Natürlich muß ich mich um ihn kümmern. Er war schwer verletzt.«

»Nach meiner Ansicht tust du mehr für ihn als nötig.«

»Jetzt reisen wir ja ab, oder?«

»Und du solltest nicht zurückkommen. Glaub mir, es ist nicht ratsam, einem Feind zu vertrauen.«

In seiner Stimme schwang eine gewisse Bitterkeit mit.

»Hm... Übrigens, wie geht's deiner Frau?« Als sie seinen kalten Blick sah, bereute sie ihren schnippischen Ton.

»Gut.«

»Tut mir leid, Jerome, es ist nur ...«

Seufzend ergriff er ihre Hand. »Diesen schrecklichen Zwiespalt wünsche ich niemandem. Wie satt ich den Krieg habe – und die Angst, ich könnte eines Tages gezwungen werden, auf Ian zu schießen ... Und nun mußte ich auch noch eine Frau heiraten, deren Vater mich töten will. Sie wohnt zwar in meiner Heimat, aber bedauerlicherweise in einem Unionshafen. Nimm dich vor Jesse Halston in acht. Wenn er auch einen ehrenwerten Eindruck macht, er ist durch und durch ein Yankee, und er wird dir sicher Kummer bereiten.«

»Keine Bange, zwischen Jesse und mir besteht keine engere Beziehung. Er ist mein Patient, und ich bin seine Pflegerin. Sorgen wir uns lieber um Mutter.«

Jerome nickte. Vorerst wurde das Thema fallengelassen.

Vor Jahren hatte Teela ihr Heim das ›Schloß am Meer‹ genannt. Darüber hatte ihr Mann gelacht und gemeint, der Name ›Hütte am Meer‹ würde wohl eher dazu passen. Jerome stimmte weder seiner Mutter noch seinem Vater zu. Das weitläufige Gebäude, aus Dade-County-Kiefernholz erbaut, das allen Insekten trotzte, glich einem Paradies. Im Osten des Anwesens wuchsen Kiefern, im Norden lag ein subtropischer Wald, im Westen die Plantage, im Süden der Fluß. Wie in den Südstaaten üblich, führte ein breiter offener Korridor vom Vorder- zum Hintereingang. Hier fanden oft Parties statt, wobei auch der angrenzende Speiseraum, der Salon und die Bibliothek benutzt wurden. Im Oberstock befanden sich große Schlafzimmer und ein Spielzimmer. Mehrere Hütten – von Hausdienern und Feldarbeitern bewohnt, die teilweise Seminolenstämmen angehörten – umgaben das Hauptgebäude.

Jerome liebte sein Elternhaus, den Strand, die Kokospalmen, das Meer, den brackigen Fluß. Hier hatte er als kleiner Junge winzige Boote aus Kiefern-, Eichen- oder Mangrovenholz geschnitzt und in Pfützen treiben lassen. Später baute er Fischer- und dann Segelboote. Nur ungern verließ er sein Heim, um eine gute Schule zu besuchen. Aber sein Vater meinte, den Schiffbau könne er daheim nicht lernen, und schickte ihn nach Boston, zu den Meistern ihres Fachs.

Danach verbrachte er einige Zeit in New York City, Norfolk, Charleston und Pensacola. In den Werften von Virginia waren die ersten Schiffe nach seinen Entwürfen entstanden. Die *Lady Varina* hatte er in England bauen lassen, mit dem Geld, das ihm der Verkauf seiner anderen Schiffe eingebracht hatte. Vor dem Krieg – damals war die *Lady Varina* noch *Mercy* genannt worden – hatte er eine Landungsbrücke am Fluß errichtet. Nun glaubte er, dort könnten ihn die Yankees erwarten. Deshalb stieg er mit seinen Geschwistern und David Stewart in ein Ruderboot und befahl Hamlin Douglas, den Schoner aufs offene Meer zurückzusteuern.

Die Stille, die rings um die Landungsbrücke herrschte, stimmte Jerome unbehaglich. Als sie aus dem Boot stiegen, hörte er, wie einige Gewehre entsichert wurden. Dann traten ein paar Männer, hauptsächlich Seminolen, hinter den Büschen hervor. Ein großer, schlanker Mann mit einem Adlerprofil lächelte, obwohl seine Augen ernst blieben, und umarmte alle drei McKenzies.

»Billy Bones, das ist David Stewart, ein Arzt wie Brent«, erklärte er Jerome. »David, Billy ist mein Vetter zweiten Grades. Durch meine Großmutter sind wir miteinander verwandt.«

Freundlich nickte David dem Seminolen zu.

»Stimmt was nicht, Billy?« fragte Jerome.

»Wir fürchten den Krieg, und deshalb halten wir Wache. Das kann dein Vater jetzt nicht mehr.«

»Ist er krank?« rief Sydney bestürzt.

»Nein, Little Eagle, es geht deinem Vater gut.« Billy sprach sie mit ihrem Seminolen-Namen an.

»O Gott – Mutter!« rief Brent, wandte sich ab und wollte zum Haus laufen.

Aber Billy hielt ihn am Arm fest. »Deine Mutter lebt und hat ein gesundes Kind zur Welt gebracht. Dein Vater sitzt Tag und Nacht bei ihr. Auch Jennifer ist da. Nicht einmal sie kann deinen Vater bewegen, von Teelas Seite zu weichen. Keine Angst, Brent, du kommst nicht zu spät, denn der Doktor, den Teela im früheren Krieg kennengelernt hat, ist ebenfalls bei ihr. Joshua Brandeis. Er liebt deine Mutter. Für sie würde er sterben.«

Jerome nickte und gab ihm recht. Während des zweiten Seminolenkrieges hatte Teela bei Dr. Brandeis ihre medizinischen Kenntnisse erworben. Sie selbst hatte nicht Medizin studiert. Damals waren die Frauen noch nicht auf Universitäten gegangen. Aber sie besaß einen gewissen Instinkt für die ärztliche Kunst, den sie Brent vererbt hatte. Vor seinem Medizinstudium hatte er einen Sommer bei Dr. Brandeis verbracht. Brandeis war in Teela verliebt gewesen, aber sie hatte sich für James entschieden. Trotzdem würde der Doktor für sie sterben – das wußte Jerome.

O Gott, was geschah mit ihr? Gefolgt von Brent, Sydney

und David, eilte er zum Haus. Ein kalter Schauer rann ihm über den Rücken.

»Mutter!« rief Sydney.

Er lief die Treppe hinauf und nahm immer zwei Stufen auf einmal. Bevor er das Schlafzimmer seiner Eltern betrat, holte er tief und beruhigend Luft und klopfte leise an die Tür.

Von seinen Geschwistern begleitet, ging er zu dem breiten Bett, neben dem James McKenzie saß. Wie ein Fächer breitete sich Teelas dunkelrotes Haar auf dem Kissen aus. James hielt ihre Hand fest. In ihrem bleichen Gesicht regte sich nichts.

Sie ist tot, dachte Jerome, und ein Teil von ihm schien zu sterben.

»Mutter!« flüsterte Sydney und wollte zu ihr laufen. Aber Jerome hielt sie zurück.

Verwirrt stand James auf. »Meine Kinder …« Er kam zu ihnen, und Jerome ließ seine Schwester los, damit der Vater sie umarmen konnte.

»Sydney, mein Liebling – meine Jungs. Willkommen daheim.«

Jerome kniete neben dem Bett nieder. In seinen Augen brannten Tränen. Dann spürte er eine Hand auf seinem Kopf. »Bitte, Jerome, deine Liebe bedeutet mir sehr viel. Aber du darfst deine Geschwister und deinen Vater nicht noch mehr bekümmern.«

Er hob den Kopf und schaute in die smaragdgrünen Augen seiner Mutter. Ehrfürchtig küßte er ihre Hand. Nun kniete auch Sydney neben ihm nieder, und Brent eilte zur anderen Seite des Betts. Jerome mußte den Blick seines Bruders nicht erwidern, um zu wissen, daß die Mutter in Todesgefahr schwebte. Nach einer Weile wandte Brent sich zu James. »Sydney wird dich nach unten bringen, Vater. Du brauchst frische Luft – und einen Drink. Damit wirst du auch Mutter helfen.«

Ungeduldig schüttelte James den Kopf. »Ich kann sie nicht verlassen. Und ich bin nicht allein. Gerade war Jennifer hier …«

»Wo ist sie?« fragte Brent.

Und dann hörten sie ein leises Wimmern.

Jennifer erschien auf der Schwelle, ihren kleinen Sohn neben sich und ein winziges Bündel im Arm. »Da seid ihr ja!« rief sie erfreut. »Wollt ihr euer Schwesterchen kennenlernen?«

Schwesterchen? Sekundenlang empfand Jerome das Bedürfnis, das Bündel aus dem Fenster zu werfen. Was dieses Baby seiner Mutter angetan hatte …

Da spürte er, wie Teela seine Hand drückte, und wandte sich wieder zu ihr. »Ich muß mit dir reden«, formten ihre Lippen. »Allein.«

Er nickte, stand auf und ging zu Jennifer.

Lächelnd legte sie das Baby in seine Arme.

»Mary, zu Ehren unserer Großmutter.«

Als er seine winzige Schwester betrachtete, erfaßte ihn ein tiefes Schamgefühl. Mit vertrauensvollen blauen Augen schaute sie zu ihm auf – mit McKenzie-Augen. Ihr dichtes, seidenweiches Haar war rostbraun. Zärtlich küßte er ihre Stirn und übergab sie Sydney.

»Kümmere dich um Vater, Jen.«

Jennifer nickte und ergriff James' Arm. »Bitte, Vater, gehen wir nach unten. Unterhalt dich mit Brent und Sydney. Inzwischen bleibt Jerome bei Teela.«

»Also gut.« James schluckte mühsam, neigte sich zu Teela hinab und strich ihr das Haar aus der Stirn. »Bald komme ich wieder zu dir, mein Schatz.«

»Ja, Liebster.« Nachdem sie alle hinausgegangen waren, setzte sich Jerome zu seiner Mutter und ergriff ihre Hand. Mit schwacher und doch energischer Stimme begann sie zu sprechen. »Du mußt deinem Vater helfen. So ein tapferer – und halsstarriger Mann! Jetzt braucht er dich.«

»Mutter …«

»Glaub mir, ich tue mein Bestes, um nicht zu sterben. Aber du bist mein ältester Sohn – und du mußt stark sein, wenn ich euch verlasse.«

Sie lächelte sanft, und er dachte an die Zeiten, in denen

sie ihre Kinder streng und liebevoll zugleich erzogen hatte. In seine Augen stiegen neue Tränen. »Bitte, du darfst nicht um mich weinen, Liebling. Du hast mich so glücklich gemacht.«

»Warum?« fragte er verständnislos. »*Ich*?«

»So gern hätte ich deine Hochzeit miterlebt! Wie ich hörte, wird mein erstes Enkelkind bald zur Welt kommen.«

Sein Atem stockte. »Mutter ...«

»Auch dein Vater und ich haben kurz vor deiner Geburt geheiratet. Sie ist eine bemerkenswerte Frau.«

»Wann hast du sie kennengelernt?«

»Ich sah sie in Alainas Haus – in jener Nacht, als sie ins Sumpfgebiet geeilt war, um ihre Freundin zu retten. Damals hast du die arme Risa entführt. Sie hat mir geschrieben.«

»Tatsächlich?«

»Sehr nette Briefe. Sie fragte nach meinem Befinden und entschuldigte sich, weil sie uns erst nach der Hochzeit informierte, statt vorher um unseren Segen zu bitten.«

»Ja, sie ist eine wohlerzogene junge Dame.«

Mühsam hob Teela eine Hand und berührte seine Wange. »Ich kenne dich, mein Sohn, dein Wesen und deine Prinzipien. Wenn sie dein Kind erwartet, muß etwas Besonderes zwischen euch geschehen sein. Gib dem Glück eine Chance! Du bist ein schwieriger Mann, genau wie dein Vater. Voller Selbstvertrauen und innerer Kraft und so unsicher, wenn es um Dinge geht, die dir *wirklich* etwas bedeuten.«

»Sorg dich nicht um uns. Und sprich nicht so viel. Das strengt dich zu sehr an.«

»Wenn ich sterbe ...«

»Nein, bitte ...«

»Wenn ich sterbe, sollst du deine kleine Schwester großziehen, zusammen mit deiner Frau.«

»Nein, ich ...«

»Jetzt bist du verheiratet, Jerome, und du wirst bald in deinem eigenen Heim wohnen. Hoffentlich beginnt auch für Jennifer ein neues Leben, wenn der Krieg vorbei ist. Lawrence ist tot, und sie hat ihr eigenes Baby. Brent und Sydney müssen sich ihre Zukunft erst aufbauen. Und ich glaube, dein Vater wird keinen neuen Anfang wagen.«

»O Gott, Mutter ...«

»Versprich's mir, Jerome.«

»Bitte, du darfst uns nicht verlassen. *Du* bist es, die unsere Familie zusammenhält ...«

»Versprich es mir, mein Sohn.«

Schweren Herzens nickte er. »Ja, ich verspreche es.«

Da lächelte sie und schloß die Augen.

19

Drei Tage lang schwebte Teela zwischen Leben und Tod. Bei der Niederkunft hatte sie sehr viel Blut verloren. Nur mühsam war es Joshua Brandeis gelungen, die Blutung zum Stillstand zu bringen.

Wie Jerome erleichtert feststellte, konnte er, von seinen Geschwistern unterstützt, dem Vater neue Kraft geben. James liebte alle seine Kinder. Aber Sydney war ihm ganz besonders ans Herz gewachsen. Stundenlang saß sie mit ihm an Teelas Bett.

Manchmal schaukelte Jerome die Wiege des Babys, wenn es von der Amme gestillt worden war, und sagte sich, er dürfe seiner unschuldigen kleinen Schwester ihre Geburt nicht verübeln.

Er bemerkte, daß sein Vater ihr kaum einen Blick gönnte. Auch Teela fragte nur selten nach dem Kind.

Sogar die Sorge um den Krieg trat während dieser traurigen Tage in den Hintergrund. In der dritten Nacht saß Jerome allein am Bett seiner Mutter und beobachtete sie angstvoll.

Wachsbleich und reglos lag sie da, und er fürchtete, ihr Leben würde sich dem Ende zuneigen. Aber als er sich zu ihr beugte, um sie in die Arme zu nehmen, öffnete sie die Augen. »Jerome ...«

»Ja, Mutter?«

»Jetzt hätte ich gern einen Teller Suppe.«

In den nächsten Tagen erholte sie sich erstaunlich schnell. Sobald sie zu Kräften gekommen war, bat sie Jerome, er möge ihr das Baby bringen. Freudestrahlend betrachtete sie die kleine Mary, die in ihrem Arm lag, und er erinnerte sich beschämt, daß er sein Schwesterchen zunächst gehaßt hatte. Jetzt sah er das Kind mit den Augen seiner Mutter und begann es ebenso zu lieben wie seine anderen Geschwister.

Teela bestand darauf, daß er sich möglichst oft mit Mary befaßte. »Bald wirst du Vater. Also solltest du schon mal ein bißchen üben.«

»Das müßte Sydney auch tun. Eines Tages wird sie Mutter werden.«

»Falls der Krieg genug Männer übrigläßt, die man heiraten kann«, warf Sydney trocken ein.

Zwei Wochen später gesellte sich Teela zu ihrer Familie ins Speisezimmer. Das war ein großes Ereignis. Am selben Abend traf einer von Billys Vettern aus Tampa Bay ein, mit der Nachricht, Alaina sei auf Cimarron von einem kleinen Mädchen entbunden worden und ebenso wohlauf wie das Baby. Jerome fragte den Mann, ob Risa ihre Freundin nach Cimarron begleitet habe, und erfuhr, seine Frau sei in St. Augustine geblieben.

Allmählich fühlte er sich rastlos. Seine Sehnsucht nach der *Lady Varina* wuchs. Und so verabschiedete er sich von seinen Eltern.

Nachdem er Brent zu dessen Posten und Sydney nach Richmond zurückgebracht hatte, segelte er nach Nord-Florida. Wenn seine Frau auch betont hatte, er solle sich von ihr fernhalten, war er fest entschlossen, sie wiederzusehen.

Für Risa verging die Zeit sehr langsam.

In Florida herrschte trotz des Krieges eine fast unheimliche Stille, während der Winter näher rückte. Die Generäle im Landesinneren forderten Verstärkung an. Doch die Politiker wußten, der Krieg könnte nur rings um Richmond, Virginia, gewonnen werden, und erklärten, der Staat Florida müsse für sich selber sorgen. Früher hatte die Konföderation Wert auf die wichtigen Küstenpositionen gelegt. Nun verließ sie die Küste, die nicht zu verteidigen war, und bezog Stellungen im Innern des Landes.

Während sich die Blockade verdichtete, ahnten Visionäre auf beiden Seiten, daß sich Florida zur Kornkammer entwickeln würde. Nach Alainas Abreise fühlte sich Risa immer einsamer. Sie mochte Dr. Thayer Cripped, einen klugen, interessanten Mann. Aber seit ihrer Hochzeit schien er ihr geflissentlich aus dem Weg zu gehen.

Die Stadtbewohner begegneten Risa mit gemischten Gefühlen. Früher war sie die vertrauenswürdige, beliebte Tochter eines Unionsoffiziers gewesen – und nun hatte sie einen Rebellen geheiratet. Die Yankees beobachteten sie voller Argwohn, während die alte Brigade der Südstaatler Risas Heirat begrüßte.

Eines Tages assistierte sie Dr. Cripped, der eine Kugel aus dem Bein eines Soldaten entfernte. Der junge Mann hatte sein Gewehr gereinigt und sich dabei versehentlich angeschossen. Verärgert über seine feindselige Haltung, teilte Risa ihm mit, sie sei weder die Tochter noch die Ehefrau dieses oder jenes Mannes, sondern einfach nur sie selbst und eine verdammt gute Krankenschwester. Thayer und der Soldat starrten sie an. Einen Tag später wurde Risas Äußerung in der Zeitung veröffentlicht. Das Leben in St. Augustine wurde immer unerträglicher.

Da sie nichts von Jerome hörte, spielte sie mit dem Gedanken, nach Washington zurückzukehren. Aber sie fürchtete, ihr Mann würde es erfahren, wenn sie an Bord eines Schiffs ging, und ihr folgen. Dann würde sie alle anderen Passagiere und die Besatzung in Gefahr bringen. Es war leider nahezu unmöglich, den Landweg zu benutzen und einen Militärpaß für die Reise durch das Rebellenzentrum zu erhalten. Auf Captain McKenzies Einfluß konnte sie sich nicht berufen, wenn sie nach *Norden* fahren wollte.

Ende November geschah etwas, das die Situation änderte. Zu Risas Verblüffung traf ihr Vater in St. Augustine ein. Sie faltete gerade Bandagen im Hospital, als Leutenant Austin Sage und Finn zu ihr kamen.

Trotz allem war Austin ihr Freund geblieben, ebenso wie Finn, der ihr oft Gesellschaft leistete und sie zum Lachen brachte. Bei einem seiner Besuche hatte er versichert, während jener verhängnisvollen Nacht im Sumpf sei nur sein Stolz verletzt worden, sonst nichts.

»O Risa«, rief er nun, »Sie werden's nie erraten …«

»Ihr Vater!« fiel Austin ihm ins Wort.

Besorgt legte sie das Verbandszeug beiseite. »Mein Vater?«

»Er ist hier!« verkündete Finn.

Sekundenlang schloß sie die Augen, und ihr Herz schlug wie rasend. Sie fürchtete ihren Vater nicht, und sie liebte ihn. Aber trotz der weiten Röcke sah man ihr die Schwangerschaft deutlich an. In drei Monaten würde sie das Baby zur Welt bringen. Und sie hatte einen Rebellen geheiratet. Nicht irgendeinen, sondern ausgerechnet Jerome McKenzie. »Kommen Sie, Risa!« drängte Austin

»Gerade ist sein Schiff vor Anker gegangen«, ergänzte Finn. Nachdem er Magees Zorn über seine Rolle bei Risas Exkursion in den Süden überstanden hatte, schien er nun belustigt abzuwarten, wie der General auf den Zustand seiner Tochter reagieren würde. Um so heftiger war Finn über ihre Hochzeit erschrocken. »Ich hätte Sie geheiratet«, hatte er betrübt erklärt. »Mitsamt dem Baby.«

Austin, der niemals einen Kommentar zu der heimlichen Trauung abgegeben hatte, ergriff ihre Hand. »Treten wir dem General tapfer gegenüber!«

Zu dritt eilten sie durch die Straßen in die Richtung des Hafens. Plötzlich blieb Finn stehen.

»Was ist los?« fragte Austin.

»Risa dürfte nicht laufen. Hätte ich bloß eine Kutsche gemietet ...«

»Keine Bange«, unterbrach sie ihn errötend. Normalerweise spielte Finn fast nie auf ihre Schwangerschaft an. »Das schaffe ich schon. Gehen wir weiter, Gentlemen.«

Schließlich erreichten sie den Kai, wo Angus Magee von Offizieren umringt und mit Fragen bestürmt wurde. Risa hörte ihn kategorisch erklären, die schreckliche Schlacht am Antietam sei ein außerordentlicher Erfolg für die Union gewesen, was immer die Rebellen auch behaupten würden, und der Beweis für deren Unfähigkeit, den Krieg nach Norden zu verlagern. Letzten Endes würden die United States siegen. Die Soldaten jubelten ihm zu.

Als er seinen Blick über die Menschenmenge schweifen ließ, entdeckte er das Gesicht seiner Tochter.

Beinahe brach sie in Tränen aus. Seine Augen verrieten soviel Schmerz und Enttäuschung – und soviel Liebe. »Vater!« Entschlossen bahnte sie sich einen Weg zwischen den Soldaten und unionstreuen Zivilisten. Zunächst dachte sie, er würde sie ignorieren oder ihr den Rücken kehren.

Doch dann breitete er die Arme aus, und sie sank an seine Brust. »Mein liebes, liebes Kind«, seufzte er. »O Gott, wie ich dich vermißt habe! Ich dachte, du wärst in England, weit entfernt von Tod und Wahnsinn. Statt dessen bist du die Frau eines schurkischen Rebellen geworden.«

»Bitte, Vater!« flüsterte sie. »Nicht vor all den Leuten.«

»Natürlich, du hast recht. Reden wir später.«

Es dauerte sehr lange, bis die Aussprache stattfand, denn der General wurde von den Yankee-Offizieren und den Unionsanhängern unter den Stadtbewohnern zum Dinner eingeladen.

Nervös ertrug Risa die gesellschaftlichen Pflichten an der Seite ihres Vaters und lächelte gezwungen, während die Damen hinter ihrem Rücken über sie tuschelten. Wie habe sie bloß diesen Rebellen heiraten können? Weil ihr nichts anderes übriggeblieben sei – in ihrem Zustand ...

Seltsamerweise klagte man eher Risa an als den Captain. Immerhin war er ein *Mann* – und bekannt für die gute Behandlung der Yankees auf den Schiffen, die er kaperte. Und die Tochter des Generals hatte ihn schamlos verführt.

Am schlimmsten benahm sich eine Miss Ivy Pendleton, eine dünne, unscheinbare Klatschbase in Risas Alter. Sie behauptete, sie sei stets eine Unionsanhängerin gewesen. Aber als St. Augustine von den Rebellen regiert worden war, hatte sie schallend ›Dixie‹ gesungen.

»Machen Sie sich nichts draus«, flüsterte Finn in Risas Ohr, während ihr Vater mit den Soldaten sprach, die gerade eine Waffenausstellung im Fort Marion organisiert hatten. »Diese vertrocknete alte Jungfer ist nur neidisch, weil kein Mann jemals auf den Gedanken käme, sie auf sein Schiff zu entführen.«

»Und nach dem Krieg wird's zu wenig Männer geben«, fügte Austin hinzu. »Da kriegt sie keinen, und deshalb verunglimpft sie alle Frauen, die schon einen haben.«

Risa schenkte den beiden ein dankbares Lächeln. Am späten Abend begleitete der Vater sie nach Hause. Sie war erleichtert, weil er beschlossen hatte, nicht bei ihr, sondern im Offiziersquartier zu wohnen.

Aber sobald er die Tür ihres Salons hinter sich geschlossen hatte, schrie er sie an: »Verdammt, du bist die Frau dieses Schurken, dieses Bastards ...«

»Vater, er ist Ians Vetter. Und in meiner Situation *mußte* ich ihn heiraten.«

Bebend sank er in einen der bequemen Lehnstühle vor dem Kamin. »Und du hast damals behauptet, die Gerüchte würden nicht zutreffen – und er hätte dich nicht ...«

»Er hat mich nicht vergewaltigt.«

»O Gott, ich dachte, ich hätte eine ehrbare junge Frau großgezogen! Dieses Wort dürftest du nicht einmal *kennen!*«

»Bitte, Vater ...«

»Also bist du freiwillig mit ihm – intim geworden? Warum? Das vestehe ich nicht.«

»Nun ja …«

»Nein, ich will's gar nicht hören, und ich glaube nach wie vor, daß er dich dazu gewzungen hat. So dumm bist du nicht – dich in einen Kerl zu verlieben, der dich auf niederträchtige Weise entführt hat …«

»Moment mal, Vater, das war nicht niederträchtig. Ich bin in feindliches Gebiet vorgedrungen, und ich kannte seine Kriegspläne. Also blieb ihm gar nichts anderes übrig, als mich auf sein Schiff mitzunehmen.«

»O Risa, weißt du denn nicht, wie mich das alles bekümmert? Allein schon der Gedanke, ein Mann könnte dich grausam behandelt haben …«

»Glaub mir, er hat mir nichts angetan.« Sie kniete vor ihm nieder und ergriff seine Hände. »Was geschehen ist, habe ich nicht beabsichtigt. Ich kann's auch nicht erklären. Dieser schreckliche Krieg macht uns das Leben so schwer, und ich dachte, vielleicht würde ich nie mehr eine Gelegenheit finden … Jedenfalls ist's passiert, ich bin Jeromes Frau, und ich erwarte sein Kind. Deshalb bleibe ich nach wie vor eine Yankee – und deine Tochter, die dich innig liebt.«

Bedrückt streichelte er ihre Wange. »Und dein Mann ist und bleibt ein Rebell – ein leichtfertiger Blockadebrecher, den unsere Soldaten eines Tages ganz sicher umbringen werden.«

Über Risas Rücken lief ein kalter Schauer. Sie hatte seit der Hochzeit nichts mehr von Jerome gehört. Und sie mußte ihrem Vater recht geben. Unentwegt riskierte er sein Leben. Da sich die Konföderation in einer verzweifelten Lage befand, würde er die Unionsblockade auch weiterhin durchbrechen. »Jeden Abend bete ich auch um *dein* Leben Papa. Es ist das einzige, was wir Frauen in diesem Krieg tun können – wir beten um unsere Väter, Ehemänner, Brüder, Liebhaber, Söhne … Wenigstens kann ich mich im Hospital nützlich machen, Dr. Cripped helfen, Freunde und Feinde zusammenzuflicken – und hoffen, eine Rebellin würde notfalls *dich* ebensogut betreuen.«

»Nun, da dieser elende Rebell dein Mann ist, muß ich

mir wohl oder übel wünschen, daß er alle Gefahren überlebt – und daß der Krieg bald ein Ende findet. Verzeih mir meinen Zorn, Risa. Aber ich bin nur so wütend, weil ich dich liebe.«

»Und ich liebe dich, Papa.« Wie in ihrer Kindheit kletterte sie auf seinen Schoß.

»Du bist ziemlich dick geworden.«

»Willst du einen Enkel haben? Oder eine Enkelin?«

»Vor allem ein gesundes Baby. Jetzt steh auf, mein Mädchen. Ich muß ins Bett, weil ich ein müder alter Mann bin – und weil ich deinetwegen jeden Tag neue graue Haare bekomme.«

»Tut mir leid, daß ich drauf hinweisen muß – aber du bist schon jetzt ganz grau.«

»Daran bist du schuld.«

Lächelnd erhob sie sich von seinem Schoß, reichte ihm eine Hand und half ihm auf die Beine.

»Dir zuliebe will ich mich mit der Situation anfreunden, Risa. Aber das wird dir nichts nützen, wenn du nach Washington kommst.«

»Hier in St. Augustine fühle ich mich sehr wohl, Papa«, erwiderte sie zögernd.

»Darüber müssen wir noch mal reden.«

Als er mühsam zur Tür hinkte, folgte sie ihm besorgt. »Was hast du denn mit deinem Fuß gemacht?«

»Nichts«, entgegnete er etwas zu hastig.

»Setz dich, das muß ich mir anschauen.«

»Nein, nein …«

»Doch!« Energisch zog sie ihn zum Sessel zurück und drückte ihn hinein und begann, seine Stiefel aufzuschnüren.

»Laß das …«

»O Papa!« rief sie erschrocken und zog ihm den blutgetränkten Socken aus.

»Nur ein kleiner Schrapnellsplitter …«

»Der immer noch drinsteckt! Und die Wunde ist vereitert. Das könnte sich zu einer gefährlichen Infektion entwickeln.«

»Deshalb lasse ich mir nicht den Fuß abschneiden.«

»Vermutlich kann ein guter Chirurg den Splitter entfernen und eine Amputation vermeiden«, meinte Risa und stand auf.

»Heute hat sich dein Dr. Cripped den Fuß angesehen und erklärt, eine Amputation sei unumgänglich.«

»Nun, wenn das die einzige Lösung ist, mußt du's eben hinnehmen. Aber vielleicht ist es doch nicht nötig. Ich kenne Ärzte, die in solchen Fällen versuchen würden, den Fuß zu retten.«

»Tatsächlich?«

»Jetzt werde ich die Wunde reinigen, und dann gehst du ins Bett. Morgen rede ich mit Dr. Cripped und entscheide, was zu tun ist.« Sie hatte bereits beschlossen, Dr. Julian McKenzie um eine Diagnose zu bitten.

»Was mit meinem Fuß passiert, wirst du *nicht* bestimmen!«

»Natürlich nicht, Papa.«

Nachdem er sich zur Ruhe begeben hatte, legte sie ein Cape um ihre Schultern und eilte zu den Dienstbotenquartieren hinter ihrem Haus. Dort traf sie den alten Charles an. »Können Sie jemanden über den Fluß zu Captain Dr. McKenzie schicken und ihm ausrichten lassen, daß ich ihn dringend sehen muß?«

»Gewiß, Ma'am. Gehen Sie jetzt wieder heim. Hier draußen ist man seines Lebens nicht mehr sicher.«

»Danke, Charles.« Als sie zu ihrem Haus zurückkehrte, gewann sie den unangenehmen Eindruck, irgend jemand würde sie beobachten, und sie beschleunigte ihre Schritte.

Inzwischen hatte Charles' Frau ihre Badewanne gefüllt und einen Kessel mit heißem Wasser über das Kaminfeuer gehängt.

Risa kleidete sich aus. Mittlerweile war das Bad abgekühlt, und sie holte den Kessel, um noch etwas dampfendes Wasser nachzugießen. Dann stieg sie in die Wanne.

Während sie sich wohlig ausstreckte und über ihren

gewölbten Bauch strich, spürte sie die Bewegungen ihres Babys. Von einem heißen Glücksgefühl überwältigt, erkannte sie, wie sehr sie ihr ungeborenes Kind liebte. Und seinen Vater liebte sie genauso.

Nach einer Weile kletterte sie seufzend aus der Wanne, trocknete sich ab und schlüpfte in ein weißes Nachthemd. Vielleicht war der Vater ihres Babys gerade in Charleston – und umarmte seine einstige Verlobte. Immerhin hatte Risa ihm erklärt, er dürfe sie nie mehr anrühren. Worauf er erwidert hatte, es gebe genug schöne Frauen …

Könnte sie jene bitteren Worte doch zurücknehmen – und die Hochzeitsnacht noch einmal erleben. Die Einsamkeit lag bleischwer auf ihrer Seele. In ganz Amerika, im Norden und im Süden, waren so viele Frauen allein, aber der Liebe ihrer Männer gewiß, die sich nach ihnen sehnten. Während sie selbst …

Verzweifelt kämpfte sie mit den Tränen. Würde sie jemals eine richtige Ehe mit Jerome führen?

Trotz ihres Kummers mußte sie eingeschlafen sein, denn sie erwachte plötzlich. Hatte sie etwas gehört? Oder nur geträumt?

Unsicher stieg sie aus dem Bett. Die sterbenden Flammen in den beiden Kaminen erhellten das Haus nur ganz schwach. Auf Zehenspitzen schlich sie in den Salon hinüber und vergewisserte sich, daß sie die Vordertür verriegelt hatte.

»Risa.«

Verwirrt und erschrocken drehte sie sich um.

Da stand er, lässig an den Kamin gelehnt.

»Jerome!« flüsterte sie.

Ein spöttisches Lächeln umspielte seine Lippen. »Ja, meine Liebe, ich bin's.«

20

»Mein Gott!« Sie hatte nichts von einem Blockadebrecher gehört, dem es gelungen war, den Fluß hinabzusegeln. »Was – was machst du hier?«

»Warum bist du so überrascht. Du hast mich doch rufen lassen, Mrs. McKenzie.«

»Ja, aber …«

Sie hatte Julian bitten wollen, in die Stadt zu kommen. Offenbar hatte man ihn auf der anderen Seite des Flusses mit Jerome verwechselt. Nun erfüllte das Wiedersehen ihr Herz mit heißer Freude, und sie verschwieg ihm den Irrtum. Vermutlich war er allein über den Fluß geschwommen. Sein Confederate-States-Navy-Rock hing über einem Stuhl und trocknete vor dem schwachen Kaminfeuer.

»Nun?« fragte er mit gepreßter Stimme.

»Ich …« Nein, sie würde ihm verheimlichen, daß sie nicht *ihn* hierherbestellt hatte. Später wollte sie ihn fragen, ob Julian den Fuß ihres Vaters untersuchen könnte. »Tut mir leid. Hoffentlich habe ich dir keine Unannehmlichkeiten bereitet.«

»Nicht die geringsten. Was willst du?«

»Es – tut mir so leid.«

»Was?«

»Bei unserer letzten Begegnung habe ich so schreckliche Dinge gesagt. Das war nicht ernst gemeint.«

»Seltsam – du beorderst mich in die Stadt meiner Feinde, nur um dich zu entschuldigen?«

»Nun, ich sagte, du dürftest mich nicht anrühren – und ich würde dich nur wegen des Babys heiraten …«

»Ja, das hast du klar und deutlich erklärt.«

»Für – für mich war das nicht so einfach … Ich dachte, unsere Ehe würde von Anfang an unter einem schlechten Stern stehen. Und du solltest dich zu nichts gezwungen fühlen … Verdammt, kannst du's mir nicht ein bißchen leichter machen?«

»Ich höre mir an, was du zu sagen hast.«

Seufzend starrte sie in die Flammen, dann wandte sie sich wieder zu Jerome. »Bitte, ich – ich …«

»Warum stotterst du?«

»Sei nicht so gemein!«

»Was erwartest du von einem wilden Rebellen, in dessen Adern Indianerblut fließt?«

»Daß er mir eine Chance gibt. Wie ich bereits sagte – ich habe jene Worte nicht ernst gemeint.«

»Bist du sicher?«

»O ja.« Nach einer kleinen Pause fragte sie: »Und wo warst du die ganze Zeit?«

»Warum interessiert dich das?«

»Natürlich bin ich um dein Wohl besorgt.«

»So?« Jetzt nahm seine Stimme einen sanfteren Klang an. »Und was steckt *wirklich* hinter deiner Neugier?«

»Also gut«, flüsterte sie, »um die Wahrheit zu gestehen – ich hatte gehofft, du wärst nicht in Charleston gewesen.«

Eine Zeitlang musterte er Risa wortlos. Schließlich ging er zu ihr und zog sie an sich. »Ich muß dir auch eine Frage stellen, Yank.«

»Welche?«

»Liebst du meinen Vetter Ian immer noch?«

Lächelnd schüttelte sie den Kopf. »Schon lange nicht mehr.«

»Und deine Entschuldigung? In unserer Hochzeitsnacht warst du verdammt eklig.«

»Ich sagte doch, es tut mir leid.«

Ungeduldig hob er ihr Kinn hoch. »Was Besseres fällt dir nicht ein?« flüsterte er an ihren Lippen. Doch … Voller Leidenschaft erwiderte sie seinen Kuß. Ihre Zunge spielte mit seiner und erforschte seinen Mund, ihre Arme umfingen seinen Hals, ihre Finger schlangen sich in sein Haar. Wie wundervoll er sich anfühlte – die Kraft seiner Arme, die Wärme seiner Haut … In fieberhafter Glut küßten sie sich.

Nach einer Weile hob er sie hoch, trug sie ins Schlafzimmer und stellte sie auf die Füße. Als er aus seinen feuchten Breeches und dem Hemd schlüpfte, zog Risa ihr Nachthemd über den Kopf. Es fiel zu Boden, und sie kniete sich auf die Bettkante.

Jerome stand nackt vor ihr, sichtlich erregt. Nie zuvor hatte sie die Initiative ergriffen, und sie war nervös, aber fest entschlossen, seinen Körper zu erforschen, ihn zu verführen und zu verzaubern, damit er sich in den langen Kriegstagen stets an seine Frau erinnern würde. Sie legte die Arme um seine Taille, schmiegte sich an ihn, streichelte seinen Rücken mit ihren Fingerspitzen, hauchte zarte Küsse auf sein Gesicht, seine Schultern, den heftig pochenden Puls an seinem Hals.

Langsam wanderten ihre Lippen über seine Brust nach unten und begannen ihn intim zu liebkosen. Während sie ihn stöhnen hörte, stieg ein süßes Triumphgefühl in ihr auf, und sie hielt seine Hüften fest. Zu immer kühneren Zärtlichkeiten ermutigt, spielte sie mit ihm und reizte ihn mit ihrer Zungenspitze, bis er einen halb erstickten Schrei ausstieß. Er zog sie empor, verschloß ihr den Mund mit einem verzehrenden Kuß. Voller Sehnsucht umfaßte er ihre Brüste. Alle ihre Sinne erwachten. Schließlich ließ er sie aufs Bett hinabsinken, bedeckte ihren ganzen Körper mit Küssen und schob seinen Kopf zwischen ihre Schenkel. Noch nie hatte sie ihn so heiß begehrt. Atemlos wand sie sich umher.

Aber er hielt plötzlich inne, und sie merkte, daß er ihren gewölbten Bauch betrachtete.

Behutsam strich er darüber. »Es hat sich bewegt ...«

»Was?«

»Unser Kind. Vielleicht will's nicht, daß ich mit dir schlafe.«

»Oh, das macht ihm nichts aus. Über solche Dinge weiß ich Bescheid. Im Lauf der Jahre hab' ich mit vielen werdenden Müttern gesprochen und auch als Hebamme fungiert.«

Lächelnd richtete er sich auf und küßte sie. »Nur zur Sicherheit – es gibt eine Methode, bei der gar nichts passieren kann.« Er drehte Risa auf die Seite, sein warmer

Mund glitt über ihren Rücken dann drang er langsam in sie ein.

Leise keuchte sie auf. Es war so wunderbar, ihn endlich wieder in sich zu spüren. Obwohl er sich vorsichtig bewegte, fühlte sie seine männliche Kraft, seine Lust, die ihre eigene schürte. So lange hatte sie sich nach ihm gesehnt. Nun war das Warten auf die Erfüllung reine Freude. Gemeinsam schwebten sie in ein Paradies voll gleißender Sterne empor. Danach lag sie zufrieden und glücklich in seinen Armen, immer noch zitternd. Sie war seine Frau, sie liebte ihn, und sie würden ein Kind bekommen. Sollte doch die restliche Welt, der Norden ebenso wie der Süden, zum Teufel gehen!

»Ich wünschte, du würdest mich öfter zu dir bestellen«, flüsterte er in ihr Haar.

»Leider weiß ich nur selten, wohin ich meine Boten schicken soll. Warst du in Charleston?«

»An vielen Orten«, erwiderte er und streichelte ihren Bauch. »Aber nicht in Charleston. Neulich besuchte ich die Plantage meiner Eltern und sammelte einige Heilkräuter … Oh, er bewegt sich wieder!«

»Vielleicht wird's eine *Sie*.«

»Das bezweifle ich.«

»Warum?«

»Weil mein Vater zuerst zwei Söhne bekam.«

Risa drehte sich zu ihm um. »Alle Männer wünschen sich Söhne.«

Lachend schüttelte er den Kopf. »Kleine Mädchen sind sehr süß. Gerade habe ich mein Schwesterchen kennengelernt.«

Verwundert richtete sie sich auf. »Teela …«

»Ja, sie bekam eine Tochter, die Mary genannt wurde, nach der Mutter meines Vaters.«

»Natürlich hast du dich auf den ersten Blick in die Kleine verliebt.«

»Nicht sofort«, gestand er und zog sie wieder zu sich hinab. »Anfangs haßte ich sie.«

»Das glaube ich dir nicht.«

»Beinahe hätte sie meine Mutter umgebracht.«

»O Jerome, es tut mir so leid ...«

»Jetzt geht's ihr wieder gut. Aber sie hat viel durchgemacht.«

»Nun, sie ist nicht mehr die Jüngste. Schon bei Sydneys Geburt gab es Probleme. Damals spielte ihr Alter noch keine Rolle. Und jetzt muß ich mich deinetwegen sorgen.«

Verwirrt schaute sie in seine Augen und staunte über die tiefen Gefühle, die sie darin las.

»Alaina hat inzwischen auch eine kleine Tochter bekommen. Auf Cimarron. Ihr erstes Kind hatte sie in Washington geboren. Und diesmal wollte sie die Niederkunft in ihrem Heim erleben.«

»Davon habe ich schon gehört.« Nachdenklich erwiderte er Risas Blick. »Weißt du noch, was ich gesagt habe? Du müßtest das Baby in meinem Elternhaus kriegen.«

»Ja, ich erinnere mich.«

»Jetzt will ich's nicht mehr. Bleib hier in St. Augustine. Julian ist in der Nähe. Und wenn es doch Komplikationen gibt ...«

»Die meisten Frauen bringen ihre Babys mit der Hilfe von Hebammen, Krankenschwestern und Freundinnen zur Welt. In diesen schweren Kriegszeiten findet man kaum Ärzte, die sich um werdende Mütter kümmern.«

»Derzeit wird in Florida kaum gekämpft. Wenn du meinen Vetter Julian rufen läßt, kommt er sofort zu dir. Hoffentlich werde auch ich bei dir sein. Nur Gott weiß, was uns im Februar erwartet.« Er strich über ihre Wange. »Jetzt muß ich gehen. Bevor es hell wird.«

Bedrückt schmiegte sie sich an ihn und spürte sein Herz an ihrem schlagen. »Oh, ich wünschte ...«

»Was?«

»Ich wünschte, du müßtest nicht fortgehen.«

»Wirklich?«

»Ja. Wie gern würde ich in deinen Armen einschlafen ...«

»Diesmal kann ich dich nicht einmal auf mein Schiff entführen«, erwiderte er lächelnd.

»Deine Schwangerschaft ist zu weit fortgeschritten.«

»Jetzt noch nicht.«

»Trotzdem darfst du mich nicht an Bord eines Blockadebrechers begleiten. Das wäre zu gefährlich, für dich und unser Baby.«

»Aber ich will nicht, daß du mich verläßt.«

»Großer Gott, ich will es auch nicht.«

In wachsender Begierde küßte er sie, entfachte erneut ihre Leidenschaft, und bald verschmolzen sie wieder miteinander. Eine süße Qual, eine himmlische Erfüllung … Aber diesmal hielt er sie nicht in den Armen, als das Verlangen gestillt war. Er stieg aus dem Bett und zog sich an. Dann ergriff er ihr Nachthemd. Risa erhob sich auf die Knie, und er streifte es über ihren Kopf. Wortlos ging er in den Salon hinüber, um in sein Jackett und die Stiefel zu schlüpfen, und Risa folgte ihm. »Könnte ich dich doch jederzeit rufen, und du würdest wie durch Zauberei erscheinen!« wisperte sie und schlang die Arme um seinen Hals. Schuldbewußt entsann sie sich, daß sie eigentlich nach seinem Vetter geschickt hatte, der den verletzten Fuß ihres Vaters untersuchen sollte.

Am nächsten Morgen würde sie mit Julian Verbindung aufnehmen. Aber jetzt galten alle Gedanken und Gefühle ihrem Mann. Zärtlich drückte er sie an sich. »Wenn ich doch nicht gerufen werden müßte – wenn du mich jeden Abend in meiner Koje erwarten könntest. Dann müßtest du dich jede Nacht so nett entschuldigen wie diesmal.«

»Es hat mir ehrlich leid getan.«

»Jetzt muß ich wirklich gehen.« Jerome schnallte den Waffengurt um den Navy-Rock, wandte sich zur Tür und schob den Riegel zurück.

»Warte!« Risa rannte ihm nach, warf sich an seine Brust und küßte ihn ein letztes Mal voller Leidenschaft.

Plötzlich flog die Tür auf.

Jerome stieß Risa hinter seinen Rücken, zog sein Schwert und sprang über die Schwelle.

»Packt ihn!« lautete ein scharfer Befehl. Grelles Licht blendete ihn.

»Um Himmels willen!« stieß Jerome hervor. »Bleib im Haus, Risa, du darfst dein Leben nicht riskieren!« Mit seiner freien Hand beschattete er seine Augen, um sie vor dem Licht zu schützen. Trotz der zahlreichen Laternen sah Risa die Soldatenreihe.

»Lassen Sie Ihre Waffe fallen, Captain McKenzie!« forderte einer der Yankees.

»Verdammt, versuchen Sie doch, mich zu entwaffenen!« entgegnete Jerome.

»Nein!« schrie Risa, als ein Dutzend Gewehre entsichert wurde.

»Zielt auf ihn! Captain, lassen Sie die Waffe fallen!«

Entsetzt starrte Risa in die Mündungen. Irgend jemand mußte gewußt haben, daß ihr Mann sie in dieser Nacht besuchen würde, und die Unionssoladten hatten das Haus umstellt Aber Jerome würde niemals kapitulieren.

»Unterwerfen Sie sich, Captain!«

»Den Teufel werde ich!« knurrte Jerome und trat vor.

»Nein!« flehte Risa, rannte in die Nacht hinaus und stellte sich entschlossen vor ihn.

»Halt, nicht schießen!« rief ein Unionsoffizier.

Jerome senkte sein Schwert. Als Risa sich zu ihm wandte, las sie kalte Verachtung in seinen Augen und erriet, was er dachte – daß sie ihn zu sich gerufen hatte, um ihn zu verführen und seinen Feinden auszuliefern. Sie wollte protestieren und sich verteidigen. Doch es wäre sinnlos gewesen – er würde nicht an ihre Unschuld glauben.

Mit einem bitteren Lächeln verspottete er Risa und sich selbst. »Du Biest!« flüsterte er. Die Waffen richteten sich unverwandt auf ihn.

Diesen Kampf konnte er unmöglich gewinnen, ohne seine Frau zu gefährden. Trotz seines heißen Zorns hatte er Angst um sie. Und so legte er zähneknirschend sein Schwert auf den Boden. Von der Gefahr abgesehen, die Risa drohte – es wäre reiner Selbstmord gewesen, dieser Übermacht zu trotzen. Gegen seinen Willen mußte er ihr dankbar sein, weil sie sich vor ihn gestellt hatte. Obwohl sie die Schuld an seiner Festnahme trug.

»Jerome!«

Er schaute in ihre schönen aquamarinblauen Augen und sah die theatralischen Tränen, die sein Herz nicht bewegten. Schweigend kehrte er ihr den Rücken. »Würde jemand so freundlich sein, General Magees Tochter ins Haus zurückzuführen?« fragte er kühl. »Danach werde ich kapitulieren, Gentlemen. Wenn Sie wollen, legen Sie mir Handschellen an. Vielleicht sollte ich das Gefängnis den unsichtbaren Fallstricken sogar vorziehen, in die ein argloser Mann nur zu leicht geraten kann.«

Er wandte sich ein letztes Mal zu ihr. Wie versteinert stand sie da, den Kopf hoch erhoben.

Verdammt, wie zauberhaft und sinnlich sie in ihrem Nachthemd aussah, vor all den Männern …

»Miss Magee.« Einer der Soldaten trat vor. »Wenn ich Sie hineinbringen darf …«

Während sie ins Haus ging, wurde ihr Mann tatsächlich mit Handschellen gefesselt. Offenbar hielt man ihn für sehr gefährlich. Auch seine Füße wurden in Ketten gelegt, damit er nicht davonlaufen konnte. Danach wirkten die Unionssoldaten immer noch nervös. Diese Narren, dachte er. Als könnte ich Stahl zerreißen … So würdevoll wie möglich fügte er sich in sein Schicksal und versuchte, seine Wut zu bezähmen. Ein fabelhafter Rebell bin ich, dachte er höhnisch. Groß und stark – und völlig hilflos.

Ohne den geringsten Widerstand zu leisten, folgte er den Yankees und verfluchte seine schöne Ehefrau, die ihn so tückisch ans Messer geliefert hatte.

21

Eine Woche lang wurde er im Fort Marion festgehalten. Dann erinnerte sich ein älterer Unionsoffizier an die Gefangenschaft des Seminolenhäuptlings Osceola, der gemeinsam mit mehreren Häftlingen aus der Festung entkommen und in der Nacht verschwunden war. Zu diesen

Männern hatte Jerome McKenzies Vater gezählt, und die Yankees wollten eine Wiederholung jener Episode verhindern.

Auch aus anderen Gründen eignete sich das Fort Marion nicht für den Aufenthalt eines so bedeutsamen Kriegsgefangenen. Seit August wurden die Unionssoldaten von einem gewissen ›Dixie‹ attackiert – John Jackson Dickison.

Seinen zweiten Vornamen hatte er zu Ehren Andrew Jacksons erhalten, der ein guter Freund seines Vaters war. Seine Kavallerieeinheit war in einen Artillerietrupp umgewandelt worden.

Deshalb hatte er den Dienst quittiert, um eine neue Einheit zu gründen, die seit dem 21. August 1862 gegen die Yankees kämpfte. An einem einzigen Tag konnte er mit seinen Männern fast hundert Meilen zurücklegen, überrumpelte seine Feinde mit blitzschnellen Angriffen und schlug Kompanien in Richtung Washington zurück, die doppelt so groß waren wie seine eigene. Da sich die Rebellen gewaltig ärgerten, weil die Union am 5. Oktober Jacksonville zurückerobert hatte, planten sie womöglich mit Dixies Hilfe, ihren Helden Captain McKenzie zu befreien.

Deshalb wurde er hastig nach Norden transportiert. Risa durfte ihn nicht mehr sehen. Doch sie fand es ohnehin sinnlos, die Yankees um eine Besuchserlaubnis zu bitten, weil er ihr die Schuld an seiner Verhaftung gab. Niemals würde er ihr verzeihen. Sie glaubte, ihr Vater hätte die Festnahme ihres Mannes veranlaßt, obwohl er das entschieden bestritt. Als sie am nächsten Morgen ins Offiziersquartier gestürmt war, hatte er erklärt: »Davon habe ich erst vor wenigen Minuten erfahren.«

»Vater, du willst ihn tot sehen. Oft genug hast du ihn bedroht, in der Presse, in meiner Gegenwart ...«

»Weil ich wütend war, nachdem ein unverschämter Reb-Captain *meine* Tochter gefangengenommen hatte! Aber dann bist du mir davongelaufen, hast ihn geheiratet, und du erwartest sein Kind. Warum sollte ich seinen Tod wünschen? Übrigens ist er in der Kriegsgefangenschaft besser aufgehoben als auf dem Meer, wo er ständig die immer dichtere Blockade zu durchbrechen sucht. In seiner Zelle könnte er den Krieg sogar überleben ... Jedenfalls trage ich keine Schuld an seiner Festnahme. Ich werde mein Bestes für ihn tun und bekanntgeben, daß er mein Schwiegersohn und der Vater meines ungeborenen Enkels ist.«

»O Vater, womöglich beschließen die Yankees, ihn hinzurichten! Versprichst du mir, sein Leben zu retten?«

Traurig schüttelte er den Kopf. »So etwas kann in diesem Krieg niemand versprechen. Aber ich will ihn im Auge behalten und darauf achten, wohin man ihn bringen wird. Demnächst kehre ich nach Washington zurück. Du begleitest mich natürlich.«

»Nein, Vater.«

»Aber – Risa ...«

»Kümmern wir uns um deinen Fuß. Wenn du wieder gesund bist, darfst du abreisen, und ich werde dir bald folgen.«

Inzwischen hatte sie einen Unionsoffizier vom beunruhigenden Zustand ihres Vaters überzeugt. Ein Soldat war in einem Boot mit weißer Flagge über den Fluß gerudert, um Julian zu holen. Wenig später lag Angus auf dem Operationstisch und beobachtete den Arzt, der die Wunde untersuchte. »Mein Junge, Sie sollten das Blau der Union tragen.«

Grinsend zuckte Julian die Achseln. Die Florida-Streitkräfte besaßen kaum noch Uniformen. Deshalb trug er Breeches aus Baumwolle und ein graues Hemd. »Manchmal glauben die Leute, Ian und ich wären Zwillinge, obwohl ich zwei Zentimeter größer bin. Darüber hat er sich in unserer Kindheit maßlos geärgert. Jetzt leugnet er's einfach.«

»Und warum flicken Sie einen alten Unionsgeneral zusammen?«

»Weil ich ein Arzt bin und den hippokratischen Eid geschworen habe.«

»Können Sie meinen Fuß retten?«

»Ich denke schon.«

»Da sehen Sie's, Sir!« wandte sich Angus an Dr. Cripped, der auf der anderen Seite des Operationstisches stand. »Dieser junge Rebell wird meinen Fuß retten!«

Thayer Cripped verdrehte die Augen und schaute Risa an, die ihm zulächelte. »Nun, mein Vater wurde nicht zum General befördert, weil er sich durch besonderes Taktgefühl oder diplomatisches Geschick ausgezeichnet hätte. Aber Julian ist ein hervorragender Arzt.«

»Gut, dann will ich was von diesem jungen Reb lernen, General Magee.«

Obwohl Angus heftig protestierte, wurde er auf Julians Anweisung hin anästhesiert. Thayer hielt ihm einen kleinen, mit Chloroform getränkten Schwamm unter die Nase, bis er einschlief.

Während Julian den Splitter aus dem Fuß entfernte, erklärte er, wie man solche Wunden – seiner Erfahrung nach – am besten behandelte. »Die Anästhesie wird erst seit etwa zwanzig Jahren eingesetzt. Leider können wir unsere Patienten meistens nur mit Whiskey betäuben – oder sie beißen auf Gewehrkugeln. Übriges, wenn man das Blut aufsaugt, sollte man bei jedem Soldaten einen neuen Schwamm benutzen. Wie ich festgestellt habe, wirkt das Wunder.«

»Bedauerlicherweise ist das wegen Materialknappheit meist nicht möglich«, erwiderte Thayer.

»Aber das Infektionsrisiko wird dadurch erheblich verringert. Da ich stets auf sauberen Schwämmen und Bandagen bestand, konnte ich schon viele Gliedmaßen retten – und meine Patienten am Leben erhalten. Außerdem fördert frische Luft die Genesung. Mein Vetter hat mir von den Zuständen auf Schlachtfeldern wie Manassas und Sharpsburg erzählt. Dort müssen die Ärzte so schnell arbeiten, daß ihnen gar nichts anderes übrigbleibt, als Arme und Beine zu amputieren Aber ich tue mein Bestes, um das zu verhindern.«

Thayer nickte voller Bewunderung. Nach der Operation versorgte er Angus, während Julian in Risas kleinem

Haus starken Kaffee mit importiertem französischem Cognac trank.

»Nun gehörst du also zur Familie, Risa«, begann er. »Aber in den Südstaaten wird man dich verdammen. Hast du Jerome hierherbestellt, um ihn verhaften zu lassen?«

»Natürlich nicht!« beteuerte sie. »Ich wußte gar nicht, daß er in der Nähe war. Eigentlich versuchte ich, *dich* zu erreichen, wegen der Verletzung, die Papa erlitten hatte.«

»Interessant ... Ein junger Zivilist kam zu uns und erklärte, Mrs. McKenzie würde den Captain gern sehen. Ich bin ebenso wie Jerome ein Captain. Er war gerade mit Nachschub eingetroffen. Wir dachten, das hättest du erfahren, und du würdest ihn brauchen.«

»Nein, ich hatte keine Ahnung. Das schwöre ich dir. Die Yankees müssen von seiner Rückkehr gehört und ihm hier aufgelauert haben. Aber er wird nicht an meine Unschuld glauben.«

»Wohl kaum. Jerome in einer Zelle – genausogut könnte man einen wilden Florida-Panther einsperren. Sicher klettert er vor Wut die Wände hoch. Weißt du, wo er jetzt ist?«

»Das wollten mir die Unionsoffiziere nicht mitteilen. Die Rebs bilden sich ein, ich hätte ihn verraten, und die Yanks fürchten vermutlich, ich würde ihm irgendwie zur Flucht verhelfen, wenn ich ihn besuche.«

»Hm ...«, murmelte Julian.

»Offenbar machst du mich auch für seine Festnahme verantwortlich«, fauchte sie. »Ich sage die Wahrheit, und falls du daran zweifelst – fahr zur Hölle!« In etwas sanfterem Ton fügte sie hinzu: »Wie auch immer, ich bin dir dankbar. Denn du hast den Fuß meines Vaters gerettet, vielleicht sogar sein Leben.«

»Behaupte ich etwa, ich würde dir nicht glauben? Und was deinen Vater betrifft, habe ich nur meine ärztliche Pflicht getan.« Seufzend stellte er seine Tasse ab. »Ich wünschte, ich könnte länger hierbleiben. Diese Stadt habe ich immer geliebt. Und seit die Yanks das Regiment in St.

Augustine führen, schmeckt der Kaffee viel besser. Aber ich darf mich nicht im feindlichen Gebiet aufhalten und muß sofort in unser Lager zurückkehren.«

»Würdest du mir noch einen Gefallen tun?«

»Welchen?« fragte er vorsichtig.

»Nichts Schlimmes. Wie gesagt, mein Mann wird mir niemals verzeihen, und ich bin ihm böse, weil er mich von vornherein verdammt. Trotzdem möchte ich seinen Wunsch erfüllen und das Baby auf Jeromes Familiensitz zur Welt bringen. Ganz egal, was wir beide jetzt empfinden, dieses Land ist das Erbe unseres Kindes.«

»Und – dein Vater?« erkundigte er sich unbehaglich.

»Ich werde ihm meinen Plan verschweigen. Wollen Jeromes Männer sein Schiff wegbringen?«

»Ja«, gab er widerstrebend zu.

»Fahren sie nach Süden? Bitte, Julian, du kannst mir wirklich vertrauen.«

»Also gut.« Er stand auf. »Wenn ich eine Möglichkeit finde, dir zu helfen, verständige ich dich.«

»Vielen Dank.« Sie küßte seine Wange, dann verabschiedete er sich.

In banger Sorge wartete sie die nächsten Tage ab. Ihr Vater bestritt nach wie vor zu wissen, wie die Yankees ihren Mann in St. Augustine aufgespürt hatten. Voller Mitgefühl kamen Finn und Austin in Risas Haus, doch sie konnten ihr auch nichts erzählen.

»Hätten Sie ihn bloß nicht geheiratet – und dann hierhergelockt!« klagte Finn.

»Ich habe ihn nicht hierhergelockt!« zischte sie. »Wären Sie mein Freund, würden Sie herausfinden, was *wirklich* geschehen ist.«

»Und hätten Sie mich damals erhört, statt einem Reb auf sein Schiff zu folgen, wären Sie jetzt die Ehefrau eines Mannes, der Sie erdrosseln will«, konterte er.

»O Finn ...«, stöhnte sie und verdrehte die Augen. Aber wie schon so oft, gelang es ihm, sie ein wenig aufzuheitern. Sie wußte, er würde stets für sie dasein.

Eine Woche später trat ihr Vater, der immer noch hinkte, die Heimfahrt an und drängte Risa, sie müsse ihm bald nach Washington folgen. Das versprach sie ihm, nannte aber kein Datum. Drei Tage nach seiner Abreise klopfte ein junger Bote in einem langen Mantel an ihre Tür und teilte ihr mit, die *Lady Varina* würde nächsten Abend Kurs auf die Biscayne Bay nehmen. Sie dankte ihm und sah ihn in der Finsternis verschwinden. Schaudernd spähte sie nach allen Seiten und fragte sich, ob die Nacht Augen hatte. Aber es rührte sich nichts und niemand ließ sich blicken.

Während der kalten Jahreszeit wurde nur sporadisch gekämpft. Die Union und die Konföderation bereiteten ihre Frühlingsoffensiven vor. Im Westen richtete ein General namens Grant, der im Gegensatz zu anderen Nordstaatlern mehrere Siege errungen hatte, sein Augenmerk auf Vicksburg, Mississippi. Im Osten begann die United States Army, vom Potomac in die Richtung von Fredericksburg vorzurücken, einer florierenden Stadt zwischen Washington und Richmond.

Jerome war ins Old-Capitol-Gefängnis gebracht worden, das im Zentrum von Washington, D.C., lag. Nicht einmal die Einzelhaft quälte ihn so schmerzlich wie die Erkenntnis seiner eigenen Dummheit. Der Zorn gegen Risa ließ nicht nach und drohte seine Seele zu zerfressen.

Wenigstens mußte er vorerst nicht um seine Sicherheit bangen. Mochte das Old Capitol auch ein heruntergekommenes Gemäuer voller Ratten sein – inmitten der Unionshauptstadt würden die guten christlichen Bürger nicht gestatten, daß Kriegsgefangene, die teilweise zu ihren Freunden und Verwandten zählten, grausam behandelt wurden. Bald sprach sich die Festnahme des berühmten Rebellen herum. Die Yankees legten offenbar keinen Wert mehr darauf, seine Gefangenschaft noch länger geheimzuhalten.

In seiner kleinen Zelle standen ein Feldbett mit einer Strohmatte und ein wackeliger alter Waschtisch. Rastlos wanderte er umher. Nach einiger Zeit durfte er täglich ein paar Stunden in einem Gemeinschaftsraum mit seinen Mithäftlingen verbringen und mußte auch nicht mehr allein essen. Dafür war er dankbar. Die Verpflegung entsprach dem üblichen Standard der Gefängnisse. Aber viele Rebs behaupteten, die Mahlzeiten würden wesentlich besser schmecken als der Proviant bei ihren Feldzügen. Wie Jerome wußte, gab es im Norden des Staates New York schlimmere Gefängnisse, wo angeblich ein Viertel der Insassen regelmäßig starb.

Alle Mitgefangenen respektierten Jerome. Zu seiner Verblüffung stellte er fest, daß ihn nicht einmal die Yankees haßten.

Eines Abends brachte ihm die Frau eines Wärters einen köstlich duftenden Eintopf und erklärte, sie wolle sich revanchieren, weil er den Besatzungen seiner gekaperten Schiffe stets freundlich begegnet sei. Zu Beginn des Krieges habe er ihren Bruder an einem Strand der Bahamas ausgesetzt. Wenig später sei der Mann von einem Unionsschiff aufgelesen worden. Ihre Dankbarkeit überraschte Jerome, denn er hatte nie geglaubt, der Krieg würde die Offiziere zu Mord- und Greueltaten berechtigen.

Die meisten Wärter verhielten sich korrekt, hatten den Krieg gründlich satt und wünschten, der Norden würde die Konföderation endlich anerkennen. Aber es gab auch einige Sadisten, die scheinbar unabsichtlich das Essen der Gefangenen verschütteten oder Lügengeschichten über Todesfälle in den Familien der Rebs erzählten.

Während der ersten Wochen schlief Jerome nur selten. Die scharrenden Geräusche der Ratten trieben ihn fast zum Wahnsinn. Immer wieder mußte er die Biester in ihre Mauerlöcher scheuchen. Ein besonders hartnäckiges Rattenmännchen ließ sich nicht einmal vertreiben, als Jerome einen Stiefel nach ihm warf. Eines Nachts kroch es sogar auf seine Brust. Schließlich nannte er das Tier Beauregard und fütterte es – um die Langeweile zu ertragen, um einen klaren Kopf zu behalten.

Die Tage gingen in Wochen über. Manchmal drangen Neuigkeiten von den Truppenbewegungen ins Gefängnis.

Jerome inspizierte die Mauern, die vergitterten Fenster, den Hof, in dem er sich täglich mit seinen Mithäftlingen die Beine vertrat. Verzweifelt suchte er einen Fluchtweg.

Tandy Larson, einer der sadistischen Wärter, besaß nicht die Erlaubnis, die Gefangenen zu züchtigen. Trotzdem schlug er sie mit dem Lauf seines Gewehrs, wenn sie sich nicht schnell genug bewegten oder an der falschen Seite des Hofs entlangwanderten. Vor allem Jerome verfolgte er mit seinem Haß, seit der Captain ihn eines Tages am Kragen gepackt und seine Waffe zerbrochen hatte, um Lieutenant Anthony Hawkins aus Mississippi eine Prügelstrafe zu ersparen. Von allen Seiten stürmten Wärter herbei. Aber Jerome hatte nichts Schlimmeres verbrochen, als Larson von Hawkins wegzuzerren und das Gewehr zu demolieren. Er war kein Narr, und er würde sich nicht erschießen lassen, sondern einen Weg in die Freiheit finden.

Von diesem Tag an machte Larson ihm das Leben schwer. Eines Abends kehrte er nach dem Hofgang in seine Zelle zurück und sah Beauregard auf der Strohmatte liegen, eine Hutnadel im kleinen Rattenherz. Natürlich war es albern, während eines Kriegs, der so viele Menschenleben kostete, um eine Ratte zu trauern. Aber verdammt, er hatte das kleine Biest gemocht, das couragierter gewesen war als so mancher Soldat. So sehr er sich auch ärgerte, er bewahrte Stillschweigen über den Vorfall.

Etwa einen Monat nach seiner Ankunft im Old Capitol, saß er gerade mit den anderen Gefangenen im Speiseraum am Tisch, als Larson hereinschlenderte und spöttisch rief: »Haben Sie von Mrs. McKenzie gehört, Captain? Vielleicht sind Sie im Süden ein großer Held. Aber Ihre Lady versteht's viel besser zu kämpfen als Sie. Erst hetzt sie Ihnen die Yankees auf den Hals, dann schnappt sie sich auch noch Ihr Schiff.« Lachend wandte er sich ab.

Blitzschnell sprang Jerome auf, warf ihn zu Boden, entriß ihm die Waffe und drückte ein Knie auf seine Kehle. »Wenn Sie schon unbedingt reden müssen – sagen Sie alles, was Sie wissen.«

Larson würgte und röchelte, und Jerome ließ ihn Luft holen.

»Gleich kommen die anderen Wärter, McKenzie«, mahnte Hawkins.

»Reden Sie, Larson!« befahl Jerome.

»Ihr Schiff wurde gekapert«, stieß Larson hervor, hochrot im Gesicht. »Mit Ihrer Frau an Bord. Vor der Florida-Küste.«

»Wo ist meine Frau jetzt?«

»Das weiß ich nicht. Wahrscheinlich wurde sie von Yankee-Offizieren belobigt, weil sie geholfen hatte, den Schoner zu erobern.«

»Wo ist das Schiff? Und was geschah mit meiner Besatzung?«

»Ein paar Leute hat man freigelassen – und die anderen ins Elmira-Gefängnis gebracht. Jetzt wird das Schiff repariert. Keine Ahnung, wo.«

»Captain ...«, warnte Hawkins. Zu spät. Ein halbes Dutzend Wärter stürmte herein. In diesem Fall mußten sogar die Männer einschreiten, die Jerome mochten. Ein Gewehrkolben landete auf seinem Kopf, er sah Sterne – und dann nichts mehr.

Später erwachte er in seiner Zelle. Die nächste Woche verbrachte er wieder in Einzelhaft. Sein Kopf schmerzte tagelang. Und die Qual schürte seinen Zorn. Er malte sich aus, Risa wäre an den Großmast gefesselt und er würde die neunschwänzige Katze schwingen. Aber bei dieser Vision fühlte er sich noch elender. Nein, am liebsten würde er sie schütteln, bis ihre Zähne klapperten, und sie dann in einen dunklen Turm sperren, wo sie keinen Schaden mehr anrichten konnte.

Wie war es ihr gelungen, ihn so niederträchtig zu verraten, an Bord seines Schiffs zu gehen und die Yankee-Behörden über das Ziel der *Lady Varina* zu informieren? Seine Besatzung verehrte und bewunderte sie. Und jetzt schmachtete die Hälfte der Männer im Elmira-Gefängnis, das wegen seiner zahlreichen Krankheits- und Todesfälle berüchtigt war.

Kurz vor Weihnachten erhielt er Briefe von seiner Familie. Sydney bemühte sich, ihn gegen ihren Yankee-Colonel auszutauschen, der mittlerweile genesen war, sein Onkel Jarrett appellierte an alte Freunde in Washington, und sein Bruder Brent bedrängte die Behörden in Richmond. Im Februar würde Ian die Erlaubnis erhalten, Jerome zu besuchen. Von seiner verräterischen Frau hörte er nichts. Während des eiskalten Januars erfuhren die Insassen des Old Capitol von Lincolns Proklamation der Befreiung aller Sklaven in den Südstaaten. Doch das deutete keineswegs auf einen Sieg der Union hin.

»Lächerlich!« meinte Norman Jaye, ein Artillerie-Captain aus Tennessee. »Wieso befreit er die Sklaven in den Südstaaten? Warum nicht in den Nordstaaten? Und wie will er sie befreien, wenn er bereits in einen Krieg verwickelt ist?«

»Gentlemen, ich fürchte, mit diesem Dokument hat Mr. Lincoln seine mächtigste Waffe eingesetzt«, bemerkte Jerome.

Diesen Worten folgte ein lautstarker Protest. Sie standen gerade fröstelnd im Hof – am einzigen Ort, wo sie diskutieren konnten, ohne von den Wärtern gestört zu werden.

»Das müssen Sie uns erklären, Captain«, erwiderte Hawkins.

»Lincoln ist ein kluger Mann, der jede Form der Knechtschaft verabscheut. In vielen Nordstaaten wurde die Sklaverei bereits abgeschafft. Aber Lincoln kann sich nicht leisten, die Grenzstaaten gegen die Unionsregierung einzunehmen. Wie wir alle wissen, leben in Staaten wie Maryland viele Sympathisanten der Konföderation. Er glaubt, am Antietam hätte er einen großen Sieg errungen, wenn wir das auch bestreiten. Für ihn ist es am wichtigsten, die Union zusammenzuhalten, und das versucht er mit allen Mitteln. Nein, natürlich kann er die Sklaven in den Südstaaten zu diesem Zeitpunkt nicht befreien. Aber er hat dem Norden zu einem moralischen Sieg verholfen, die kriegsmüde Bevölkerung überzeugt – und in Europa vielleicht einen Stimmungsumschwung zu seinen Gunsten herbeigeführt.«

»Verdammt, Sir!« fauchte Granger Oak, ein einfacher Soldat aus Georgia. »Ich besitze keine Sklaven. Die konnte sich mein Pa nicht leisten. Trotzdem glaube ich an unser gottgegebenes Recht, unsere eigenen Entscheidungen zu treffen ...«

»Granger«, fiel Jerome ihm ins Wort, »wie wir wissen, halten nur die reichen Leute Sklaven – aber nicht alle. Mein Großvater war gegen die Sklaverei. Seither hat kein McKenzie Sklaven besessen. Aber wir würden lügen, wenn wir behaupteten, die Rechte, für die wir kämpfen, würden nicht mit der Sklaverei zusammenhängen. Denn Sklavenarbeit ist die Grundlage unserer Baumwollindustrie. Vielleicht sind wir moralisch verpflichtet, die Sklaverei abzuschaffen. Und wenn das zutrifft, sind wir ebenso verpflichtet, für das Wohl und eine gute Ausbildung dieser vielen hunderttausend Menschen zu sorgen.«

»Moment mal, Captain, Sie reden von Negern ...«

»Hören Sie auf mit dem Unsinn, Oak«, unterbrach Anthony Hawkins ihn ärgerlich. »Ich kenne genug rote und weiße und schwarze Männer, die alle gleichermaßen intelligent und tüchtig sind. Wenn Sie das nicht erkennen, sind Sie ein Narr.«

Jerome lächelte ihm anerkennend zu. »Jedenfalls wird man weiteres Blut vergießen, bevor die Probleme gelöst sind. Nach meiner Ansicht hat der Süden eine schwere Schlappe erlitten. Mag es Lincoln auch an fähigen Generälen mangeln – das macht er mit seinem politischen Scharfsinn wett.«

Wieder wurde heftig protestiert und diskutiert. Aber diesmal hörte Jerome lediglich zu und fragte sich bedrückt, ob der Süden den Krieg jemals gewinnen konnte.

Ende Februar fand Larson einen willkommenen Grund, um Jerome erneut zu peinigen. »He, Rebell!« rief er durch das kleine vergitterte Fenster der Zellentür. »Wollen Sie eine gute Nachricht hören? Kennen Sie einen Jamie M. McKenzie?«

»Mein Vater heißt James.«

»Den meine ich nicht. Komisch – wissen Sie nicht einmal, wie Ihr Sohn heißt, Captain? Hier geboren, in der Hauptstadt unserer guten alten United States! Ein Yankee-Baby!« Als Larson davonging, hallte sein schallendes Gelächter durch die Korridore.

Wütend schlug Jerome mit der Faust gegen die Wand, immer wieder, bis seine Fingerknöchel bluteten. Sein Sohn. Er hatte einen Sohn. Jamie. Nach seinem Vater genannt? Und wie ging es Risa? Die Zähne zusammengebissen, erinnerte er sich an die schwierige Niederkunft seiner Mutter. Aber Risa war eine gesunde junge Frau. Wenn es schlechte Nachrichten gäbe, hätte der boshafte Larson sie ihm gewiß nicht vorenthalten. Verdammt, er mußte hier raus, nach Süden fliehen und seinen Sohn mitnehmen. Was seine Frau betraf – mit ihr hatte er ganz besondere Pläne ...

Allzuoft konnte sich General Angus Magee nicht daheim bei seiner Tochter aufhalten. Sein Hauptquartier lag im Süden der Stadt, und er konnte Risa nur selten besuchen. In der Obhut eines der Navy-Offiziere, die Captain McKenzies Schiff gekapert hatten, war sie zu ihrem Vater nach Washington gebracht worden. Wütend blitzte sie ihn an. Als er fragte, was sie an Bord eines Konföderationsschiffs zu suchen hatte, erklärte sie, es sei ihr Wunsch gewesen, das Baby auf dem Landsitz ihres Mannes zu gebären.

»Jetzt bist du wieder im Norden, Risa!« betonte er. »Auch *ich* bin ein werdender Großvater. Nicht nur James McKenzie. Du mußt hierbleiben. Wenn du jetzt abreist, wenige Wochen vor deiner Niederkunft, könntest du dir selbst und dem Baby schweren Schaden zufügen.«

»Natürlich bleibe ich vorerst in Washington, Papa, weil ich keine Wahl habe. Aber – verdammt noch mal, es ist nicht meine Schuld, daß Jeromes Schiff gekapert wurde! Trotzdem werde ich hier in Washington gefeiert, weil ich angeblich meinen Mann verraten habe. Das ist grauenhaft, und ich weiß nicht, wer das alles veranlaßt, wer dahintersteckt.«

Da Angus kein Öl ins Feuer gießen wollte, zögerte er. »Mein liebes Kind – in diesem Krieg wird viel Spionage getrieben. Gerade du müßtest das wissen. Du kanntest die berüchtigte Rose Greenhow, deine Freundin Alaina war eine Spionin ... Wahrscheinlich hat dich irgend jemand beobachtet und deine Pläne durchschaut ... Das spielt keine Rolle mehr. Jetzt ist nur noch das Kind wichtig.«

Im Februar kam das Baby zur Welt – ein kerngesunder, kräftiger Junge mit einer durchdringenden Stimme, von Anfang an fest entschlossen, seinen Willen durchzusetzen. Er hatte dichtes rostbraunes Haar und blaue Augen. Die Augen seines Vaters, entschied Angus. Dunkel wie Kobalt, nicht aquamarinblau wie Risas Augen. Die Augen eines Babys veränderten sich. Das wußte Angus. Aber in diesem Fall zweifelte er daran.

Die Niederkunft war erstaunlich problemlos verlaufen. Ohne ein einziges Mal zu schreien hatte Risa ihren Sohn geboren – in jenem stoischen Schweigen, das seit einiger Zeit ihre Stimmung kennzeichnete.

Nach ihrer Ankunft in Washington hatte sie sich an das Weiße Haus gewandt, an Julian, Sydney und ihre Schwiegereltern geschrieben, um sich für die Besatzungsmitglieder der *Lady Varina* einzusetzen, die in einem verrufenen Gefängnis schmachteten. Aber sie bemühte sich nicht um die Erlaubnis, Jerome zu besuchen. Nach Angus' Meinung glaubte sie, ihr Mann wäre ebenso wie alle anderen überzeugt, sie hätte seine Festnahme und den Verlust seines Schiffs in die Wege geleitet. Vermutlich wollte sie ihn deshalb nicht sehen.

Vom Glück der Mutterschaft erfüllt, erschien Risa ihrem Vater schöner denn je. In ihren Zügen lag eine neue Reife, und ihre stolze Haltung wirkte nun beinahe majestätisch. Entschlossen traf sie ihre Entscheidungen, und was sie plante, führte sie ebenso energisch durch. Als Ian nach Washington kam, um seine neue Order zu holen, schickte sie ihm eine Nachricht und bat ihn, er möge die

Patenschaft ihres Sohnes übernehmen, so wie sie es bei seinem getan hatte. Dann erfuhr sie, Sydney McKenzie würde sich in der Nähe der Hauptstadt aufhalten, hinter den feindlichen Linien – mit einem Gefangenen, der ausgetauscht werden sollte. Natürlich konnte Sydney nicht nach Washington kommen. Doch sie würde sich sicher nicht weigern, als Patentante ihres kleinen Neffen zu fungieren. Deshalb erledigte Risa alleine alle Formalitäten und arrangierte James Magee McKenzies Taufe in einer kleinen Kirche am Stadtrand von Manassas.

Voller Mißbilligung beobachtete Angus die junge Miss Sydney McKenzie. Obwohl ihr Vetter Ian ein Yankee-Colonel war, umarmte sie ihn liebevoll. Aber während der Zeremonie begegnete sie Risa kühl und abweisend – obwohl sie ihren kleinen Neffen sofort ins Herz zu schließen schien. Risa versuchte nicht, das Eis zu brechen und begnügte sich mit einem höflichen Lächeln. Sobald Jamie getauft war, gingen alle ihre getrennten Wege – Risa, Angus und Ian kehrten nach Washington zurück, Sydney hinter die Rebellenlinien.

Es tat Angus in der Seele weh, seine Tochter so leiden zu sehen. »Was hast du jetzt vor?« fragte er, als er sie einen Monat nach Jamies Geburt besuchte. »Ich könnte dir die Erlaubnis besorgen, deinen Mann zu sehen …«

»Nein, danke, Vater. Soviel ich weiß, hat er seiner Familie geschrieben. Mir nicht.«

»Und was wirst du tun?«

»Nun, ich werde mich weiterhin für die Freilassung der Gefangenen von der *Lady Varina* einsetzen. Ich werde für meinen Sohn sorgen und mir eine Arbeit in einem Hospital suchen. Und vielleicht werde ich für die Union spionieren – da ich dieser Tätigkeit unentwegt bezichtigt werde …«

»Das verbiete ich dir, Risa! Es wäre viel zu gefährlich.«

»Schon gut, Vater, ich hab's nicht ernst gemeint.«

Aber der sonderbare Glanz in ihren blauen Augen beunruhigte ihn, und er bezweifelte, daß sie nur gescherzt hatte. Sie war tief verletzt worden. Angus befürchtete, sie würde den Mann lieben, der ihr so weh getan hatte. Er kannte seinen Schwiegersohn nach wie vor nicht. Mit einem Mal wollte er nachholen, was er bisher versäumt hatte.

22

An einem bitterkalten Märztag führte ein Soldat den General zu einem Aufenthaltsraum des Gefängnisses. »Sie sind sein erster Besucher, Sir. Wahrscheinlich läßt man Sie nur wegen Ihres hohen Rangs zu ihm. Vor diesem Captain fürchten sich alle. Aber ich finde, er ist ein feiner Kerl. Ein paarmal habe ich ihn auf dem Schlachtfeld beobachtet. Da hätte er einige Yanks umbringen können, und er tat's nicht. Andererseits – dafür wäre er vielleicht erschossen worden. Nun, Sie werden ihn ja gleich kennenlernen. Soll ich einen Wachtposten holen?«

»Nein, danke, ich möchte den Captain allein sprechen.«

Der Soldat zögerte, was Angus irritierte.

Offenbar glaubte der Mann, der alternde General wäre dem wesentlich jüngeren, kampfstarken Gefangenen nicht gewachsen. Aber Angus war nicht hierhergekommen, um sich mit dem Rebellen zu prügeln, sondern Risas wegen.

»Wie Sie wünschen, Sir.« Der Soldat entriegelte eine Tür. »Zur Sicherheit bleibe ich in Hörweite. Und ich bin bewaffnet.«

Nachdem Angus die Schwelle überquert hatte, wurde die Tür hinter ihm verschlossen. Am anderen Ende des Raumes stand ein Mann, der ihm den Rücken zuwandte und durch ein vergittertes Fenster schaute. Breitschultrig und kräftig gebaut, trotz der Entbehrungen in der Gefangenschaft, in einer abgetragenen Konföderiertenuniform.

Eisige Kälte erfüllte den Raum.

Einem Mann, der das subtropische Klima von Florida gewöhnt ist, müssen diese Temperaturen zu schaffen machen, dachte Angus. Nun, solche Unannehmlichkeiten hat der starrsinnige Rebell verdient …

McKenzie drehte sich um und musterte ihn ausdruckslos.

Der General betrachtete aufmerksam seinen Schwiegersohn, der Ian glich – abgesehen vom rötlichen Schimmer im dunklem Haar und den indianischen hohen Wangenknochen. Zweifellos ein attraktiver, imposanter Mann. Trotzdem bedauerte Angus, daß seine Tochter nicht Ians Frau war. Hätte sie ihn vor dem Krieg geheiratet, wäre es nicht zu dem derzeitigen Dilemma gekommen. Ian stand auf der richtigen Seite, und die beiden paßten so gut zusammen. Wieso Risa sich mit diesem Rebellen eingelassen hatte, konnte Angus nicht begreifen. »Wissen Sie, wer ich bin?« fragte er in schroffem Ton.

»Mein Schwiegervater?« McKenzie näherte sich ihm und lächelte wehmütig.

Später wußte der General nicht genau, was in ihn gefahren war. Vielleicht lag es an Risas Unglück. Oder an der Bitterkeit, die in der Stimme des Mannes mitschwang. Jedenfalls hob Angus seine Faust. Doch sie verfehlte das Kinn des Häftlings, der ihn blitzschnell am Handgelenk packte.

Angus las helle Wut in den blauen Augen. Sollte er den Soldaten rufen, bevor ihm womöglich das Genick gebrochen wurde? Zu seiner Verblüffung ließ ihn der Captain los.

»Warum schlagen Sie nicht zurück?«

»Weil Sie Risas Vater sind.«

»Natürlich hätten Sie mich zu Boden werfen können.«

»Ich hätte Sie töten können, Sir. Aber Sie sind nicht nur mein Schwiegervater, sondern auch ein Unionsgeneral. Ich möchte am Leben bleiben – und hier rauskommen.«

»Stichhaltige Gründe«, murmelte Angus.

»Wie geht es meinem Sohn, Sir?«

»Gut«, erwiderte Angus jetzt lächelnd. »Und nun sagen Sie mir – haben Sie meiner Tochter Gewalt angetan?«

»Hat sie das behauptet?«

»Nein.«
»Und warum glauben Sie ihr nicht?«
»Ich frage *Sie.*«
»Kein einziges Mal habe ich Ihre Tochter zu irgend etwas gezwungen, seit sie mein Schiff betrat ...« Zögernd fügte Jerome hinzu: »Doch – zur Ehe.«
»Tatsächlich?«
»Damals fand ich es richtig, angesichts der Umstände. Insbesondere, nachdem Ian mir erzählt hatte, er sei von Ihnen fast niedergestreckt worden, obwohl er unschuldig war. Leider konnte ich Sie damals nicht daran hindern, meinen Vetter zu schlagen.« Jerome grinste spöttisch. »Dafür hätten Sie heute beinahe den tatsächlich Schuldigen erwischt.«
»Was Sie verdient hätten.«
»Wohl kaum, Sir. Immerhin tat ich meine Pflicht und nahm Ihre Tochter zur Frau, obwohl sie entschieden dagegen protestierte, weil ich die falsche Uniform trage. Um so grausamer hat sie sich später gerächt.«
»Risa hat Sie nicht verraten.«
»Da täuschen Sie sich. Sie wandte sich an meinen Vetter Julian, um herauszufinden, wann mein Schiff auslaufen würde und in welche Richtung. Erstaunlicherweise war sie an Bord, als es gekapert wurde.«
»Sir, das bedeutet keineswegs ...«
»Regen Sie sich deshalb nicht auf, General. Risa ist wieder bei Ihnen. Ansonsten braucht Sie nichts zu interessieren.«
»Oh, mich regt was ganz anderes auf. Ich glaube, meine alberne Tochter liebt Sie.«
Verwundert zog McKenzie die Brauen hoch.
»Auch in dieser Hinsicht irren Sie sich.« Angus hob vielsagend die Schultern.
Nach einer kleinen Pause frage Jerome: »Geht es ihr gut?«
»O ja.« Angus beobachtete ihn genau. Anscheinend fiel es dem Captain schwer, seine Emotionen zu kontrollieren.
»Früher – in einer anderen Welt, vor dem Krieg dachte

ich, eines Tages würde ich die Geburt meines ersten Kindes miterleben. Gab es keine Komplikationen?«

»Nicht die geringsten.«

McKenzie nickte und senkte den Blick. »Warum Sie zu mir gekommen sind, weiß ich nicht, Sir. Aber was immer Sie mir vorwerfen – es enttäuscht mich zutiefst, daß Sie meiner Familie schaden wollten.«

»Wovon reden Sie?«

»Mein Bruder Brent zeigte mir Ihren Brief, in dem Sie mich bedrohten. Und davor wurde der absurde Versuch unternommen, meine Schwester zu entführen …«

»Sir!« Angus richtete sich zu seiner vollen Größe auf. »Wie können Sie es wagen, einem verdienten Unionsoffizier so niederträchtige Machenschaften zu unterstellen?«

Mit schmalen Augen starrte McKenzie ihn an und schien ihm zu glauben. »Aber – wer …«

»Offenbar müssen Sie Ihre Feinde woanders suchen, junger Mann.«

»Sieht so aus.«

»Niemals würde ich Ihrer Schwester was antun – es sei denn, sie steht mir in einer grauen Uniform gegenüber und feuert auf mich.«

»Ich zweifle nicht an Ihren Worten, General.« Etwas unsicher fügte McKenzie hinzu: »Würden Sie mir von meinem Sohn erzählen?«

»Wenn Sie ihn sehen, werden Sie stolz und entzückt sein, Captain. Ein strammer Bursche mit rostbraunem Haar – und Ihren Augen. Vielleicht kann ich ihn hierherbringen …«

»Nein, danke, Sir – ich möchte ihn nicht im Gefängnis kennenlernen.«

»Wie Sie wünschen«, erwiderte Angus. »Was Risa betrifft …«

»Meine Frau will ich auch nicht hier sehen«, fiel McKenzie ihm mit kühler Stimme ins Wort.

»Und wenn Sie bis zum Ende des Kriegs dableiben müssen?«

»Das wird nicht geschehen. Spätestens in ein paar Monaten wird man mich gegen einen gefangenen Unionsoffizier austauschen. Ich nehme an, es wurde bereits arrangiert.«

»Nichts für ungut, Sir – aber ich hoffe, man hält Sie möglichst lange fest. In diesen Mauern werden Sie den Krieg überleben. Die Konföderation kann nicht siegen, und ihr tapferer Widerstand wird das unselige Blutvergießen nur verlängern. Da wir das Recht auf unserer Seite haben, ist die Niederlage des Südens unvermeidlich.«

»Eins sollten Sie bedenken, General Magee – die Union und die Konföderation kämpfen unter verschiedenen Voraussetzungen. Wir verteidigen unsere Heimat, in die Sie eingedrungen sind. Wäre der Süden jemals entschlossen gewesen, Washington einzunehmen, hätten wir längst kapituliert. Bedauerlicherweise müssen wir den Norden so lange zermürben, bis sich seine Bevölkerung gegen ihre Politiker stellt. Dann können wir vielleicht in Frieden getrennte Wege gehen. Ebenso wie die Kolonien England verlassen haben, wollen wir von der Union abfallen.«

»Dazu wird es nicht kommen, Captain. Ich bin ein altes Schlachtroß, und ich sehe die Zukunft voraus. Lincoln ist ein ungewöhnlicher Mann, der leidenschaftlich an die United States glaubt, und letzten Endes wird er siegen.«

»Warten wir's ab.« Jerome reichte dem General die Hand. »Danke für Ihren Besuch, Sir. Es war mir eine Freude, Sie kennenzulernen – nach so langer Zeit.«

»Ich wünschte, Sie stünden auf unserer Seite.«

»Das kann ich nicht.« Als McKenzie lächelte, spürte Angus das Charisma, das seine Tochter verführt haben mußte. »Aber es wäre mir eine Ehre, Sie Schwiegervater zu nennen.«

»Einverstanden. Und ich bin erstaunt, weil es mir gar nichts mehr ausmacht, Sie meinen Sohn zu nennen.« Angus salutierte. »Passen Sie gut auf sich auf, Captain. Irgendwann wird dieser Krieg ein Ende nehmen.«

Auch McKenzie salutierte. »Bitte, sorgen Sie für meinen Sohn, bis ich mich selbst um ihn kümmern kann.«

»Mit Vergnügen.« Angus wandte sich ab und klopfte an

die Tür. »Wache!« Ohne einen Blick zurückzuwerfen, verließ er den Raum.

Wenig später besuchte er einen alten Freund, der sich mit dem Austausch von Kriegsgefangenen befaßte, und erfuhr, sein Schwiegersohn würde tatsächlich auf der Liste stehen. »Gewiß, der Captain ist ein besonderer Fall. Aber die Konföderation hält schon seit längerer Zeit einen unserer wichtigsten Offiziere in Libby fest.«

»Trotzdem soll McKenzie im Gefängnis bleiben.«

»Ah – weil er so dreist war, Ihre Tochter zu entführen, General?«

»Nein, damit er den Krieg überlebt und seinen Sohn großziehen kann.«

Der Besuch seines Schwiegervaters hatte Jerome seltsam berührt. In der Tat, ein altes Schlachtroß. Aber der Mann besaß Herz und Verstand.

Könnte ich doch meinen Sohn im Arm halten und sein Gesicht sehen, dachte Jerome. Und obwohl er Risa immer noch in einen Turm sperren wollte, fühlte er sich erleichtert, seit er wußte, daß es ihr gutging. Da die Niederkunft seiner Mutter so schwierig gewesen war, hatte er befürchtet, bei der Geburt seines Kindes würden ebenfalls Komplikationen eintreten. Kurz nachdem Magee sich verabschiedet hatte, wurde Jerome zu seiner Überraschung erneut in den Besuchsraum geführt und sah Sydney auf der Bank sitzen. Mit einem Freudenschrei sprang sie auf, umarmte ihn, und er drückte sie fest an sich.

»Keine Ahnung, was los ist, Jerome ...« Ärgerlich starrte sie den Soldaten an, der in der Tür Wache hielt, als hätte sie von ihrem Bruder etwas zu befürchten. »Alles war schon geregelt, und ich begleitete Jesse – Colonel Halston, den du im Hospital kennengelernt hast – direkt hinter die Front nach Libby. Dort sollte er gegen dich ausgetauscht werden. Und dann ging alles schief.«

Die Stirn gerunzelt, wandte sich Jerome zu dem Wachtposten, der unbehaglich die Achseln zuckte. »Würden Sie mich mit meiner Schwester allein lassen?«

»Tut mir leid, Sir ...«

»Wir haben eine familiäre Angelegenheit zu besprechen.«

»Also gut, aber ich warte direkt vor der Tür.«

»Vor meinem Bruder muß man mich nicht beschützen«, fauchte Sydney, und der Soldat ging resignierend hinaus. »Zumindest nur selten«, fügte sie boshaft hinzu.

»Sydney!«

»Reg dich nicht auf. Das sage ich nur, weil du dir manchmal einbildest, du könntest mich herumkommandieren.«

»Immerhin bin ich dein älterer Bruder. Und jetzt erzähl mir alles – schnell, bevor er zurückkommt. Ist Halston schon in Washington?«

»Nein, er wird nicht freigelassen, bevor der Austausch vertraglich gesichert ist. Aber die Unionsbehörden haben plötzlich erklärt, sie würden uns einen anderen Reb übergeben.«

»Verdammt!« Jerome sank auf die Bank und fuhr mit allen Fingern durch sein Haar. »Zum Teufel mit den beiden!«

»Wen meinst du?«

»Magee und Risa.«

»Hör mal, ich kenne Magee. Ein eingefleischter Yank und trotzdem ein anständiger Mann ...«

»Genau. Er meint es gut mit mir. Deshalb will er mich hier festhalten, und er hat sich zweifellos an die Behörde gewandt, die für den Austausch zuständig ist ...« Jerome unterbrach sich. »Wo hast du ihn kennengelernt?«

»In der Kirche, bei der Taufe. Oh, das habe ich dir noch gar nicht erzählt. Ich war so wütend auf deine Frau. Eigentlich wollte ich ihr den Wunsch abschlagen. Aber es ist auch dein Kind, und so übernahm ich die Patenschaft.«

»Für Jamie?«

»Natürlich. Er ist so süß, und er gerät ganz nach dir – ein winziger Jerome mit dichtem Haar und McKenzie-Augen. Kerngesund und kräftig. Offenbar hat er dein Temperament geerbt. Obwohl er bei der Taufe erst ein paar Wochen alt war, konnte ich ihn kaum festhalten. Am liebsten hätte ich ihn seiner Mutter gar nicht zurückgegeben.«

»Welchen Eindruck hat sie auf dich gemacht?«

»Nun, sie wirkte kühl und gelassen. Bei der Zeremonie ignorierte sie meine Unhöflichkeit. Und ich war *sehr* unfreundlich. Ihre gebieterische Haltung ist bewundernswert, und ich verstehe, was sie …«, Sydney zögerte, »was sie alles zustande bringt.«

»Magee bestreitet, daß sie an meiner Festnahme und dem Verlust der *Lady Varina* beteiligt war.«

»Hast du mit ihm gesprochen?«

»Ja. Dabei hat jeder von uns seinen Standpunkt klargestellt.« Jerome stand auf und begann umherzuwandern. »O Gott, Sydney ich muß hier raus.«

»Glaub mir, wir alle tun unser Bestes, um dir zu helfen. Mutter schreibt täglich Briefe an ihre Yankee-Freunde, und Vater ist sogar bereit, einen neuen Seminolenkrieg zu entfesseln. Auch Ian setzt sich enorm für dich ein, obwohl er glaubt, du wärst für den restlichen Krieg in einem Gefängnis besser aufgehoben. Aber er weiß, du würdest so oder so einen Fluchtweg finden …«

»Da hat er völlig recht. Kannst du mich wieder besuchen?«

»Ja, das wird man mir sicher erlauben.«

»Morgen?« drängte er.

Unbehaglich nickte sie. Er schien bereits Pläne zu schmieden.

Anthony Hawkins, der Lieutenant aus Mississippi hatte die beste Idee. Während sie im Speiseraum saßen und Kaffee tranken, beobachteten sie ihre Mithäftlinge, die umherschlenderten, und die Wärter.

»Hier kann man sich den Fluchtweg nicht freischießen, Captain McKenzie«, meinte Hawkins grimmig. »Sie müssen sich wie ein Geist bewegen. Immerhin sind Sie im Zentrum des feindlichen Gebiets. Wenn Sie die falsche Person bedrohen, knallt man Sie nieder.«

»Mit einem einzigen Gewehr kann ich mir den Weg nicht freischießen, das gebe ich zu. Dafür würde ich ein ganzes Arsenal brauchen.«

»Am besten gehen sie einfach raus. So wie die Frauen, die ihre verhafteten Männer besuchen.«

Plötzlich richtete Jerome sich auf. »Könnte jemand meiner Schwester eine Nachricht bringen?«

Hawkins zögerte und nippte an seinem Kaffee. »Jeden Dienstag kommt Boyles alte Großmutter hierher. Sie würde Sydney sicher verständigen.«

»Boyles alte Großmutter? Ist sie zartbesaitet?«

»Ganz im Gegenteil. Eine kämpferische Irin. Während der Hungersnot von 1849 ist sie mit ihren elf Kindern und allen Enkelkindern aus der alten Heimat in die Neue Welt übersiedelt. Zartbesaitet! Eher ein Satan in Weiberkleidern.«

»Genau die richtige Frau für mich. Eine so nette Irin hat doch sicher viele Freunde? Übrigens – wollen Sie mit mir fliehen?«

»Darauf können Sie Gift nehmen, Captain.«

»Sind noch andere dazu bereit? Natürlich müssen sie vertrauenswürdig sein.«

»Die Häftlinge aus Mississippi kenne ich alle. Und da wäre noch ein Junge aus Florida, Robert Gray, der unter Dickison gedient hat.«

»Gut. Nicht mehr als vier. Suchen Sie die beiden anderen aus – unerschrockene Männer, die sich nicht weigern, Befehle entgegenzunehmen. Und jetzt hören Sie genau zu …«

Alles verlief planmäßig. Auch Sydney konnte man rechtzeitig benachrichtigen. Die vier Gefangenen entschieden, wann sie fliehen wollten.

An diesem Tag erschien die Chorgruppe Irish Roses Ladies im Gefängnis, um den armen Rebs das melodische Wort Gottes nahezubringen. Die alte Maureen Boyle übertraf sich selbst und kam mit zahlreichen Sängerinnen an, die man unmöglich alle im Auge behalten konnte, während sie umherschwirrten und die Wärter ermahnten, dem Wort Gottes ebenso aufmerksam zu lauschen wie die Gefangenen. Sydney begleitete die Irinnen und flüsterte Jerome nervös zu: »Demnächst findet der Gefangenenaustausch statt. Colonel Halston wurde letzte Nacht in die Stadt zurückgebracht. Und an deiner Stelle durfte ein General das Elmira-Gefängnis verlassen.«

»Und?«

»Oh, ich wünschte, die Dinge hätten sich so entwickelt, wie's ursprünglich vorgesehen war.«

»Keine Bange, es wird schon klappen.«

Als Maureens Ladies die Häftlinge besuchten, erhielten die vier, die fliehen wollten, unauffällig ihre Kostüme. Danach sangen die Irinnen ihre Hymnen – so lange, daß die Aufmerksamkeit der Wärter schließlich nachließ.

Auf sein Gewehr gestützt, fing Larson sogar zu schnarchen an.

Schließlich verabschiedeten sich die Ladies, und die Wachtposten sahen sie nur zu gern gehen. Arm in Arm verließen die Frauen das Gefängnis und sangen immer noch aus voller Kehle.

Da Jerome zu groß war, gab er keine überzeugende Lady ab. Aber die vier Flüchtlinge hatten sich sorgsam rasiert, trugen Perücken und Hüte und Kleider mit ausgestopften Oberteilen. Geduckt eilte er zum Ausgang und hörte Larson rufen: »Mein Gott, was für häßliche Hexen!«

»Häßlich – in der Tat«, murmelte Sally O'Reilly, eine hübsche, etwa vierzigjährige Frau mit widerspenstigem rotem Haar und strahlenden grünen Augen. »Deshalb hat er uns den ganzen Nachmittag in den Hintern gekniffen.«

»O nein!« protestierte Maureen Boyle entsetzt.

»Doch. Und wenn ich das nächste Mal herkomme, verhaue ich ihn mit meinem Retikül.«

»Beeilen wir uns, Großmutter!« drängte Ricky Boyle, einer der vier Flüchtlinge.

»Natürlich, mein Junge. Kommt, Mädchen, raus mit euch!«

Sie erreichten Mrs. Boyles Haus im Stadtzentrum. Dort vertauschten die Rebellen ihre Frauenkleider mit Männersachen, die ihnen die guten Ladies zur Verfügung stellten. Wie Jerome zu seinem Bedauern erfuhr, waren die meisten früheren Besitzer dieser Hemden, Hosen und Jacken gestorben. Die Ladies servierten den entflohenen Häftlingen eine nahrhafte Mahlzeit – Fleisch und Nieren mit Kartoffeln und heißen Apfelkuchen. Erst bei Einbruch der Dunkelheit durften sie Washington verlassen. Wenn sie zu früh aufbrachen, würde man sie im Tageslicht entdecken. Und wenn sie zu lange warteten, würde man im Old Capitol ihre Abwesenheit bemerken. Jeden Morgen und jeden Abend wurden dort die Namen aufgerufen.

Kurz vor Einbruch der Dunkelheit sollten sie sich in einem Leichenwagen verstecken, der nach Süden fahren würde. Solche Fahrzeuge wurden nur selten von Wachtposten aufgehalten und durchsucht.

In Washington lebten viele Menschen, die mit den Südstaaten sympathisierten, und Jerome fragte sich, ob Lincoln das wußte.

Als der Abend dämmerte, verließen Sydney und die vier Flüchtlinge Mrs. Boyles Haus. Lautlos eilten sie durch schattige Straßen. Sie erreichten die Brücke, die nach Virginia führte, und plötzlich merkte Jerome, daß seine Schwester nicht mehr bei ihm war.

In wachsender Sorge hatte sie den Abend herbeigesehnt und war dann mit den entflohenen Häftlingen aufgebrochen.

Unvermittelt wurde sie gepackt und in einen dunklen Eingang gezerrt. Sie versuchte zu schreien, aber da preßte sich eine Hand auf ihren Mund, und sie hörte eine vertraute Stimme flüstern:

»Seien Sie still, Miss McKenzie! Sonst schlage ich Alarm, und alle vier flüchtigen Rebellen werden erschossen – auch Ihr Bruder. Oder wir beide führen ein kurzes Gespräch.«

Als sich die Hand von ihren Lippen entfernte, schaute

sie verwirrt zu Jesse Halston auf, den man eben erst freigelassen hatte. Natürlich durfte sie nicht schreien, sonst würde Jerome sofort zurückkommen, um sie zu retten, und womöglich sterben.

»Bastard!« zischte sie. »Sie verdanken meinem Bruder Brent Ihr Leben. Monatelang habe ich Sie gepflegt. Und jetzt drohen Sie mir ...«

»Hören Sie zu, Sydney.« In seinen haselnußbraunen Augen spiegelte sich das goldene Licht einer Gaslampe. »Wenn ich Captain McKenzie schaden wollte, hätte ich's längst getan.«

»Aber ...«

»Natürlich lasse ich ihn laufen. Er wurde um seine Freilassung betrogen. Das weiß jeder, im Norden ebenso wie im Süden. Ich habe sogar beschlossen, ihm mitzuteilen, seine Frau würde gerade ihren Vater in seinem Lager außerhalb von Fredericksburg besuchen, wo die Frühlingsoffensive vorbereitet wird.«

»Und?«

»Sie werden Ihren Bruder nicht begleiten, Sydney.«

»Was?«

»Er riskiert sein Leben. Die meisten Yanks würden einer Frau nichts zuleide tun. Aber wenn Sie an seiner Seite in die Schußlinie geraten ...« Jesse Halston zeigte auf Jerome, der sich umgedreht hatte, um nach seiner Schwester zu suchen. »Erklären Sie ihm, sie würden lieber in Washington bleiben. Mit einem Militärpaß könnten Sie jederzeit ungefährdet in den Süden reisen. Verstehen Sie? Übrigens, ich bin mit zwei sechsschüssigen Colts bewaffnet.«

Ungläubig starrte sie ihn an. Nach allem, was sie für diesen Mann getan hatte ...

»Sydney!«

Als sie Jeromes Ruf hörte, eilte sie zu ihm, bevor er Jesse Halston im dunklen Eingang entdecken würde. »Tut mir so leid, Jerome – ich komme nicht mit dir.«

»Um Himmel willen, Sydney, ich lasse dich nicht zurück ...«

»Bitte, hör zu!« unterbrach sie ihn. »Da ich keine Gefangene bin, kann ich Washington jederzeit verlassen. Ich kam mit einem gefangenen Yankee hierher. Das wissen die Behörden. Im Gegensatz zu dir muß ich nicht aus der Union flüchten. Und ich würde dich unterwegs nur behindern.«

Entschlossen schüttelte Jerome den Kopf. »Du wärst ganz allein ...«

Als sie Schritte hinter sich hörte, erstarrte sie. Jesse Halston war aus dem Schatten getreten und blieb an ihrer Seite stehen. Jeromes Augen verengten sich.

»Für Ihre Schwester würde ich sterben, Captain«, begann Jesse und legte einen Arm um Sydneys Schultern. »Wenn sie mit Ihnen flieht, setzt sie ihr Leben aufs Spiel. Das wissen Sie.«

Sydney staunte, weil er Jeromes vernichtendem Blick so furchtlos standhielt. Wenn ihr Bruder diese Miene aufsetzte, glich er einem Indianer mit Kriegsbemalung, der drauf und dran war, seine Feinde zu skalpieren.

Endlich bezwang Jerome seinen Zorn. »Er hat recht, Sydney. Ohne mich bist du besser dran. Aber falls euer Treffen auf dieser Straße geplant war, hättest du mich vorher informieren sollen.«

Sie zwang sich zu einem Lächeln. Zweifellos war es vorteilhafter, wenn er an diese Version glaubte. »Tut mir leid, Jerome. Ich konnte nicht ahnen, daß du ihm vertrauen würdest. Immerhin ist er ein *Feind*«, fügte sie honigsüß hinzu.

»Wie ich Sydney soeben mitteilte, befindet sich Ihre Frau in Virginia, Captain McKenzie. Magees Truppen kampieren bei Fredericksburg.«

Interessiert hob Jerome die Brauen. »Und mein Sohn? Wissen Sie, wo ich ihn finde?«

»Läßt eine Mutter ihr Baby allein, das sie noch stillen muß?«

»Danke. Ich gebe meine Schwester in Ihre Obhut, Sir, da es ihr Wunsch ist – und weil sie bei Ihnen gewiß besser aufgehoben ist. Sollte ihr etwas zustoßen, werde ich Sie aufspüren, Halston – wenn's sein muß in der Hölle.«

»Habe ich etwa Alarm geschlagen, Captain? Habe ich irgend etwas unternommen, um Ihre Flucht zu verhindern? Ich weiß, was ich Ihrer Familie schulde. Und nun gehen Sie – Sie dürfen sich nicht länger aufhalten.«

»Ja, bitte, Jerome – beeil dich!« flehte Sydney und umarmte ihn. »Mach dir keine Sorgen um mich.«

Er drückte sie fest an seine Brust, dann ließ er sie los und schüttelte Halstons Hand. »Passen Sie gut auf meine Schwester auf, Sir.«

Lächelnd nickte der Colonel, und Jerome verschwand in der Finsternis.

»Undankbarer Schurke!« knurrte Sydney, sobald sich ihr Bruder weit genug entfernt hatte.

»Tut mir leid, Sydney.« Als sie ihn schlagen wollte, hielt er ihr Handgelenk fest. »Ich konnte Ihnen einfach nicht erlauben, Ihr Leben zu wagen.«

»Also gut. Nachdem Sie ihr Ziel erreicht haben – lassen Sie mich gehen.«

»Nein.«

»Nein? Was heißt das?«

»Daß Sie mit mir kommen werden. Soeben habe ich Ihrem Bruder versprochen, auf Sie aufzupassen.«

»Machen Sie sich doch nicht lächerlich! Wie wollen Sie denn …«

»Seien Sie still, Sydney.« Mühelos nahm er sie auf die Arme. »Ob's Ihnen paßt oder nicht, Sie werden mich begleiten.«

»Nein, ich schreie um Hilfe …«

»Nur zu! Dann verrate ich Ihren Rettern, Ihr Bruder und seine Kameraden würden soeben über den Fluß fliehen.«

Die Zähne zusammengebissen, schwieg sie.

Vorerst.

23

Risa haßte die Stille der Nacht, das Dunkel, in dem sie die Erinnerungen an all die Ereignisse ihres Lebens verfolgten. Nicht, daß sie irgend etwas bereute. Sie glaubte an die Kraft der jungen Union, und sie sprach jedem Menschen das Recht ab, einen anderen zu besitzen. Trotzdem würde sie den Rebellen, den sie geheiratet hatte, niemals verraten.

Manchmal sah sie in ihren Alpträumen seine Verhaftung, empfand erneut jene schreckliche Angst, er würde sich wehren und sterben, las die bittere Anklage in seinen Augen. Oder sie beobachtete die Gesichter der *Lady-Varina*-Besatzung, spürte ihr Entsetzen, als sie von Unionsschiffen umzingelt wurden und annehmen mußten, der Kurs ihres Schiffs wäre dem Feind verraten worden. Entschieden hatte sie Mr. Douglas, Michael, Matt und Dr. Stewart versichert, sie sei schuldlos. Doch sie entsann sich immer noch viel zu schmerzlich, wie resignierend sie kapituliert und welche Blicke sie ihr zugeworfen hatten.

Zu Beginn des Frühlings kam ihr Vater seltener in die Stadt, und ihre eigene Kampagne erzielte endlich den ersehnten Erfolg. Nachdem sie die zuständigen Bebörden unermüdlich bedrängt hatte, versprach man ihr, die Besatzungsmitglieder der *Lady Varina* aus dem Elmira-Gefängnis zu entlassen, sobald alle erforderlichen Formalitäten erledigt wären. Sie hatte einen Anwalt mit dem Fall betraut.

Überzeugend argumentierte er, es sei ungerecht, Rebellen festzuhalten, die ihren Kriegsgefangenen immer wieder die Freiheit geschenkt und auf ihren gekaperten Schiffen für eine ausgezeichnete ärztliche Betreuung der Yankees gesorgt hatten. Nach diesem Erfolg ertrug Risa das Leben, das vornehme junge Damen in Washington führen mußten, nicht länger. Außerdem war die Ansicht des Old Capitol, wo ihr Mann hinter Gittern saß, zu qualvoll. Welche Rachepläne mochte er schmieden? Ihr Vater hatte ihr erzählt, Jerome würde sie nicht sehen wollen – und das Baby auch nicht.

So beschloß sie, wieder kranke Soldaten zu betreuen, um sich von ihrer Verzweiflung abzulenken. Nicht, daß Jamie sie zu wenig beschäftigt hätte. Jedesmal, wenn sie ihn im Arm hielt und in seine blauen Augen schaute, glaubte sie, er wäre das schönste, klügste Baby der gesamten Welt, und wenn er lächelte, vergaß sie ihre Verzweiflung zumindest für ein paar Minuten.

Angus war nicht glücklich über ihre Ankunft im Lager, denn er fürchtete die Gefahr, die seiner Tochter und seinem Enkel im feindlichen Virginia drohte. Oft genug hatten die Rebellen ihre Gegner blitzschnell attackiert. Aber er brachte es nicht übers Herz, Risa nach Hause zu schicken. Im übrigen plante er zunächst keine Offensive, da er einen Teil seiner Soldaten – junge Rekruten, die zahlreiche Gefallene ersetzten – erst ausbilden mußte.

Doch während die Tage verstrichen, begrüßte er Risas Anwesenheit. Sie arbeitete wieder im Feldlazarett, schrieb Briefe für heimwehkranke Jungen an deren Familien. Viele litten an hohem Fieber, noch bevor sie feindlichen Waffen gegenübertreten konnten. Wie sie den Gesprächen am Lagerfeuer entnahm, bereitete Hooker einen massiven Kavallerieangriff auf Lees Armee vor. Diese Aktionen sollte Risa nicht miterleben. An einem kalten Tag Anfang April assistierte sie Dr. Lemuel Hernandez bei einer Operation. Dieser Doktor hatte eine neue Technik eingeführt, die man Exzision oder Resektion nannte. Dabei wurden die unrettbaren Teile der Gliedmaßen entfernt und dann die Arme oder Beine wieder an den Körper angefügt. Die Soldaten hinkten zwar mit verkürzten Knochen, aber immer noch mit ihren eigenen Beinen. Im Kampfgetümmel, wenn Schwerverletzte behandelt werden mußten, konnte Dr. Hernandez solche zeitraubenden Eingriffe nicht vornehmen. Doch er wandte seine Methode möglichst oft an. Der tatkräftige, fast sechzigjährige Arzt schätzte Risas Kompetenz und ihre Gelassenheit, die ihm bei seiner Konzentration half.

Und sie arbeitete sehr gern mit ihm zusammen, obwohl er manchmal stundenlang am Operationstisch stand. Wenigstens fand sie keine Zeit, um nachzudenken.

Nach einem anstrengenden Nachmittag im Feldlazarett kehrte sie in ihr Zelt zurück.

Dort traf sie Reba an, eine freigelassene Farbige, die ihr Vater als Dienerin eingestellt hatte. Einen schreienden Jamie im Arm, wanderte sie auf und ab.

»Was ist denn passiert?« fragte Risa besorgt und nahm ihr das Baby ab. »Hat er sich verletzt?«

»Er ist hungrig, Miss Risa, und ich bin leider keine Amme. Ob er verletzt ist? Wenn *ich* ihn betreue? Niemals!«

»Natürlich weiß ich, wie gut Sie auf ihn aufpassen, Reba.« Risa seufzte erleichtert und öffnete die Knöpfe ihres Kleids. Dann setzte sie sich und stillte ihren Sohn. In diesen besonderen Augenblicken ihrer Mutterschaft war sie immer wunschlos glücklich. Nach einer Weile fügte sie hinzu: »Wir mußten mehrere Operationen vornehmen. Deshalb ist es so spät geworden. Tut mir leid.«

»Dafür brauchen Sie sich nicht zu entschuldigen, Miss Risa. Soll ich Ihnen was zu essen holen?«

»Nicht nötig ...«

»Wenn Sie einen so großen, gierigen Jungen nähren, brauchen Sie viel Kraft und müssen sich stärken«, mahnte Reba. »Heute gibt's Eintopf mit Wildfleisch. Einer unserer Jungs hat ein Reh erlegt. Ich bringe Ihnen einen Teller. Auf dem Bett liegt Ihr Nachthemd. Und das Waschwasser ist noch warm.«

»Danke, Reba.«

Rasch füllte Jamie seinen Bauch, rülpste ungeniert und schlief zufrieden ein. Risa griff nach dem Teller, der auf ihrer Truhe stand, und begann zu essen. Erst jetzt merkte sie, wie hungrig sie war.

»Mrs. McKenzie! Ma'am!«

Sie stellte den Teller beiseite, trat vor das Zelt und nickte Major Alynn zu, der zackig salutierte. Nicht zum erstenmal fragte sie sich, warum er sie ständig so förmlich begrüßte.

»Was gibt's?«

»Einem Gerücht zufolge ist Captain McKenzie aus dem Old Capitol geflohen, Ma'am.«

Ein eisiger Schauer lief ihr über den Rücken. Mit dieser Flucht würde Jerome sein Leben riskieren. Er mußte durch die Unionslinien in den Süden gelangen. Wenn man ihn entdeckte – würde man ihn kaltblütig niederschießen? »Ein Gerücht?« würgte sie hervor.

Unbehaglich zuckte Alynn die Achseln. »Wir hörten es von ein paar Rebs, die desertiert sind. Also wissen wir's nicht genau. Ihr Vater befahl mir, Sie zu informieren, Ma'am. Morgen müssen Sie in sein Zelt ziehen.«

»Moment mal, Major ...«

»Selbstverständlich sorgt er sich um Sie.«

»Niemand kann mich aus einem Yankee-Lager entführen«, versicherte sie trotz einer bangen Ahnung. Jerome war schon einmal in ein Unionscamp eingedrungen.

»Aber Ihr Vater wünscht ...«

»Danke, Major. Sagen Sie ihm bitte, darüber würde ich morgen mit ihm reden.«

Alynn salutierte wieder. »Heute nacht wird ein Wachtposten vor Ihrem Zelt stehen, Ma'am.«

»Vielen Dank, Major. Schlafen Sie gut.«

Wieder im Zelt, sank sie zitternd auf ihr Feldbett. Sie hatte gewußt, daß Jerome Mittel und Wege finden würde, um zu fliehen, und die ganze Zeit seine Entschlossenheit gefürchtet. Mußte sie Angst vor ihm haben? Sie griff sich an die Kehle und schluckte. Dann stand sie auf, verärgert über sich selbst. Hier im Lager war sie von ein paar tausend Unionssoldaten umgeben. Zusätzlich würde in dieser Nacht ein Mann vor ihrem Zelt Wache halten. Außerdem würde Jerome keine neuerliche Festnahme riskieren. Sicher bedeutete ihm seine Freiheit mehr als seine Rachsucht. Risa aß den Rest ihrer Mahlzeit. Dann zog sie sich aus, ging zu der Schüssel, die Reba auf den Klapptisch gestellt hatte, und wusch sich mit dem inzwischen lauwarmen Wasser. Fröstelnd schlüpfte sie in ihr Flanellnachthemd und kroch unter die Bettdecke.

Trotz ihrer Erschöpfung fand sie keinen Schlaf. Zum Teufel mit Jerome. Sie versuchte Schafe zu zählen. Aber sie verwandelten sich in Wölfe, und alle hatten sein Gesicht.

Irgendwann mußte sie eingeschlummert sein. Denn sie wurde von Alpträumen verfolgt. Zuerst taumelte sie durch Nebelschleier, hörte das Geschrei verwundeter Soldaten und irrte verzweifelt umher. Erfolglos bemühte sie sich, zu erwachen. Dann lichtete sich der Nebel, und sie lag in Jeromes Koje an Bord der *Lady Varina*. Ein plötzlicher Ruck ging durch das Schiff. Als Risa an Deck eilte, sah sie zwei Yankee-Schiffe aus dem Norden heransegeln. Zwei weitere näherten sich von Osten her, zwei von Süden.

»Offenbar wußte jemand, wann und wo Sie segeln würden, Mrs. McKenzie.« Hamlin Douglas, der den Schoner steuerte, starrte sie mit schmalen Augen an. »Wäre Ihr Mann an Boot, würden wir den Bastarden entkommen. Aber er ist nicht da. Und ich darf Sie und die Jungs keiner Gefahr aussetzen. Also werde ich nichts riskieren.«

Dr. Stewart legte einen Arm um Risas Schultern. »Vor allem müssen wir an Ihr Baby denken. Da Sie …« Er räusperte sich. »Nun, da Sie eine Yankee sind, wird man Sie hocherfreut auf einem Unionsschiff begrüßen. Und wenn wir kapitulieren, muß niemand sterben.«

»Zweifellos haben Sie Freunde an Bord der Yankee-Schiffe«, betonte Hamlin. Es war keine direkte Anklage. Und doch … Wieso wußten die Nordstaatler, welchen Kurs die *Lady Varina* nehmen würde? Hatte man Risa beobachtet, obwohl sie so vorsichtig gewesen war? »Nehmen Sie keine Rücksicht auf mich, wenn Sie Ihre Entscheidungen treffen, Gentlemen«, erwiderte sie ärgerlich. »Tun Sie einfach, was Sie beschließen würden, wenn ich nicht hier wäre …«

»Bitte, Risa, gehen Sie in Ihre Kabine zurück«, mahnte David Stewart. »An Deck würden Sie das Leben Ihres Babys aufs Spiel setzen.«

»Auch in der Kabine wäre mein Kind gefährdet. Ich

habe *niemandem* erzählt, daß ich auf diesem Schiff nach Süden segeln würde. Egal, was geschehen mag – ich bleibe hier oben.«

Bald danach kam einer der Yankee-Offiziere an Bord, um die Kapitulation der Rebellen entgegenzunehmen, und begrüßte Risa wie eine lang vermißte Verwandte, obwohl sie den Mann nie zuvor gesehen hatte. Als er sie zu seinem Schiff hinüberbrachte, spürte sie die Blicke der *Lady-Varina*-Besatzung im Rücken. Es war grauenhaft. So mußte sich Judas gefühlt haben. Aber der war wenigstens schuldig gewesen. Niemals würden ihr Jeromes Männer vergeben. Ebensowenig wie ihr Captain. Und sie würde ihm nicht verzeihen, daß er sie in der Nacht seiner Festnahme sofort verdammt und ihr keine Gelegenheit gegeben hatte, sich zu verteidigen. Der kalte Zorn, der Schmerz in seinen Augen ... Und wie er sie jetzt ansah ...

Nein, sie träumte. Von Jerome, der sich zu ihr hinabbeugte, das Gesicht mit Ruß beschmiert. Leuchtend hoben sich seine kalten blauen Augen von den schwarzen Wangen ab. In diesem Traum spielte er einen Indianer mit Kriegsbemalung.

Seltsam. Risa warf sich umher. O Gott, welch ein realistischer Traum ... Sie lag auf ihrem Feldbett im dunklen Zelt. Durch den Spalt der Klappe fiel der rote Schimmer der Lagerfeuer herein. Und er war da! In engen schwarzen Breeches und einem schwarzen Hemd. Langes Haar fiel ihm auf die Schultern.

Sie blinzelte, wollte ihn aus ihrem Traum verbannen. Aber er verschwand nicht. Endlich erwachte sie und richtete sich auf. Dieser arrogante Narr! Glaubte er tatsächlich, er könnte sie aus einem Yankee-Lager entführen.

Vor dem Zelt stand ein Wachtposten ...

Doch sie kam nicht dazu, auch nur ein einziges Wort zu flüstern. Unsanft preßte er seine Hand auf ihren Mund. »Kein Laut!« warnte er. »Und rühr dich nicht!« Notgedrungen nickte sie. Sobald er sie losließ, sprang sie auf. Aber sie hätte wissen müssen, wie blitzschnell er sich bewegen konnte. Er schleuderte sie auf den harten, mit

Segeltuch bespannten Boden und warf sich auf ihren zitternden Körper. »Nicht noch einmal, meine Liebe. Du wirst nicht schreien, und du wirst mich nie wieder in eine Falle locken.« In seinem Blick lag gnadenlose Verachtung, und Risa versuchte vergeblich, sich zu befreien. Jerome packte ihr Kinn, so schmerzhaft, daß ihr Tränen in die Augen schossen.

»Wenn du den Mund aufmachst, wirst du's bitter büßen.«

Wie sollte sie den Mund öffnen? Sie konnte sich nicht mehr bewegen. Wie gelähmt lag sie unter Jeromes Gewicht. Er war geflohen und sofort zu seiner Frau geeilt. Um sie zu lieben? Nein – um sich zu rächen.

Geschmeidig stand er auf, hob sie hoch und trug sie aus dem Zelt. Er mußte den Verstand verloren haben – ein Rebellensoldat, von Feinden umgeben. Doch das Dunkel der Nacht schützte ihn, und er brachte sie zu einem großen Rappen.

Was würde er ihr antun? Sie spürte den heißen Zorn, den er ausstrahlte, und jeder seiner Schritte erinnerte sie an seine unbeugsame Kraft. »Nein, nicht, Jerome!« flüsterte sie angstvoll. Sie wollte ihm entfliehen, seine erneute Festnahme verhindern und ihn vor tödlichen Schüssen bewahren. »Bitte, das erlaube ich nicht ...«

»Sei still!« Seine Augen schienen zu glühen und bis in Risas Seele zu dringen. »Kein Wort mehr!«

»Kommandier mich nicht herum!« fauchte sie.

»Vor meinem Zelt stand ein Wachtposten. O Gott, hast du ihn getötet? Wie kannst du es wagen! Unser Kind schläft ...«

»In diesem Moment würde ich sogar den Teufel persönlich herausfordern, Mrs. McKenzie. Aber sei beruhigt, ich lasse mich nicht umbringen, und ich habe den Wachtposten nicht getötet. Er ist nur bewußtlos. Und unser Sohn wurde bereits weggebracht.«

»Was?« wisperte sie entsetzt. »Wohin?«

»Nach Hause. In den Süden. Wo er hingehört.«

Reglos lag sie in seinen Armen und fürchtete, er würde

sie fallen lassen, wenn sie noch einmal protestierte. Er hatte Jamie entführt! Wenn sie sich nicht zusammenriß, würde sie in lautes Schluchzen ausbrechen. Wollte er sich rächen, indem er ihr das Kind stahl?

Hastig hob er sie in den Sattel des schwarzen Hengstes, stieg hinter ihr auf und grub seine Fersen in die Pferdeflanken. Und dann sprengte der Rappe durch das Lager, wich den Zelten aus, flog über schwelende Lagerfeuer hinweg. Risa umklammerte die Mähne. An ihrem Rücken spürte sie Jeromes muskulöse Brust, die beklemmende Wärme seines Körpers, während er das Pferd aus dem Camp lenkte.

»Wer ist da?« rief die schläfrige Stimme eines Wachtpostens.

Aber Jerome ignorierte den Mann und galoppierte weiter. Und schnell wie der Wind sprang der Rappe über einen Zaun hinweg. Hinter ihnen krachten Gewehrsalven. Doch sie wußte, daß sie der Schußweite bereits entronnen waren.

Jerome preschte eine Straße entlang, dann bog er in einen dunklen Waldweg. Zwischen den Bäumen, im schwarzen Schatten, würden ihn die Verfolger nicht entdecken. Ein kalter Wind wehte ihr das Haar ins Gesicht. Sie konnte kaum atmen und fürchtete, aus dem Sattel zu fallen, von den Hufen zertrampelt zu werden, und ihr Herz schlug wie rasend. Als Jerome den Hengst endlich zügelte, rang sie mühsam nach Luft. Ohne sie zu beachten, stieg er ab. Hinter dichten Büschen traten drei Gestalten hervor, die dunkle Pferde am Zügel führten. Einer der Männer hielt ein heftig strampelndes Bündel im Arm. Jamie.

Schreiend sprang Risa aus dem Sattel und stürzte beinahe. Doch sie fand ihr Gleichgewicht sofort wieder. Auf bloßen Füßen, in ihrem weißen Flanellnachthemd, rannte sie zu dem Fremden. Dann hielt sie inne, weil Jerome ihm das Baby abnahm und den Rand der Decke von dem winzigen Gesicht schob.

»Hallo, Ma'am«, grüßte der Mann, der Jamie festgehalten hatte, und versperrte ihr den Weg zu Jerome. »Ich bin Anthony Hawkins. Tut mir leid, daß wir Ihre Nachtruhe gestört haben. Aber Captain McKenzie konnte es gar nicht erwarten, seinen Sohn zu sehen. Das sind Robert Gray und Ricky Boyle.«

Risa nickte Jeromes jungen Begleitern zu, die offensichtlich mit ihm aus dem Old Capitol geflohen waren. »Sind Sie ins Zelt gekommen, um mein Kind zu stehlen?« fragte sie kühl.

»Nein, Ma'am, Ihr Mann war drin. Dann hat er mir das Baby anvertraut, und ich brachte es rasch weg. Womöglich hätte es gebrüllt und die Yanks alarmiert. Das verstehen Sie sicher.«

»O ja.« Wütend funkelte sie ihn an.

»Ein hübscher Junge, Ma'am«, meinte Hawkins.

»Vielen Dank.« War Jamies Vater auch dieser Meinung? Glücklicherweise schien der Junge zu schlafen, sonst hätte er sich wahrscheinlich die Seele aus dem Leib geschrien. Mit einem Mal hörte sie einen glucksenden Laut und registrierte ärgerlich, wie wohl sich das Kind in den Armen seines Vaters fühlte.

Jerome trug Jamie zu seinem Hengst und stieg auf, ohne Risa eines Blickes zu würdigen.

»Würden Sie sich um meine Frau kümmern, Anthony?« War es ihm egal, daß sie nur ihr Nachthemd trug? Bedrückt erinnerte sie sich an die letzte gemeinsame Nacht, in der sie mehr geteilt hatten als nur Leidenschaft – eine beglückende Wärme, der Beginn einer tieferen Verbundenheit. Ich liebe ihn, dachte sie und fühlte sich elend.

Jetzt schaute er sie an, und sein stahlharter Blick verriet, wie gern er sie zu allen Teufeln gewünscht hätte. Entschlossen bezwang sie ihre Verzweiflung und hob das Kinn. Nein, sie würde sich nicht erniedrigen und um Gnade bitten. »Du solltest mir Jamie geben«, sagte sie in ruhigem Ton.

»O nein.« Mit einer Hand hielt er seinen Sohn fest, mit der anderen die Zügel. »Du hattest ihn lange genug. Und ich lerne ihn erst gerade kennen. Falls du uns begleiten möchtest – Anthony wird für dich sorgen.«

»Und wenn ich euch nicht begleiten will?«

Desinteressiert zuckte er die Achseln. »Morgen kommt sicher eine Yankee-Patrouille in diesen Wald.«

Könnte sie doch gegen sein Schienbein treten … Aber Jamie lag in seinem Arm. Sie ging zu Anthony Hawkins. »Was für ein hübscher Hengst, Sir! Haben Sie die Pferde aus dem Old Capitol mitgenommen?«

»Nein, Ma'am.«

»Und wem wurden sie gestohlen?«

»Einer Yankee-Patrouille, auf dieser Seite des Flusses.«

»Ah.«

»Moment mal – genaugenommen haben wir sie nicht gestohlen«, protestierte Ricky Boyle mit einem weichen, kaum merklichen irischen Akzent. »Das ist Virginia, das Gebiet unserer Feinde. Also haben wir die Pferde konfisziert.«

»Und früher wurden sie von den Yankees konfisziert«, ergänzte Hawkins trocken. »An ihren Flanken haben wir Brandzeichen von einer Pferdefarm in Mississippi entdeckt.«

»Eigentlich müßten wir den Yanks danken, weil sie die Tiere so gut gefüttert haben«, meinte Robert Gray grinsend.

Da begann Jamie zu schreien – endlich, der kleine Verräter … Risa lief zu dem Rappen und legte eine Hand auf den Schenkel ihres Mannes. »Jerome, er braucht mich.«

Fluchend legte er das Baby in ihren Arm. Wenigstens ein kleiner Sieg, den sie nur sekundenlang genießen durfte … Jerome umschlang ihre Taille und zog sie nach oben, in seinen Sattel. An ihren Rücken gepreßt, schien seine Brust zu brennen. Sein Herz blieb jedoch kalt.

24

Die restliche Nacht verbrachten sie in einem verlassenen Plantagenhaus, das die Späher der Unions- und der Konföderationstruppen offenbar noch nicht entdeckt hatten. Die einstigen Bewohner mußten Hals über Kopf aus ihrem schönen, altehrwürdigen Heim geflohen sein. Auf dem Kirschbaumholztisch im Eßzimmer stand eine halbvolle Teetasse. Schränke und Truhen waren mit Kleidern gefüllt, die Regale der Speisekammer mit Konserven, und im Räucherschuppen hingen Fleischstücke.

Anscheinend hatten die Herrschaften und die Sklaven das Weite gesucht, ohne irgend etwas mitzunehmen. Nur Ratten und Spinnen waren zurückgeblieben.

In mühsamer Arbeit machte Risa ein Schlafzimmer sauber. Zum Glück fand sie frische Bettwäsche im Schrank. Als sie das Kaminsims abstaubte, entdeckte sie einen Brief, der das Geheimnis des Hauses enthüllte. In knappen Worten wurde einer Everett Dolenz mitgeteilt, ihr Mann und ihr Sohn seien auf dem Schlachtfeld bei Sharpsburg, Maryland, gefallen. Vielleicht war die verzweifelte Witwe einfach fortgegangen, nachdem sie diese Nachricht bekommen hatte – in der Überzeugung, es wäre sinnlos, das Heim zu erhalten. Auf dem Sims standen Familienfotos, die einen würdevollen Vater, eine lächelnde Mutter und einen hübschen Sohn zeigten.

Bevor Risa mit ihrem Baby schlafen ging, betete sie für die armen Menschen. Sie hoffte, es würde ihnen nichts ausmachen, daß sie hier Unterschlupf suchte. Dann betete sie für ihren Vater, der sich hoffentlich keine allzu schlimmen Sorgen um sie machen würde, und flehte den Allmächtigen an, den Krieg bald zu beenden. Wenn sie ihren Mann und ihren Sohn verlor – würde sie das jemals verkraften?

In dieser Nacht blieb sie lange wach, von der Angst gepeinigt, der Krieg könnte ihr alle Menschen nehmen, die sie liebte. Seit sie mit Jeromes Hilfe vom Pferd gestiegen war, hatte sie ihn nicht mehr gesehen. Nach der knappen Warnung, sie würde es bitter bereuen, wenn sie mit Jamie zu fliehen versuchte, war er verschwunden.

Am nächsten Morgen stillte sie das Baby und suchte in Mrs. Dolenz' Schränken nach Kleidung. Glücklicherweise war die Frau so groß wie Risa, und sie fand mehrere Sachen, die ihr paßten – Unterwäsche, ein schlichtes Baumwollkleid für die Reise und Schuhe.

Wie lange der Ritt dauern würde, wußte sie nicht. Sicherheitshalber packte sie ein paar Kleidungsstücke zum Wechseln in eine Tasche. Dann setzte sie sich im Schlafzimmer an ein Tischchen und schrieb Mrs. Dolenz einen Brief, in dem sie sich vorstellte und versprach, die entwendeten Sachen zu ersetzen, wenn sich eine Gelegenheit bieten würde.

Als sie den Brief unterzeichnete, wurde sie von einem seltsamen Unbehagen erfaßt, drehte sich um und sah Jerome in der Tür stehen. Seine Haare waren feucht, die Wangen frisch rasiert. Offensichtlich hatte auch er in einem Schrank saubere Kleidung gefunden. Er trug dunkle Breeches, ein elfenbeinweißes Hemd, eine graue Weste und einen Navy-Rock.

Mit unergründlichen Augen musterte er Risa. Dann ging er zum Bett, auf dem sein kleiner Sohn lag und die Arme umherwarf. Er setzte sich zu Jamie, und das Baby umklammerte den ausgestreckten Zeigefinger seines Vaters. »Was machst du, meine Liebe?«

»Ich schreibe der Hausherrin.«

»Wieso weißt du, daß es eine Hausherrin gibt?«

»Weil ich einen Brief gelesen habe – mit der Nachricht, ihr Mann und ihr Sohn seien auf dem Schlachtfeld gestorben.«

»Und was hast du ihr geschrieben?«

»Ich hätte mir ein paar ihrer Sachen geliehen, die ich gegebenenfalls ersetzen werde.«

»Diese Mühe hättest du dir sparen können. Bald werden Yankee- oder Rebellentruppen hierherkommen und das Haus plündern.«

»Wenn es verschont bleibt, wird sie eines Tages heimkehren. Und sie soll wissen, daß nicht die ganze Welt bösartig und grausam ist.«

»Der Krieg ist nun mal bösartig und grausam.« Bei diesen Worten klang seine Stimme weder höhnisch noch zornig, sondern nur müde. Er stand auf. »Wenn du willst, laß deinen Brief liegen. Pack ein, was du mitnehmen möchtest. Bevor wir aufbrechen, solltest du was essen. Heute möchte ich möglichst weit nach Süden reiten. Also werden wir stundenlang im Sattel sitzen, ohne Ruhepause.«

Nachdem er das Zimmer verlassen hatte, schob sie den Brief unter die Uhr auf dem Kaminsims und traf ihre Reisevorbereitungen. Anthony Hawkins trat ein, um ihr zu helfen, und erklärte, sie müsse sich stärken. Bis sie das nächste Mal Rast machen würden, könnte es lange dauern.

»Anscheinend wissen Sie, wie man mit Babies umgeht«, meinte sie und zeigte auf Jamie, den er fachkundig im Arm hielt.

»Daheim in Corinth, Mississippi, warten eine Frau und zwei kleine Kinder auf mich«, erwiderte er grinsend. »Die vermisse ich schmerzlich, und Ihr Söhnchen lindert meinen Kummer ein wenig.«

»Hoffentlich sehen Sie Ihre Familie bald wieder.«

»Das hängt vom Kriegsministerium der Südstaaten ab, bei dem wir uns melden müssen.« In seiner Stimme schwang keine Bitterkeit mit. Er war ein Soldat, und er würde seine Befehle ausführen.

Zweifellos liebt er seine Heimat, dachte Risa, und ist bereit, für die Konföderation Opfer zu bringen. Sie folgte ihm die Treppe hinab und ins Speisezimmer. Auf dem Tisch stand ein einsamer Teller mit Speck und Grütze, neben einer dampfenden Kaffeetasse.

»Beeilen Sie sich«, bat Anthony.

Obwohl sie keinen Appetit hatte, setzte sie sich und begann zu essen. Um Jamie zu nähren, mußte sie sich stärken.

»Wäre es nicht besser gewesen, Sie alle hätten sich sofort in Sicherheit gebracht, weiter unten im Süden«, fragte sie den Rebellen, der mit ihrem Baby auf der Fensterbank saß.

»Der Captain hatte sein Kind noch nicht gesehen, Mrs. McKenzie.«

»Wie er meinem Vater erklärt hat, war er gar nicht daran interessiert.«

»Kein Mann will seinem Sohn im Gefängnis begegnen.«

»Seiner Frau auch nicht?«

»Ein Mann muß seinem Herzen folgen. Und in diesem schrecklichen Krieg tut es einem Soldaten in der Seele weh, wenn seine Frau einen anderen Weg geht als er.«

Nachdem sie tief Atem geholt hatte, nahm sie einen Schluck Kaffee. »Sir, ich war schon lange, bevor ich den Captain kennenlernte, eine Anhängerin der Union.«

»Niemand bezichtigt Sie des Verrats, Ma'am.«

»Ah, ich verstehe. Obwohl ich meinen Mann ins Gefängnis brachte, bin ich keine Verräterin, weil ich der Union angehöre.«

»Nun ja ...« Anthony runzelte verwirrt die Stirn. »So könnte man's sehen.« Am liebsten hätte sie geschrien. Und dann erstarrte sie. Jerome lehnte am Türpfosten. Wie lange schon? Hatte er gehört, was wie ein Geständnis klingen mußte? »Ich nehme an, du willst weiterreiten«, sagte sie kühl.

»Allerdings.«

»Gut, dann brechen wir auf.« Sie erhob sich und wollte an ihm vorbeigehen, aber er hielt ihren Arm fest.

»Mach mir heute keinen Ärger, Risa.«

»Das habe ich nicht vor.«

Plötzlich lächelte er. »Ganz egal, wohin ich dich bringe?«

»Ganz egal, wohin. Da du meinen Sohn in deiner Gewalt hast«, fügte sie hinzu und verließ das Zimmer.

Vor dem Haus warteten Robert Gray und Ricky Boyle mit den Pferden. Robert band Risas Reisetasche am Sattel des Rappen fest, und Jerome stieg auf. Dann zog er seine Frau zu sich hinauf. Als sie vor ihm saß, reichte Anthony ihr das Baby, und der lange Ritt in den Süden begann.

Weil sie nicht wußten, wer die einzelnen Gebiete Nord-Virginias gerade kontrollierte, mieden sie die Hauptverkehrswege. Jerome fragte Risa, was sie über die Truppenbewegungen in dieser Gegend wisse. Doch sie konnte ihm nur erzählen, Hooker würde einen größeren Kavalleriefeldzug planen. Sie ritten an der Spitze des kleinen Trupps.

Nach ein paar Stunden erwachte Jamie und wand sich rastlos im Arm seiner Mutter umher. Als sie zögerte, ihn zu stillen, fragte Jerome ungeduldig: »Was ist los?«

»Er ist hungrig.«

»Im Grunde begleitest du uns nur, damit du ihn stillen kannst. Zumindest ist das der wichtigste Grund. Also fang endlich an.«

»Ich finde es etwas peinlich – um es milde auszudrücken.«

»So? Die anderen sind ein ganzes Stück hinter uns zurückgefallen. Und ich verspreche dir, beim Anblick deiner nackten Brüste kein unwiderstehliches Verlangen zu empfinden. Das wäre mir viel zu gefährlich.«

Ihr Rücken versteifte sich an seiner Brust. »Was dir zugestoßen ist, habe ich nicht verschuldet, McKenzie. Das sage ich nur ein einziges Mal. Von jetzt an werde ich's nicht mehr erwähnen. Aber da du so ein selbstgerechter Idiot bist, werde ich in Zukunft mein Bestes tun, um dich in Gefahr zu bringen.«

Eine Zeitlang schwieg er, und Risa bereute ihre unbedachten Worte. Wenn er sie mitten auf dieser einsamen Straße aussetzte, konnte sie wenig dagegen unternehmen. Schließlich erwiderte er: »Nun, dann haben wir ja klare Fronten geschaffen.«

Jamie begann ohrenbetäubend zu brüllen, und sie mußte ihn wohl oder übel stillen. Als sie die Knöpfe ihres Kleids öffnete, zog Jerome seinen Navy-Rock aus, legte ihn um ihre Schultern und vergönnte ihr damit ein kleines bißchen Privatsphäre.

Später, während der Abend dämmerte, schlummerte sie ein, fuhr irgendwann erschrocken hoch und sah das

Baby in Anthonys Arm. Sie hatte an Jeromes Brust geschlafen. Mittlerweile waren sie ins Zentrum Virginias vorgedrungen.

Jerome fand den Weg zu Lees Linien, und eine militärische Eskorte brachte sie ins Konföderationscamp, wo man sie mit lautem Jubel empfing. Über mehreren Lagerfeuern wurde gerade das Abendessen vorbereitet. Die Rebellen sprangen auf und applaudierten den Männern, die aus dem Old Capitol geflohen waren. Vor allem der Captain, der berühmte Blockadebrecher, wurde lautstark gefeiert. Oft genug hatte er sie mit Schuhen, Medikamenten, Waffen und Munition versorgt. Ein Soldat führte sie ins Zelt eines Colonels namens Blount, der den Männern Whiskey und Risa Zichorienkaffee servieren ließ.

Während Jerome und seine Begleiter eine Besprechung mit den Offizieren abhielten, wurden Risa und Jamie in ein Zelt geleitet, das ein Lieutenant geräumt hatte. Es war mit einem Feldbett, einem Waschtisch, Klappstühlen und einem kleinen Schreibtisch eingerichtet. Dankbar für die Rücksichtnahme, sank sie mit ihrem Baby aufs Bett. Aber die Angst vor der Nacht, die sie in einem Konförderationslager verbringen mußte, zerrte an ihren Nerven. Draußen stand ein Wachtposten. Sollte er ihre Flucht verhindern oder wütende Rebellen davon abhalten, über die Verräterin herzufallen?

Nach einer halben Stunde rief jemand ihren Namen. »Risa? Darf ich eintreten?«

Verwirrt sprang sie auf und preßte Jamie an ihr heftig pochendes Herz. Wieso fürchtete sie sich vor einem Mann, der eine höfliche Frage gestellt hatte? »Ja?« würgte sie mühsam hervor.

Die Zeltklappe öffnete sich, und er kam herein – unverkennbar ein McKenzie, sehr attraktiv, mit dunklem Haar, grünen Augen und den gleichen hohen Wangenknochen, die auch auf Jeromes und Sydneys Indianerblut hinwiesen.

»Brent?« flüsterte sie.

Lächelnd nickte er und griff nach dem Baby.

»Und das ist mein kleiner Neffe?«

»Ja.« Zögernd überließ sie ihm ihr Kind, und er setzte sich mit ihm aufs Bett.

So wie bei der Begegnung mit seinem Vater benahm sich Jamie vorbildlich und gurrte seinen Onkel grinsend an. »Ein hübscher Bursche«, lobte Brent. Seine Uniform war ziemlich fadenscheinig, die Stiefel abgewetzt. Forschend schaute er zu Risa auf. »Also ist die einstige Braut meines Yankee-Vetters der Schrecken des Südens geworden«, bemerkte er leichthin. »Du bist sehr schön. Jetzt verstehe ich, warum du meine ganze Familie durcheinandergebracht hast ...«

»Ich wollte Alaina helfen«, unterbrach sie ihn ärgerlich. »Und seither lebe ich in der Hölle.«

»Dafür siehst du erstaunlich gut aus. Keine Probleme im Kindbett?«

Obwohl sie wußte, daß er Arzt war, errötete sie. »Nicht die geringsten.«

»Das freut mich.« Er inspizierte Jamie und steckte einen Finger in die winzige Faust, um die Kraft des Babys zu prüfen »Wahrscheinlich war mein Bruder krank vor Sorge – ganz egal, was du getan hast. Nachdem unsere Mutter ... «

»Jetzt geht es ihr doch besser, nicht wahr?«

»O ja, wenn ihr die kleine Mary auch große Schwierigkeiten machte. Ein Glück, daß sie einen Neffen bekommen hat! Natürlich hoffe ich, wir alle werden den Krieg überleben. Aber Jerome pflegt Tod und Teufel herauszufordern. Und nun wird die Linie meines Vaters weiterbestehen, was immer geschehen mag.«

»Bitte, hör mit diesem morbiden Gerede auf!«

»Das ist nicht morbid, sondern realistisch. Und was dich betrifft, Risa – da kursieren unterschiedliche Gerüchte.«

»Keine eindeutigen?« seufzte sie. »Erstaunlich. Ich dachte, alle Rebellen verdammen mich.«

Als er lächelte, zeigte sich ein Grübchen in seiner Wange. »Die Soldaten treiben Handel über die Fronten hinweg. Und die Generäle aus dem Norden und dem Süden, die zusammen in die Schule gegangen sind, schicken einander nach wie vor Geschenke, ehe sie das Artilleriefeuer eröffnen. Ich habe verwundete Yankees zu Unionsärzten gebracht, die behaupten, du seist eine ausgezeichnete Krankenschwester und würdest das gesamte männliche Pflegepersonal übertrumpfen. Was einiges heißen muß, wenn man bedenkt, daß Mrs. Dorothea Dix, die Leiterin der Unionslazarette nur häßliche Schwestern über dreißig einstellt, die sich wie puritanische Witwen kleiden. Wieso hast du's so weit gebracht?«

»Weil ich gewissermaßen beim Militär aufwuchs«, erklärte sie lachend. »Und man kann Mrs. Dix umgehen, indem man sich beim Generalstabsarzt bewirbt. Viele Frauen sind in die Lazarette gekommen, um für ihre Verwandten zu sorgen. Danach blieben sie einfach da und betreuten andere Patienten. Auch Alaina hat sich oft in Hospitälern nützlich gemacht. Und soviel ich weiß, arbeitet Sydney als Krankenschwester in Richmond.«

»Ja, das stimmt. Übrigens, auch mein Vetter Julian hat dich in den höchsten Tönen gelobt. Würdest du mir assistieren?«

»Jetzt?« Sie runzelte die Stirn. »Im Dunkeln?«

»Morgen früh. Ich will ein paar Soldaten operieren und sehen, welche Gliedmaßen ich retten kann – bevor die Kämpfe wieder beginnen. Dann muß ich nämlich blitzschnell zu Werke gehen, wie ein Metzger«, fügte er bitter hinzu.

»Natürlich helfe ich dir sehr gern, wenn …«

»Wenn's mein Bruder erlaubt?«

»Nein, ich meine – wenn ich morgen noch hier bin.«

»Das nehme ich an«, entgegnete Brent und stand auf. Widerstrebend gab er ihr das Baby zurück. »Dann bis morgen. Gute Nacht.« Er verließ das Zelt.

Erschöpft vom Schlafmangel und dem anstrengenden Ritt, döste sie auf dem Feldbett, ihren Sohn im Arm. In dieser Nacht erwachte sie häufig, hörte Gespräche, die aus dem Nachbarzelt herüberdrangen, und glaubte, die

Stimmen ihres Mannes und seines Bruders zu erkennen. Irgendwo erklang weibliches Gelächter. Nicht nur im Norden folgten die Prostituierten den Truppen von einem Lager zum anderen.

Würde sich auch Jerome mit einer solchen Frau amüsieren? Wenn die Fronten auch klar gezogen waren – seine abweisende Haltung verletzte sie zutiefst.

Plötzlich erblickte sie die Umrisse einer hochgewachsenen Gestalt und unterdrückte einen Schrei. Jerome stand mitten im Zelt. Den Kopf gesenkt, schien er nachzudenken.

Sie rührte sich nicht. Nach einer Weile ging er zu ihr. Hastig kniff sie die Lider zusammen und stellte sich schlafend. Als sie die Augen wieder öffnete, war er verschwunden.

Am Morgen kam Brent zu ihr, von einem kräftig gebauten Sanitäter und einer vollbusigen Frau begleitet. »Das ist Maisie Darden. Während du mir assistierst, wird sie Jamie betreuen.«

Das Baby war soeben gestillt worden und schlief friedlich. Sobald Risa das liebevolle Lächeln der Frau sah, wußte sie, daß sie ihr den Jungen bedenkenlos anvertrauen konnte.

»Fühlst du dich dieser harten Arbeit gewachsen, Risa?« fragte Brent auf dem Weg zum Lazarett.

»Willst du wissen, ob ich bereit bin, das Leben von Rebellen zu retten?«

Er blieb stehen und schaute ihr in die Augen. »Ja.«

»Dazu werde ich mich mühelos durchringen.«

Kurz nachdem die erste Operation begonnen hatte, gesellte sich Jerome hinzu. Als Risa die Brüder zusammenarbeiten sah, fragte sie sich, ob die beiden sie überhaupt brauchten. Doch sie wurde stets mit Aufgaben betraut.

Im Lauf des Tages lernte sie Brents Fähigkeiten schätzen. Ausführlich erklärte er seinen Assistenten, welche Maßnahmen er gerade ergriff und welche Instrumente er brauchte, und setzte die wenigen Narkosemittel, die ihm zur Verfügung standen, wohlüberlegt und sparsam ein.

Auch der kompetente Sanitäter erleichterte ihm die Arbeit.

Einmal konnte eine Klemme die Blutung eines Patienten nicht schnell genug stoppen. Da kletterte Risa auf den Operationstisch und übte mit ihrem Gewicht den nötigen Druck aus, bis die Klemme richtig saß. Bei Einbruch der Dunkelheit beendeten sie ihre Arbeit. Risa sank erschöpft ins Gras und beobachtete den Sonnenuntergang.

Verwirrt wandte sie sich zu Jerome, der neben ihr Platz nahm und ihr ein silbernes Fläschchen reichte. »Brandy?«

»Danke.« Sie ergriff die Flasche. »Willst du mich belohnen, weil ich heute keinen Rebellen umgebracht habe? Wie konntest du mir in diesem Lazarett trauen?« Sie nahm einen kleinen Schluck, dann gab sie ihm die Flasche zurück.

Auch er trank daraus und blinzelte in die sinkende Sonne. »Ich wußte, du würdest den verwundeten Soldaten nichts antun.«

»Oh ...« Neue Hoffnung erfüllte ihr Herz.

»Inmitten so vieler Rebellen hättest du keine Chance.« Gekränkt stand sie auf und ging davon.

Er folgte ihr, hielt ihren Arm fest, und sie glaubte, er würde sich entschuldigen. Aber er erklärte nur: »Morgen früh reisen wir weiter.«

»Wohin?«

»Nach Richmond.«

Anthony, Robert und Ricky blieben im Lager, um später zu ihren Einheiten zurückzukehren. Als Risa am nächsten Morgen vor einem Lagerfeuer stand und sich eine Tasse Kaffee einschenkte, kam Anthony zu ihr, um sich zu verabschieden. Nach der nächsten Schlacht würde er einen Monat Urlaub bekommen, erklärte er. Den habe er wahrlich verdient, da er seit dem Beginn des Krieges nicht mehr zu Hause gewesen sei.

Impulsiv umarmte sie ihn und wünschte ihm alles Gute. Erst ein paar Sekunden später, als er davonging, entdeckte sie Jerome, der an einem Baumstamm lehnte, einen Grashalm zwischen den Zähnen, und zu ihr herüberschaute. Wortlos kehrte er ihr den Rücken.

Den ganzen Tag hatte er wenig zu sagen. Während sie in einem Wagen nach Richmond fuhr, ritt er auf seinem schwarzen Rappen neben ihr her. Offenbar wollte er in der Hauptstadt mit Mallory, dem Oberbefehlshaber der Navy, seine künftige Position erörtern.

In der Nähe von Richmond beobachtete Risa irritiert die abgöttische Verehrung, die ihr Mann genoß. Immer wieder wurde er von Menschenmengen umringt, von Reportern mit Fragen nach seiner Gefangenschaft im Old Capitol, der Flucht und seinen erfolgreichen Aktivitäten als Blockadebrecher bestürmt.

Wie sie ihm widerstrebend zugestehen mußte, benahm er sich höflich und bescheiden. Vor allem die Kinder behandelte er sehr freundlich.

In der Stadt gab er seine Frau in die Obhut Alfred Mores, eines älteren Soldaten mit stahlgrauem Haar und klugen braunen Augen. Der Mann brachte Risa und Jamie in eine komfortable Pension nahe dem Weißen Haus der Konföderierten und erklärte, Jeromes Besprechungen würden einige Stunden dauern. In seiner Gefangenschaft habe er wichtige Informationen gesammelt, die er nun an die Behörden weitergeben würde. Währenddessen wanderte Risa rastlos in ihrem Zimmer umher. Vor der Tür stand ein Wachtposten. Eine Mahlzeit wurde ihr serviert. Später fragte Lieutenant More, ob sie ein Bad nehmen wolle. Dankbar stimmte sie zu, und er ließ eine Wanne bringen. Darin saß sie, bis das Wasser erkaltete.

Durch die offenen Fenster wehte Frühlingsluft herein. Irgendwo erklang Musik, ein Walzer. Dann wurden ›Dixie‹ und ›The Bonnie Blue Flag‹ gespielt. Risa beugte sich aus dem Fenster, ihr Fuß klopfte im Takt der Melodien auf den Boden. Weiter unten an der Straße sah sie zahlreiche Kutschen vor dem Weißen Haus der Konföderation stehen.

Ihr Atem stockte, als sie Jerome auf der Veranda entdeckte, in ein Gespräch mit einem kleinen Zivilisten, einem etwas größeren uniformierten Mann und einer Frau vertieft.

Erbost starrte sie zu ihm hinüber. Während sie in diesem Zimmer festsaß, ganz allein in der Hauptstadt ihrer Feinde, flirtete er auf einer Party. Nach kurzem Zögern öffnete sie lautlos die Tür. Lieutenant More ließ sich nicht blicken, und der junge Wachtposten döste auf einem Stuhl, den Kopf an die Wand des Flurs gelehnt. Vorsichtig schloß sie die Tür und inspizierte die Sachen, die sie im Plantagenhaus eingepackt hatte – nur Reisekleidung, keine eleganten Roben. Aber eines der Kleider war über dem Busen mit einer Spitzenborte verziert. Risa trennte den oberen Teil des Stoffes heraus, und so entstand ein einigermaßen ›gewagtes‹ Dekolleté. Seit sie Jamie stillte, besaß sie üppige Brüste. Rasch steckte sie ihr Haar zu einem lockeren Knoten hoch, von dem aus sich ein paar Löckchen im Nacken und vor den Ohren herabringelten.

Dann trat sie vor den Spiegel und kniff sich in die Wangen. Bedauerlicherweise fehlte ihr ein Unterrock. Aber in den krisengeschüttelten Kiegszeiten konnten sich nur wenige Frauen modisch kleiden. Außerdem wäre eine allzu elegante Aufmachung geschmacklos, besonders in den Südstaaten, deren Bevölkerung so viel entbehren mußte.

Sollte sie tatsächlich eine Rebellenparty im Weißen Haus besuchen, als ungebetener Gast? Reiner Wahnsinn …

Doch sie mußte einfach hingehen. Offenbar kannte Jerome die brünette Frau, die an seinem Arm hing, viel zu gut. Und die Tochter eines Generals wurde überall respektiert, im Süden ebenso wie im Norden.

Risa hob das Baby aus dem Bett, öffnete lautlos die Tür und schlich auf Zehenspitzen an dem schlafenden Wachtposten vorbei.

Glücklicherweise schrie Jamie nicht und schien instinktiv zu spüren, daß er die kühnen Pläne seiner Mutter nicht vereiteln durfte. Sie huschte die Treppe hinab und aus der Pension.

Nach wenigen Minuten erreichte sie das Weiße Haus. Jerome stand nicht mehr auf der Veranda. Während sie sich unschlüssig umsah, eilte eine hübsche, dunkelhaarige Frau zu ihr. »Hallo, meine Liebe, Sie schauen so verwirrt drein. Kann ich Ihnen helfen?« Risa wollte antworten, aber ihre Stimme versagte.

Jetzt gab es kein Zurück mehr. Sie kannte die Frau des Konföderationspräsidenten Jefferson Davis, des einstigen Kriegsministers der Union. Vor einigen Jahren war sie ihm gemeinsam mit ihrem Vater oft begegnet.

»Risa!« rief Varina Davis entzückt aus. »Risa Magee! Neuerdings McKenzie, nicht wahr? Kommen Sie, gehen wir ins Haus. Da drin finden Sie Ihren Captain.«

»Mrs. Davis ...«, begann Risa verlegen. Um Himmels willen, warum war sie so dumm gewesen, hierherzukommen?

»Nennen Sie mich Varina, so wie früher. Ich möchte Sie mit einigen Leuten bekannt machen. Warum hat Ihr Mann Sie nicht zu unserer Party mitgebracht? Das verstehe ich nicht. Ihr erstes Kind?« Lächelnd musterte Mrs. Davis das Baby. »Darf ich's mal halten?«

»Natürlich.« Risa wußte, wie kinderlieb Varina war. Ihren Erstgeborenen hatte sie vor vielen Jahren verloren, doch seither schwärmte sie für alle Babies.

»Oh, ich fürchte, mein Sohn wird Ihr schönes Kleid beschmutzen.«

»Als ob mich das stören würde! Kommen Sie nur.«

»Lieber nicht. Jerome ist sehr beliebt. Nachdem ich beschuldigt wurde, ich hätte seine Verhaftung und den Verlust seines Schiffs verursacht ...«

»Kümmern Sie sich nicht drum. Manche Leute werden ewig reden. Ich habe Sie stets für eine anständige, charakterstarke junge Frau gehalten. Wenn Sie mir sagen, Sie seien unschuldig ...«

»Nicht ganz.«

»Wie bitte?«

»Ich bin eine Yankee.« Belustigt zuckte Varina die Achseln. »Ich lade lieber einen vertrauenswürdigen Feind ein als einen Freund, der hinter meinem Rücken den Dolch zückt.« Das Baby im Arm, ging sie ins Haus, und Risa mußte ihr wohl oder übel folgen.

25

Zur Rechten der Eingangshalle mit dem imitierten Marmorboden spielten im Salon hinter dem Speiseraum die Musiker. Um Platz für die Tanzpaare zu schaffen, hatte man die Möbel an die Wände gerückt. Trotz der Entbehrungen, die der Krieg mit sich brachte, waren die Damen schön gekleidet.

Einige trugen Schwarz.

Während Risa mit Varina durch das Haus wanderte, spürte sie viele neugierige Blicke und war dankbar für den Schutz, den ihr die First Lady bot. Niemand würde es wagen, sie zu beleidigen. Offenbar wußten die meisten Leute, wer sie war. Varina machte sie mit mehreren Gästen bekannt. Immer wieder hörte Risa, wie hinter ihrem Rücken getuschelt wurde.

Varina stellte sie als ›Mrs. McKenzie, die Gemahlin unseres todesmutigen Helden‹ vor. Voller Stolz zeigte sie Jamie herum, und man gewann beinahe den Eindruck, er wäre ihr eigenes Kind. Um auf Risas Recht hinzuweisen, die Party zu besuchen, steuerte sie mit ihr den Präsidenten an. Hochgewachsen und hager, mit eingefallenen Wangen und melancholischen Augen, musterte er Risa eine Zeitlang, bevor er sie erkannte. »Ah!« rief er und ergriff ihre Hände.

»So groß ist sie geworden, nicht wahr, Varina? Wie geht es Ihrem Vater, dem alten Gauner? Ich vermisse ihn schmerzlich und bedaure, daß er auf der falschen Seite kämpft. Aber er ist nun mal ein geborener Yankee, der von alteingesessenen New Yorker Iren abstammt. Daran läßt sich nichts ändern. Er ist sicher immer noch wütend, weil Sie einen Rebellen geheiratet haben, meine Liebe.«

»Zweifellos hätte er einen Yankee-Schwiegersohn vorgezogen.«

»Ich hoffe, er ist wenigstens auf seinen Enkel stolz.«

»So ein süßer Junge!« schwärmte Varina. Als ein Offizier an die Seite des Präsidenten trat, verkündete sie: »Heute abend ist die Tochter eines alten Freundes unser Gast – die Ehefrau eines Konföderationshelden. Bitte, General, entschuldigen Sie meinen Mann für ein paar Minuten. Würdest du mit Mrs. McKenzie tanzen, Liebster? Wenn mich nicht alles täuscht, wird gerade ein Walzer angestimmt.«

Verwirrt begann Risa mit dem steifen, schwarzgekleideten Präsidenten zu tanzen. »Das war sehr freundlich von Ihrer Frau. Jetzt müssen alle Ihre Gäste nett zu mir sein.«

Er lächelte. Wie sie wußte, besaß er einen gewissen Humor, was seine Gegner bestritten.

»Ja, Varina ist ein Juwel. Allerdings war sie nicht nur Ihretwegen freundlich – sie wollte auch den General von mir fernhalten, der ständig mit mir streitet.«

Während des Tanzes entdeckte sie ihren Mann, der immer noch die Gesellschaft der schönen Brünetten genoß und zu Risa herüberstarrte. Als sie seinem eisigen Blick begegnete, erschauerte sie. Nach dem Walzer verneigte sich Davis, und Jerome kam zu ihnen. »Sir, ich wußte nicht, daß Sie meine Frau kennen.«

»Schon seit ihrer Kindheit, Captain. Viele Leute vergessen die Jahre, die ich in Washington verbrachte – den Schmerz, der mich beim Abschied von meinen Freunden im Norden erfüllte. Nun will ich Risa wieder in Ihre Obhut geben, Sir. Wenn Sie Glück haben, wird Ihnen meine Frau auch Ihren Sohn zurückerstatten. Obwohl wir mit einer großen Familie gesegnet sind, kann Varina nie genug Kinder um sich haben.«

»Vielen Dank, Sir.«

»Nein, *ich* habe Ihnen zu danken, Captain. Männer wie Sie beweisen, daß das Unmögliche machbar ist. Würden Sie mich entschuldigen ...«

Davis ging davon und wurde sofort von mehreren Gästen umringt.

»Was machst du hier?« fragte Jerome in kaltem Ton.

Tapfer hielt sie seinem Blick stand, der sie zu durchbohren schien. »*Du* hast mich doch nach Richmond entführt.«

»Nicht ins Weiße Haus.«

»Diese wundervolle Party wollte ich keinesfalls versäumen«, zirpte sie honigsüß.

»Von jetzt an wirst du sie versäumen«, murmelte er und umfaßte ihren Arm. »Sonst bringst du womöglich die ganze Konföderation zu Fall.«

»Hätte ich bloß die Macht dazu!« knirschte Risa. »Wie gern würde ich das Blutvergießen beenden!«

Ehe er sie hinausführen konnte, traten ihnen mehrere Gentlemen in den Weg und überreichten ihnen gefüllte Champagnergläser. »Auf Sie, Captain, und auf Mrs. McKenzie!«

Jerome machte Risa mit den Soldaten bekannt. Dann gesellten sich andere Gäste hinzu, Männer und Frauen. Alle begegneten ihr sehr höflich, wenn sie auch nicht ahnte, was sie von ihr hielten.

»Voller Ungeduld haben wir auf Sie gewartet, Mrs. McKenzie«, beteuerte ein junger Lieutenant. »Und wir fragten uns natürlich, was Sie so lange von dieser Party fernhielt, die zu Ehren der Rückkehr Ihres Gemahls in die Konföderation stattfindet. Hoffentlich fährt er bald wieder zur See und versorgt uns mit Nachschub.«

Zornig und verwirrt starrte sie Jerome an. Eine Party zu seinen Ehren ... Und er war ohne sie hierhergekommen.

Die Musiker begannen wieder zu spielen, und der Lieutenant fragte ihren Mann, ob er mit ihr tanzen dürfe. Mit einem spöttischen Lächeln verneigte sich Jerome. Sie versuchte sich aus der Affäre zu ziehen und erklärte, sie müsse für ihren Sohn sorgen. Doch sie erfuhr, man habe Jamie nach oben in ein Kinderzimmer gebracht, wo er gut betreut würde.

So wirbelte sie im Arm des Lieutenants über das Parkett. Später tanzte sie mit anderen Gentlemen, und manchmal sah sie Jerome vorbeigleiten, mit immer neuen Partnerinnen. Dazu zählte auch die attraktive Brünette, die so belustigt und vielsagend herüberschaute, daß Risa ihr am liebsten die Augen ausgekratzt hätte.

Schließlich lernte sie ihre Rivalin kennen. Sie stand gerade mitten im Salon und wartete auf einen älteren Major, der ihr ein Glas Punsch bringen wollte.

»Ah, Mrs. McKenzie!«

Risa drehte sich zu der Brünetten um und ergriff die Hand, die ihr gönnerhaft gereicht wurde. »Ja – wie geht es Ihnen?«

»Danke, ganz ausgezeichnet. Ich habe schon so viel von Ihnen gehört, aber nicht mit dem Vergnügen gerechnet, Sie heute abend im Weißen Haus zu treffen. Nachdem Jerome erwähnt hatte, Sie würden nicht erscheinen …«

»Nun, ich war etwas müde, und er dachte, ich würde mich lieber ausruhen. Doch dann beschloß ich, die Party zu besuchen. Tut mir leid, Sie wissen, wer ich bin, während ich Sie nicht kenne …«

»Oh, meine Liebe, wer Sie sind, weiß jeder – die berühmte Mrs. McKenzie.« Das sanfte Lächeln der jungen Frau verhehlte nicht, wie boshaft die Worte gemeint waren.

»In der Tat? Und Sie sind …?«

»Janine Thompson, die Tochter des Politikers Pierce Thompson. Vor dem Krieg war er der bedeutsamste Baumwollexporteur dieses Staates.«

Die Frau, mit der Jerome laut einiger Zeitungsartikel verlobt gewesen war. Stimmte das? Jene Situation hatte er niemals erklärt. Risa fühlte sich elend.

Mit ihrem dunklen Haar und dem Elfenbeinteint war Janine bildschön. Und der bittere Unterton in ihrer Stimme bestürzte Risa. »Oh, ich habe Ihnen noch gar nicht zur Hochzeit gratuliert – und zur Geburt Ihres Sohnes. Herzlichen Glückwunsch.«

»Danke.«

»Übrigens, beinahe hätte ich Ihre Stelle eingenommen.

Aber dann ... Wie alt ist Ihr Baby? Und wann fand die Trauung statt?«

Verblüfft hob Risa die Brauen. »Wie unverschämt Sie sind, Miss Thompson!«

»Nun, die Wahrheit ist nicht immer angenehm, und die Gesellschaft pflegt sehr hart zu urteilen. Hoffentlich muß der Junge nicht eines Tages unter Ihrer Schande leiden.«

»Wie können Sie es wagen, so mit mir zu reden ...«

»Offenbar wissen Sie nicht, wie es ist, liebe Freunde zu verlieren – einen nach dem anderen. Unter solchen Umständen wird man leicht unhöflich und zögert nicht länger, die Wahrheit auszusprechen. Sie haben einen Helden des Südens für Ihre Zwecke mißbraucht, Mrs. McKenzie. *Ich* würde ihn lieben. Niemals hätte ich ihn verraten. Nun wünschte ich, es wäre *meine* Idee gewesen, ein Baby zu bekommen und ihn zur Heirat zu zwingen.«

Wie gern hätte Risa in Janine Thompsons Gesicht geschlagen ... Den Tränen nahe, fühlte sie sich versucht, aus dem Haus zu flüchten. Doch dann erkannte sie, welch bittere Enttäuschung Janine zu ihrem Verhalten trieb, und das verstand sie sogar. »Ich werde nie bereuen, daß ich Jamie geboren habe. Ich vergöttere ihn. Wenn Sie mich jetzt entschuldigen würden, Miss Thompson ...«

»Nein, ich entschuldige nichts! So viele Nächte verbrachte ich in Jeromes Armen. Welch ein wunderbarer Mann! Alles an ihm ist vollkommen, auch das kleine sternförmige Muttermal auf seiner linken Hinterbacke. Und Sie hatten kein Recht ...«

Ungläubig runzelte Risa die Stirn. Wie konnte eine junge Frau in Janine Thompsons Position so schamlos über den Ehemann einer anderen reden? Hatte Jerome tatsächlich so ein Muttermal? »Was immer Sie durchgemacht haben, bedaure ich, Miss Thompson«, erwiderte sie in entschiedenem Ton. »Jetzt muß ich gehen.«

Hastig durchquerte sie den Raum. Als sie sich umdrehte, beobachtete sie, wie Janine von einem jungen Mann zum Tanz aufgefordert wurde. Lachend wiegte sie sich in seinen Armen.

Risa zitterte am ganzen Körper. Wann war Jerome das letzte Mal bei Janine gewesen? Hatten die beiden Pläne für diese Nacht geschmiedet? War er deshalb ohne seine Frau ins Weiße Haus gegangen?

Ehe sie aus dem Salon fliehen konnte, kehrte Varina mit Jamie zurück. Die Davis-Kinder hatten im Oberstock mit ihm gespielt. Nun war er sicher sehr hungrig und müde. »Lieutenant Clark wird Sie in Ihre Pension begleiten, Risa«, erklärte die First Lady. »Leider muß Ihr Mann noch an einer Besprechung teilnehmen. Aber er wird Ihnen bald folgen.« Lächelnd umarmte sie Risa. »Es war mir eine Freude, Ihr Baby kennenzulernen.«

Gerührt erwiderte Risa die Umarmung. Dabei wurde Jamie ein bißchen gedrückt und protestierte lautstark. Beide Frauen lachten.

Bevor Risa den Raum verließ, schaute sie sich um und erblickte weder Jerome noch Janine. Eine Besprechung?

Wütend folgte sie dem Lieutenant in die Pension, wo sie von More erwartete wurde.

Inzwischen hatte ihm der junge Wachtposten gestanden, sie sei ihm entwischt, und der Lieutenant musterte sie vorwurfsvoll. Doch sie sah nicht ein, warum sie sich entschuldigen sollte. Wortlos betrat sie ihr Zimmer, stillte Jamie und vertauschte ihr Kleid mit einem Nachthemd Dann wanderte sie nervös umher und legte sich zurecht, was sie ihrem Mann sagen würde, wenn er zu ihr kam. Aber die Sunden verstrichen, und Jerome erschien nicht. Schließlich legte sie sich zu Jamie ins Bett und schlief ein, die Wangen benetzt mit heißen Tränen.

Jerome fand Risas Kühnheit unfaßbar. Eine Yankee im Weißen Haus der Konföderation! Daß sie dem Präsidenten und dessen Frau vor dem Krieg in Washington begegnet sein mußte, hatte er völlig vergessen. In ihrem schlichten Kleid war sie schöner gewesen als alle anderen Damen. Und wie anmutig sie getanzt hatte ...

Einerseits wollte er sie erwürgen, andererseits bewunderte er ihre Courage.

Nun fühlte er sich todmüde und wollte in die Pension gehen. Aber Davis bat ihn um ein Gespräch unter vier Augen, weil Jerome am nächsten Morgen zur Küste von North Carolina fahren würde. Man hatte ihm ein kleines Schiff angeboten, das dem hohen Standard der *Lady Varina* zwar nicht entsprach, aber ihm vielleicht ermöglichen würde, seinen Schoner zurückzuerobern.

Nachdem sich die anderen Gäste verabschiedet hatten, führte Davis ihn in die Bibliothek und füllte zwei Gläser mit Portwein. »Sir, ich möchte Ihnen gewisse Informationen geben. Erstens – in North Carolina erwarten Sie die meisten Mitglieder Ihrer alten Besatzung. Ihre Frau hat einen Yankee-Anwalt engagiert, dem es gelang, die Freiheit der gefangenen Rebellen zu erwirken – mit dem Hinweis auf die gute Behandlung, die alle Soldaten an Bord Ihrer gekaperten Unionsschiffe genossen haben.«

»Meine Frau hat einen Anwalt beauftragt?«

»In der Tat.«

Davon hatte sie nichts erwähnt. Nicht, daß er ihr eine Gelegenheit dazu gegeben hätte. War das ein Beweis für ihre Unschuld? Nicht unbedingt. Vielleicht hatte sie den Verlust der *Lady Varina* angestrebt, aber seinen Männern die grausame Haft im Elmira-Gefängnis ersparen wollen. »Ich bin sehr froh, daß meine Leute frei sind.«

»Und was die sonderbare Entführung Ihrer Schwester betrifft ...«

»Inzwischen habe ich meinen Schwiegervater kennengelernt, und er versicherte mir, er habe Sydney niemals bedroht.«

»Das stimmt. Im Verlauf dieses Krieges haben wir immer mehr Spione entlarvt. Einige dieser Leute, die für den Feind arbeiten, schrecken vor nichts zurück. Neulich gestand ein Soldat seinem Arzt auf dem Totenbett, er habe in jener Nacht den Fahrer der Kutsche erschossen, in dem Ihre Schwester saß. Der Soldat erklärte, er sei von einem Mann aus Florida bezahlt worden. Offenbar haben Sie in Ihrem Heimatstaat einen Feind, den Sie ernst nehmen sollten, Captain. Bitte, seien Sie vorsichtig.«

»Besten Dank für diese Informationen, Sir.« Jerome stand auf, schüttelte die Hand des Präsidenten und salutierte. »Bald werde ich wieder mein eigenes Schiff steuern und der Konföderation dienen, so gut ich es vermag.«

Er verließ das Weiße Haus. Langsam wanderte er die dunkle, menschenleere Straße hinab. Zum erstenmal zweifelte er an Risas Schuld. Nun stand fest, daß die Magees die Entführung seiner Schwester nicht veranlaßt hatten. War Risa ebensowenig in den Verlust der *Lady Varina* verwickelt? Andererseits – konnte sie jener Feind sein, der in Florida lebte?

Im Flur der Pension nickte er dem verlegenen jungen Wachtposten zu, der Risas Flucht nicht verhindert hatte, und betrat ihr Zimmer.

Silbernes Mondlicht schien durch die Fenster herein. Auf leisen Sohlen ging er zum Bett und betrachtete seine Frau, die das Baby im Arm hielt. Unter dem hochgeschlossenen züchtigen weißen Nachthemd zeichneten sich ihre vollen Brüste ab. Ihr Anblick erregte ihn, und er wich hastig zurück, als hätte er sich verbrannt. Warum sollte er sein schlafendes Kind nicht aus ihrem Arm nehmen und sich zu ihr legen, um seine Lust zu befriedigen? So lange hatte er seine Frau entbehrt. Spielte es im Dunkel der Nacht eine Rolle, ob sie ihn verraten hatte oder nicht? Jetzt suchte er nur ein bißchen Trost. Und morgen würde er sich wieder von ihr abwenden.

Aber als er sich zu ihr hinabneigte, strampelte Jamie plötzlich und wimmerte leise. Für ein paar Sekunden öffnete Risa die Augen. Instinktiv schob sie das Baby zu einer ihrer Brüste, und es begann hungrig daran zu saugen. Jerome berührte die Wange seines Sohnes. Behutsam zeichnete er eine bläuliche Ader auf dem Busen seiner Frau nach. Jetzt schlief sie wieder tief und fest und nahm seinen Finger nicht wahr. Er strich über ihre Wange und spürte Tränen. Offenbar hatte sie sich in den Schlaf geweint. Er verließ den Raum, stieg die Treppe hinab und ging in den Salon der Pension. Dort brannte ein schwaches Feuer im Kamin und warf flackernde Schatten an die

Wände. Er goß sich einen Brandy ein, starrte in die Flammen und schmiedete neue Pläne.

26

Als Risa erwachte, fand sie einen Brief ihres Mannes auf dem Nachttisch. In knappen Worten teilte er ihr mit, er würde wieder zur See fahren, und habe More beauftragt, sie per Bahn zu dem Lager im nördlichen Teil Floridas zu bringen, in dem Julian stationiert war. Dort würde Jerome sie später treffen.

Da sie nach der Party beschlossen hatte, ihn zur Rede zu stellen, war sie enttäuscht und wütend. Zu ihrer Bestürzung erfuhr sie, auch Pierce Thompson sei mit seiner Tochter aus Richmond abgereist. Risas Mißtrauen erwachte.

Andererseits konnte sie sich kaum vorstellen, daß Janine mit Jerome an Bord seines Schiffs gehen würde.

Und doch – wieso kannte die junge Frau das Muttermal auf seiner linken Hinterbacke? Bei diesem Gedanken wurde Risa von qualvoller Eifersucht erfaßt.

Varina schickte ihr einen wohlgefüllten Picknickkorb für die Reise und schrieb ihr, in diesen schweren Seiten sei es schwierig, nahrhafte Mahlzeiten zu beschaffen. In einem Dankesbrief wünschte ihr Risa alles Gute. Eine Zeitlang erwog sie, ihrer Eskorte zu entfliehen. Das war ihr schließlich schon einmal gelungen. Doch sie entschloß sich, nach Süden zu fahren – und ihrem Mann gegenüberzutreten …

Zahlreiche Soldaten überwachten die Bahnlinie, um den Nachschub für die Konföderationstruppen zu sichern.

In den Waggons saßen viele Uniformierte zwischen Flüchtlingen und Familien, die ihr Heim verloren hatten. Risa sprach mit einer Frau aus Nord-Virginia, der es egal war, wer den Krieg gewinnen würde. Mit ihren bleichen, eingefallenen Wangen sah sie halb verhungert aus und tat ihr Bestes, um ihre zwei- und dreijährigen weinenden Kinder zu beruhigen. Auf ihrer Farm hatte sie die beiden nicht mehr ernähren können. Ihr Mann war von einem Granatsplitter getötet worden, als er versucht hatte, sein Vieh vor plündernden Soldaten zu retten. Bald danach war ihr Haus abgebrannt, und nun wollte sie zur ihrer Schwester nach Georgia fahren.

Risa wandte sich zu Lieutenant More und hob die Brauen. Freundlich erklärte er, es würde ihn nicht stören, wenn sie ihren Proviant mit der jungen Mutter teilte. Das Lächeln der Frau entschädigte sie für alle Entbehrungen, die sie vielleicht ertragen mußte.

Da der Zug häufig hielt, um die Truppenbewegungen nicht zu behindern, dauerte die Fahrt nach Georgia sechs Tage. Dort konnte man Lebensmittel kaufen. Risa hatte während der Reise eine gewisse Zuneigung zu More gefaßt, der sie an ihren schmerzlich vermißten Vater erinnerte.

Im Norden Floridas mußten sie den Zug verlassen und zum Rebellencamp reiten, das auf der Westseite des St. Johns lag. Wegen des unwegsamen Terrains konnten sie keine Kutsche benutzen. Deshalb kauften sie magere Pferde, die widerstandsfähiger waren, als sie aussahen, und engagierten einen Creek-Führer. Am ersten Tag legten sie fünfunddreißig Meilen zurück, und um die Mitte des dritten Tages erreichten sie das Konföderationslager in einem dichten Kiefernwald. Julians und Tias kühle Begrüßung ärgerte und betrübte Risa. Immerhin hatte Julian ihre Reise auf Jeromes Schiff arrangiert, bevor es gekapert worden war.

Auch Major Vail, der Lagerkommandant, begegnete ihr mit unverhohlenem Argwohn und betonte, sie habe keine Möglichkeit, mit den Yanks am anderen Flußufer Verbindung aufzunehmen. Natürlich sei die Frau eines Konföderationshelden in seinem Camp willkommen, aber sie müsse sich an gewisse Regeln halten.

Nach dem langen Ritt fühlte sie sich erschöpft und war

froh, als Tia sie in ihr gemütlich eingerichtetes Zelt führte. Es gab zwei Feldbetten, zwei Truhen und einen Schreibtisch. Sogar Bilder, von verwundeten Soldaten gemalt, schmückten den Raum. Risa schlief sofort ein, nachdem sie ihr Baby gestillt hatte.

Als sie am nächsten Morgen erwachte, sah sie Tia neben dem Bett stehen und begegnete ihrem anklagenden Blick. Erbost knöpfte sie ihr Kleid zu. Dann richtete sie sich auf, ganz vorsichtig, um Jamie nicht zu stören. »Ich habe Jerome nicht verraten.«

Statt zu antworten, fragte Tia: »Hast du Ian gesehen?«

»In letzter Zeit nicht. Aber wie ich höre, geht es ihm gut.«

»Lee hat in Chancellorsville, Virginia, einen brillanten Sieg errungen. Aber beide Seiten erlitten schwere Verluste. Tausende sind gefallen.«

Besorgt dachte Risa an ihren Vater. »Die Potomac Army ...«

»Und die Army von Nord-Virginia. Stonewall Jackson wurde von seinen eigenen Leuten angeschossen, weil sie ihn für einen *Yankee* hielten.« Dieses Wort betonte Tia so angewidert wie einen Schimpfnamen.

Nachdenklich runzelte Risa die Stirn. Jackson – verletzt. Der legendäre Kämpfer, tief religiös, gegen sich selbst härter als gegen seine Untergebenen, von allen Soldaten vergöttert, von Lee hoch geschätzt. Wenn er starb ... Einen solchen Mann zu verlieren, konnte sich der Süden nicht leisten. Aber es fiel ihr schwer, um einen Konföderationsgeneral zu trauern, während ihr Papa womöglich zu den Toten zählte.

»Bitte, Tia, weißt du etwas über meinen Vater?«

»Man hat uns die Listen der toten Konföderierten geschickt, nicht der Nordstaatler«, entgegnete Tia kühl. Dann ließ sie sich erweichen. »Wäre er gestorben oder verletzt worden, hätten wir's sicher erfahren.«

Inständig hoffte Risa, ihr geliebter Vater wäre noch am Leben.

Vor dem Zelt erklang Julians Stimme. »Tia?«

»Komm herein!« rief seine Schwester.

Als er das Zelt betrat, starrte er Risa grußlos an. Wütend ballte sie die Hände. »Verdammt, Julian, ich habe Jerome nicht verraten! Niemals hätte ich den Vater meines Kindes einer solchen Gefahr ausgesetzt.«

»Und was sagst du zu dem Brief deines Vaters, der Brent schrieb und unsere Familie bedrohte?«

»Mein Vater besuchte Jerome im Gefängnis und versicherte, er habe eure Familie niemals unter Druck gesetzt. Und ich bin keine Verräterin. Allmählich habe ich diese ewigen Anklagen satt. Was Jerome zugestoßen ist, muß das Werk einer anderen Person sein. Ich sage euch ...«

»Sag gar nichts«, unterbrach er sie, »sei ihm einfach nur eine gute Ehefrau und setz dich nicht mit deinen Yankee-Freunden in Verbindung.« Ohne ein weiteres Wort verließ er das Zelt, und Tia folgte ihm.

Risa sank ins Kissen zurück und drückte ihren Sohn an sich. Glücklicherweise war sie so müde, daß sie sofort wieder einschlief.

Im Hafen an der North Carolina-Küste wurde Jerome von einem Großteil seiner einstigen Besatzung erwartet. Michael, Matt, Hamlin, David und andere begrüßten ihn freudestrahlend.

Dann gingen sie mit ihm an Bord seines neuen Schiffs namens *Bodkin,* das sich allerdings nicht mit der *Lady Varina* vergleichen ließ.

Bei Einbruch der Dunkelheit lief es aus, ohne von Yankees verfolgt zu werden. Es war blaugrau gestrichen, mit grauen Segeln. In diesen Tarnfarben sah Jerome den einzigen Vorzug der *Bodkin*. Zu seinem Leidwesen lag sie viel tiefer im Wasser als sein Schoner und ließ sich nicht so leicht manövrieren.

Sobald sie das offene Meer erreichten, hielt er eine Besprechung mit seinen Offizieren ab und erklärte, zunächst müsse die *Lady Varina* zurückerobert werden. Alle stimmten ihm zu.

Am späten Abend saß er mit Hamlin und David in seiner Kabine und fragte, auf welche Weise sein Schoner gekapert worden sei.

»Schwer zu sagen, Captain«, erwiderte Hamlin zögernd. »Plötzlich tauchten Schiffe am Horizont auf – so viele, daß wir weder kämpfen noch fliehen konnten.«

»Also sehr viele? Dann müssen die Yankees über Ihren Kurs informiert gewesen sein.«

David räusperte sich, und Hamlin schaute Jerome bedrückt an. »Offensichtlich.« Schweren Herzens lehnte sich Jerome zurück.

Risas Wunsch, ihn in ein Unionsgefängnis zu bringen, konnte er verstehen. Aber warum hatte sie das Leben seiner Besatzung aufs Spiel gesetzt? »Hat meine Frau die Aktion beobachtet?«

»Ja, sie stand an Deck«, antwortete Hamlin. »Natürlich baten wir sie, die Kabine aufzusuchen. Aber sie weigerte sich.«

»Wie verhielt sie sich, als die Yankees dann an Bord kamen?«

»Einer der Ersten Offiziere schlug ihr vor, ihn auf sein Schiff zu begleiten, und sie folgte ihm.«

Hastig fügte David hinzu: »Die Yanks haben Risa überaus freundlich begrüßt. Aber der Anblick ihrer Landsleute schien sie nicht zu beglücken, und ich glaube, sie sah keinen einzigen alten Freund.«

»Erstaunlich, daß du sie verteidigst«, sagte Jerome gedehnt. »Immerhin hat sie euch ins Elmira geschickt, ins schlimmste aller Gefängnisse.«

»Da holte sie uns auch raus«, erklärte Hamlin, »mit der Hilfe eines tüchtigen Yankee-Anwalts. Ein sehr anständiger Bursche, der uns versicherte, Recht müßte auch im Krieg Recht bleiben, und die Union sollte uns genausogut behandeln wie Sie Ihre Kriegsgefangenen, Captain. Vielleicht wollte sie nur unser Schiff kapern lassen und uns dann retten ...«

»Das spielt keine Rolle«, fiel Jerome ihm ins Wort.

»Oh, doch!« widersprach David.

»Durch ihre Schuld wurde die *Lady Varina* von Yankee-

Schiffen umzingelt. Nur das zählt. Und jetzt wollen wir zurückgewinnen, was uns gehört.«

Mitte Mai traf im Rebellenlager die Nachricht ein, Stonewall Jackson sei am 10. gestorben. Die Amputation seines Arms hatte er überlebt, dann war er einer Lungenentzündung erlegen. Robert E. Lee hatte ihm geschrieben, Jackson habe seinen linken Arm verloren und er selbst würde seine rechte Hand verlieren, wenn der Freund ihn im Stich lasse. Bis zuletzt war Jacksons Frau an seiner Seite geblieben. Sein Tod erfüllte den ganzen Süden mit tiefer Trauer, und sein Leichnam wurde in Richmond aufgebahrt, wo zahllose Menschen von ihm Abschied nahmen. Ironischerweise war einer der gefährlichsten Feinde der Union versehentlich von seinen eigenen Männern verletzt worden, was er nicht überlebt hatte. Diesen Gedanken fand Lee unerträglich.

Obwohl sein Tod auch Risa naheging, fand sie einen anderen Verlust viel schmerzlicher. Auf der Vermißtenliste stand Anthony Hawkins Name. Man nahm an, er sei bei einem der Scharmützel nach der Schlacht von Chancellorsville gefallen. Offenbar hatte er seine Familie nicht wiedergesehen.

Als sie davon hörte, ging sie ins Zelt, das sie mit Tia teilte, drückte Jamie an sich und weinte.

Plötzlich stürmte Tia herein. »Wie kannst du es wagen, um einen Südstaatensoldaten zu trauern? Verspottest du unseren Kummer?«

»Wenn Ian stürbe – würdest du nur weinen, um uns zu verhöhnen?«

»Ian ist mein Bruder, und Anthony Hawkins …«

»… war mein Freund, ein ganz besonderer Mann, den ich liebgewann. Und falls du immer noch nicht weißt, daß es in diesem Krieg keine klaren Grenzen zwischen Freunden und Feinden gibt, solltest du deinen geschützten kleinen Kiefernwald mal verlassen und die Hölle da draußen kennenlernen.« Verwirrt wich Tia zurück.

»Oh, ich weiß sehr gut Bescheid. Mein Bruder ist ein

Yankee, mein Vater ein Unionsanhänger. Und meine Mutter weint unentwegt, weil sie fürchtet, wir alle würden sterben. Beinahe wurde meine Schwägerin wegen Spionage gehängt. Sydney bleibt in Washington, und niemand weiß, warum. Vielleicht wird Brent getötet, wenn eine Kanonenkugel eine der Rebellenstellungen trifft, und Jerome könnte eines Tages aus dem Wasser gejagt werden. Das alles ist mir völlig klar!« schrie sie, sank auf ihr Feldbett und schlug die Hände vors Gesicht.

Risa ging zögernd zu ihr. Würde Tia sich trösten lassen oder ihr eine schroffe Abfuhr erteilen?

Nun, ein Versuch würde nicht schaden. Risa setzte sich zu ihr. »So habe ich's nicht gemeint. Tut mir leid. In diesem Alptraum sind wir alle gefangen. Schade, daß du Anthony nicht gekannt hast … Er war ein guter, anständiger, tapferer Mann. Nun bedaure ich seine Witwe und seine Kinder, die niemals wissen werden, was für einen wunderbaren Vater sie hatten. Und glaub mir – ich verspotte niemanden.«

Zu Risas Überraschung nickte Tia. »Mir tut's auch leid. Du bist nun mal die Tochter eines Yankee-Generals und im Norden aufgewachsen. Dafür kannst du nichts. Oh, das alles ist so grauenhaft. Allmählich bricht Florida zusammen, wir haben zu wenig Lebensmittel und Medikamente. Nie wieder wird die Welt so sein wie früher. Ich wollte nach Europa reisen …Statt dessen helfe ich Julian im Lazarett, sehe so viele Männer sterben und beobachte, wie Graubärte und halbe Kinder die Konföderation zu retten versuchen. Wenn's doch endlich vorbei wäre!«

»Darauf hoffen wir alle. Das Leid und die Bitterkeit sind unerträglich. Und die Verluste. Wir beide haben verletzte Yankees *und* Rebellen gepflegt, die starben und Eltern und Geschwister, Söhne und Töchter, Ehefrauen und Bräute zurückließen. Auch Freunde. Ich trauere um meine Freunde, Tia, auf beiden Seiten. Jeden Abend bete ich um meinen Vater, um deinen Bruder – und um meinen Mann.«

»Sag mir die Wahrheit – hast du Jerome verraten?«

»Nein, niemals«, beteuerte Risa. »Das schwöre ich.«
Prüfend schaute Tia in ihre Augen und umarmte sie.
Risa seufzte erleichtert. Endlich glaubte ihr jemand.
Bei der Umarmung wurden Jamies kleine Beine ein bißchen gequetscht. Er kreischte empört, und die Frauen begannen schallend zu lachen.
Vor einer kleinen Weile war Julian hereingekommen, auf der Suche nach seiner Schwester. Nun hob er verblüfft die Brauen. Verloren in diesem Krieg alle Leute den Verstand? Unbemerkt ging er wieder hinaus. Wie gern würde er glauben, was er soeben gehört hatte …

Am nächsten Morgen vertraute Risa ihren Sohn Tia und Minea an, einer Creek-Indianerin, die selbst kleine Kinder hatte. Jamie schien die junge Frau zu mögen und ließ sich gern von ihr betreuen.
Als Risa zu dem Flußlauf ging, wo sie täglich badete, bemerkte sie hektische Aktivitäten im Lager. Einer von Julians Sanitätern folgte ihr diskret. Keinen Schritt durfte sie unbemerkt tun. Doch sie hatte nichts zu befürchten. Wenn sie das Ufer erreichte, blieb der Soldat jedesmal im Unterholz zwischen den Bäumen zurück und wartete.
Hastig wusch sie sich im kalten Wasser. Dann zog sie sich fröstelnd an. Während sie ihr Kleid zuknöpfte, hörte sie plötzlich Geschütze krachen. Dem Kanonendonner folgte ein Gewehrfeuer. Sie rannte zu dem Waldweg, wo der Sanitäter warten würde.
Statt dessen stieß sie beinahe mit einer ausgemergelten Stute zusammen, auf der Julian saß. »Was ist los? Wo ist Amos?«
»Ich habe ihn vorausgeschickt. Weiter unten am Fluß wird geschossen, und ich muß mich um die Verwundeten kümmern.«
»Ein Navy-Gefecht?«
»Ja, ein Schiff ist angekommen. Geh mir aus dem Weg, Risa.«
»Jerome?«
»Das weiß ich nicht.«

»Er muß es sein!«

»Wahrscheinlich.«

»Nimm mich mit, ich kann dir helfen.«

Julians Augen verengten sich. »Nein!«

»Bitte, sei vernünftig. Du weißt, daß ich dich unterstützen kann. Verdammt, wie sollte ich denn die Unionstruppen verständigt haben?«

Er zögerte. Seit ihrer Ankunft im Lager war sie ständig überwacht worden, und sie konnte unmöglich Verbindung mit den Yankees am anderen Ufer aufnehmen. »Also gut.« Er half ihr, hinter ihm aufzusteigen. »Reiten wir zum Schauplatz des Kampfs.«

Erstaunlich schnell sprengte die magere Stute durch den Wald. Nach wenigen Minuten knallten die Gewehre in unmittelbarer Nähe. Julian zügelte das Pferd, sprang zu Boden, hob Risa herunter und band seine Tasche vom Sattel los. »Duck dich!« mahnte er, und Risa gehorchte, als sie ihm zum Fluß folgte.

Über dem Wasser schwebten Pulverrauchwolken, ein Phantomschiff glitt durch den schwarzen Nebel, und Risas Atem stockte.

Die *Lady Varina!* Neu gestrichen, umgetauft. Jetzt hieß sie *Glory*. Aber es war Jeromes Schiff. Ohne jeden Zweifel.

War er an Bord?

Wie der Geheimdienst der Konföderation herausgefunden hatte, war die *Lady Varina* zum Fernandina Beach gebracht worden. Dort sollte sie die Blockade verstärken, die sie einst durchbrochen hatte. Es war nicht einfach, sie zurückzugewinnen. Aber Jeromes Entschluß stand fest. Wenigstens hatten sich die Yankees wieder einmal aus Jacksonvillle zurückgezogen, und der Hafen befand sich in Rebellenhand.

Zunächst segelte er mit seiner Besatzung zu den Bermudas, um Waffen und Munition zu beschaffen, die der Süden kaum entbehren konnte. Mit einem Laderaum voller Baumwolle kamen sie an, mit britischem Gold und Waffen kehrten sie zurück.

Im Schutz der Dunkelheit segelten sie die Küste entlang. Jerome wußte, daß er am hellen Tag keinen Angriff wagen durfte. Dabei würde er zu viele Männer opfern. Und wahrscheinlich sein Schiff. Von Zorn erfüllt, hatte Lincoln einmal erklärt, er könne unzählige Offiziere bereitstellen, aber keine Pferde. Jerome konnte sich's nicht leisten, seine Leute zu verlieren.

Eines Nachts lag er in seiner Koje und erinnerte sich an die Flucht seines Vaters und anderer Seminolen aus dem Fort Marion in St. Augustine. Wochenlang hatten sie gehungert und abgenommen, um dann zwischen den Gitterstäben hindurchzuschlüpfen. Jerome mußte niemanden hungern lassen, um ein Schiff zu kapern, aber genauso lautlos vorgehen wie das Volk seines Vaters.

Wenn sie die *Lady Varina* gefunden hatten, würden sie an Bord gehen. Leise und unbemerkt. Ein Mann nach dem anderen.

Jeremiah Jones ruderte in einem kleinen Boot vor dem Fernandina Beach umher, bis er sie entdeckte. Nur widerstrebend hatte Jerome den Jungen eingesetzt. Aber Jeremiah versprach, falls ihn die Feinde festnahmen, würde er behaupten, er sei zu den Yankees übergelaufen.

Er wurde nicht erwischt. Bald kehrte er zur *Bodkin* zurück und berichtete: »Morgen abend läuft sie aus, Captain, um uns zu suchen. Die Yanks sind nervös, weil sie gehört haben, Sie würden wieder zur See fahren. Jetzt wird die *Lady Varina* von einem Commander Perry Ulmstead befehligt, der Sie am Großmast Ihres eigenen Schiffs aufknüpfen will.«

»Tatsächlich?« Jeromes Augen begannen gefährlich zu funkeln.

»Nun ja, Captain, das könnte passieren. Immerhin sind Sie ein entflohener Kriegsgefangener und ...«

»Erst mal müssen sie mich schnappen, nicht wahr?« unterbrach Jerome den Jungen mit ungeduldiger Stimme.

In der nächsten Nacht schlugen sie zu, nach der Seminolenmethode. Mehrere Ruderboote brachten sie zum

Bug der *Lady Varina*. In dunklen Breeches, die Gesichter und Oberkörper mit Ruß geschwärzt, kletterten sie am Tauwerk empor. Sie trugen nur Messer bei sich. Später, nachdem sie die wenigen Wachtposten überwältigt hatten, bewaffneten sie sich mit Union-Navy-Säbeln. Zwei Mann waren getötet und ihrem nassen Grab übergeben worden, neun Yankees hatten kapituliert und sich an den Masten festbinden lassen, von Jeremiah und David bewacht. Mit Hamlin und ein paar anderen Männern schlich Jerome zur Kapitänskajüte und hörte die Yankees reden.

»Mit diesem Bastard werden wir ein Exempel statuieren!« stieß jemand hervor. »Wir lassen ihn am Mast hängen, bis er stirbt und verfault, und dann verfüttern wir ihn an die Seevögel. Danach werden sich die elenden Rebs hüten, noch mal unsere Blockade zu durchbrechen.«

Jerome nickte Hamlin zu. Blitzschnell stürmten sie in die Kabine, und keiner der fünf Männer am Schreibtisch fand eine Gelegenheit, sich zu rühren – geschweige denn, eine Pistole oder ein Schwert zu ziehen. Captain Ulmstead, an seiner Uniform zu erkennen, hatte die Beine auf den Tisch gelegt und konnte nicht rechtzeitig aufstehen, bevor Jerome hinter ihn sprang und ihm sein Messer an die Kehle hielt. »Wie war das? Sie wollen ihn am Mast hängen lassen, bis er stirbt und verfault?«

Eins mußte man Perry Ulmstead zugestehen – er brachte keine gestotterte Entschuldigung vor. Reglos saß er da. »Captain McKenzie nehme ich an?«

»Richtig.«

»Wenn Sie mich ermorden wollen …«

»Das habe ich nicht vor. Aber Sie sitzen auf meinem Stuhl. Wenn Sie diesen Platz bitte räumen würden …«

Da erhob sich Ulmstead, ein mittelgroßer Mann mit stahlgrauen, modischen Koteletten, die zu seinem lockigen Haar paßten. »Und was beabsichtigen Sie, Captain McKenzie?«

»Wir segeln ein Stück weiter hinaus. Dann können Sie mit Ihren Männern in einem Boot zur Küste rudern.«

Sichtlich erleichtert, senkte Ulmstead den Kopf und

räusperte sich. »Allzu schnell können Sie nicht hinausfahren. Hier gibt es viele Sandbänke und Untiefen ...«

»... die wir alle kennen. Mr. Douglas, übernehmen Sie das Ruder, Sie wissen, welchen Kurs wir steuern.«

Danach wurde die restliche Besatzung aus den Kojen geholt. Einige Männer leisteten Widerstand. Aber letzten Endes kaperten Jerome und seine Leute das Schiff, ohne Verluste zu erleiden. Nur vier Yankees starben, mehrere wurden verletzt. Im Morgengrauen ließ Jerome seine Gefangenen frei und schickte sie zur Küste, mit ausreichendem Proviant und Wasservorrat, aber ohne Waffen.

Hamlin trat neben seinen Captain an die Reling. »Und jetzt, Sir?«

»Wir warten, bis es dunkel wird. Dann eskortieren wir die *Bodkin* den Fluß hinab.«

»Und wenn die Yankees auf unsere Ankunft am Westufer vorbereitet sind?«

»Dann kämpfen wir.«

Geduckt eilte Risa hinter Julian her, der sich über einen weiteren Gefallenen beugte. Zwischen den Bäumen verteilt, feuerten die Rebs.

Offenbar hatten die Yankees das Schiff den Fluß hinabsegeln sehen, und nun bekämpften sie es mit allen Waffen, über die sie verfügten.

Schwarzer Pulverrauch waberte am Ufer, und die Sicht wurde ständig schlechter.

»Zieh den Kopf ein, Risa!« warnte Julian und drehte den reglosen Mann um. »Tot«, flüsterte er und lief weiter. Den Blick von der Leiche abgewandt, folgte Risa ihm zu einem älteren Soldaten, der am Boden lag und stöhnend sein Bein umklammerte.

»Wenigstens sehe ich noch was Hübsches, bevor ich sterbe, junge Dame«, murmelte er und schenkte Risa ein gequältes Lächeln.

»Oh, sicher werden Sie noch sehr viel mehr sehen«, erwiderte sie.

»Schnell, Risa«, drängte Julian, »wir brauchen ein Tourniquet.«

Fachkundig zerfetzte sie ihren Unterrock und schlang die Stoffstreifen um das Bein des Mannes, sobald Julian die Hose zerrissen und die blutende Wunde entblößt hatte. »Wie geht's Ihnen jetzt, Soldat?« fragte er und stoppte die Blutung.

»Ich bin alt, und alles tut mir weh. Was glauben Sie wohl, wie's mir geht?«

Grinsend wandte sich Julian zu Risa. »Der schafft's«, meinte er und rannte zu einem anderen verwundeten Rebellen.

»Ja, Sir, ganz bestimmt werden Sie's überleben«, versicherte Risa und drückte die Hand des alten Soldaten.

Als sie aufstand, hörte sie ein Wiehern und drehte sich um. Im sterbenden Tageslicht sah sie die Silhouette eines Reiters. Das Pferd kam auf sie zu.

»Julian?« rief sie angstvoll. Instinktiv spürte sie, daß sie in Gefahr schwebte. »Julian!« schrie sie, fuhr herum und rannte zu dem Arzt, der sich über einen Verletzten beugte.

»Risa?« Erschrocken richtete er sich auf.

Aber der Reiter holte sie mühelos ein. Etwas Hartes traf ihren Kopf und während sich die Welt verdunkelte, wurde sie in den Sattel gezerrt.

27

Jerome benutzte die *Lady Varina*, um die Aktivitäten der *Bodkin* abzuschirmen, deren kostbare Fracht weiter unten am Fluß gelöscht wurde. Während seine Männer das Unionsfeuer erwiderten, erkannte er, daß er nicht lange auf dem St. Johns bleiben durfte. In den beiden langen Monaten seiner Gefangenschaft hatten die Nordstaatler ihre Positionen am Ufer verstärkt.

Endlich verstummten die Schüsse. Die Yankees hatten

ihre Munition verbraucht. Zweifellos würden bald weitere Unionskanonenboote eintreffen, um ihn zu jagen. »Mr. Douglas!«

»Aye, Captain?«

»Ich nehme einen Ruderkahn und hole meine Frau und meinen Sohn.«

»Aye, Captain.«

»Ich begleite dich!« rief David und eilte zu Jerome.

»Aber du wirst an Bord gebraucht.«

»Niemand ist verletzt. Nur eine Hand wurde bei der Explosion eines Geschützes ein bißchen verbrannt, und die ist bandagiert.«

»Gut, dann komm mit.«

Zwanzig Minuten später erreichten sie das Westufer, zogen das Boot an Land, und nach weiteren zehn Minuten fanden sie Julian, der am Boden saß, an einem Baumstamm lehnte und aus einer Kopfwunde blutete. Besorgt kniete Jerome neben seinem Vetter nieder. Ein Sanitäter versuchte gerade, die Blutung zu stoppen.

»Ah, Jerome ...« Julian grinste schwach. »Das dachte ich mir – daß du's bist. Mit deinem Schiff ...«

»Ja, die *Lady Varina* gehört wieder mir. Was ist passiert?«

»Ich fühle mich wie ein Narr.« Stöhnend berührte Julian seinen Kopf. »O Gott, sie wurde entführt ...«

»Wovon redest du?« fragte Jerome mit gepreßter Stimme, und Julian wollte sich aufrichten.

»Vorsicht!« mahnte David Stewart. »Offenbar hat's dich ganz schön erwischt.«

»Risa ...« Von Schmerzen gepeinigt, biß Julian die Zähne zusammen. »Plötzlich ritt jemand aus den dicken Rauchwolken, und sie rannte zu mir. Da schlug ihr der Mann den Kolben seines Gewehrs auf den Kopf, zog sie in den Sattel hinauf und sprengte davon. Ich folgte ihm noch ...«

»Unbewaffnet?« murmelte David.

»Wir McKenzies sind eben alle ein bißchen verrückt, und ich dachte, ich könnte ihn vom Pferd zerren. Aber jemand ritt ihm nach, und ehe ich ihn erreichte, wurde ich bewußtlos geschlagen.«

»Wie lange ist das her?«

»Zwanzig oder dreißig Minuten. Es tut mir so leid ...«

»Unsinn! Du hast den Krieg nicht heraufbeschworen, und ich bin froh, daß du nicht schwerer verletzt wurdest.« Beruhigend legte Jerome eine Hand auf die Schulter seines Vetters. »Reg dich nicht auf, ich hole sie zurück. Amos ...«, wandte er sich an Julians Sanitäter.

»Machen Sie sich keine Sorgen, Captain, ich bringe ihn ins Lager. In einer Stunde wird er mit einer Hand seinen Kopf festhalten und mit der anderen im Lazarett operieren.«

»Danke. David, kannst du ein streunendes Pferd einfangen und meinen Sohn holen? Wir treffen uns an Bord.«

»Was hast du vor?«

»Ich suche meine Frau.«

»Zweifellos wurde sie von den Yankees entführt. Sie ist in Sicherheit. Niemand würde es wagen, General Magees Tochter was anzutun.«

»Hast du's nicht gehört? Verdammt, ein Gewehrlauf wurde ihr auf den Kopf geschlagen! Irgendwas stimmt da nicht. Und wenn sie auch eine Yankee ist, die von Yankees geschnappt wurde – sie wird auf ein Rebellenschiff zurückkehren!«

In Risas Kopf drehte sich alles. Sie lag auf feuchter Erde und roch den Fluß. Über ihrem Gesicht hingen tropfende bemooste Zweige.

»Risa?«

Verwirrt kniff sie die Augen zusammen und sah Thayer Cripped neben sich stehen, den Yankee-Doktor. Am Ufer lagen kleine Boote.

Offenbar hatten mehrere Yankees den St. Johns überquert, um in den Wäldern zu kämpfen, und nun waren sie zurückgekehrt. Einige hinkten, andere bluteten.

Thayer forderte sie auf, ins Lazarett zu gehen, und befahl seinen Sanitätern, die Schwerverletzten in einen

Wagen zu heben. Dann kniete er an Risas Seite nieder. »Wie fühlen Sie sich?«

Das wußte sie nicht genau. Als sie sich aufrichten wollte, fuhr ein heftiger Schmerz durch ihren Kopf, und sie betastete eine große Beule.

»Endlich wurden Sie gerettet«, verkündete er freudestrahlend.

»Gerettet? Jemand hat mich bewußtlos geschlagen! Waren *Sie* dieser Reiter?«

»O nein! Ich dachte, die Rebellen hätten Sie verwundet. Lassen Sie mich sehen.« Vorsichtig strich er über ihren Kopf. »So schlimm ist's gar nicht. Ein paar Stunden Ruhe, kaltes Wasser ... Morgen sind Sie wieder wohlauf.«

»Alles in Ordnung, Risa?« Lieutenant Austin Sage neigte sich zu ihr hinab und musterte sie besorgt.

»Austin ... Nichts ist in Ordnung. Ich wurde gewaltsam hierhergebracht. Und mein Sohn ist am anderen Ufer ...«

»Jetzt bringe ich Sie erst mal aus der Schußlinie. Sie sind wieder bei Ihren Freunden, Risa. Hoffentlich bleiben Sie da. Aber wenn Sie lieber zu Ihrem Vater zurückkehren ...«

»Risa!« Grinsend eilte Finn McCollough zu ihr, das rotblonde Haar unter einem Schlapphut verborgen. »Gott sei Dank, Sie sind in Sicherheit.«

»Aber – da drüben ist mein Baby!« klagte sie und ließ sich von Austin auf die Beine helfen.

»Was ist passiert? Warum wurde ich überfallen?«

»Von unseren Soldaten?« fragte Austin skeptisch. »Wohl kaum.«

»Doch, von Ihren Leuten! Wie sollte ich denn hierhergelangt sein?«

»Ich beobachtete, wie ein Kavallerist eine Gestalt ans Ufer legte«, erklärte Thayer. »Und dann fand ich Sie.«

»Was immer geschehen ist, ich muß zu den Rebellen zurückkehren – zu meinem Sohn.«

»Das können wir Ihnen nicht gestatten, Risa«, erwiderte Austin. »Verstehen Sie denn nicht ...«

»Nein!«

»Ah, die Tochter des Generals!« erklang eine durchdringende Stimme, und sie wandte sich zu Dawson, einem unsympathischen Major aus New Hampshire, der in diesem Krieg nur Schwarz und Weiß sah und kein bißchen Grau. »Bringen Sie die Dame in mein Zelt. Ich will mit ihr reden. Mal sehen, was sie weiß. Danach darf sie nach St. Augustine fahren – oder Cripped im Feldlazarett helfen.«

»Major, das ist lächerlich!« protestierte Risa, als Austin sie auf die Arme nahm.

»Hören Sie, Madam, ich bin nicht so geduldig wie Ihr Vater. Wenn Sie Ärger machen, lasse ich Sie noch heute nacht in eine Zelle im Fort Marion sperren. Nach meiner Ansicht pflegen sich anständige Frauen nicht mit dem Feind zu verbrüdern.«

»Was erlauben Sie sich, Sir! Vorhin wurde ich brutal angegriffen ...«

»Was ist das?« Thayer lauschte angespannt.

»Wo?« fragte Dawson.

»Im Wasser.«

Risa stemmte sich gegen die Brust des Lieutenants. »Sicher meinen Sie's gut, Austin. Aber ich kann auf eigenen Füßen stehen ...«

»Da bewegt sich irgendwas im schwarzen Nebel«, murmelte Thayer, »etwa zweihundert Meter flußabwärts. Bei den Pferden. Hören Sie's?«

Nun begannen die Tiere nervös zu wiehern. Instinktiv sprang Finn zum Ufer, um Risa und den drei Yankees den Rücken zu decken. Thayer spähte unbehaglich ins Dunkel, und Dawson zog seine Pistole. »Zum Teufel mit diesem Pulverrauch. Man sieht überhaupt nichts ...«

»Da, ein Reiter!« flüsterte Thayer.

Auch Risa erblickte eine schemenhafte Gestalt. Angstvoll fragte sie sich, ob man sie erneut attackieren und womöglich töten würde. Nein, sie mußte am Leben bleiben, Jamie zuliebe.

»Lassen Sie mich los!« rief sie und trommelte mit beiden Fäusten gegen Austins Brust. Sein Griff lockerte sich.

Hastig sprang sie zu Boden, rannte davon und spürte, wie die Erde unter donnernden Hufschlägen bebte.

»Bastard!« hörte sie Dawson schreien, ein Schuß krachte, und der Major warf sich zwischen die Büsche.

In wachsender Panik beschleunigte sie ihre Schritte.

»Risa!«

Beinahe strauchelte sie. *Jeromes Stimme!* O Gott! Auf dieser Seite des Flusses, im feindlichen Gebiet, allein auf dem Pferderücken, in Feuer und schwarzem Rauch. Ihretwegen. Sie drehte sich um, und er umfing ihre Taille, warf sie quer über den Pferderücken und galoppierte weiter. Atemlos klammerte sie sich an die Mähne.

Von Yankee-Soldaten verfolgt, ritt Jerome ins Wasser, wo seine Männer in einem kleinen Boot warteten. »Geben Sie mir Risa, Captain!« rief jemand, und sie erkannte Michael. Eine Sekunde später landete sie im Boot, das rasch über den Fluß glitt. Immer noch im Sattel, wandte sich Jerome zur Ostküste und feuerte seine Colts ab. Dann sprang er vom Pferd und warf die Waffen in hohem Bogen ins Boot, schwamm hinterher und kletterte hinein – barfuß, nur mit Breeches bekleidet. Geduckt kroch er zu Risa. In seinen Augen glühte das vertraute blaue Feuer.

Zitternd richtete sie sich auf. »Ich habe den Yankees nicht gesagt, sie sollen dich angreifen!« zischte sie mit letzter Kraft, während Michael das Boot mit kräftigen Schlägen durch den Rauch ruderte. »Ich ...«

Plötzlich erlosch der blaue Glanz, ringsum verdunkelte sich die Welt, und Risa sank ohnmächtig am Jeromes Brust.

»Wir müssen Sie sofort aufs Schiff bringen, zum Doc!« drängte er, und Michael ruderte noch schneller. Bald erreichten sie die *Lady Varina*. Seine Frau über einer Schulter, kletterte Jerome die Strickleiter zum Deck hinauf. »Ist Dr. Stewart schon da?«

»Aye, Sir«, antwortete Hamlin.

»Schicken Sie ihn in meine Kabine. Und dann steuern Sie südwärts. Nach Hause.«

Risa wußte nicht, wie lange sie bewußtlos gewesen war. Als sie erwachte, fühlte sie sich ausgeruht, und ihr Kopf schmerzte nicht mehr. Sie befand sich in vertrauter Umgebung – in Jeromes Kabine an Bord der *Lady Varina*.

Offenbar hatten die Yankees nichts verändert. Da stand immer noch der Schreibtisch vor dem Stuhl des Captains. Aber es war etwas hinzugekommen, eine Schublade, in ein Bettchen umgewandelt, und darin lag ein glucksendes Baby.

»Jamie!« rief sie überglücklich.

»Vorsicht, setzen Sie sich nicht zu hastig auf«, mahnte David Stewart. Er saß neben ihrer Koje und blätterte in Zeitungen aus den Nordstaaten, die der Yankee-Captain zurückgelassen hatte.

»Wie schön, Sie wiederzusehen, David!« Lächelnd hob sie ihren Sohn aus dem Bettchen. »Mir geht's gut, mein Kopf tut nicht mehr weh, und ich spüre nicht einmal die Bewegungen des Schiffs.«

»Weil sich's nicht bewegt.«

»Oh …«, flüsterte sie besorgt. Dann lenkte Jamie lautstark ihre Aufmerksamkeit auf sich.

Sie trug ein züchtiges weißes Nachthemd, und die meisten winzigen Knöpfe waren geöffnet.

Errötend schaute sie David an, dann erinnerte sie sich an seinen Beruf und begann Jamie zu stillen. »Wie sehr ich dich liebe!« wisperte sie ihrem Sohn ins Ohr. »Warum segeln wir nicht, David?«

»Wir ankern zwischen Jeromes Familiensitz und Belamar, in einem abgeschiedenen Hafen, den nur wenige Leute kennen. Hier können die Männer das Schiff überholen, so gut es geht. Natürlich gibt's da keine Werft. Deshalb müssen wir den Schoner bald nach Norden bringen.«

»Befürchten Sie nicht, ich könnte die Yankees darüber informieren?« fragte sie kühl.

»Wissen Sie denn genau, wo wir sind?«

»Nein«, gab sie zu. »Aber ich habe Belamar schon einmal aufgespürt.«

»Und jeder, der Jeromes Elternhaus – das Schloß am

Meer – sucht, wird's finden«, bemerkte er grinsend. »Doch das werden sich die Yankees zweimal überlegen. Damit könnten sie einen neuen Indianerkrieg heraufbeschwören, weil sehr viele Seminolen auf James' Plantage arbeiten. Da bringe ich Sie heute hin.«

»Sind wir dort auch wirklich sicher?«

»Ganz bestimmt. Wenn Sie Jamie gestillt haben, serviere ich Ihnen eine Tasse Kaffee. Und sobald Sie sich gut genug fühlen, steigen wir in mein Boot.«

Wie sie erfuhr, hatte er nicht nur Jamie, sondern auch Minea und deren beide kleinen Kinder an Bord geholt. Der Ehemann der Creek-Indianerin war von einem Schrapnellsplitter getötet worden. Nun wollte sie im Sumpfgebiet, wo so viele Seminolen hausten, ein neues Leben beginnen. Und Risa beistehen, die froh über ihre Hilfe war.

Bewundernd schaute Risa zu dem schönen Haus hinauf, als das Boot an der Landungsbrücke anlegte, und glaubte, sie wäre in ein Paradies mit üppiger Vegetation geraten. Sanft schwankende Palmen, Mangroven und Seetrauben säumten das sandige Ufer, und das Wasser schimmerte dunkelgrau und an manchen Stellen türkisgrün.

Zu ihrer Verblüffung traten plötzlich bewaffnete Männer zwischen den Bäumen hervor – Indianer, Weiße, Schwarze und Mischlinge. »Dr. Stewart!« rief ein älterer Mann und eilte die Böschung herab.

»Billy!« Der Arzt sprang auf die Landungsbrücke und half Risa aus dem Boot. »Mrs. McKenzie, das ist Billy Bones – ein entfernter Verwandter von Jamie.«

Höflich nickte Billy ihr zu und musterte sie. »Willkommen.«

»Vielen Dank.«

Mit Billys Hilfe stiegen Minea und ihre Kinder aus dem Kahn.

David wandte sich zu Risa. »Gehen wir zum Haus hinauf.«

Auf der Veranda erschien eine schöne Frau mit langen, kastanienbraunen Locken und grünen Augen, hochgewachsen und schlank. Aus der Ferne betrachtet, konnte man sie für zwanzig halten. Aber während sie näher kamen, sahen Risa, daß sie älter war.

»Meine liebe Risa, wir freuen uns so, dich bei uns zu begrüßen! Ich bin Teela, Jeromes Mutter. Vertraust du mir meinen Enkel an?« Sie nahm das Baby aus Risas Armen und eilte ins Haus. »Tritt ein, meine Liebe ... Oh, David – freut mich, Sie wiederzusehen.« Sie küßte die Wange des Arztes, dann rief sie: »James, Liebster, Sie sind da!«

Lächelnd kam Jeromes Vater in den breiten Korridor. »Herzlich willkommen!« Der freundliche Empfang galt Risa und David. Aber er hatte nur Augen für seinen Enkel, den er seiner Frau abnahm. »Liebling, deine Tochter schreit schon eine ganze Weile, und was sie braucht, kann ich ihr leider nicht geben. Später wirst du genug Zeit für deinen Enkel finden. Hallo, David! Sie haben meine Schwiegertochter ins Haus gebracht. Was halten Sie von ihr?«

»Ich finde sie sehr schön, Sir, und ich versuche ihr nicht zu verübeln, daß sie eine Yankee ist.«

»Mit gewissen Tatsachen muß man sich eben abfinden«, erwiderte James und zwinkerte Risa zu. Er war ein attraktiver Mann, und nun wußte sie, woher Jeromes ungewöhnliches Aussehen und sein Charme stammten. »Ganz egal, auf welcher Seite du stehst, Risa McKenzie – ich nehme die Mutter meines Enkels nur zu gern auf. Nun wollen wir erst einmal essen. Es gibt Schinken mit Sauce und Biskuits, und du siehst aus, als könntest du eine Stärkung gebrauchen.«

»O ja, vielen Dank«, erwiderte sie lächelnd.

Wenig später saßen sie im komfortablen, eleganten Eßzimmer, während Minea mit Jamie und ihren beiden Kindern nach oben ging, um sich häuslich einzurichten. Teela kehrte mit Mary zurück. Nachdem Risa ihre kleine Schwägerin begrüßt hatte, wurde das Baby zu den anderen Kindern hinaufgebracht. Sie erzählte ihren Schwiegereltern alles, was sie über Brent, Sydney, Julian, Ian und Tia wußte.

Schaudernd bekreuzigte sich Teela. »Wenn wir doch alle diesen schrecklichen Krieg überleben würden ...« In ihren schönen grünen Augen glänzten Tränen. »Ist unser Enkel nicht hinreißend, James? Wie gern würde ich ihn hierbehalten ...«

»Das müssen Risa und Jerome entscheiden«, entgegnete ihr Mann.

Plötzlich hatte Risa keinen Appetit mehr. Mit zitternden Fingern schob sie das Essen auf ihrem Teller hin und her. Würde Jerome sie hier zurücklassen? An einem sicheren Ort für seinen Sohn und seine ungeliebte Ehefrau, damit sie keinen Schaden anrichten konnte? »Wo ist er?«

»An Bord seines Schiffs«, erklärte David.

»Später kommt er bestimmt hierher«, meinte Teela. »Schau dich erst mal in seinem Zimmer um, Risa. Wir haben ein Bettchen für Jamie hineingestellt, und ich war so frei, ein paar Sachen in den Schrank zu hängen ...«

»Ein paar Sachen!« fiel James ihr ins Wort.

»Weder Sydney noch meine Frau haben jemals eine modische Neuheit versäumt. Mitten im Krieg gelangt *Godey's Lady's Book* regelmäßig hierher – in den Sumpf!«

»So wichtig war mir die Mode nie!« protestierte Teela lachend. »Aber irgendwas muß man ja anziehen. In diesem schwülen Wetter trägt man am besten Baumwolle. Komm, Risa, ich führe dich nach oben.«

Jeromes Zimmer spiegelte sein Erbe wider, mit vielen Seminolen-Kunstwerken – Pfeifen und Federschmuck, kleinen Puppen, Messern und bunten Matten. An den Wänden hingen aber auch schöne Drucke von Audubon, in den Regalen standen Romane und Sachbücher. Der Schrank und die Schubladen waren mit Zivil- und Arbeitskleidung gefüllt. Hier war er aufgewachsen. Das Fenster ging zum Meer und einem Sandstrand hinaus, und Risa ahnte, wie wundervoll es sein mußte, den Sonnenuntergang zu beobachten.

Auf dem großen, im europäischen Stil geschnitzten Vierpfostenbett lag eine dunkelbraune, gestrickte Decke, die zu den Vorhängen paßte. Würden sie einander jemals verzeihen und dieses Bett teilen? Nachdem sie Jamie gestillt hatte, schlief er ein. Plötzlich fühlte sie sich rastlos und wollte frische Luft atmen. Sie eilte ins Erdgeschoß hinab und fand James in der Bibliothek, wo er vor dem Kamin saß. »Wenn du baden willst – unten am Weg findest du einen moorigen Teich, von weißem Sand und Kiefern umgeben«, schlug er vor. »Dort wird dich niemand stören.«

»Danke.« Sie folgte dem Weg und blieb entzückt am Ufer des Teichs stehen. Im seichten Wasser spielten weiße Vögel mit langen, anmutigen Hälsen, und die sinkende Sonne färbte den Sand rosig. Risa zog ihre Schuhe und die Strümpfe aus und steckte einen Zeh ins warme Wasser. Dann schlüpfte sie aus dem Baumwollkleid, faltete es sorgsam zusammen und legte es über einen umgestürzten Baumstamm. Nur mit ihrer Unterhose und einem blau bebänderten Hemd bekleidet, watete sie in den Teich.

»Sonst ziehst du nichts aus?«

Erschrocken drehte sie sich um und sah Jerome an einem Kiefernstamm lehnen – barfuß, die Arme vor der nackten Brust verschränkt, die Breeches hochgekrempelt. »Heutzutage überlege ich mir sehr genau, wo ich alle meine Kleider ablege.«

»Das solltest du auch.«

»Warum?«

»Weil niemand außer mir die nackte Haut meiner Frau sehen darf.«

»Obwohl *deine* Haut allgemein bekannt ist?«

»Was meinst du?«

»Ach, nichts ...« Sie wandte sich ab und wollte ins tiefere Wasser waten. Aber er folgte ihr, hielt sie fest und drehte sie herum. Erbost riß sie sich los. »Offen gestanden, ich verstehe nicht, wieso du ausgerechnet *mich* hierhergebracht hast.«

»Die Lage meines Elternhauses ist kein militärisches Geheimnis.«

»Wenn es anders wäre, würdest du mir nicht trauen.«

»Könnte ich das?« fragte er gedehnt.

Risa zuckte die Achseln. »Nun, warum bin ich hier?«

»Weil ich dich geheiratet habe.«

»Das hättest du nicht tun sollen.«

»Ja, darauf wurde ich bereits hingewiesen.«

»Nachdem ich dich verraten habe ...«

»Nicht nur einmal.«

»Oh! Diesmal auch?« zischte sie. »Habe ich mir selber auf den Kopf geschlagen? Bin ich dann zu den Yankees gerannt?«

»Vielleicht hast du um ihren Besuch am anderen Ufer gebeten – und sie dachten, sie würden dir einen Gefallen tun.«

»Ja, vermutlich. Leider war ich zu dumm, um das zu erkennen.«

»Hast du sie etwa bekämpft?« erkundigte er sich skeptisch. »Mußte ich dir deshalb nachreiten? Fast wären wir beide gestorben.«

»Verdammt, ich erkannte dich nicht. Und da ich schon einmal angegriffen wurde ... Oh, dieses Gespräch ist doch völlig sinnlos!« In ihren Augen brannten Tränen des Zorns.

Seine Miene verriet nicht, was er dachte. »Jedenfalls werde ich ständig verraten. Und du bist stets in der Nähe.«

»Niemals habe ich dich verraten! Und ich wiederhole mich jetzt – ich habe diese ständigen Anschuldigungen gründlich satt! Oh, ich könnte dich umbringen!« Vor Wut halb von Sinnen, warf sie sich auf ihn. Da er nicht auf die Attacke vorbereitet war, landeten sie beide im Sand am Wasserrand. Risas Hände lagen auf seiner nackten Brust, ihre Beine zwischen seinen, und sie spürte sein sonnenwarmes Fleisch. O Gott, ihr Hemd und ihre Unterhose waren viel zu dünn. Jeromes durchdringender Blick schürte ihren Zorn, weckte aber auch eine unerwünschte Leidenschaft. Bevor sie von ihren Gefühlen überwältigt wurde, mußte sie ihm entrinnen. »Laß mich los ...«

»Darf ich dich daran erinnern, daß *du* über mich hergefallen bist?« In seinen Augen schimmerte ein seltsamer

Glanz. Sie versuchte aufzustehen, aber er hielt sie eisern fest.

»Tut mir leid. Laß mich endlich los! Ich hasse dich. Was du mir grundlos vorwirfst, werde ich dir niemals verzeihen. Geh mit deinen Rebellenfreunden zum Teufel! Irgendwann werden dich die Yankees töten, und das will ich nicht miterleben.«

Als sie sich wieder zu befreien suchte, krallten sich seine Finger um ihr Hemd, und es zerriß. Da gelang es ihr, aufzuspringen.

Erbost raffte sie den zerfetzten Stoff vor ihren Brüsten zusammen. »Wie kannst du es wagen! Sieh doch, was du getan hast!«

»Was *ich* getan habe?« Auch Jerome erhob sich, und ehe sie fliehen konnte, riß er ihr die Reste ihres Hemds vom Leib.

»Elender Rebell!« Mit beiden Fäusten trommelte sie gegen seine Brust. Dabei verlor sie das Gleichgewicht und fiel ins Wasser. Ein idealer Fluchtweg … Hastig begann sie zu schwimmen, aber Jerome packte ihre Unterhose, die ebenfalls zerriß. Dann zog er sie zum Ufer.

An seine muskulöse Brust gepreßt, spürte sie ein unwillkommenes Feuer in ihren Adern. Er hob sie hoch, legte sie in den feuchten Sand und sank auf sie herab, seine Finger in ihre geschlungen. »Zur Hölle mit dir!« fluchte er.

»Ich habe nichts verbrochen!«

»Vielleicht hast du meine Festnahme und den Verlust meines Schiffs nicht geplant.«

»Soll das heißen, daß du mir glaubst?« flüsterte sie verwirrt.

»Ja.«

»Aber du hast mich beschuldigt »

»Wie du zugeben mußt, lag der Verdacht nahe. Immerhin bist du eine eingefleischte Unionsanhängerin.«

»Ja, aber …«

»Was?«

Sollte sie ihm gestehen, daß sie ihm niemals etwas antun würde, weil sie ihn liebte? Konnte sie ihm ihren Stolz und ihre Seele ausliefern? Noch nicht. »Vertraust du mir?«

»Ja. Wie ich inzwischen herausgefunden habe, versucht mich irgend jemand in deiner Umgebung zu vernichten.«

»Wahrscheinlich wollen dich die meisten Yankees in die Meerestiefe schicken – oder nach Sibirien.« Jemand anderer. Nicht sie. Heißes Glück erwärmte ihr Herz. Er glaubte ihr, er vertraute ihr, er begehrte sie. Nicht daß er sich entschuldigt hätte ...

»Sicher steckt mehr dahinter«, seufzte er. »Ich nehme an, jemand verfolgt mich mit einem persönlichen Rachefeldzug. Eine Person, die dir nahesteht.«

»Nicht mein Vater, Jerome!«

Als er aufstand, um seine Breeches auszuziehen, spürte sie eine kalte Brise auf der nackten Haut. Und dann sah sie das winzige Muttermal, das Janine Thompson beschrieben hatte.

Empört sprang sie auf, ergriff einen herabgefallenen Palmwedel und schwang ihn wie eine Keule hoch. Jerome starrte sie verdutzt an.

»Verdammt, was ist denn jetzt schon wieder los? Willst du mich verhaften, mit dieser Waffe?«

»Du hast ein Muttermal!«

»Gewiß, seit meiner Geburt. Wirf dieses lächerliche Ding weg!« befahl er und lief zu ihr.

»Nein! Rühr mich nicht an!«

»Warum regst du dich so auf? Ich versuche mich zu entschuldigen und zu gestehen, daß ich mich geirrt habe, und du ...«

»Geh zu deiner Verlobten!«

»Zu meiner Verlobten?« wiederholte er ungläubig.

»Sie erzählte mir von diesem Muttermal. Und ich hatte es gar nicht bemerkt. Wie dumm ich war! Obwohl du mein Feind bist, habe ich mich in dich verliebt. Ich verstand sogar deinen Verdacht gegen mich. Aber das ertrage ich nicht ...« Als er noch einen Schritt in ihre Richtung machte, hob sie drohend den Palmwedel. »Komm mir nicht zu nahe!«

Jetzt war er mit seiner Geduld am Ende. Er packte sie, riß ihr den Palmwedel aus der Hand und sank mit ihr in den Sand.

»Nein!« protestierte sie mit schwacher Stimme. »Du bist ein wilder Rebell und zwingst mich …«

»Nur wenn's sein muß«, versicherte er lächelnd und küßte sie.

Mit aller Kraft stemmte sie beide Hände gegen seine Brust. Aber seine Lippen verschmolzen mit ihren, und die Nähe seines kraftvollen Körpers entfachte unwiderstehliche Flammen. Als er den Kopf hob, bemühte sie sich, wieder klar zu denken. »Nicht! Ich mein's ernst!«

»Hast du nicht gesagt, du würdest mich lieben?«

»Nein.«

»Doch. Aber du bist eine verdammt eifersüchtige Yankee.«

»Wenn du nicht sofort aufstehst, rufe ich deinen Vater.«

»Der wird dich nicht beachten«, erwiderte er belustigt. »Zweifellos hat er sich an diesem Teich schon oft in einer ähnlichen Situation befunden. Hier kommt einem niemand zu Hilfe. Und jetzt hör zu. Ich war nie mit Janine verlobt. Das las ich nur in der Zeitung, ebenso wie du. Und ich habe kein einziges Mal mit ihr geschlafen – obwohl ich mich in diesem elenden Krieg versucht fühlte, die Reize einer schönen Frau zu genießen. Doch ich konnte es nicht. Weißt du, warum?«

»Nein …«

»Weil du so zauberhaft bist. Weil wir füreinander geschaffen sind. Weil du Gefühle in mir entfachst, die ich vorher nicht kannte. Zum Teufel mit dir, ich liebe dich. Aber ich wollte dich nicht lieben. Du bist meine Feindin. Vor lauter Angst, du würdest mich zum Narren machen, habe ich mich selber zum Narren gemacht. Also, noch einmal – ich habe mich nie von Miss Janine Thompson verführen lassen. Dafür werde ich jetzt *dich* verführen.«

Sein Knie schob ihre Beine auseinander, und als er sich mit ihr vereinte, schien die ganze Welt in goldenem Glanz zu versinken. Halb benommen vor Glück, preßte sie ihr

Gesicht an seine Schulter. Unter sich spürte sie den feuchten, weichen Sand, auf ihr den kraftvollen Körper des geliebten Mannes, der sich immer schneller in ihr bewegte, bis sie die Hüften leidenschaftlich umherwand. Als sie zu sterben glaubte, zog er sich plötzlich zurück. Seine Lippen fanden ihre Brüste, wanderten über ihren Bauch nach unten, und ein intimer Kuß brachte sie beinahe um den Verstand. Atemlos rief sie seinen Namen, und da verschmolz er wieder mit ihr. Gemeinsam erreichten sie den Gipfel der Lust, schwebten langsam zur Erde zurück.

»O Jerome, ich liebe dich ...«

Noch während sie die Worte flüsterte, zuckte sein Kopf hoch. Er sprang auf und starrte nach Südwesten.

Benommen erhob sie sich. »Was ist los?«

»Das Haus brennt!« stieß er hervor und zog hastig seine Breeches an.

In der Abenddämmerung donnerten todbringende Kanonen.

28

Jerome war verschwunden, ehe sie ihr Kleid vom Baumstamm nehmen konnte. Mit zitternden Händen streifte sie es über ihren Kopf und wollte ihm folgen. Aber da traten zwei Yankees zwischen den Büschen hervor und versperrten ihr den Weg.

»Wer sind Sie?« rief sie entsetzt. »Woher kommen Sie?«

»Ma'am, Sie können nicht zum Haus gehen.«

»Lassen Sie mich sofort vorbei!«

»Nein, Ma'am.«

»Mein Kind ...«

»Das ist eine Rebellenfestung, und sie brennt gerade nieder.«

»Geben Sie den Weg frei ...«

»Risa!« Ein dritter Mann stürmte den Hang herab, in der Uniform eines Unionsmajors.

»Jetzt wird Ihnen Major McCullough alles erklären«, seufzte einer der beiden Soldaten erleichtert.

Entgeistert starrte sie Finn an, der über das ganze sommersprossige Gesicht grinste und sich tief verneigte. »Ich wußte, ich würde Sie verblüffen, Risa! Der dumme, fügsame Finn! Aber so dumm bin ich nicht. Ich gehöre dem Geheimdienst der Potomac-Army an, und Hooker hat unsere Einheit gut organisiert. Schon seit einiger Zeit arbeiten wir sehr erfolgreich unter Pinkertons Leitung. Sie waren sehr hilfreich, Risa, denn Sie haben mir wertvolle Informationen geliefert. Natürlich wußte ich, Ihr Mann würde sie zurückholen, wenn ich Sie aus der Rebellenstellung am St. Johns verschleppe. Nun haben Sie der Union einen ebenso großen Dienst erwiesen wie ich.«

»O Gott, Finn, in diesem brennenden Haus ist mein Baby. Und andere Kinder ...«

»Sie hätten nicht mit dem Feind schlafen dürfen, Risa.« In seinen Augen erschien ein gefährliches Licht. Bedauernd schüttelte er den Kopf. »Ich habe Sie geliebt. Leider wollten Sie nichts von mir wissen. Dann wurden Sie von einem wilden Rebellen entführt, von einem Halbindianer, und – ließen sich prompt schwängern.«

Ausgerechnet Finn, der sich nie für den Krieg interessiert hatte, dem es egal gewesen war, woher der Wind wehte, solange er seine Geschäfte als Bergungstaucher machen konnte ...

Ein Freund, hatte sie geglaubt. Und sie war von Gewissensqualen geplagt worden, weil sie ihn gebeten hatte, mit ihr in die Biscayne Bay zu fahren, zu Alaina. Wie töricht von ihr, ihm jemals zu vertrauen! Also hatte sie Jeromes Festnahme und den Verlust seines Schiffs tatsächlich verursacht, wenn auch unwissentlich. Elender Schurke ... Und jetzt brannte das Haus, in dem sich womöglich ihr Baby und die Familie ihres Mannes befanden. Mit schmalen Augen starrte sie die beiden Soldaten an. »Wenn Sie mich anrühren, läßt mein Vater Sie hängen. Die United States führen keinen Krieg gegen Zivilisten und Kinder.«

Wütend schob sie sich an den Männern vorbei, rannte

zum Haus hinauf und ignorierte Finns Ruf. Der linke Flügel stand in Flammen, Gewehre krachten. Mit Hilfe der Seminolen kämpfte die Besatzung der *Lady Varina* gegen die Unionssoldaten, die in mehreren Booten ans Ufer gerudert waren. Aus den Geschützen einiger Schiffe schossen Mündungsblitze. Die Yankees attackierten Jeromes Schoner in seinem sicheren Hafen. In den ich den Feind geführt habe, dachte Risa.

Zweifellos würde Jerome in das Gefecht eingreifen. Und seine Familie? Risa hoffte inständig, sämtliche Bewohner wären aus dem brennenden Haus geflohen. Schreiend lief sie auf die Veranda. Nur das Knistern des Feuers gab ihr eine Antwort. Sengende Hitze fegte ihr entgegen. Vielleicht würde sie in diesem Inferno sterben.

Aber sie mußte hinein. Wenn jemand verletzt und hilflos an Boden lag – oder wenn alle die Flucht ergriffen und Jamie vergessen hatten …

Hastig durchsuchte sie das ganze Erdgeschoß, abgesehen vom Speisezimmer, in dem helle Flammen loderten, dann raste sie die Treppe hinauf, ohne die Rauchschwaden zu beachten.

»Teela, James! Ist da jemand?« Nirgends erklangen Stimmen. Risa eilte in Jeromes Zimmer, wo Jamie geschlafen hatte. Nein, sicher waren sie nicht ohne ihr Baby aus dem Haus gerannt. Obwohl sie sich das einredete, wuchs ihre Angst. »Jamie! Hilfe! Wo ist mein Kind?«

»Risa!«

Sie fuhr herum und starrte Finn McCullough an, der mit jeder Minute militärischer wirkte.

Jetzt hielt er einen Sharps-Revolver in der Hand.

»Kommen Sie, Risa, ich bringe Sie hinaus.«

»Mein Sohn …«

»Seien Sie nicht albern! Er wurde längst gerettet. Verdammt, folgen Sie mir!« befahl er und hob seine Waffe.

»Und wenn ich mich weigere? Würden Sie mich kaltblütig erschießen?«

Blitzschnell sprang er vor und versetzte ihr einen Kinnhaken, der sie an die Wand schleuderte. »Begleiten Sie mich endlich! Von jetzt an werden Sie den armen Finn, der sich so leicht um den Finger wickeln läßt, nicht mehr ignorieren. Sie ahnen nicht, was ich schon alles zustande brachte. Beinahe hätte ich Captain McKenzies Schwester entführt. Dann wüßte er, wie es ist, um eine geliebte Frau zu bangen ... In jener Nacht sah ich sein Gesicht, als unsere Soldaten ihn aus Ihrem Haus in St. Augustine holten. Dieser unbändige Zorn! Die ganze Zeit hatte ich Sie beobachtet, Risa. Und ich belauschte auch Ihr Gespräch mit dem netten Dr. Julian McKenzie. Deshalb erfuhr ich, wann Sie an Bord der *Lady Varina* gehen würden und wo sie gekapert werden konnte. Ich wußte, Jerome würde den Fluß überqueren und Sie aus der Gewalt der Yankees befreien. Danach war es ein Kinderspiel, Ihnen beiden hierherzufolgen. Und jetzt kommen Sie!«

»Nein! Nicht einmal, wenn Sie ein Dutzend Gewehre auf mich richten!«

»Verdammt!« Er zerrte sie zu sich heran und hielt ihr den Revolver an die Schläfe.

Plötzlich hörte sie ein Geräusch und schaute zur Tür. Jerome stand auf der Schwelle, eine Silhouette vor dem flackernden Feuerschein. Ein Schwert in der Hand. »Lassen Sie meine Frau los, Finn.«

»Aus dem Weg, McKenzie! Oder ich jage ihr eine Kugel ins Gehirn.«

Unbehaglich beobachtete Finn, wie der Captain das Zimmer betrat und das Schwert beiseite legte.

»Eins will ich dir noch sagen, Risa«, begann Jerome. »Die Nacht, in der mich die Yankees festnahmen, war wundervoll – und die lange Gefangenschaft wert.«

»Halten Sie den Mund, McKenzie!« schrie Finn. »Sie sind ein toter Mann, und Ihre Frau kommt mit mir – schneller, als Sie einen Rebellenruf oder den Kriegsschrei eines Indianers ausstoßen können.«

»Ich liebe dich, Risa«, beteuerte Jerome, ohne den Major zu beachten.

»Ohne dich gehe ich nicht ...« Finn packte sie noch fester, und sie stöhnte gequält.

»Hören Sie, McKenzie, wenn Sie mir Ärger machen, erschieße ich Sie beide«, drohte Finn.

»Nicht meine Frau«, entgegnete Jerome seelenruhig. »Weil ich Sie in Stücke reiße, bevor ich sterbe – ganz egal, mit wieviel Blei Sie mich vollpumpen. Ihre Männer ziehen sich bereits zurück. Diesen Landsitz können sie nicht einnehmen. Das ist ihnen noch nie gelungen. Außerdem hat die Union kein Interesse an einem weiteren kostspieligen, zeitraubenden Seminolenkrieg.«

»Seien Sie still!« kreischte Finn, entfernte den Revolver von Risas Schläfe und begann zu feuern. Schreiend umklammerte sie seinen Arm. Zu spät. Jerome war zusammengebrochen.

»Bastard!« Sie versuchte sich auf Finn zu stürzen. Aber er schlug ihr den Revolverlauf gegen die Stirn. Während sie benommen schwankte, hob er sie hoch, warf sie über seine Schulter und trug sie die Treppe hinab, vorbei am brennenden Eßzimmer.

Verzweifelt wehrte sie sich gegen eine Ohnmacht. Bis zur letzten Sekunde würde sie kämpfen. Wenn sie ihren Mann und ihr Kind verlor, wäre es sinnlos, am Leben zu bleiben.

Doch ihr fehlte die Kraft, um Widerstand zu leisten. In ihrem Kopf pochte es schmerzhaft, Tränen strömten über ihr Gesicht. Finn rannte zum Ufer hinab, wo die Boote in der Dunkelheit warteten. Einige seiner Männer erwiderten immer noch das Feuer der Rebellen und Seminolen, das aus Büschen und Nebengebäuden krachte. Hastig legte er Risa in ein Boot, sprang hinein und stieß es von der Landungsbrücke ab, ohne den Soldaten zu beachten, der ihm folgen wollte. »Warten Sie, Major, ich kann nicht schwimmen ...«

Aber Finn ruderte skrupellos davon. Als Risa sich aufrichtete, um ins Wasser zu springen, schlug er ein Ruder auf ihren Kopf, und ihre Sinne drohten erneut zu schwinden. »Verdammt, ich versuche Ihr Leben zu retten!«

»Elender Schurke, Sie haben mir mein Leben gestohlen!«

»Ihre Vergangenheit ist vorbei, Risa. Nie wieder werden Sie dem Ruf des Feindes folgen.«

»Wenn Sie meinen Mann kaltblütig ermordet haben – wenn er tot ist oder in den Flammen stirbt, werde ich weder ruhen noch rasten, bis Sie am Galgen baumeln.«

»Vorsicht, Risa! Sonst schmachten Sie für den Rest Ihres Lebens hinter Gittern.«

»Wohl kaum. Ich bin keine Rebellin, sondern die Tochter eines angesehen Unionsgenerals, und die Regierung ...«

»Davon würde die Regierung nichts erfahren«, erklärte er lächelnd, und endlich erkannte sie, daß er einen persönlichen Rachefeldzug durchführte. Er würde sie nicht in einen Yankee-Hafen bringen, sondern in ein privates Gefängnis. Nur Gott mochte wissen, welches Schicksal sie erwartete.

Entschlossen biß sie die Zähne zusammen. Irgendwie mußte sie ihren Peiniger überlisten und ihm entrinnen. »Sagen Sie, Finn – haben Sie schon für den Geheimdienst gearbeitet, als Sie damals mit mir in den Sumpf gefahren sind?«

»Nicht direkt. Aber ich versuchte bereits, mich dafür zu empfehlen. Ich kannte die richtigen Leute, und ich wußte, welch hohen Preis die Navy-Offiziere für die Mokassinschlange zahlen würden. Nachdem McKenzie mich gefangengenommen hatte, mußte ich auf einer kleinen Insel ausharren, bis ich abgeholt wurde. Da sagte ich mir, wenn ich schon so viel riskiere, möchte ich was davon haben – Ruhm und Reichtum. Natürlich wollte ich mich auch rächen. Hätte ich's geschafft, Sydney McKenzie zu entführen, wäre sie etwas bescheidener in die liebevollen Arme ihrer Familie zurückgekehrt – nicht mehr so schrecklich arrogant. In der richtigen männlichen Gesellschaft lernt eine Frau sehr schnell, wie sie sich benehmen muß.«

»Und ich hielt Sie für gut und anständig, Finn. Nie hätte ich mir träumen lassen, was für ein Monstrum Sie sind.«

Er lachte. »Bald werden Sie mich mögen, Risa.«

»Niemals.«

»Wir nähern uns meinem Schiff. Nach dieser Nacht werden Sie ganz anders denken.«

Als sie sich erneut aufrichtete, hob er wieder ein Ruder, um sie zu schlagen. Doch dazu kam er nicht. Starke Finger umklammerten den Bootsrand. Dann schnellte Jerome aus den Wellen wie ein wütender Neptun, packte Finns Hand, die das Ruder umklammerte, und riß ihn über Bord. Beide versanken im Wasser.

»Jerome!« schrie Risa und hielt vergeblich Ausschau nach ihrem Mann. Schließlich schwang sie sich verzweifelt aus dem Boot und tauchte unter. Sie berührte etwas. Menschliches Haar. Hände griffen nach ihr, zogen sie hinab, und sie sah Finns Gesicht, die verzerrten Züge eines Ertrinkenden.

Krampfhaft hielt er sich an ihr fest, bis er plötzlich davonglitt, als wäre er von einem Katapult weggeschleudert worden. Risa tauchte empor und schnappte nach Luft. »Jerome!« Zwei Arme umschlangen sie von hinten, sie drehte sich um und schaute in die blauen, vom Mondschein versilberten Augen ihres Mannes.

»Jerome ...«

»Schon gut, meine Liebste, es ist vorbei.«

»Finn ... Ist er tot?«

»Das weiß ich nicht. Wahrscheinlich ertrinkt er gerade.«

»O Jerome, ich dachte, er hätte dich in deinem Schlafzimmer erschossen.«

»Ich mußte ihn dazu verleiten, blindlings zu feuern, und den Eindruck erwecken, ich wäre tot. Aber ich stürzte zu Boden, bevor die Kugeln mich treffen konnten.«

»Gott sei Dank ... Und unser Baby?«

»Jamie ist in Sicherheit.« Er wandte sich zu dem kleinen Boot, das gemächlich neben ihnen dümpelte. »Fahren wir zum Ufer.« Er half ihr in den Kahn, kletterte hinein und begann zu rudern. Mit bebenden Fingern berührte sie seine Wange. »Jerome – deine Familie ...«

»Keine Bange, meine Mutter brachte die Kinder rechtzeitig in den Wald, und mein Vater – nun, er ist immer noch ein tollkühner Kämpfer. Hoffentlich muß er nie wieder Krieg führen. Aber es war wundervoll von dir, ins brennende Haus zu laufen, meine Eltern und die Kinder zu suchen ...«

»Wundervoll?« unterbrach sie ihn. »Keineswegs. Immerhin bin ich schuld am Angriff der Yankees.«

»Nein, Risa. Ich habe gehört, was Finn sagte. Er war voller Haß – eine menschliche Kanonenkugel, die nur darauf wartete, abgefeuert zu werden. Damit hattest du nichts zu tun. Die Yankees werden keine weiteren Männer und Schiffe vergeuden, um mein Heim zu attackieren. Hamlin brachte die Gefangenen zu einer Insel, wo sie demnächst von einem Unionsschiff aufgelesen werden. Aber unsere Gegner haben schwere Verluste erlitten – fünfzehn Tote, zehn Verwundete, ein versenktes Schiff – und die Seminolen erzürnt. Gerade jetzt, wo die Regierung keine neuen Probleme gebrauchen kann.«

»Das schöne Haus deines Vaters ist zerstört.«

»Mach dir deshalb keine Sorgen, er wird's wieder aufbauen. Mein Vater gehört zu den Unbesiegbaren, die nie kapitulieren.«

Als das Boot an der Landungsbrücke anlegte, sprang Jerome auf die Planken und half Risa, auszusteigen. Sie eilten zur Veranda hinauf, wo James und Teela standen, je ein Baby im Arm. Offenbar fanden sie den Schaden, den das Feuer angerichtet hatte, nicht tragisch.

»Schlafen wir im Hühnerstall«, schlug Teela ungerührt vor.

»Wie in alten Zeiten.«

»Einen Großteil des Hauses konnten wir retten«, erklärte James. »Nur das Speisezimmer ist völlig ausgebrannt.«

»Die Tapete hat mir ohnehin nicht mehr gefallen.«

»Bald darfst du dir eine neue aussuchen ...«

Erst jetzt merkte James, daß er nicht mehr mit seiner Frau allein war. Lächelnd legte er Jamie in Risas Arme. »Da ist jemand, nach dem du sicher große Sehnsucht hattest.«

Vor Freude und Erleichterung schluchzte sie beinahe. »Oh, vielen Dank!«

»Alles unter Kontrolle, mein Sohn?« fragte James.

»Aye«, erwiderte Jerome.

»Tut mir so leid ...«, begann Risa.

»Unsinn!« wurde sie von ihrem Schwiegervater unterbrochen. »Nichts im Leben ist unersetzlich. Nur das Leben selbst. Das haben Teela und ich schon vor langer Zeit gelernt. Wir werden das Haus wieder instand setzen. Komm her, meine Tochter.« Er legte einen Arm um Risas Schultern. »Jetzt ist es auch dein Heim, das Erbe deines Sohnes.« Lächelnd küßte er ihre Stirn. Dann ging er mit seiner Frau und seiner kleinen Tochter davon. »Vielleicht sollten wir einen neuen Flügel anbauen.«

Jerome nahm Jamie in den Arm, ergriff Risas Hand und führte sie den Waldweg zum Teich hinab.

»Was ist mit deiner Besatzung passiert?« fragte sie. »Mit deinem Schiff?«

»Hamlin kümmert sich um alles.«

»Soll ich mich bei den Männern deines Vaters entschuldigen?«

»Das sind nicht seine Männer. Sie gehören seinem Volk an, sie kämpfen für ihn, so wie er für sie gekämpft hat. Dafür wollen sie keinen Dank. Und sie legen auch keinen Wert auf eine Entschuldigung.«

Sie setzten sich ans Ufer und schauten zum Mond hinauf. »Wie schön ...«, seufzte Jerome. »Das silbrige Wasser, die milde Luft, die Stimmen der Nachtvögel ... Manchmal vergesse ich, wie es ist, daheim zu sein.«

»Du hast ein wunderbares Zuhause.«

Eine Zeitlang schwieg Jerome, dann gestand er: »Ich liebe dich, Risa.«

»Und ich dich. So sehr. Wäre dir etwas zugestoßen, hätte ich's nicht ertragen. Was wollen wir jetzt tun? Der Krieg geht weiter ...«

»Du bist immer noch eine Yankee, und ich bin immer noch ein Rebell.«

»Nun, was tun wir?«

»Überleben«, antwortete er leise und zog sie an sich.

»Du wirst wieder zur See fahren …«

»Erst wenn wir meinem Vater geholfen haben, das Haus wiederaufzubauen.«

»Und dann?«

»Du könntest hierbleiben.«

»Ja – warum nicht? Ich liebe den Süden. Vielleicht ist es dir deshalb so leicht gefallen, mich am Ufer dieses Teichs zu verführen.«

»Ich – dich? War's nicht eher umgekehrt?«

Lächelnd legte sie den Kopf an seine Schulter. »Ich liebe das Wasser, die sanften Brisen, die Palmen, den Sand, die warmen Wintermonate. Wie gern würde ich hier wohnen … Aber ich bin eine gute Krankenschwester. Solange der Krieg andauert, möchte ich Menschenleben retten. Wenn du mir nicht gestattest, Jamie ins Haus meines Vaters zu bringen, würde ich's verstehen. Aber laß mich mit ihm nach St. Augustine zurückkehren. Oder zu Julian.«

»In einem Rebellenlager könnte ich dich öfter besuchen.«

»Und wenn ich bei den Yankees lebe, amüsierst du dich mit Janine Thompson.«

Lachend schüttelte er den Kopf, legte das schlafende Baby in den weichen Sand und umarmte seine Frau. »Weißt du, wieso sie mein Muttermal kennt? Eines Nachts, in Charleston, schlich sie in mein Zimmer und sah meinen nackten Körper. Sie wollte mit mir schlafen, und ich schickte sie weg, weil ich immer nur an dich dachte. Tut mir leid, ich hätte dir längst sagen müssen, daß ich nie mit ihr verlobt war. Aber ich war so verletzt und wütend.«

»Mir tut's auch leid. All die Mißverständnisse …«

»Das ist jetzt vorbei. Ich liebe dich, mit meiner Seele, mit meinem Herzen, und ich brauche ich.«

In Risas Augen schimmerten Freudentränen. »Oh, mein Liebster …«

»Was auch zwischen uns treten mag, wir werden es überwinden und letzten Endes zusammensein. Dieses schöne Fleckchen Erde wird unser Paradies bleiben. Hier werden alle Wunden heilen, wenn das Grauen ein Ende findet. Selbst wenn der Süden den Krieg verliert. Aber wenn uns das Schicksal woandershin führt – du darfst nie an meiner Liebe zweifeln.«

»Und du nicht an meiner.«

»Risa?«

»Ja?«

»Solche Stunden können kostbar sein.«

»Das weiß ich.«

»Und wenn wir in diesem Krieg auch auf verschiedenen Seiten stehen – wir haben ein wunderschönes Kind gezeugt.«

»Allerdings«, flüsterte sie. »Wir wär's mit einem zweiten? Nutzen wir den Augenblick, die Gunst der Stunde, lassen wir uns zum Himmel emportragen, vom warmen Südwind.«

»Vom Rebellenwind ...«

Ein leidenschaftlicher Kuß verschloß ihr den Mund. Als sie in den Sand hinabsanken, schlang sie die Arme um Jeromes Hals. Was die Zukunft bringen würde, wußte Risa nicht. Aber diese Nacht gehörte einer süßen Kapitulation.